ANDREAS GRUBER

Die schwarze Dame

GOLDMANN

Buch

Der Wiener Privatdetektiv Peter Hogart wird von einer großen Versicherung beauftragt, so rasch wie möglich nach Prag zu fahren. Eine deren Mitarbeiterinnen war dort einem gewaltigen Versicherungsbetrug auf der Spur und verschwand spurlos, kurz bevor sie den Kollegen eine entscheidende Entdeckung mitteilen konnte. Hogart soll nicht nur die Verschwundene wiederaufspüren, sondern auch ihren Fall aufklären. Doch in den Straßen der von dunklen Mythen beherrschten Stadt gelten ganz eigene Regeln, und Hogart bekommt keine Antworten auf seine Fragen. Stattdessen sticht er in ein Wespennest und bringt binnen kürzester Zeit nicht nur die Prager Kripo, sondern auch den örtlichen Mafia-Boss gegen sich auf. Nur die junge tschechische Privatdetektivin Ivona Markovic, die gerade eine Reihe bizarrer Verstümmelungsmorde untersucht, scheint auf Hogarts Seite zu sein. Als die beiden bei einem Anschlag nur knapp dem Tod entrinnen, wird klar, dass es eine Verbindung zwischen ihren Fällen geben muss. Und dass ihnen die Zeit davonläuft ...

Weitere Informationen zu Andreas Gruber sowie zu lieferbaren Titeln des Autors finden Sie am Ende des Buches.

Andreas Gruber

Die schwarze Dame

Thriller

GOLDMANN

Erstmals erschienen 2007 im Festa Verlag, Leipzig, unter dem Titel »Schwarze Dame«. Für die erstmals 2017 im Goldmann Verlag erschienene Ausgabe hat der Autor den Text neu durchgesehen und überarbeitet.

MIX
Papier | Fördert gute Waldnutzung
FSC® C014496

Penguin Random House Verlagsgruppe FSC® N001967

6. Auflage
Neuausgabe Oktober 2020

Umschlaggestaltung: UNO Werbeagentur, München
Umschlagmotiv: Arcangel (Claudia Carlsen; Marc Owen)
Karte von Prag: © Peter Palm, Berlin
TH · Herstellung: kw
Satz: Buch-Werkstatt GmbH, Bad Aibling
Druck und Bindung: GGP Media GmbH, Pößneck
Printed in Germany
ISBN: 978-3-442-49096-7

www.goldmann-verlag.de

für Günter,
hier ist endlich der Thriller,
auf den du so lange gewartet hast

Ich kenne keine Stadt, die wie Prag,
wenn man in ihr wohnt und mit ihr geistig verwittert ist,
einen so oft und in so merkwürdig zauberhafter Art lockt,
die Orte ihrer Vergangenheit aufzusuchen.
Es ist, als riefen die Toten die Lebenden bis an die Stellen,
wo sie einst ihr Dasein verbracht, um uns zuzuraunen,
dass Prag nicht umsonst den Namen die Schwelle führt –
dass es in Wirklichkeit eine Schwelle zwischen Diesseits und
Jenseits ist, eine Schwelle, viel schmäler als an
anderen Orten.

Gustav Meyrink

Liebe Krimi-Fans,

da ich schon immer Bücher schreiben und spannende Geschichten erfinden wollte, stand eines Tages, nach den ersten Erfolgen mit Kurzgeschichten und Ausflügen in andere Genres, eine wichtige Entscheidung ins Haus: Worüber sollte ich in meinem nächsten Buch schreiben?

Damals waren meine Bücher zwar noch nicht so dick wie heute, aber da ich nebenher noch einen Bürojob hatte, arbeitete ich trotzdem etwa eineinhalb Jahre an einem Roman. Also womit wollte ich mich so lange beschäftigen?

Ich hatte schon öfter mit dem Thriller-Genre geliebäugelt, und meine Frau und meine Schwiegermutter, die schon damals als Testleser für meine Manuskripte herhalten mussten, lagen mir seit längerer Zeit in den Ohren, so einen Thriller auch endlich einmal zu schreiben und nicht nur ständig davon zu reden.

Tatsächlich hatte ich auch eine Idee für dieses Buch: Es sollte um eine geheimnisvolle *Schwarze Dame* gehen – was es mit dieser auf sich hat, werden Sie auf den folgenden Seiten erfahren – und um einen Versicherungsdetektiv, den ein kniffliger Auftrag von Wien nach Prag führt, eine dunkle Stadt, in der nichts so ist, wie es scheint. Dort sollte er die Bekanntschaft mit einer ebenso hübschen wie geheimnisvollen Prager Privatdetektivin machen, und beide sollten auf sehr persönliche Art und Weise in einen komplexen Serienkiller-Fall verwickelt werden, den die Polizei nicht lösen kann.

Aber ich zögerte immer noch. War ich dem Thema gewachsen?

Als dann auch noch ein befreundeter Testleser immer beharrlicher auf mich einredete, endlich diesen Prag-Krimi zu Papier zu bringen, gab ich schließlich nach und schrieb *Die schwarze Dame.* Ihm ist übrigens dieses Buch gewidmet – als Dank dafür, dass er mich mit seiner Hartnäckigkeit zum Schreiben von Thrillern gebracht hat.

In diesem Buch spielt das Stadtbild von Prag eine wichtige Rolle. Warum? Das werden Sie spätestens ab der Hälfte des Romans herausgefunden haben. Jedenfalls saß ich in der Konzeptionsphase des Buches tagelang über einem Stadtplan von Prag und habe gebrütet und getüftelt, wie sich die Handlung realistisch umsetzen lässt.

Nachdem ich schließlich einen Großteil des Buches geschrieben hatte, schenkte mir meine Frau eine mehrtägige Reise nach Prag, um gemeinsam mit ihr und bewaffnet mit Notizbuch und Fotoapparat die Schauplätze der Handlung zu besuchen. Und siehe da: In Wahrheit sahen viele Locations ganz anders aus als im Reiseführer beschrieben.

Natürlich war das zunächst ein Schock, mein Buch sollte schließlich ebenso spannend wie authentisch sein. Am Ende musste ich den Roman mehrmals umschreiben, damit sich alles plausibel ineinanderfügt. Wäre das alles nicht passiert, wäre ich vermutlich nie zum Schreiben von Thrillern gekommen – so aber hatte ich Blut geleckt und habe mittlerweile einige weitere Romane in diesem Genre verfasst. Obwohl ich mich in dieser Zeit als Autor weiterentwickelt und viel dazugelernt habe – so sind beispielsweise die Handlungen meiner Bücher komplexer geworden –, ist mir *Die schwarze Dame* mit ihrem Privatdetektiv Peter Hogart ans Herz gewachsen.

Nachdem das Buch viele Jahre lang nur als E-Book erhältlich war, ist es mir eine große Freude gewesen, wieder in Peter Hogarts Welt einzutauchen, den Roman gründlich zu überarbeiten und als gedrucktes Buch neu auflegen zu dürfen.

Genießen Sie gemeinsam mit Peter Hogart die Reise nach Prag, in diese düstere und gleichzeitig so schöne ehemalige k. u. k. Stadt, und begeben Sie sich mit ihm auf Mörderjagd.

Ich wünsche Ihnen viel Vergnügen und natürlich einige schlaflose Nächte.

Herzlichst
Ihr
Andreas Gruber

PROLOG

Wiener Innenstadt, Freitagabend. Die übliche Rushhour. Abgaswolken standen in der Luft, das Blech wälzte sich wie zähe Lava durch die Straßen. Offenbar wollten alle zur gleichen Zeit nach Hause. Mit Ausnahme von Peter Hogart.

Sein Job begann erst jetzt. Die meisten Firmenvorstände scheuten sich nicht, ihn kurz vor Wochenendbeginn zu engagieren. Während andere ihre Freizeit genossen, sollte er sich durch Aktenberge ackern, um bereits am Montagmorgen die ersten Ergebnisse zu liefern. Was ihm meistens auch gelang. Immerhin tat er alles für seinen Job. Privatleben gab es im Moment ohnehin keines für ihn, doch das musste er seinen Auftraggebern ja nicht unbedingt auf die Nase binden – außerdem konnte er manchen Kunden die Wochenendarbeit doppelt in Rechnung stellen.

Hogart scherte aus der Autokolonne aus und zwängte den Skoda in eine Seitengasse des Donauufers. Der mächtige Glasturm am Ende der darauffolgenden Allee hätte glatt einem Entwurf von Daniel Swarovski entstammen können. In den blau getönten Scheiben, die durch die Baumwipfel blitzten, spiegelte sich die Abendsonne. Träge beobachtet von den Linsen der Überwachungskameras lenkte Hogart den Wagen auf den Besucherparkplatz vor dem Bürogebäude. Der Motor erstarb, Duke Ellington verstummte im Radio. Als Hogart ausstieg, riss ihm der Wind beinahe die Autotür aus der Hand. Laub wirbelte ins Wageninnere. Ein

Blick zum Himmel, und Hogarts Laune sank in den Keller. Einer der letzten schönen Sommertage ging zu Ende. Soeben schob sich eine schwarze Wolkenfront vor die Sonne. Als Kind hatte er die Herbstgewitter geliebt und mit dem Fahrrad weite Strecken in Kauf genommen, nur um durch die tiefsten Pfützen zu rasen. Doch seit er vierzig geworden war, hasste er Regenwetter. Sobald es feucht wurde, begann seine Hüfte zu schmerzen.

Hogart warf sich das Sakko über die Schulter, lief die Marmortreppe zur gläsernen Drehtür hinauf und schlüpfte in die Eingangshalle, bevor die ersten Tropfen fielen. In den elf Etagen über ihm befand sich die Wiener Zweigstelle des internationalen Versicherungsriesen Medeen & Lloyd. Hier wurden keine gewöhnlichen Haushaltspolicen abgeschlossen, sondern Millionenwerte versichert: Rennpferde, Diamanten, Oldtimer, barocke Gemälde, Güterzüge, Fluglinien und ganze Öltankerflotten. Dazu offerierte das Unternehmen Serviceleistungen, deren Liste länger war als das Wiener Branchenverzeichnis. Mit weltweit über zweihundert Vertriebsbüros und zwei Milliarden Euro Jahresumsatz zählte Medeen & Lloyd zu den Branchenriesen. Hogart kannte die Zahlen. Er hatte schon mehrfach für Medeen & Lloyd gearbeitet und stand in regelmäßigem Kontakt mit den Außendienstmitarbeitern.

Diesmal allerdings hatte ihn Kommerzialrat Rast, der Vorstandsdirektor und Geschäftsführer der Wiener Zweigstelle, persönlich in die Chefetage gebeten. Was auf den ersten Blick beeindruckend klang, konnte sich genauso gut als bedeutungslos erweisen. Immerhin war Hogarts Vater ein guter Freund von Rast gewesen. Somit war bei diesem Besuch alles möglich, von einem neuen Auftrag bis zum Aufwärmen alter Erinnerungen.

Die Besucherkarte an die Brust geheftet verließ Hogart in der elften Etage den Fahrstuhl. Die trockene Luft kratzte wie Sandpapier in seinem Hals. In dem Gebäude roch es nach Kunststoff und den Fasern des grässlich roten Teppichs, der sich endlos durch die Gänge wand. Kaum hatte sich die Lifttür geschlossen, flog vor Hogart eine Bürotür auf, und Helmut Rast trat in den Korridor. Wie immer trug der hochgewachsene Mann mit dem dünn gesäten Haarkranz und der Statur einer Vogelscheuche einen der feinsten Anzüge, die Hogart je gesehen hatte. Doch auch sein gepflegtes Äußeres konnte nicht verbergen, dass der alte Herr an diesem Nachmittag noch betagter als sonst wirkte. Die Tränensäcke unter den Augen waren gerötet und die Hände – von Altersflecken übersät – so knorrig wie Wurzelholz. Sorgenfalten durchzogen sein Gesicht, aber der Mann sträubte sich beharrlich, von der Chefetage in die Rente zu wechseln. Er brauchte die Firma, seine Untergebenen und die Aufsichtsratssitzungen wie ein alter Dampfkessel die Kohlen.

»Hallo, Junge. Schön, dich zu sehen«, knarrte Rast.

Hogart wollte ihm die Hand reichen, doch Rast legte ihm den Arm um die Schulter.

»Schicker Anzug«, sagte Hogart. »Gut siehst du darin aus.«

»Sei still, ich hasse es, belogen zu werden«, presste Rast in seiner typisch mürrischen Art hervor. »Wenn man einmal so viele Jahre wie ich auf dem Buckel hat, plagen einen Gicht, müde Knochen, morsche Gelenke und Hämorrhoiden so groß wie Orangen.« Er ballte die Hand zur Faust. »Du dankst Gott, wenn du den Tag mit einem schmerzfreien Stuhlgang beginnst. Doch das alles ist im Moment nebensächlich. Wir haben schlimmere Probleme am Hals. Später mehr darüber.« Rast packte ihn an der Schulter.

»Aber *du* siehst gut aus, Junge! Groß und kräftig, wie dein Vater.«

Ständig wurde Hogart mit seinem Vater verglichen, der bereits seit sechs Jahren tot war. Hogart konnte sich noch lebhaft an die Sätze erinnern, die Rast auf der Beerdigung zu ihm gesagt hatte. *Zeit seines Lebens hat dein Vater versucht, sich raufzuarbeiten, doch er hatte einfach nicht den richtigen Riecher. Er war zu ehrlich für diese Welt und hat sich zu oft von seinen Partnern, diesen Aasgeiern, übers Ohr hauen lassen.*

Hogarts Vater war tatsächlich ein fescher Kerl gewesen, und möglicherweise hatte Hogart dieses Aussehen geerbt. Aber mit den grauen Schläfen, die sein schwarzes Haar jeden Morgen ein Stück mehr verdrängten, fühlte er sich jetzt schon weitaus älter, als in seinem Pass stand. Er halste sich zu viel Arbeit auf und drosselte sein Privatleben auf ein Minimum. Die wenigen Male im Jahr, die er seine Mutter besuchte, Flohmärkte durchstöberte, auf Kurzfilmfestivals ging oder sich mit Kurt, seinem jüngeren Bruder, und dessen Tochter zum Abendessen verabredete, ließen sich an den Fingern einer Hand abzählen. Ebenso gut konnte er auch noch den Rest seines Privatlebens aufgeben; niemand würde es bemerken. Dabei war seine Arbeitswut nichts weiter als ein Schutzmechanismus, um Eva zu vergessen – das wusste er besser als jeder andere.

Gleichzeitig war ihm klar, dass er auf verlorenem Posten stand. Wie sollte er Eva je wirklich vergessen? Sie hatte ihn wegen eines Geschäftsführers von Coca-Cola verlassen – einem um fünf Jahre älteren grauhaarigen Mann im Nadelstreifenanzug. Er selbst war ihr wohl einfach zu sehr auf die Nerven gegangen. So hatte sie sich zum Beispiel ständig wegen des Krempels aufgeregt, den Hogart regelmäßig von Tauschbörsen heimbrachte und damit die Wohnung vollstopfte. Immer wieder hatte er Besserung gelobt. Aber er konnte einfach nicht anders – es schien eine Art Zwang zu sein, der in ihm steckte. Vielleicht hatte Eva aber auch nie verkraftet, dass seine körperlichen Schmerzen einen Zyniker aus ihm gemacht hatten. Durch sein kürzeres rechtes Bein lag seine Hüfte schief. Wenn man genau hinsah, merkte man, dass er leicht hinkte. An kalten, verregneten Tagen quälte ihn das Ziehen in der Wirbelsäule mehr, an sonnigen Tagen weniger. Die Ärzte prophezeiten ihm schon seit Jahren, dass sich die Schmerzen verschlimmern würden, doch solange er täglich seine Runde durch den Wienerwald joggte, hielt er sie in Schach. Aber trotz seines Zynismus hatte er Eva stets zum Lächeln bringen können, was *Mister Coca-Cola* nicht gelang. Leider war das, wenn er darüber nachdachte, auch schon alles, was er besser konnte. Dazu gehörte auch, aus sich herauszugehen. Und so war ihre Beziehung wohl auch gescheitert, weil er Eva nie den Heiratsantrag gemacht hatte, mit dem *Mister Management* nicht einmal einen Monat lang gewartet hatte.

Seit der Trennung war Hogart allein, und in die Rolle des hinkenden Zynikers hatte er sich besser denn je hineingefunden: harmlos, aber trotzdem bissig – was bei der Ausübung seines Berufs ganz nützlich war.

Er war ein Freelancer, wie man es heutzutage nannte, doch er selbst bezeichnete sich als Versicherungsdetektiv. Das klang bodenständiger. Manchmal untersuchte er Einbrüche oder angebliche Autodiebstähle, doch meist übernahm er größere Aufträge wie Personenunfälle, darunter gelegentlich sogar einen Totschlag. Egal, worum es ging – jeder Versicherungsschwindler glaubte, die perfekte Masche für den absolut glaubwürdigen Betrug gefunden zu haben, doch fast immer machten sie einen Fehler. Hogarts Job bestand darin, diesen Fehler aufzuspüren – und er war gut darin. Da er stets die Konkurrenzklausel aus seinen Verträgen strich, arbeitete er für mehrere Versicherungen gleichzeitig, und ausgerechnet die kleinen Firmen zahlten termingerechter als die großen Konzerne. Medeen & Lloyd war einer dieser stets säumig zahlenden Konzerne, und dabei half Hogart nicht einmal, dass er den Vorstandsdirektor persönlich kannte. Leider war er auf jeden Auftrag angewiesen.

Rast hielt vor einer gepolsterten Bürotür. »Ist dein Tschechisch immer noch so gut wie früher?«

»Ich bin aus der Übung, warum?«

»Wirst du gleich erfahren.« Rast öffnete die Tür und ließ Hogart den Vortritt.

Das Besprechungszimmer wurde von dem wolkenverhangenen Sonnenuntergang in ein düsteres Zwielicht getaucht. Beim Fenster standen zwei Männer, ein Hüne mit Schultern so breit wie ein Schrank und ein Zwerg mit einem glänzenden Seitenscheitel.

»Peter, ich möchte dir zwei Herren vorstellen. Magister Kohlschmied, der Leiter unserer Außendienstabteilung, und Walter Sedlack, unser Sicherheitsbeamter im Haus.«

Kohlschmied, der kleinere von beiden, trat als Erster vor. Hogart schätzte ihn auf Mitte vierzig. Er trug einen Nadelstreifenanzug, besaß einen kräftigen Händedruck und wirkte trotz seiner geringen Größe selbstbewusster als so mancher Vertreter, den Hogart bisher kennengelernt hatte. Allerdings war Hogart in den letzten zwanzig Jahren niemandem mit so viel Pomade im Haar begegnet. Es passte nicht zu Kohlschmieds übrigem professionellem Auftreten; vielleicht beschäftigte er einfach nur den falschen Stylingberater.

Wie als Kontrastprogramm trug der Sicherheitsbeamte eine Anzughose mit breitem Gürtel zu einem schlichten schwarzen Poloshirt. Seine Unterarme waren ebenso gebräunt wie die Kopfhaut unter der Stoppelfrisur. Sedlack ließ die Arme vor der voluminösen Brust verschränkt. Seine markanten Gesichtszüge, die schmale rahmenlose Brille und der breite Mund erinnerten Hogart an das Aussehen eines Haifisches. Warum stellten Geschäftsführer bloß immer solche Kerle in Sicherheitsangelegenheiten ein? Das Raubtier machte sich erst gar nicht die Mühe, Hogart die Hand zu geben, was ihn nicht weiter verwunderte. Er war es gewohnt, dass Sicherheitsleute alle anderen in ihrer Umgebung ignorierten. Höflichkeit gehörte niemals zu deren Repertoire.

Nachdem Rast in einem Lederstuhl am Kopfende des langen Konferenztisches Platz genommen hatte, setzten sich Kohlschmied und Hogart an die beiden Längsseiten einander gegenüber. Der Tisch war viel zu groß für die kleine Runde. Auf der spiegelnden Tischplatte befanden sich nur Kaffeegeschirr, einige Mappen und ein Diktafon. Der Hai blieb indessen mit verschränkten Armen vor dem Fenster stehen.

Während die Männer Hogart beobachteten, ohne ein Wort zu sagen, leerte dieser seine Sakkotaschen aus und legte Autoschlüssel, Handy und Zigaretten vor sich auf den Tisch. Es war ein Tick von ihm. Er hasste es, mit vollen Taschen in einer Unterredung zu sitzen.

Wie zu Beginn aller wichtigen Besprechungen blieb die Stimmung zunächst angespannt. Niemand bot Hogart Kaffee an, niemand führte Small Talk über das Wetter, niemand machte einen Scherz, um die Atmosphäre aufzulockern. Man konnte glauben, mitten in einen Streit geplatzt zu sein.

Hogart schien es fast, als wüssten die beiden Männer nicht, dass er bereits für Medeen & Lloyd gearbeitet hatte, und nahmen nun an, dass Rast hier einem abgebrannten Bekannten zu einem Job verhelfen wollte. Wie auch immer – da er auch ohne Protektion gut leben konnte, würde er sich erst einmal anhören, was sie zu sagen hatten, und abwägen, ob ihn der Fall interessierte und überhaupt irgendeine Aussicht auf Erfolg bestand. Jedenfalls war es nun erst einmal an Rast, das Eis zwischen ihnen zu brechen, damit die Stimmung nicht vollends gefror. Doch als Rast den Mund aufmachte, wurde alles noch schlimmer. Erst lächelte er schief zu Kohlschmied hinüber, dann strahlte er Hogart an, dass man Bauchschmerzen davon bekommen konnte.

»Wie Sie wissen, ist Peter Hogart für seine Ausdauer bekannt. Er hat sein Handwerk von der Pike auf gelernt und besitzt jahrelange Erfahrung in unserem Geschäft. Er ist clever und kennt sämtliche Tricks der Branche, nicht wahr?« Er räusperte sich. »Soviel ich weiß, haben auch wir ihn schon mehrmals für besonders knifflige Fälle engagiert.«

Kohlschmied trommelte mit den Fingern auf einer Aktenmappe, als hätte er derartige Vorschusslorbeeren befürchtet. Hogart konnte sich denken, welche Skepsis gerade in ihm hochkam. Er blickte erst gar nicht zu dem Hai hin. Nun stand Hogart vor den beiden nicht nur als Protektionsliebkind des Chefs, sondern auch als eingebildeter Klugscheißer da – und das, obwohl er noch nicht einmal den Mund aufgemacht hatte. *Was für ein gelungener Start!* Am liebsten wäre er aufgestanden und gegangen.

Rast lehnte sich in seinem Lederstuhl zurück, womit die Vorstellung beendet war.

Während Kohlschmied begann, den Fall zu erläutern,

schenkte sich Hogart selbst eine Tasse Kaffee ein. Obwohl er das Gebräu immer schwarz und ohne Zucker trank, rührte er, solange er jemandem zuhörte, mit einem Löffel in der Tasse. Den Strudel zu fixieren hielt seine Gedanken in Bewegung. Ein weiterer Tick – ebenso wie die blöde Angewohnheit, dass er seit der Trennung von Eva nie Coca-Cola, sondern nur noch Pepsi trank.

Kohlschmied sah ihn an. »Sagt Ihnen der Name Oktavian Wenzel etwas?«

Hogart schüttelte den Kopf.

»Wenzel wurde 1599 in der Prager Altstadt geboren. Bereits mit neunzehn Jahren reiste er nach Belgien, wo er in die Antwerpener Malergilde aufgenommen wurde und unter anderem für Rubens arbeitete. Nach Aufenthalten in England und Italien wurde Wenzel bei seiner Rückkehr in Prag mit Aufträgen überschüttet. Fortan nannte er sich nur noch Oktavian. Er wurde der größte böhmische Maler seiner Zeit, und obwohl er bereits im Alter von zweiundvierzig Jahren starb, hinterließ er ein enormes Gesamtwerk. Heute zählen seine Ölgemälde neben jenen von Rembrandt, Rubens und van Dyck zu den schönsten Exponaten des Barocks. Uns geht es um dreizehn Ölporträts, die Oktavian während seiner Antwerpener Periode geschaffen hat, und zwar jene von Jesus Christus und seinen Aposteln. Bis zu Beginn des zwanzigsten Jahrhunderts war diese Gemäldeserie stets vereint im Privatbesitz verschiedener, zunächst niederländischer, später italienischer Sammler. Doch 1911 brach der Münchner Kunsthändler Julius Köhler diese fast 300-jährige Tradition, indem er die Sammlung erwarb und stückweise verkaufte. Heute sind diese Gemälde – unter Kunstkennern als die Köhler-Serie bekannt –, weltweit verstreut und in den Museen von Dresden, Brüssel, Berlin und Florenz ausgestellt.«

Kohlschmied legte eine Pause ein. Irritiert betrachtete er Hogarts Kaffeetasse. »Könnten Sie mit dem Geklimper aufhören?«

Ohne ein Wort zu sagen, nahm Hogart den Löffel aus der Tasse und nippte an dem Kaffee. Das Gebräu schmeckte nach Abwaschwasser und war mit Abstand der schlechteste Aufguss, den er je getrunken hatte. Angewidert schob er die Tasse zur Seite.

Kohlschmied hob eine Braue. »Haben Sie bisher Fragen?«

»Würden Sie mir das Wasser reichen?«

Verunsichert schob Kohlschmied eine der Flaschen und ein Glas zu ihm hin. »Sonst noch Fragen?«

Hogart schüttelte den Kopf. Bedächtig ließ er den Sprudel ins Glas schäumen. Kunst war keines seiner Spezialgebiete. Meist wurde er von Versicherungen engagiert, wenn sich jemand mit einer Schleifmaschine die Hand abgeschnitten hatte, um die Versicherungssumme zu kassieren, gelegentlich auch von Rechtsanwälten, um zu prüfen, ob jemand seine Frau betrog. Doch Oktavian und barocke Gemälde? Er konnte kaum eine Kinderzeichnung von moderner Kunst unterscheiden.

»In knapp drei Monaten jährt sich Oktavians Todestag zum 365. Mal«, fuhr Kohlschmied fort. »Aus diesem Anlass gibt es eine weltweit einzigartige Ausstellung seiner Werke, die bis zum 15. Dezember dauert. Zu diesem Zweck wurden die dreizehn Gemälde der Köhler-Serie zum ersten Mal seit hundert Jahren wieder vereint, um sie in der Prager Nationalgalerie zu präsentieren.«

Prag! Deshalb hatte Rast ihn gefragt, wie sein Tschechisch sei.

Kohlschmied reichte Hogart einen Hochglanzprospekt, der sich dreimal aufklappen ließ. Darauf war ein Gemäldezyklus zu sehen. *Der bußfertige Apostel Petrus* stammte aus der Eremitage in St. Petersburg, *Simon* aus dem J. Paul Getty Museum in Los Angeles, je ein Porträt aus dem Palazzo Pitti in Florenz, der Augustinerkirche in Antwerpen und den Musées Royaux des Beaux-Arts aus Brüssel, las Hogart in den klein gedruckten Fußnoten des Prospekts. *Jesus* und der *Heilige Thomas* kamen aus dem Besitz des Earl Spencer of Althorp aus Northamptonshire, zwei weitere Gemälde jeweils von der Dresdener Gemäldegalerie und den Staatlichen Museen zu Berlin.

Kohlschmied reckte sich über den Tisch, um mit dem Kugelschreiber auf zwei Abbildungen zu deuten. »Die beiden Apostel *Bartholomäus* und *Judas Thaddäus* wurden aus dem Kunsthistorischen Museum Wien nach Prag geflogen – die beiden schönsten Exponate, wenn ich mir diese Bemerkung erlauben darf. Allein die Organisation, diese Sammlung zu vervollständigen, nahm drei Jahre in Anspruch.«

Hogart betrachtete Jesus und die Apostel. Selbst auf den kleinen Abbildungen sahen die Gemälde aus, als würden die Männer leben. Der Charakter jedes Einzelnen von ihnen wurde durch ungebändigtes Haar, einen wilden Bart, eine tief gefurchte Stirn und ausdrucksstarke Gesichtszüge dargestellt, die ihre Zweifel, Ängste und Sehnsüchte zeigten. Ihre intensiven Blicke spiegelten viel von dem wider, was sie als Zeugen eines kargen und trostlosen Zeitalters gesehen haben mochten, in das Hogart sich nun zurückversetzt fühlte.

»Beeindruckend.«

»Nicht dass Sie enttäuscht sind, die Gemälde sind etwa

sechzig mal siebzig Zentimeter groß und damit nur eine Spur größer als die *Mona Lisa.*«

»Ich bin nicht enttäuscht«, versicherte Hogart. »Wie komme ich ins Spiel?« Bisher hatte er sich keine Notizen gemacht. Er wusste ja noch nicht mal, welche Richtung die Geschichte nehmen würde.

Kohlschmied schlang die Finger ineinander. »Haben Sie von dem schrecklichen Brand in der Prager Nationalgalerie gehört, bei dem dreizehn Gemälde vernichtet wurden?«

Vor einem Monat hatte er so etwas aufgeschnappt, aber nicht weiter über die Medien mitverfolgt. Er nickte abwartend.

»Die beiden Gemälde des Kunsthistorischen Museums sind bei uns versichert, sieben bei unserer Londoner Zentrale, die anderen vier bei Hapag-Lloyd, Marsh & McLennan, Wells Fargo und der Aon Service Group. Wir haben den Fall übernommen, da unsere Zweigstelle Osteuropa am nächsten liegt.«

Kohlschmied lehnte sich zurück. »Wir haben acht angestellte Versicherungsdetektive im Haus, jeweils einen Brandexperten und weitere Spezialisten für Antiquitäten, Einbruch, Wasser-, Transportschäden und so weiter. Alexandra Schelling war unsere Kunstexpertin und zugleich Brandsachverständige.«

War? In Hogarts Kopf schrillten die Alarmglocken.

»Sie ist vor vier Wochen nach Prag gereist, um den Fall zu untersuchen. Unfallprotokoll der tschechischen Polizei, Schadensmeldung der Nationalgalerie, Bericht der Feuerwehr – das gesamte Programm.«

»Ich bin weder Gemälde- noch Brandexperte«, unterbrach Hogart ihn.

»Das musst du auch nicht sein«, knarrte Rasts Stimme aus dem Hintergrund.

Kohlschmied beugte sich nach vorne. »Schellings Gutachten fiel positiv aus. Das bedeutet, bei dem Feuer wurden andere Bilder zerstört. Fälschungen! Jedenfalls sind *nicht* die Originale verbrannt, aber wir wissen nicht, wo sie sich befinden und wer den Betrug inszeniert hat.«

Er nahm das Diktafon. »Ich spiele Ihnen das letzte Telefonat von Alexandra Schelling vor. Sie rief vor drei Wochen, am Donnerstag, dem 31. August, kurz nach 19.00 Uhr hier an, doch zu dieser Zeit war niemand mehr in den Büros. Sie hinterließ uns folgende Nachricht auf dem Anrufbeantworter.«

Der Einschaltknopf des Gerätes klickte.

»Hallo, Marga, hier spricht Schelling ...«

Hogart lehnte sich zurück und lauschte der angenehmen Frauenstimme.

»... ich kann weder Rast noch Kohlschmied auf dem Handy erreichen, werde es aber in einer Stunde noch einmal versuchen. Die gute Nachricht: Der Fall ist gelöst. Es war ein hartes Stück Arbeit, die entsprechenden Unterlagen und Hinweise zu finden. Fakt ist: Wir müssen die Versicherungssumme nicht – ich wiederhole – *nicht* bezahlen! Die verbrannten Gemälde sind Fälschungen.«

Das Klappern von Stöckelschuhen auf einem Fliesenboden war kaum zu überhören. Hogart stellte sich vor, wie Schelling ihr Handy ans Ohr presste. Das Gemurmel im Hintergrund sowie ein kurzes Läuten erinnerten ihn an die Geräusche einer Hotellobby.

»Aber jetzt zur schlechten Nachricht. So wie die Dinge im Moment liegen, kann ich die Prager Kripo nicht in die

Ermittlungen einbeziehen – Details folgen später. Sobald ich wieder in Wien bin, übergebe ich meine Unterlagen unserer Rechtsabteilung. Mit etwas Glück kommen wir binnen vierundzwanzig Stunden an die Originalgemälde heran. Mein Flug geht noch heute Abend. Wir sehen uns morgen im Büro.«

Die Verbindung endete. Eine Sekunde später hörte man das automatische Klicken des Anrufbeantworters.

»Weshalb konnte sie die tschechische Polizei nicht einschalten?«, fragte Hogart nach einer Weile.

Kohlschmied nahm die Kassette aus dem Tonband. »Wissen wir nicht.«

»Wer profitiert von dem Versicherungsschwindel? Das Kunsthistorische Museum Wien, die anderen Museen?«

Kohlschmied lächelte milde, als habe er es mit einem vollkommenen Kunstbanausen zu tun. »Falls ein Ölgemälde aus dem siebzehnten Jahrhundert bei einem Brand zerstört wird, profitiert *kein* Museum, egal wie hoch die Versicherungssumme ist, glauben Sie mir. Die beiden Gemälde des Kunsthistorischen Museums waren sogar unterversichert, der Gesamtwert betrug sieben Millionen Euro je Stück. Außerdem pflegen wir gute Kontakte zu Generaldirektor Dr. Wilhelm Eschenbach, der über jeden Verdacht erhaben ist. Es muss also jemand anderes dahinterstecken. Alexandra Schelling war demjenigen auf der Spur, leider hat sie uns keinen Hinweis hinterlassen – und zu ihrem angekündigten zweiten Anruf ist es nie gekommen.«

»Klingt so, als hätte sie den Fall längst aufgeklärt. Weshalb brauchen Sie mich?« Obwohl Hogart die Antwort bereits kannte, wollte er es aus Kohlschmieds Mund hören.

Da meldete sich der Hai zu Wort. »Alexandra Schelling

buchte einen Flug von Prag nach Wien. An diesem Abend startete die Maschine der Austrian Airlines pünktlich um 21.55 Uhr. Schelling checkte aber anscheinend nicht ein und kam auch nie in Wien an. Wir haben also ein Zeitfenster von knapp drei Stunden, in dem sie mit ihren Unterlagen verschwunden ist.«

»Jemand mit beträchtlichen kriminellen Möglichkeiten hatte seine Finger im Spiel. Hier geht es immerhin um dreizehn barocke Ölgemälde von unbezahlbarem Wert«, schaltete sich Kohlschmied wieder in das Gespräch ein.

»Im Grunde genommen ist Schellings Verschwinden ein Fall für das Bundeskriminalamt«, erklärte Hogart.

»Ach! Was Sie nicht sagen!« Die Stimme des Hais triefte förmlich vor der Ablehnung, die er Hogart gegenüber von Minute zu Minute mehr spüren ließ.

Betont langsam, wie um die gereizte Stimmung zu entschärfen, sprach Kohlschmied weiter: »Nachdem Schelling aus Prag nicht mehr zurückkam, gab ihre Mutter eine Vermisstenanzeige auf. Das Bundeskriminalamt in Wien nahm den Auslandsschriftverkehr mit der Prager Kripo auf, doch es kam keine Antwort. Nach mehrmaligen Telefonaten und unzähligen E-Mails und Faxsendungen, die ebenfalls nichts brachten, wurde eine Auslandsreise für zwei Wiener Kripobeamte genehmigt, um den Fall Alexandra Schelling zu überprüfen. Doch sie kehrten ohne Ergebnisse zurück. Ich unterstelle niemandem, er habe nicht tief genug gegraben, doch als wir beim Bundeskriminalamt anfragten, erhielten wir zur Antwort, die Kripo verfüge nicht über unbegrenztes Budget, und da es keine Leiche gebe und wichtigere Fälle vorlägen, könne in dieser Sache vorerst nichts weiter unternommen werden.«

Kohlschmied machte eine Pause. »Das war vor drei Tagen.«

»Was hat Schellings Mutter in der Zwischenzeit unternommen?«, hakte Hogart nach.

»Nachdem auch sie bei den Behörden nichts erreicht hatte, wollte sie einen Privatdetektiv engagieren, doch niemand war bereit, den Fall in Prag zu übernehmen.«

»Günter Kiesmeier«, schlug Hogart vor.

Der Hai fletschte die Zähne. »Hat abgelehnt!«

Kohlschmied räusperte sich. »Ich gebe es nur ungern zu, aber wir treten seit Wochen auf der Stelle, brauchen jedoch dringend eine Entscheidung, ob wir zahlen müssen oder nicht. Daher können wir die Sache nur noch selbst zu Ende bringen. Wenn Sie den Fall übernehmen, lautet Ihr Auftrag, Alexandra Schelling zu finden. Nur sie weiß, wo sich die Originalgemälde befinden.«

Kohlschmied zog einige hochglänzende Farbausdrucke aus der Mappe hervor. »Das ist sie. Aufgenommen am Tag ihrer Abreise von den Kameras in der Empfangshalle und auf unserem Parkplatz.«

Hogart betrachtete die erstaunlich scharfen Fotos. Das Aussehen der Frau passte zu der Stimme, die er von dem Diktafon kannte. Er schätzte ihr Alter auf etwa vierzig Jahre. Sie war groß. Mit dem ernsten Blick, den langen Wimpern und schulterlangen schwarzen Haaren strahlte sie das Selbstbewusstsein einer Karrierefrau aus, die ihr Leben lang nichts anderes getan hatte, als von einem Meeting zum nächsten die Erfolgsleiter zu erklimmen. Keine Kinder, ledig, ein Apartment in der Wiener Innenstadt, vermutete Hogart. Sie trug einen cremefarbenen Hosenanzug, wobei die Schulterpolster des Blazers ihre tolle Figur betonten – eine geradezu beängstigende Erscheinung. Auf einem weiteren Foto stieg sie gerade in ein Taxi, während der Chauffeur ihren roten Trolley im Kofferraum verstaute.

Kohlschmied nickte. »Alexandra Schelling ist unsere einzige Außendienstmitarbeiterin ohne Führerschein. Sie reist mit dem Flugzeug und fährt sämtliche Strecken mit dem Taxi.«

Normalerweise bekam man ohne Führerschein keinen Job im Außendienst. Aber wenn die Konzernleitung das bezahlte, warum nicht, dachte Hogart. Das war nicht seine Sache.

Er studierte das letzte Foto, das Schelling in einer Großaufnahme zeigte. Deutlich zu erkennen: ihre dezent überschminkten Falten unter den Augen. Auffällig erschien ihm der doppelte Windsorknoten ihrer roten Damenkrawatte, passend zur Farbe des Trolleys. Der Knoten fiel ihm nur deshalb auf, weil er selbst bloß diese eine Bindetechnik beherrschte. Bevor er sich als Versicherungsdetektiv selbstständig gemacht hatte, war er als Sachbearbeiter und Vertreter in diversen Branchen beschäftigt gewesen, unter anderem als Versicherungsberater für Großkunden, wo es üblich war, steife Hemden mit weitem Kragen und der dazu passenden Krawatte zu tragen. Doch diese Zeiten waren zum Glück vorbei.

Hogart schob die Fotos zusammen. »Ich bin offen zu Ihnen. Ist eine Frau in einer fremden Stadt seit drei Wochen spurlos verschwunden, ist die Wahrscheinlichkeit, sie lebend zu finden, gleich null.«

Aus den Augenwinkeln sah er Rast zusammenzucken.

»Es tut mir leid, aber das ist die Wahrheit.«

Während eine Sekretärin frischen Kaffee brachte und die Deckenbeleuchtung einschaltete, da es draußen zu dämmern begann, herrschte eisige Stille im Büro. Als die Frau das Zimmer verließ, zog Kohlschmied einige Blätter aus seiner unerschöpflichen Mappe.

»Wir haben folgenden Vertrag für Sie vorbereitet.«

»Haben Sie mir nicht zugehört?« Hogart beugte sich nach vorne. »Ich sagte doch …«

»Unser Standardmodell für externe Berater beinhaltet eine Pauschale von achthundert Euro pro Tag, zuzüglich Tagesdiäten und Wochenendzuschlag«, fuhr Kohlschmied unbeirrt fort. »Die Kosten für Leihwagen und Unterkunft übernehmen wir. Ihr Flug ist für morgen früh gebucht. Sie haben vier Tage Zeit, bis Dienstagabend, danach muss der Vorstand eine Entscheidung über die Auszahlung der Versicherungssumme treffen.« Er schob den Vertrag über den Tisch. »Wir haben Ihnen ein Zimmer im *Hotel Ventana* in der Prager Altstadt reserviert – dasselbe Hotel, in dem Alexandra Schelling logierte. Sie bekommen einen Leihwagen, eine Firmen-Kreditkarte, vierundsechzigtausend tschechische Kronen und eine Akontozahlung über zweitausend Euro in bar.«

Kohlschmied zückte zwei Geldbündel aus einem Kuvert. Die tschechischen Scheine waren abgegriffen und speckig, die Euronoten druckfrisch.

»Um in Prag an Informationen heranzukommen, ist allein für Schmiergelder der doppelte Betrag notwendig«, wandte Hogart ein.

»Verwenden Sie die Kreditkarte am Bankomatschalter.«

»Darüber lassen sich keine Belege ausstellen.«

»Wir brauchen keine Belege, die schreiben wir uns selbst. Wir brauchen Ergebnisse!« Kohlschmied zuckte nicht einmal mit der Wimper. »Hier ist Ihr Ticket.«

Abflugzeit war um 7.10 Uhr am Samstagmorgen.

Economy Class, mit einer Maschine der Austrian Airlines. Falls er den Auftrag annahm, würde er das Wochenende in Prag verbringen. Das Angebot klang verlockend, doch da war noch eine Kleinigkeit, die Kohlschmied vergessen hatte zu erwähnen.

»Im Erfolgsfall beträgt mein Honorar zwei Promille von der Versicherungssumme«, erinnerte Hogart ihn.

»Das wären für beide Gemälde achtundzwanzigtausend Euro«, murmelte Kohlschmied. Er blickte kurz zu Kommerzialrat Rast. Dieser nickte, ohne eine Sekunde nachzudenken.

»In Ordnung.« Kohlschmied nahm die Papiere wieder an sich. »Wir ergänzen den Vertrag.«

»Dann wäre ja alles besprochen.« Rast erhob sich von seinem Stuhl. Bevor er das Büro verließ, drückte er Hogart die Hand. Dabei senkte er die Stimme zu einem Flüstern. »Du bist der Einzige, dem ich die Sache anvertrauen möchte. Ich hoffe, du findest das Mädchen.«

Einen Augenblick später war Hogart mit den beiden Angestellten allein. Der Hai löste sich aus seiner starren Haltung, um sich an den Tisch zu setzen. Noch bevor er den Mund aufmachen konnte, kam ihm Hogart zuvor. »Sie ist vermutlich tot.«

Der Sicherheitsmann strich sich über das Kinn, sodass man das Kratzen der Bartstoppeln hören konnte. »Ich weiß, aber der alte Mann will daran glauben, dass sie noch lebt.«

Hogart gefiel der Ton nicht, in dem der Hai plötzlich über seinen Arbeitgeber sprach. Aber was er sagte, stimmte. Natürlich dachte Rast das, er war ein unverbesserlicher Optimist.

Hogart betrachtete die Schwarzhaarige auf dem Foto.

»Rast geht die Sache ziemlich nahe. Vermutlich ist das seine erste Mitarbeiterin, die er auf diese Weise verloren hat.«

»Sie ist seine Nichte«, präzisierte Kohlschmied. Eine eisige Kälte ergriff Hogart. »Rast glaubt an Sie, enttäuschen Sie ihn nicht.«

Im gleichen Moment wusste Hogart, er hätte den Auftrag nicht annehmen dürfen. Er konnte nur verlieren. Falls er bis Dienstag überhaupt etwas herausfand, konnte es nur eine Hiobsbotschaft sein, die Rast das Herz brechen würde.

Während Kohlschmied nur dasaß, sprach der Hai weiter, wobei seine Stimme mit jedem Wort leiser wurde. »Als der alte Mann vorschlug, Sie zu engagieren, begann ich mich über Sie zu erkundigen. Ich habe mich gegen Sie entschieden, aber nicht, weil Sie vor zwei Jahren ein ziemliches Desaster verursacht haben, über das sämtliche Zeitungen berichteten. Ihre Vergangenheit geht mich nichts an, jeder macht mal einen Fehler. Sie sind ganz einfach der falsche Mann für diesen Job. Ich habe Rast vorgeschlagen, selbst nach Prag zu fahren, doch er wollte Sie – um jeden Preis. Daher sollten Sie diesen Auftrag besser nicht vermasseln.«

Hogart schätzte Offenheit, auch wenn sie von einem Fleischberg stammte, dem er den Job weggeschnappt hatte. Zumindest wusste er, woran er war. Und anscheinend sah Kohlschmied die Lage genauso. Zumindest widersprach der Außendienstleiter mit keinem Wort, setzte bloß sein peinlich berührtes Vertreterlächeln auf, das hervorragend zu der Pomade in seinem Haar passte.

Schließlich zog Kohlschmied eine Karte mit einer Telefonnummer aus der Anzugtasche. »Handeln Sie nicht auf eigene Faust. Halten Sie rund um die Uhr Kontakt zu uns, und teilen Sie uns jeden Ihrer Schritte mit.«

Natürlich. Man brauchte ihm nicht zu sagen, wie er einen Auftrag durchzuführen hatte. Hogart legte die Visitenkarte zu dem Flugticket und den Fotos. Er betrachtete die attraktive Dame im Hosenanzug mit dem doppelten Windsorknoten. Rasts Nichte! *So eine Scheiße!* Die Frau wurde seit drei Wochen in der Goldenen Stadt an der Moldau vermisst. Der Fall konnte nicht gut ausgehen, das spürte er – und bis auf ein einziges Mal hatte ihn sein Gefühl noch nie getrogen. Andererseits war Prag nicht so groß. Er würde Alexandra Schellings Schicksal klären und sie zurückbringen. Ob sie nun tot war oder lebendig.

1. KAPITEL

Die Moldau schlängelte sich wie ein silbergraues Band durch Prag und bildete mal hier, mal dort Inseln und Landzungen. Der Fluss teilte die alte Hauptstadt Böhmens in zwei Hälften, die durch mächtige jahrhundertealte Brücken miteinander verbunden waren. Langsam zerrissen die Nebelbänke über dem Fluss, während die Goldene Stadt aus ihrem Schlaf erwachte. Die Dächer funkelten in der Morgensonne. In den Straßen wurden die ersten Rollläden der Geschäfte hochgekurbelt, Baldachine ausgeklappt und Rattanstühle vor die Kaffeehäuser gestellt, während über der Stadt eine Maschine der Austrian Airlines in den Sinkflug ging.

Der Tag begann ausgezeichnet. Peter Hogart landete mit vierzig Minuten Verspätung in Prag, da wegen des dichten Verkehrs Dutzende Maschinen in einer Warteschleife über dem Flughafen kreisten. Noch bevor er den Autoschlüssel und die Papiere des für ihn reservierten Mietwagens beim Sixt-Stand abholte, zeigte er Alexandra Schellings Foto bei der Gepäckabholung, den Check-in-Schaltern, im Flughafenrestaurant sowie am Taxistand vor dem Terminal herum, aber niemand konnte sich an die Österreicherin mit dem roten Trolley erinnern. Die Fragerei brachte nichts, außer dass er sich wieder an die Fremdsprache gewöhnte und seinen verschütteten Wortschatz auffrischte.

Eine Stunde später saß er einen halben Kilometer entfernt

in einer Tiefgarage hinter dem Lenkrad eines Audis. Verblüfft starrte er auf den CD-Player in der Mittelkonsole, dabei hatte er ausdrücklich einen Wagen mit Kassettendeck verlangt. Er warf seine Schachtel mit den Bändern von Duke Ellington und Muddy Waters auf den Rücksitz, die er umsonst im Handgepäck mitgeschleppt hatte. Zudem war der Audi nur zur Hälfte aufgetankt, und der Fahrersitz ließ sich nicht verstellen. Irgendein Idiot hatte den Riegel abgebrochen.

Nach einem kurzen Stopp an der Flughafen-Tankstelle schaltete er einen tschechischen Radiosender ein und faltete seine Straßenkarte auf dem Beifahrersitz auseinander, um den raschesten Weg aus dem Labyrinth des Geländes zu finden. Erst als er sich auf der Schnellstraße in das vierzehn Kilometer entfernte Stadtzentrum befand, besserte sich seine Laune. Das Wetter in Prag war eine Spur freundlicher als in Wien, windstill und spätsommerlich warm. Trotzdem waren nur wenige Menschen in der Prager Altstadt unterwegs, einige davon Touristen, bepackt mit Stadtplänen und Fotoapparaten. Der Anblick erinnerte ihn an die Zeit, als er selbst durch Prag getrampt war. Damals hatte er sich nur mit öffentlichen Verkehrsmitteln durch die Stadt bewegt, was auch jetzt klüger gewesen wäre. Nach mehreren Runden fand er einen Parkplatz zwischen der Karlsbrücke und dem Wenzelsplatz, gut zehn Gehminuten von seinem Hotel entfernt. Zwar war Prag keine gänzlich unbekannte Stadt für ihn, dennoch lag sein jüngster Besuch ziemlich lange zurück. Vieles hatte sich in den letzten zwanzig Jahren verändert. Nur ein paar Straßennamen klangen vertraut, der Rest wirkte genauso fremd wie das nur teilweise verständliche Gerede der Menschen.

An Hogarts Unterkunft hatte sein Auftraggeber nicht

gespart. Das gelbe vierstöckige Jugendstilgebäude des *Hotel Ventana* lag in der Celetna, unmittelbar vor dem Altstädter Ring, dem Platz mit den meisten Sehenswürdigkeiten. Im obersten Stock, direkt unter dem Dach, bezog er eine Suite mit Balkon und Ausblick auf die Fußgängerzone. Es war dasselbe Zimmer, in dem bereits vier Wochen zuvor Alexandra Schelling untergebracht worden war. Von Tereza, der Dame am Empfang mit der niedlichen Pagenfrisur, die einwandfreies Deutsch sprach, erfuhr er, dass das Zimmer seit Schellings Abreise fünfmal vermietet gewesen war. Demnach hatte das Personal die Räume entsprechend oft gereinigt – und bestimmt alle interessanten Spuren beseitigt. Trotzdem durchsuchte er das Bad, den Wohnraum und die Schränke des Schlafzimmers nach Hinweisen – ergebnislos. Weder im Safe noch unter dem Fernsehgerät, in der Minibar oder der Klimaanlage hatte Schelling eine Nachricht hinterlassen – und erst recht nicht im Toilettenspülkasten oder im Batteriefach der TV-Fernbedienung, wo er in einer brenzligen Situation selbst eine Botschaft versteckt hätte. Anscheinend hatte Rasts Nichte nicht geahnt, dass sie möglicherweise beobachtet worden war oder auf der Abschussliste jener Versicherungsbetrüger stand, mit denen sie sich angelegt hatte.

Nachdem Hogart seinen Koffer ausgepackt hatte, ging er auf den Balkon, um eine Zigarette zu rauchen, wie immer, wenn er nachdenken wollte. Ferner Autolärm drang zwischen den Häusern heran. Während er überlegte, wo er mit der Suche beginnen sollte, füllte sich die Fußgängerzone mit Menschen. Der Altstädter Ring war ein gigantischer Platz, gesäumt von Gebäuden aller Epochen. Der Ausblick auf die Spitzgiebel, Uhrtürme und Erker erinnerte ihn an die Aussicht von der Prager Burg. Das letzte Mal war er mit Turnschuhen und Rucksack hier gewesen, ein Interrail-Ticket in der Hand und nichts weiter als fünfhundert Kronen in der Tasche. Drei Monate lang hatte er an den Wochenenden in verschiedenen Restaurants die Küche geschrubbt, Bierkisten geschleppt und Toiletten gesäubert, um das Geld für die Jugendherberge zu verdienen. Wahrscheinlich gab es die meisten Lokale nicht mehr, in denen er früher gearbeitet und literweise schwarzen Kaffee getrunken hatte. Am Ende seines Tramperurlaubs war sein Visum längst abgelaufen gewesen, und die österreichische Botschaft musste seine Ausreise mit dem Zug organisieren. Wie hatte sein Vater damals getobt und ihn einen leichtsinnigen Bengel genannt! Aber diese Erlebnisse konnte ihm keiner nehmen, und er war sogar ein wenig stolz darauf. Zum Glück war er heute, als Mann am Beginn einer Midlife-Crisis, nicht ganz so verbohrt und konservativ wie sein Vater damals. In ihm loderte immer noch diese Abenteuerlust, wenn es darum ging, ein Rätsel zu lösen oder Verbrecher zur Strecke zu bringen.

Das Läuten des Handys riss ihn aus den Gedanken. Auf dem Display erschien die Nummer seines Bruders. Kurt, knapp drei Jahre jünger als er, führte eine Praxis als Chiropraktiker in der Wiener Innenstadt und hatte alles, was Hogart nicht besaß: ein Haus, eine Familie und ein regelmäßiges Einkommen. Aber Kurt hatte auch Probleme, um die ihn Hogart nicht beneidete – vor allem mit dem Finanzamt und mit seiner Frau.

»Hallo, Kurt.«

»Hallo, mein Großer!« Kurts Stimme klang entspannt, und in diesem Fall konnte man darauf wetten, dass er gut gelaunt war. »Besuchst du uns heute zum Abendessen?«

»Ich bin eben erst in Prag angekommen.«

»Was machst du in Prag? Nach Schellacks und einer signierten Kafka-Biografie stöbern? Hast du doch schon alles!«

»Ein Auftrag.« Mehr wollte Hogart nicht verraten. »Wie geht es deiner Frau?«

»Du kannst einem die Stimmung vermiesen! Keine Ahnung.«

»Und Tatjana?«

»Wie soll es der Göre schon gehen? Sie ist drauf und dran, sich ein Nabelpiercing stechen zu lassen … sieht bestimmt hässlich aus, auf ihrem fetten Bauch … Aua! Sie steht neben mir, schönen Gruß!«

»Danke.« Hogart musste grinsen. Tatjana, Kurts sechzehnjährige Tochter, war alles andere als fett. Sie fuhr eine blitzblaue aufgemotzte Aprilia, trainierte zweimal in der Woche in einer Boxhalle und spielte Bass in einer Punkband, die *Johnny Depp* hieß. Es war nur eine Frage der Zeit, bis sie und ihre Bandkolleginnen sich neben dem Gothic-Tattoo auch ein Piercing stechen ließen. Doch trotz ihres wilden Aussehens war sie blitzgescheit und seit der ersten Klasse Vorzugsschülerin. Sonst hätte ihr Kurt die Eskapaden nie durchgehen lassen.

»Tatjana und ich hatten eigentlich geplant, uns einen Familienabend mit dir zu gönnen. Es gibt Lasagne, und außerdem hat sie bei einem Bandwettbewerb eine Espressomaschine gewonnen, die macht sogar Cappuccino mit Vanillegeschmack.«

»Scheußlich!«

»Obendrein läuft heute *Der dritte Mann* im Fernsehen. He, mein Großer, *Der dritte Mann*!«

Er überragte Kurt nicht nur um eine halbe Kopflänge, sein Bruder nannte ihn auch deshalb *Großer,* weil er der Ältere war. Hogart hatte es zwar nie zu einer Familie und einem Haus gebracht, trotzdem war er in Kurts Augen immer noch der erwachsenere von beiden, und daran würde sich wohl nie etwas ändern. »Verlockend, aber es geht nicht. Ich komme erst in vier Tagen zurück.«

»Vier Tage? Das heißt, du bist morgen nicht auf dem Flohmarkt?«

»Das heißt es!«

»Übernimmt Conrad deinen Stand?«

»Hab vergessen, ihn anzurufen!«

»Hast du meine Edgar-Wallace-Filme schon verkauft?«

»Wie denn, wenn ich in Prag bin?«

»Schon klar, klingt nach Arbeit ... Tatjana möchte wissen, worum es bei deinem Fall geht. Oder kannst du etwa im Moment nicht reden?« Kurt begann zu flüstern. »Hält dir jemand eine Knarre an die Schläfe?«

»Es geht um Ölgemälde.«

»Du und Gemälde? Konnten die für den Job keinen anderen finden?«

Hogart hörte, wie sie im Hintergrund kicherten.

»Leute, ich muss Schluss machen, ich rufe an, wenn ich wieder zurück bin.« Er trennte die Verbindung.

Der letzte gemeinsame Abend mit seinem Bruder lag bereits Monate zurück. Dieses Treffen mit Kurt und Tatjana hätte ihn möglicherweise für ein paar Stunden aus seinem Arbeitstrott gerissen und vor allem Eva vergessen lassen, die ihm nach wie vor ständig durch den Kopf spukte. Immer waren es Frauen, deretwegen man sich das Hirn zermarterte. Mittlerweile ging es seinem Bruder nicht anders. Kurt verstand sich mit seiner Tochter großartig, doch mit seiner Ehefrau gab es immer öfter Spannungen. Sabina war eine Perfektionistin, unerbittlich auf Ordnung und Harmonie bedacht. Schon die kleinste Normabweichung brachte sie aus dem Konzept. Ihrer Meinung nach war Tatjana in einem schwierigen Alter, aber in Wahrheit war Sabina zu verklemmt, um auch nur ansatzweise über Beziehungsprobleme zu reden. Hogart hatte längst aufgegeben zu hinterfragen, was Kurt an Sabina fand. Er selbst verstand sich nicht gerade prächtig mit ihr – dafür sah er sie zu selten. Schließlich war sie nie dabei, wenn er sich mit Kurt und Tatjana an einem Freitagabend Schwarz-Weiß-Klassiker auf Arte ansah, sich in Tatjanas Zimmer die Demobänder ihrer Band anhörte oder um zehn Euro wettete, wer mehr Hamburger bei McDonald's verdrücken konnte.

Manchmal besuchte Tatjana ihn nach der Schule in seinem Büro im dritten Stock eines Altbaus, direkt unter seiner Wohnung, um in seinen Akten zu stöbern oder ihn über seine abgeschlossenen Fälle auszuquetschen. Seit ihrem fünfzehnten Lebensjahr stand fest, dass sie nicht Lehrerin wie ihre Mutter, sondern Versicherungsdetektivin werden wollte – obwohl er ihr den Spleen nachhaltig auszureden versuchte. Sein Job war bei Weitem nicht so spannend und interessant, wie seine Nichte sich das vorstellte. Vielleicht musste er seine Fälle einfach nur langweiliger darstellen.

Hogart drückte die Zigarette auf dem Balkongeländer aus. Die Arbeit rief. Solange die Dienstmädchen in den Zimmern noch die Betten richteten, wollte er seine Befragung fortführen. Frisch geduscht, in bequemen Jeans, Poloshirt und Sakko, verließ er das Zimmer.

Dem Barkeeper des Hotels war Schelling zweimal aufgefallen. Sie hatte noch weit nach Mitternacht allein an der Theke gesessen, gedankenverloren dem Geklimper des Pianisten gelauscht und sich einige trockene Martinis mit Oliven bestellt. Die Bedienung im Restaurant konnte sich ebenfalls an die Wienerin mit der roten Damenkrawatte erinnern. Eine derart imposante Frau vergaß man nicht so rasch. Schelling hatte stets gegen zehn gefrühstückt, ein paarmal im Hotel zu Abend gegessen und meistens einen Martini dazu getrunken. Sie war immer allein gewesen, hatte nie telefoniert, keine Nachrichten am Empfangstisch erhalten und war – außer von Taxis – kein einziges Mal vor dem Hotel abgeholt worden. Bei der Zimmerabrechnung waren lediglich eine Stunde Pay-TV von zwei bis drei Uhr morgens angefallen, eine Packung Erdnüsse aus der Minibar, aber keine Telefonate vom Zimmer aus. Nachdem Schelling ausgecheckt hatte, war sie von niemandem mehr gesehen worden.

Bis zum Mittagessen waren Hogarts erste fünftausend Kronen weg. Hätte er es nicht besser gewusst, er hätte Schelling glatt für eine unauffällige Touristin gehalten, die an Schlafstörungen litt. Der einzige Anhaltspunkt, der ihm jetzt noch blieb, war die Tatsache, dass sie keinen Führerschein besaß, wodurch sie auf den Taxidienst angewiesen war. Für weitere tausend Kronen half ihm Tereza beim Übersetzen, als er mit den Taxiunternehmen der Stadt telefonierte. Zwar lebten in Prag seit jeher zwei Sprachen nebeneinander – Tschechisch und Deutsch –, aber nur wenige Einheimische beherrschten die Fremdsprache. Am Nachmittag besaß er die Taxiliste, auch wenn sie Kommerzialrat Rast eine schöne Stange Geld gekostet hatte.

Bei einem frühen Abendessen im böhmischen Spezialitätenrestaurant *Zur Spinne* gegenüber dem Hotel blätterte er durch die Seiten des Computerausdrucks. Um diese Zeit war die Gaststube noch ziemlich leer, weshalb er im Kerzenschein einer einsamen Nische seine Unterlagen unbeobachtet ausbreiten konnte.

Er ging die Taxiliste durch: zwölf Fahrten! Besonders umtriebig war die Frau nicht gewesen. Da Schelling niemals beim Telefonieren gesehen worden war, musste sie die Taxis jeweils vom Zimmer aus mit ihrem Handy gerufen haben. Zwölfmal war sie vor dem Hotel abgeholt worden. Elf Bezahlungen in bar, eine einzige mit Kreditkarte. Hogart suchte die Fahrtziele auf dem Stadtplan. Viermal zur Nationalgalerie, zweimal in die Villengegend vor der Prager Burg, je einmal zur Einsatzzentrale der Feuerwehr, zur Kripo, zu einem chemischen Labor und zur österreichischen Botschaft, vermutlich um an Auskünfte heranzukommen, wer für welchen bürokratischen Papierkram zuständig war. Am Tag ihrer Abreise, etwa um die gleiche Zeit, als sie ihre Nachricht auf das Tonband im Büro von Medeen & Lloyd gesprochen hatte, war sie mit dem Taxi zu einer Fahrt Richtung Flughafen abgeholt worden. Nicht *zum* Flughafen, sondern nur in die Richtung. Etwa neun Kilometer vom Stadtzentrum entfernt endete die Taxifahrt in der Pivonkastraße.

Hogart fand den Ort gerade noch auf dem Rand seines Stadtplans. So weit draußen gab es nichts als Acker und Feldwege, und dennoch musste Schelling in dieser Gegend etwas gesucht haben. Und dabei war sie verschwunden. Noch eine zweite Sache gab Hogart zu denken: jene Fahrt, die Schelling mit ihrer Kreditkarte beglichen hatte. Sie führte in ein schmales Gässlein südlich des Josefsviertels, zwischen dem Moldauufer und der Altstadt, nicht weit vom Hotel entfernt: die Bernardigasse. Warum hatte Schelling ausgerechnet *diese* Fahrt mit der Karte bezahlt? Bestimmt nicht deshalb, weil ihr das Bargeld ausgegangen war. Immerhin hatte sie am Abend darauf ihre Taxifahrt Richtung Flughafen mit Scheinen beglichen. Vielleicht wollte sie diese Fahrt dokumentieren, sozusagen für die Nachwelt belegen. Möglicherweise war es ihre Methode, Nachrichten im Batteriefach einer Fernbedienung zu hinterlegen.

Jedenfalls hatte er nun zwei Orte gefunden, an denen es Sinn ergab weiterzuforschen: die Pivonkastraße außerhalb der Stadt und die Bernardigasse beim Josefsviertel.

Um diese Jahreszeit wurde es am Abend rasch kühl. Zudem zog von der Moldau eine feuchte Brise herauf. Die Hände in den Manteltaschen, ging Hogart von seinem Hotel durch die Altstadt zur Bernardigasse. Er kam an Marionettentheatern und unterschiedlichen Kleinbühnen vorbei, die in dem Künstlerviertel dicht nebeneinanderlagen. Das *Cabinet Bizarre* bot Goethes *Faust* als Schattenspiel mit Neonlicht und visuellen Effekten an. Weitere Plakate und Aushangfotos warben für die *Laterna Magica* oder eine Vorführung des mystischen *Circo Magico*. Im *Black Light Theatre* liefen Puppenspiele mit optischen Täuschungen. Auf dem engen Podium, das den Schauspielern zur Verfügung stand, konnte man sich nur mit Illusionen behelfen, um das Publikum zu verzaubern – und die Prager Künstler waren Meister darin.

Die engen Seitengassen mit den zahlreichen Theaterbühnen und winzigen Kinosälen waren ihm noch von seinem letzten Pragbesuch lebhaft in Erinnerung. Damals hatte er häufig die tschechischen Programmkinos besucht, um die einzigartige Atmosphäre der knarrenden Klappstühle, schwarzen Samtvorhänge und flimmernden Projektoren zu erleben. Möglicherweise rührte daher seine Vorliebe für alte Schwarz-Weiß-Klassiker her, die nicht auf DVD, sondern nur auf originalen Filmrollen voll zur Geltung kamen. Das Bild musste flimmern, der Ton knistern – dann war es authentisch, denn genauso wie der Film selbst erzählte auch das Filmmaterial eine Geschichte.

Während er in Erinnerungen schwelgte, gelangte er in die Josefstadt. Die schmiedeeisernen Straßenlaternen erinnerten ihn an Wien – wie vieles andere auch ein Überbleibsel der Monarchie. Hier konnte man die Touristen an einer Hand abzählen. Was gab es hier auch schon viel zu sehen außer brüchigen Gebäudeeingängen oder in den Bürgersteig eingelegte Mosaike, die nicht so aussahen, als wären sie jemals restauriert worden? Dieser Stadtteil mit seinen engen Gässchen, dem Kopfsteinpflaster, den verschnörkelten Häuserfassaden und schmalen Plätzen wirkte wie ein in Vergessenheit geratenes Ghetto. Dazwischen blickten immer wieder neugierige Gesichter aus dunklen Häusernischen, hinter Mülltonnen oder verrosteten Briefkästen hervor. Aus den Hinterhöfen drang der Geruch nach faulem Gemüse, der Hogart an die Armenviertel der Wiener Bezirke erinnerte, in denen er aufgewachsen war. Untrennbar damit verbunden war auch die Erinnerung an seinen Vater, diesen feinen und intelligenten Mann, vor dem er stets Achtung und Respekt gehabt hatte. Zugleich war sein Vater aber auch ein gutgläubiger Narr gewesen, der selbst dann noch an das Gute im Menschen geglaubt hatte, als ihn seine Partner bereits offensichtlich hereinlegten, bis er mit seinem Lebensmittelladen schließlich Pleite gemacht hatte. Dann kam heraus, dass seine Frau ihn betrog, worauf eine katastrophale Scheidung als Draufgabe folgte. Ziemlich viel Stoff für einen Neunjährigen, der im Gegensatz zu seinem Vater schon recht früh gelernt hatte, niemandem zu vertrauen. Seitdem fragte sich Hogart, ob ihm die Erinnerung an den finanziellen Ruin seines alten Herrn so tief in den Knochen steckte, dass er deswegen Versicherungsdetektiv geworden war. Ging es ihm im Wesentlichen darum, Betrüger zu fassen, die andere aufs Kreuz legten? Vielleicht wollte er mit seinem Job etwas gutmachen, das er als Kind nicht hatte verhindern können: dass die Wahrheit verschleiert wurde und nie ans Licht kam.

Die Straßenlaterne flackerte. Es roch nach Rossäpfeln. Laut einem Plakat an der Häuserecke konnte man hier für fünfhundert Kronen eine Kafka- oder Golem-Tour in einer Kutsche buchen. Die nächtliche Rundfahrt durch das alte Prag gab es also noch immer. Zweimal führte Hogarts Weg unter einem gewölbten Viadukt durch den Bauch eines Hauses, bis er einen Hof betrat, an dessen Ende ein schiefer Durchgang zur nächsten Seitenstraße führte. Dort bildete er sich ein, das widerhallende Klappern von Hufen auf Pflastersteinen zu hören, das durch das Labyrinth aus Häuserwänden zu ihm drang. Im gleichen Augenblick holperte am Ende der Gasse ein Fiaker vorüber. Die Gästekabine war leer, und der Fuhrmann hing wie ein Schlafender auf dem Kutschbock.

Hinter der nächsten Biegung gelangte Hogart endlich in die Bernardigasse. Es war kaum zu fassen, aber sie war noch schmaler als die Gassen zuvor – zwischen den windschiefen Häuserwänden kam gewiss keine Kutsche mehr durch. Was hatte Schelling hier nur gesucht? Bestimmt keinen nostalgischen Rundgang, um die alten Patrizierhäuser zu bewundern: *Zum Storch, Zum Pferdefuß, Zum goldenen Einhorn, Zur kalten Herberge* oder *Zur steinernen Glocke* – verrostete Messingschilder über den Lokalen, in denen sich längst keine Gäste mehr befanden, da Türen und Fenster mit Brettern vernagelt waren. Offensichtlich erfüllten die Häuser jetzt einen anderen Zweck. In den Eingängen lungerten Penner, und an den Mauern lehnten junge Zigeunerinnen mit geschminkten Augenlidern, deren Lachen verstummte, sobald sie ihn sahen. Die Frauen stießen sich gegenseitig mit den Ellenbogen in die Seite und nickten ihm zu. Rings um ihn wisperte es. Hogart stieg mit einem weiten Schritt über einen Penner hinweg. Mit einem Mal fühlte er sich mit seinem kamelfarbenen Mantel wie ein Eindringling. Trotzdem zeigte er das Foto von Schelling herum. Er suche seine *Sestra* – seine Schwester. Für hundert Kronen bekam er ein eindeutiges Lächeln als Antwort – mehr nicht. Wer sollte sich auch an eine Frau erinnern, die vor über drei Wochen hier gewesen war?

Das Ende der Bernardigasse wurde breiter und mündete in einen kleinen offenen Platz. Da es keine andere Möglichkeit gab, musste das Taxi hier gehalten haben, um Schelling aussteigen zu lassen. An der Ecke lag ein Bordell: das *Papousek,* das einzige Lokal mit einer Leuchtreklame. Der Papagei oberhalb der Tür blinkte abwechselnd rot, gelb und grün. Samstagabend öffnete das Etablissement bereits um sieben Uhr.

Hogart ging hinein, setzte sich an die Bar, bestellte eine Tasse schwarzen Kaffee und steckte sich eine Zigarette an. Nach nicht einmal einer Minute kamen zwei Frauen zu ihm herüber. Sie sahen aus wie Schwestern, verdammt hübsch – die eine mit einer schwarzen Mähne, die andere mit schulterlangen roten Haaren. Sie waren etwa zwanzig, möglicherweise jünger. Beim Anblick der Rothaarigen in den schwarzen Dessous und den hochhackigen Stöckelschuhen regte sich etwas in Hogarts Hose. Mit einem kurzen Blick erkannte die Frau, was los war. Hier war jemand scharf auf eine Nummer. Lächelnd setzte sie sich zu Hogart an die Bar. Ohne zu fragen, nippte sie an seinem Kaffee.

»Hallo, mein Großer. So früh schon unterwegs?«, fragte sie ihn auf Englisch.

Einen Moment lang überlegte Hogart, seinen Auftrag für eine Stunde zu vergessen. Schon seit einem halben Jahr hatte er mit keiner Frau mehr geschlafen, und diese Kleine würde ihn in eine andere Dimension katapultieren ... wie das erste Mal mit Eva ... und plötzlich sah er sie vor sich.

»Was ist?«, fragte die Rothaarige.

»Nichts.« Er musste immer noch an seine Ex denken. Das Bild verschwand einfach nicht aus seinem Kopf. Sein Ständer schrumpfte zusammen. Er konnte nicht einmal in Gedanken mit einer anderen Frau schlafen, ohne dass ihm Eva die Tour vermasselte. Dabei war sie längst mit *Mister Coca-Cola* verheiratet.

Die Rothaarige zog eine Schnute. »Schade, mit dir wäre es mal eine nette Abwechslung gewesen.«

»Ein anderes Mal«, log Hogart. Er griff in die Brieftasche und zeigte ihr Schellings Foto. »Ich suche meine Schwester.«

Kopfschüttelnd verschwand die Rothaarige. Auch keine ihrer Kolleginnen wollte die Frau auf dem Foto wiedererkennen. Nur der Barkeeper schien etwas gesprächiger zu sein. Sofern Hogart dem Mann glauben durfte, war schon seit Monaten keine Frau mehr in dem Nachtclub gewesen, es sei denn, sie arbeitete hier. Hogart erwähnte mehrmals, in welchem Hotel er wohnte, verteilte die Karte mit seiner Handynummer und hinterließ ein kräftiges Trinkgeld – die übliche Prozedur. Vielleicht würde noch jemandem etwas einfallen, der sich ein wenig dazuverdienen wollte.

Draußen überquerte Hogart den Platz und suchte sich

die breiteste der Straßen aus. Hier begann das Viertel mit den Clubs und Nachtbars. Gedämpfte Musik drang aus den Lokalen. Er rief ein Taxi. Bevor er ins Hotel zurückkehrte, wollte er Schellings letzte Fahrt rekonstruieren. Für Samstagabend waren die Straßen merkwürdig leer, sodass er nur eine halbe Stunde zum westlichen Stadtrand brauchte.

Die Pivonkastraße entpuppte sich als kurze Allee, welche die Landstraße querte. Von hier war der Flughafen mit dem Auto in höchstens zehn Minuten zu erreichen. An einer Straßenecke lagen ein Taxistand und eine Bushaltestelle, auf der gegenüberliegenden Straßenseite ein Restaurant und ein Tanzlokal. An diesem Samstag war bestimmt mehr los als am Donnerstagabend vor drei Wochen. Trotzdem zählte Hogart nur sechs Mopeds und halb so viele Autos auf dem Besucherparkplatz. Gewiss war dies die einzige Möglichkeit für die Dorfjugend, um sich in dieser Einöde zu amüsieren – aber auch ein guter Ort für eine Versicherungsdetektivin, um kurz vor dem Abflug nach Wien ungestört die Unterlagen des Falls zu ordnen und in Ruhe einen Martini mit Olive zu trinken.

Mädchen, warum ausgerechnet hier?

Das Tanzlokal hieß *Sochor* – das Brecheisen. Als Hogart den Schuppen betrat, wusste er, warum er diesen Namen trug. In der Diskothek wurde Techno gespielt, so laut, dass er den Türsteher zuerst nicht verstand, der ihm dreißig Kronen Eintritt abknöpfen wollte. Wie er auf einem Plakat sah, legte an diesem Abend der DJ eines Prager Radios auf. So weit außerhalb der Stadt hätte er das nicht vermutet. Hier jemanden nach Schelling zu fragen war Zeitverschwendung. Auf der komplett eingenebelten Tanzfläche bewegten sich einige

Mädchen, die sich in den Spiegeln betrachteten, während die Jungs an der Bar saßen. Hogart verzichtete auf den Eintritt und das Gratisgetränk und begab sich in das anliegende Restaurant, wo es bedeutend ruhiger war.

Über den massiven Holztischen hingen zwar ebenfalls beißende Rauchschwaden, doch wenigstens konnte man sich hier unterhalten. Auf dem Weg zu einem freien Tisch mit kariertem Stofftuch und einer tief hängenden rustikalen Lampe warf Hogart ein paar Münzen in die Jukebox: Johnny Winter, Count Basie und etwas von den Eagles. Irgendwie schien die Melancholie von *Hotel California* zu dieser Kneipe zu passen. Der Kellner, ein bärtiger Riese mit Baumwollhemd und Hosenträgern, warf ihm einen anerkennenden Blick zu. Anscheinend war Hogart nicht der Einzige, der mit dem Technosound aus dem Nebenlokal nichts anfangen konnte.

Im hinteren Bereich des Restaurants befanden sich einige aufdringlich blinkende Spielautomaten, zwei Billard-Tische und eine Reihe Darts-Scheiben, wo sich eine Gruppe Jugendlicher lautstark amüsierte. Bevor Hogart diese Leute befragte, machte er sich an die Bedienung heran. Zunächst bestellte er eine Tasse Kaffee, schwarz, ohne Zucker. Anschließend fand er mit seinem bruchstückhaften Tschechisch heraus, dass der Kellner zwar vor drei Wochen Dienst gehabt hatte, sich aber nicht an Alexandra Schelling erinnern konnte. Auf die Frage, ob der Mann die Bernardigasse kenne, erhielt Hogart nur ein Schmunzeln zur Antwort. Der Kellner winkte den Barkeeper herbei, einen lispelnden alten Mann mit Hasenscharte, und Hogart erfuhr, dass eine Dame im *Papousek* für einen ganzen Abend so viel kostete wie in Wien für eine Viertelstunde. Offensichtlich hielt ihn der Barkeeper für einen Touristen, der das Spezielle suchte. Hogart fand es zu mühsam, das Missverständnis aufzuklären. Seinetwegen sollte ihn der Mann für einen schrulligen Perversen halten, solange er nur eine Spur zu Alexandra Schelling fand. Hogart zeigte ihm das Foto. *Manzelka* – seine Ehefrau sei ihm abhandengekommen. Kopfschüttelnd gab der Barmann einen Zischlaut von sich.

Danach ging Hogart auf die Gruppe Billard spielender Jugendlicher zu. Er zeigte das Bild von Schelling herum, doch niemand konnte sich an die Frau erinnern. Und die Bernardigasse? Dort kannte man nur das Bordell, das anscheinend Berühmtheit in Prag besaß. Beiläufig erwähnte Hogart, dass er im *Hotel Ventana* wohne, während er einige Visitenkarten mit seiner Handynummer verteilte. Er wusste, dass diese Aktion nichts einbrachte – nicht im herkömmlichen Sinn. Niemand würde ihn anrufen, das war klar, aber in Fällen wie diesen musste man sich anbiedern und irgendwie auffallen. Er musste jemanden auf sich aufmerksam machen, der Schellings Entführer oder Mörder kannte. Nur dann würde sich herumsprechen, dass ein Fremder nach Prag gekommen war, der schnüffelte und unangenehme Fragen stellte. Nicht er würde denjenigen finden, der für Schellings Verschwinden verantwortlich war, sondern derjenige würde *ihn* finden. Und falls dabei das Wort *Ehefrau* oder *Schwester* fiel, wusste er, an welcher Stelle er einhaken musste. Möglicherweise war es ein Fehler, so vorzugehen, aber wenn man innerhalb von vier Tagen Ergebnisse liefern sollte, blieb einem keine andere Wahl.

Nachdem er kurz nach Mitternacht in sein Hotelzimmer zurückgekehrt war, fiel er todmüde ins Bett.

2. KAPITEL

Während Hogart am nächsten Morgen bereits um sechs Uhr früh durch die Prager Altstadt joggte und dabei bloß einigen streunenden Hunden und Getränkelieferanten begegnete, ging er im Geiste die übrigen Zielorte von Schellings Taxifahrten durch. Ihre Besuche bei der Kripo, dem chemischen Labor, der österreichischen Botschaft oder der Einsatzzentrale der Feuerwehr erschienen ihm wenig hilfreich für die Suche nach ihr. Seinen eigenen Besuch in der Nationalgalerie würde er sich für später aufheben. Im Augenblick interessierte ihn Schellings zweimalige Fahrt in die Villengegend vor der Prager Burg am meisten. Beide Male handelte es sich um dieselbe Adresse: das erste Haus in einer Seitengasse der Valdstejnska in der Nähe des Palffygartens.

Nach einer heißen Dusche in seiner Hotelsuite und einem ausgiebigen Frühstück im Wintergarten betrat er die klimatisierte Lobby. Die Säulenhalle mit dem schwarz-orangefarbenen Interieur verströmte einen intensiven Geruch nach Flieder. Hogart legte den Zettel mit der Adresse vor Tereza auf den Rezeptionstisch.

»Guten Morgen, Herr Hogart.« Zuerst lächelte sie ihn mit großen Augen an, doch dann starrte sie wortlos auf das Papier.

»Wissen Sie, was sich dort befindet?«, fragte er.

»Sie haben doch behauptet, Sie wären nicht von der Polizei. Und ich dachte …« Sie strich sich eine Strähne ihrer perfekten Pagenfrisur hinters Ohr.

»Bin ich auch nicht. Wie ich gestern schon sagte, arbeite ich für eine Versicherung.«

In ihrem Blick lag immer noch Misstrauen. »Was wollen Sie dann von Vladimir Greco?«

»Vladimir Greco?« Hogart hörte diesen Namen zum ersten Mal.

Sie dämpfte ihre Stimme. »Die Presse nennt ihn auch *Kral z Prahy,* den König von Prag.«

»Handelt er mit Kunstgegenständen?«, fragte Hogart, obwohl der Spitzname eher wie der eines Zuhälters klang.

Tereza blickte ihn an, als wollte er sie verulken, dann schüttelte sie den Kopf. Obwohl sich außer ihnen niemand in der Empfangshalle befand, behielt sie ihren gedämpften Tonfall bei. »Er schmuggelt Menschen aus dem Osten nach Tschechien – aber von mir wissen Sie das nicht.«

Menschenschmuggel! Dieser Kerl hat Schelling verschwinden lassen, war Hogarts erster Gedanke. Konnte natürlich völlig an den Haaren herbeigezogen sein, schien aber irgendwie zu passen.

Er bedankte sich bei Tereza und schob ihr einen Fünfhundertkronenschein über den Tisch.

Den Rest des Vormittags verbrachte er im Internet-Corner des Hotels, wo er drei starke Mokka bestellte und sich vor allem das Online-Archiv der *Prager Zeitung* durchsah, der einzigen deutschsprachigen Wochenzeitschrift der Stadt. Manchmal war der digitale Wahnsinn ja doch ganz nützlich. Während das Guthaben auf seiner Drei-Stunden-Karte langsam schrumpfte, las er sich alle Artikel über Vladimir Greco und dessen Geschäfte durch. Sporadisch druckte er einige Seiten aus. Nicht aus Angst, einen der Namen zu vergessen –

er vergaß nie einen Namen –, sondern weil er etwas in der Hand haben wollte, falls Rast oder Kohlschmied bestimmte Unterlagen von ihm verlangten. Den Artikeln zufolge war Greco vor dreißig Jahren als Geldeintreiber – manche behaupteten als Schläger – in die Szene eingestiegen. Damals wurden noch Alkohol und Zigaretten geschmuggelt. Heute war Greco Chef des Schlepperwesens und beherrschte damit den Schwarzarbeitermarkt. Er organisierte Banden von Taschendieben, betrieb Spielautomaten und Wettbüros und besorgte sämtliche Dokumente, von Reisepässen bis zu gefälschten Arbeitsgenehmigungen. Obwohl das anscheinend jeder wusste, konnte Greco nie etwas nachgewiesen werden – oder es lag niemandem etwas daran, den »König« festzunageln.

Mit jedem weiteren Artikel erfuhr Hogart mehr darüber, wie einflussreich und gefährlich der Mann war. Bekam Greco Besuch von einem wildfremden Menschen, der ihn über den Brand in der Nationalgalerie und Schellings Verschwinden befragen wollte, würde ihn das so kalt lassen wie einen räudigen Wolf ein Hundefloh. Doch jeder Mensch hatte Widersacher – erst recht ein Mann wie Greco. Rasch fand Hogart, wonach er suchte. Wollte man sich in Prag eine Waffe oder Drogen besorgen, ging man am besten zu Patrik Cizek, für Prostitution hingegen schien ein gewisser Antonin Polasek zuständig zu sein, dem unter anderem das *Papousek* in der Bernardigasse gehörte. Manche Artikel lasen sich wie ein *Who is Who* der Prager Unterwelt. Die Grenzen in der Goldenen Stadt an der Moldau schienen klar abgesteckt und alle Geschäfte säuberlich aufgeteilt zu sein. Hogart war klar, dass keiner der Herren etwas über den König von Prag ausplaudern würde, doch es war nie verkehrt, wenn man die Konkurrenten seiner Zielperson kannte.

Bevor Hogart die Internetverbindung trennte, gab er »Vladimir Greco« als Suchbegriff bei Google ein. Die Liste der internationalen Treffer war lang. Schon an fünfter Stelle stand ein Eintrag, der ihn überraschte. Greco war nicht nur Menschenschmuggler, sondern auch Kunstliebhaber. Ein Artikel aus der *New York Times* berichtete, dass Greco im Jahre 2002 bei einer Sotheby's-Auktion als Mitbieter beim Kauf eines Ölgemäldes beinahe den Zuschlag erhalten hatte. Aber das Stück ging nicht in sein Heimatland Tschechien, sondern nach Northamptonshire. Hogart rieselte es abwechselnd heiß und kalt über den Rücken, als er las, dass es sich bei dem Exponat um Oktavians Bildnis des heiligen Thomas handelte. Wie es schien, war Greco mittlerweile doch noch zu seinem Oktavian gekommen. Und nicht nur das – vielmehr hatte er sich gleich dreizehn seltene Werke auf einen Streich besorgt. Wer sonst sollte die Gemälde vor dem Brand in der Galerie ausgetauscht haben? Alexandra Schelling musste das irgendwie herausgefunden haben und Greco auf die Schliche gekommen sein. Sie hatte ihn zweimal besucht, und das war ihr zum Verhängnis geworden. Für Hogart lag der Fall klar auf der Hand.

Jetzt musste er nur noch einen Weg finden, um an den König von Prag heranzukommen.

Zu Mittag aß Hogart im Wintergarten des *Ventana*-Hotels. Während er mit der Gabel in seinem Essen stocherte, drehte er gedankenverloren Kohlschmieds Visitenkarte zwischen den Fingern. Er war angewiesen worden, den Außendienstleiter von Medeen & Lloyd über jeden seiner Schritte zu informieren. Zwar war er keiner von Kohlschmieds Lakaien, aber in sein nächstes Vorhaben sollte er auf jeden Fall jemanden einweihen, und wenn es die Putzfrau des Hotels war. Außerdem wurde es höchste Zeit, Kontakt zu seinem Auftraggeber herzustellen. Hogart sah auf die Uhr – kurz nach eins – und wählte die Nummer. Nie hätte er gedacht, dass er sonntags um diese Zeit jemanden erreichen würde, doch nach dem dritten Klingelton hob Kohlschmied ab.

»Hier spricht Hogart, ich …«

»Herrgott, warum melden Sie sich erst jetzt? Gestern habe ich fünfmal im Hotel angerufen. Sie waren dauernd unterwegs.«

»Schließlich bezahlen Sie mich nicht dafür, dass ich im Hotel herumsitze.« Hogart betrachtete die Liste, auf der Tereza fünf Uhrzeiten notiert hatte.

»Was haben Sie herausgefunden?«

»Für Spekulationen ist es noch zu früh«, wich Hogart aus. »Ich wollte Ihnen nur mitteilen, dass ich einem Mann namens Vladimir Greco einen Besuch abstatte. Er …«

»Greco?«, entfuhr es Kohlschmied. »Es ist Sonntag! Haben Sie einen Termin?«

Hogart schwieg. Er hätte mit jeder Antwort gerechnet, nur nicht mit dieser. »Woher kennen Sie Greco?«

»Letztes Jahr hat er mehrmals versucht, dem Kunsthistorischen Museum die beiden Oktavian-Gemälde abzukaufen – vergeblich.«

Hogart fuhr vom Stuhl hoch. »Und weshalb weiß ich nichts davon?«

»Hören Sie, falls Sie jedem potentiellen Käufer eines Oktavian-Gemäldes einen Besuch abstatten wollen, sind Sie monatelang beschäftigt.«

»Aber nicht hier in Prag!«, konterte Hogart. Er merkte,

wie ihm die Halsschlagadern anschwollen. Wenn Kohlschmied so schlau war, sollte er doch den Fall selbst aufklären. Doch dieser Schreibtischdackel mit der Pomade im Haar hatte keine Ahnung, wie Versicherungsbetrügereien gelöst wurden.

»Haben Sie mir sonst noch etwas verheimlicht, das in unmittelbarer Verbindung zu Oktavian oder Prag steht?«

»Ich habe Ihnen nichts verheimlicht!«, brauste Kohlschmied auf.

Hogart atmete tief durch. Es hatte keinen Sinn, länger mit Kohlschmied zu streiten. Der Lackaffe war genauso wie der Hai von Anfang an dagegen gewesen, dass er den Fall übernehmen sollte, also würde jedes weitere Wort zu diesem Thema in eine unprofessionelle Flegelei ausarten. »Jedenfalls wissen Sie Bescheid, ich werde Greco ein wenig auf den Zahn fühlen.«

Es klang, als marschierte Kohlschmied erregt in sein Arbeitszimmer. Mit einem wuchtigen Knall schmiss er die Tür zu. »Haben Sie sich wenigstens bei ihm angekündigt?«

»Wozu? Wenn er gute Informanten hat, weiß er bereits, dass ich in der Stadt bin, und erwartet mich. Ich muss jetzt los.«

Hogart brach die Verbindung ab. Er dachte an Alexandra Schellings letztes Telefonat und daran, dass sie die Prager Kripo nicht in ihre Ermittlungen hatte einbeziehen können. Vielleicht fand er den Grund innerhalb der nächsten Stunden heraus. Es wurde Zeit, die Prager Villengegend zu besuchen.

Auf dem Plateau der vom Regen grau gewaschenen zerklüfteten Felswand thronte die Prager Burg über der Stadt. Darunter befanden sich die Burggärten. Vor zwanzig Jahren waren sie noch nicht für die Öffentlichkeit zugänglich gewesen, doch jetzt unternahmen hier fröhliche Touristengruppen ihren nachmittäglichen Spaziergang. Die Podeste und Pavillons, zum Teil schon mit Planen zugedeckt, erinnerten Hogart daran, dass der Herbst im Anmarsch war. Die Zeit der Konzerte und Gartenfeste war vorüber, doch selbst mit ihrem Laubüberzug übten die Aussichtsterrassen eine gewisse Faszination aus.

Vor einem der Springbrunnen, die die Nachmittagssonne zum Glitzern brachte, stand eine Pantomimengruppe. Die weiß geschminkten und als Statuen verkleideten Künstler bewegten sich wie Figuren auf einer Drehorgel. Auf der Decke daneben saß ein beinloser Marionettenspieler, der seine Puppe zum Tanzen brachte, eine schwarz gekleidete weibliche Gestalt mit bleicher düsterer Miene. Er war auch Bauchredner, da er die Marionette sprechen ließ, ohne dabei die Lippen zu bewegen. Hogart sah dem Mann eine Minute lang zu und legte ihm dann einen Geldschein in den Hut, ehe er weiterging.

Grecos Grundstück lag in der Villengegend am Ende des Palffygartens. Hogart fand ein Haupttor und einen Seiteneingang, jeweils von Kameras und einem Türsteher mit einem Funkgerät bewacht. Irgendwo auf dem Anwesen hinter dem Zaun und der zwei Meter hohen Hecke musste sich Grecos Villa befinden. So leicht würde Hogart nicht hineingelangen, das wusste er auch ohne Kohlschmieds Ratschläge. Doch um einen Audienztermin beim König von Prag zu vereinbaren, war die Zeit zu knapp. Es blieb ihm nichts anderes übrig, als sich auf unkonventionelle Weise bei Greco einzuführen.

Als er vor dem Seiteneingang auf den Wachposten zuhielt,

einen Mann mit einer Boxerstatur in Jeans und Rollkragenpullover, griff dieser bereits zum Funkgerät. Ohne den Druck der Glock an der Innenseite des Sakkos fühlte sich Hogart plötzlich nackt. Bei heiklen Aufträgen trug er seine Waffe für gewöhnlich im Schulterholster, doch es war unmöglich gewesen, sie im Flugzeug mit in die Tschechische Republik zu nehmen. In Wien ging er regelmäßig auf den Schießstand, um nicht aus der Übung zu kommen. Auf einen Menschen hatte er erst ein einziges Mal gezielt, aber nicht abgedrückt. Es war nicht notwendig gewesen, und auch dieser Job in Prag würde ohne Waffe erledigt werden müssen.

»Co budes delath?«, fragte der Türsteher.

Was willst du? Doch statt eine Antwort zu geben, zog Hogart den dreiteiligen Folder der Prager Nationalgalerie aus der Manteltasche. Er klappte ihn auf und hielt ihn dem Mann unter die Nase.

»Fragen Sie Ihren Boss, ob er an diesen Gemälden interessiert ist.«

Eine Weile war es still, dann knackte das Funkgerät, und eine verzerrte Stimme klang durch das Walkie-Talkie.

»Y poradku«, knurrte der Mann. Dann trat er zur Seite, um Hogart durch das Tor zu lassen.

Ein geschwungener Kiesweg führte durch ein Dickicht aus Hecken, Bäumen und Marmorskulpturen. Am Ende des Weges lag die Villa auf einer Steinterrasse, ein zweistöckiges Gebäude aus grauem Marmor mit Balkonen und hohen Fenstern, das Hogart an ein Museum erinnerte.

Zwei Männer kamen ihm entgegen. Der kleinere der beiden, ein Kerl um die fünfzig, sah gefährlich aus. Hogart kannte diese Art Schläger aus der Wiener Zuhälterszene. Sie fuhren für gewöhnlich ein Cabriolet und trieben Geld bei den Nutten ein. Mit dem langen blonden Seitenscheitel und dem Halstuch im Hemdausschnitt wirkte er zwar wie ein eitler Dandy, aber das vernarbte Gesicht und die mehrfach gebrochene Nase gehörten zu jemandem, der früher im Boxring gestanden hatte. Hogart musterte ihn nur kurz. Besser, er fand nicht heraus, wie hart der Kerl zuschlagen konnte.

Das Empfangskomitee filzte ihn erfolglos nach Waffen. Als die beiden ihn anschließend zum Haus eskortierten, hörte er in einiger Entfernung das tiefe, kehlige Husten zweier Hunde. Es waren bestimmt keine Pudel.

Grecos Arbeitszimmer sah nicht im Geringsten wie das Büro eines Mannes aus, der Pässe und Aufenthaltsgenehmigungen fälschen ließ oder Menschen über die Grenze ins Land schmuggelte. Dunkle Ölgemälde in gewaltigen Rahmen bedeckten die Wände. Ein wuchtiger Mahagonischreibtisch sowie Kommoden mit gusseisernen Kerzenständern und ein fingerdicker Teppich, der Hogarts Sohlen sogleich einsinken ließ, gaben dem Raum eine antike und zugleich düstere Atmosphäre. So hatte sich Hogart immer den Empfangsraum einer Botschaft vorgestellt. Die Samtvorhänge waren halb vor die Fenster gezogen, aber die Kronleuchter brannten nicht, sodass ein merkwürdiges Zwielicht herrschte.

Hogart roch den Zigarrenqualm im selben Moment, als er Vladimir Greco lautlos auf sich zukommen sah. Der Mann mit dem kurz gestutzten Schnauzbart trug einen eleganten weißen Anzug, die obersten Knöpfe des Hemdes standen offen, und seine Lackschuhe hatten wahrscheinlich mehr Geld gekostet, als Hogart an Spesen für diesen Fall zur Verfügung stand. Erstaunlicherweise war der König von

Prag nicht jener Riese, den Hogart erwartet hatte. Greco war einen Kopf kleiner als er, brachte aber bestimmt hundert Kilo auf die Waage. Er hatte einen voluminösen Brustkorb, kräftige Arme mit gut trainierten Muskeln und den Nacken eines Stieres. Und sah für sein Alter von fünfzig Jahren, das Hogart recherchiert hatte, verdammt gut aus. Mit der Statur brauchte Greco eigentlich keinen Leibwächter, denn mit diesen überproportional großen Händen hätte er selbst wie ein Dampfhammer zuschlagen können. Vermutlich tat er das auch ab und zu.

»Dobry den.« Greco steckte die Zigarre in den Mundwinkel und reichte Hogart die Hand.

Allein der Händedruck ließ Hogart vermuten, dass Greco Spaß daran fand, Leuten das Genick zu brechen. Einen Mann wie ihn aus der Ruhe zu bringen war bestimmt schier unmöglich.

»Schön haben Sie es hier, geschmackvoll eingerichtet.« Erst jetzt bemerkte Hogart die Frau mit den langen pechschwarzen Haaren auf dem Sofa am Ende des Zimmers. Sie trug Stöckelschuhe zu engen schwarzen Jeans und hatte die Beine überkreuzt. Fast eine Sekunde zu spät riss er sich von ihrem Anblick los. Es war nie ratsam, die Frau des Bosses zu lange anzustarren.

Noch bevor Hogart ein weiteres Wort sagen konnte, erhob sich die Dame, nahm ihre Jacke vom Stuhl und kam auf Greco zu. Sie war eine Spur größer als er. In den Jeans und mit der Lederjacke über dem Arm sah sie nicht nur flott, sondern auch eine Spur verwegen aus.

»Na shledanou.« Sie küsste Greco auf die Wange. Gleichzeitig warf sie Hogart einen Blick zu, der über ein harmloses neugieriges Betrachten hinausging.

Greco sprach noch einige Worte in einem tschechischen Dialekt mit ihr. Hogart bekam nur mit, dass es um ein Paket mit Informationen ging, wobei ein Name fiel: *Josef.* Danach verschwand sie.

Hogart sah ihr nach. Was für ein ungünstiger Augenblick, um zu gehen. Sie würde den Höhepunkt des Tages verpassen, wenn ihn die Rottweiler auf dem Rasen in Stücke rissen.

Als die Tür zufiel, wandte Greco sich ihm zu. Er kam gleich zur Sache. »Sie wollen mir Gemälde verkaufen?«, fragte er mit einem harten, abgehackten Akzent.

»Zuerst muss ich sie einmal finden«, entgegnete Hogart. Er stellte sich als Versicherungsdetektiv vor, der für die Wiener Niederlassung von Medeen & Lloyd arbeitete. »Sind Sie an Oktavian interessiert?«

Grecos Hände steckten in den Hosentaschen, während er an der Zigarre kaute.

»Ne.«

»Bei der Sotheby's-Auktion 2002 in New York waren Sie es noch. Auch letztes Jahr, als Sie versucht haben, dem Kunsthistorischen Museum zwei Gemälde abzukaufen.«

Greco kniff die Augen zusammen, sagte aber nichts.

»Kennen Sie die Bernardigasse?«, fragte Hogart.

»Ne.«

Hogart zeigte ihm das Foto von Schelling. »Haben Sie diese Frau schon einmal gesehen?«

»Ne.« Greco sah sich das Bild nicht einmal an.

Hogarts Stimmung schlug um. Er hatte sich in die Höhle des Löwen gewagt – zum Kneifen war es jetzt zu spät. »Sie war zweimal hier, zuletzt am 28. August, um 14.30 Uhr. Ein Taxi brachte sie her. Der Chauffeur wartete genau dreißig Minuten, danach brachte er sie zurück ins Hotel.«

»Ah, *diese* Kleine«, knurrte Greco. »Ja, sie war hier. Ich konnte ihr aber nicht weiterhelfen. Sie trank einen Martini, und danach verschwand sie wieder.«

Hogart zögerte nur eine Sekunde. »Haben Sie Frau Schelling genauso belogen wie mich?«

Während Greco einen Schritt auf Hogart zumachte, nahm er die Zigarre gefährlich langsam aus dem Mund. »Ich sage Ihnen was«, flüsterte er. »Ich habe mit dem Brand in der Galerie nichts zu tun. Keiner meiner Männer hat das Feuer gelegt. Ich weiß weder, wo sich die Originale befinden, noch, was die Kleine von der Versicherung nach ihrem Besuch bei mir getrieben hat. Möglicherweise hat sie sich von dem Versicherungsbetrüger ficken lassen, mit ihm halbe-halbe gemacht und ist mit dem Geld abgehauen … und dasselbe sollten Sie auch tun – jetzt gleich!« Greco deutete mit der Zigarrenglut auf Hogart. »Und richten Sie Ihren Vorgesetzten aus, dass die Beamten des Bundeskriminalamts bereits hier waren, alles auf den Kopf gestellt haben und ich den nächsten Klugscheißer, der unangemeldet hier auftaucht, um meine Zeit zu stehlen, den Hunden zum Fraß vorwerfe.«

Hogarts Herz pochte bis zum Hals. Seine Hände waren eiskalt – aber nicht wegen Grecos Drohung, sondern wegen Kohlschmied. Dieser kleine schmierige Bürokrat hatte mit keinem Wort erwähnt, dass die Wiener Kripobeamten schon hier gewesen waren. Das hatte seinen Besuch bei Greco kräftig vermasselt. Nun stand er wie ein Idiot da. Am liebsten hätte er Kohlschmied eigenhändig erwürgt.

Im selben Moment flog eine Seitentür auf, und ein auffallend hübsches Mädchen von etwa neun Jahren mit blonden Zöpfen stürmte herein. Mit einem Mal war Greco wie ausgewechselt.

»Anna!«, rief er mit einer angenehm sanften Stimme. Er streckte die Arme aus und ging in die Hocke. Die Kleine warf sich ihm so schwungvoll an den Hals, dass der Saum ihres blauen Kleides flog. Er drückte sie fest an sich, und sie gab ihm einen Kuss und lächelte, dass ihre Zahnspange blitzte.

Der Mann war ein Glückspilz. Binnen fünf Minuten wurde er von zwei hübschen Frauen geküsst. Hogart ließ ihm etwas Zeit, danach griff er das Thema wieder auf. »Ich weiß genauso gut wie Sie, dass Alexandra Schelling tot ist, aber ...«

»Wo ist die Leiche?« Greco strich dem Mädchen übers Haar.

»Wissen *Sie* es?«

»Ich?« Greco richtete sich auf. Sein Blick verfinsterte sich. »Sie überschreiten Ihre Grenzen.«

»Derjenige, der meine Kollegin verschwinden ließ, hat sie überschritten.«

»Wollen Sie mir etwas unterstellen?«

»Ich unterstelle Ihnen nichts, aber hier geht es um Brandstiftung, Versicherungsbetrug und womöglich Mord ... und Sie verhalten sich nicht gerade kooperativ.«

»Sie drohen mir – vor meiner Tochter? Diese Unterredung ist beendet. Bemühen Sie sich nicht, allein rauszufinden.« Greco wandte sich ab, um durch den Raum zu brüllen. *»Dimitri! Tomas!«*

Dieselben Männer, die Hogart vom Tor zum Haus begleitet hatten, betraten das Zimmer. Der ältere drahtige Kerl mit dem blonden Seitenscheitel übernahm die Führung. Bestimmt würde der Dandy diesmal nicht so höflich zu ihm sein. Tatsächlich wurde Hogart im nächsten Moment unsanft unter den Armen gepackt und zur Tür geschoben.

»Ich kriege Schellings Mörder!«

»Dobry den«, rief Greco ihm nach.

»Dobry den.« Das Mädchen winkte artig mit der Hand.

Hinter Hogart fiel die Tür zu. Dimitri und Tomas schleppten ihn durch die offene Glastür auf die Terrasse. Ein Weg aus Terrakottasteinen führte am Haus entlang. Die Männer zerrten ihn zu einer Nische aus Heckenrosen, um ihn dort gegen eine Bretterwand zu werfen. Breitbeinig versperrte ihm der Dandy den Weg. Dahinter stand der Größere mit verschränkten Armen.

Hogart bemerkte, wie die schwarzhaarige Frau, die er eben noch in Grecos Arbeitszimmer gesehen hatte, das Haus durch die Terrassentür verließ. Sie stand nicht weiter als fünfzehn Meter von ihnen entfernt an der Balustrade, wo sie ein braunes Kuvert aufriss. Eilig überflog sie einige Bögen Papier, die sie anschließend wieder in den Umschlag steckte. Vermutlich stammten die Blätter von diesem Josef. Möglich, dass sie gar nicht Grecos Geliebte war, sondern nur Informationen für ihn überbrachte.

»Wer ist diese Frau?« Obwohl Hogart zu ihr hindeutete, wandten sich die beiden Leibwächter nicht um. »Arbeitet sie für Greco?«

»Lass bloß die Finger von ihr!«, knurrte der Dandy mit heiserer Stimme auf Deutsch. »Greco mag das Mädchen. Außerdem hat sie einen Bruder, mit dem ist nicht gut Kirschen essen. Also halte dich fern. Verstanden?« Mit einer energischen Kopfbewegung warf sich der Blonde das Haar aus der Stirn.

Hogart nickte, ohne die Frau aus den Augen zu verlieren, die noch immer an der Balustrade stand und in die Sonne blinzelte. Als sie sich im Garten umsah, entdeckte sie ihn, wie er zwischen den Männern und der Bretterwand stand. Er versuchte, ihr zuzulächeln, doch im gleichen Moment traf ihn die Faust im Magen. Er hatte den Schlag nicht kommen sehen. Luft zischte aus seiner Lunge. Während er von dem Riesen herumgerissen und von hinten an den Armen gepackt wurde, kassierte er zwei weitere Schläge von den Fäusten des Dandys. Sie trafen ihn wie Granaten. Tomas oder Dimitri – wie auch immer der blonde Bastard sich nennen mochte – hatte sichtlich Spaß daran, und er war ein Profi. Für einen Moment erging sich Hogart in der Vorstellung, den Arm freizubekommen und die beiden Kerle mit zwei gezielten Hieben niederzustrecken, doch er hatte es verbockt. Stattdessen stieg Magensäure mit bitterem Kaffeegeschmack seine Kehle hoch.

Der Dandy knickte eine Rose ab und steckte sie Hogart ins Knopfloch des Mantels.

»Dobry den.« Die Männer ließen von ihm ab.

Reizend, dachte Hogart. Wie ein nasser Sack lehnte er an der Bretterwand. Mit tränenverschleiertem Blick sah er, wie Dimitri und Tomas ins Haus verschwanden. Wahrscheinlich hatte er von allen Übeln noch das geringere erwischt. Die Rottweiler hätten ihm bestimmt keine Rose angesteckt.

Langsam richtete sich Hogart auf. Seine Bauchdecke spannte. Er schluckte den galligen Geschmack hinunter, stopfte sich das Hemd in die Hose und humpelte über die Wiese zum Kiesweg. Halb versteckt hinter dem Vorhang am Fenster beobachtete ihn der Blonde. Hogart schenkte ihm ein knappes Lächeln.

Zur gleichen Zeit verließ die Frau die Terrasse und nahm den Kiesweg zum Seitenausgang des Grundstücks. Halt dich fern von ihr, mahnte sich Hogart. Als sie sich vor einer

Marmorstatue trafen, sagte er etwas Belangloses über das Wetter, eine tschechische Floskel, die er am Tag zuvor im Hotel aufgeschnappt hatte. Er war höflich gewesen, und damit war der Fall für ihn erledigt, denn sie legte garantiert keinen Wert auf eine bruchstückhafte Konversation mit einem Mann, der soeben vor ihren Augen vermöbelt worden war.

»Sie brauchen sich nicht bemühen, tschechisch zu reden«, sagte sie in nahezu akzentfreiem Deutsch.

Hogart sah sie überrascht an. »Die ersten netten Worte, die ich heute gehört habe.«

Gemeinsam gingen sie über den Kiesweg.

»Worum ging es bei Ihrem Besuch?«, fragte sie.

»Um Kunst.«

»Tatsächlich? Sie sehen nicht gerade wie ein Antiquitätenhändler aus.«

»Es ging um den Brand in der Nationalgalerie. Wissen Sie etwas darüber?«

»Nur, dass dabei einige Ölgemälde zerstört wurden.« Sie lächelte. »Ich habe gesehen, was Dimitri mit Ihnen angestellt hat. Demnach sind Sie nicht gerade diplomatisch vorgegangen.«

»Ich wollte Greco in die Enge treiben, habe es aber vermasselt.«

»Sie sind zum ersten Mal in Prag, nicht wahr?«

»Eigentlich nicht, ich …«

»Greco treibt man nicht in die Enge. Man lässt ihn am besten dort, wo er ist, und hofft, dass er nicht wütend wird.«

»Sie scheinen ihn gut zu kennen.«

»Mein Name ist Ivona Markovic.« Sie reichte ihm die Hand.

Zögerlich ergriff er sie. »Peter Hogart.«

Ihre Finger fühlten sich angenehm warm an, allerdings hatte sie einen harten Händedruck. Sie war eine attraktive Frau, schlank, mit eleganten Zügen – kein Wunder, dass der blonde Bastard ihm riet, die Finger von ihr zu lassen. Er schätzte sie auf Ende dreißig. Ihre Augen verrieten, dass sie genau wusste, was sie wollte, aber dass sie auch widerspenstig wie eine bockige Stute sein konnte. Bestimmt hatte sie schon zu viel erlebt und gesehen, als dass sie eine gewöhnliche Geliebte Grecos war, die sich von ihm aushalten ließ. Auch für eine unbedeutende Informantin erschien sie ihm zu selbstsicher.

»Wie geht es Ihnen?«, fragte sie.

»Danke, aber machen Sie sich keine Sorgen. Dimitri schlägt zu wie ein Mädchen.«

Ivona Markovic lächelte amüsiert, sagte aber nichts. Bestimmt wusste sie, dass es glatt gelogen war.

»Sie humpeln?«

»Schiefe Hüfte, die hat nichts mit Dimitri zu tun.«

»Was ist mit Ihrer Augenbraue passiert?«

Langsam wurde die Fragerei lästig. »Ich habe mich als Vierjähriger mit dem Feuerzeug meines Vaters verbrannt.«

»Absichtlich?«

»Natürlich, was denken Sie?« Er machte eine Pause. »Nein, ich wollte im Holzschuppen heimlich eine Zigarette rauchen.«

Sie lächelte wieder. Vermutlich glaubte sie an einen erneuten Scherz, doch diesmal sagte er die Wahrheit. Seit jenem Missgeschick war die Braue an dieser Stelle nie richtig nachgewachsen, was befremdend auf die meisten Menschen wirkte.

Als sie beim Gartentor an dem Mann mit dem Funkgerät vorbeigingen und die Straße erreichten, sah sich Hogart um.

»Ich würde Sie gern ein Stück mit dem Auto mitnehmen, aber ich bin zu Fuß hier. Vielleicht könnte ich Sie mit einem Taxi …?«

»Nein danke, ich laufe. Ich wohne gleich in der Nähe.«

»Woher sprechen Sie so gut Deutsch?«, fragte er, nur um irgendetwas zu sagen, bevor sie sich abwandte.

»Aus welchem Wiener Bezirk stammen Sie?«, fragte sie stattdessen. »Simmering, Meidling oder Favoriten?«

Diesmal war es an ihm zu schmunzeln, da sie die Bezirke mit einem witzigen tschechischen Akzent aussprach. Im Gegensatz zu vielen anderen Frauen, die er in den letzten Tagen gesehen hatte, wiesen ihre Gesichtszüge nicht den typisch slawischen Einschlag auf, sondern erinnerten eher an die einer südländischen Filmdiva.

»Ich komme aus Meidling. Hört man das?«

»Allerdings. Warum lachen Sie?«

»Nichts, ich finde Sie bloß nett.« Eine leichte Hitze stieg ihm zu Kopf. Er tat nicht gerade das, was Dimitri ihm geraten hatte. Sondern ignorierte die deutliche Warnung seines Verstandes, dass er schleunigst von hier verschwinden sollte, bevor er mit einer Kugel im Kopf in der Moldau trieb. Den König von Prag des Mordes zu bezichtigen war eine Sache – sein Mädchen anzumachen eine ganz andere.

»Vielen Dank für das Kompliment.« Anscheinend war es auch ihr peinlich, da sie für eine Sekunde seinem Blick auswich.

»Also, woher können Sie so gut Deutsch?«, hakte er nach.

»Mein ehemaliger Chef lebte in Wien. Ich habe als Dolmetscherin Verträge übersetzt. Ihre Aussprache erinnert mich an ihn.« Sie machte eine Pause. »Haben Sie heute Abend etwas vor? Darf ich Sie zum Essen einladen?«

»Bitte?« Hogart glaubte sich verhört zu haben. Unwillkürlich warf er dem Wachposten mit dem Funkgerät einen Blick zu.

»Schauen Sie nicht so! Es ist nur ein Abendessen – ich beiße nicht. Ich koche, und Sie erzählen mir etwas über Wien. Ich habe gehört, im Tiergarten gibt es zwei chinesische Pandabären. Stimmt das?«

Hogart nickte.

»Fein, sagen wir um 20 Uhr? Ich wohne auf der Kampa-Halbinsel. Wenn man von der Karlsbrücke runterkommt, das letzte Haus auf der linken Seite. Sie können es nicht verfehlen, es ist ein Pfahlbau, zur Hälfte im Wasser, mit einem Steg, der ums Haus führt. *Dobry den* … und halten Sie sich in der Zwischenzeit von Dimitri fern. Auch wenn er zuschlägt wie ein Mädchen.«

Er sah ihr nach, wie sie davonging. Noch konnte er es nicht fassen. Diese Frau hatte ihn tatsächlich zu sich nach Hause eingeladen. Das letzte Mal war ihm so etwas vor fünfundzwanzig Jahren passiert. Damals ging er noch zur Schule, und Eva, das schönste Mädchen der Klasse, wollte ihn kennenlernen. Er fragte sich, was Ivona von ihm wollte. Womöglich handelte es sich um eine Falle von Vladimir Greco. Aber das musste er selbst herausfinden. Vielleicht erfuhr er dabei mehr über Greco. Doch egal wie es lief – er wusste jetzt schon, dass er Ivona nicht so schnell vergessen würde.

Doch zuvor musste er mehr über die beiden Pandabären in Erfahrung bringen.

3. KAPITEL

Es dämmerte bereits, als Hogart den Wagen vor der Karlsbrücke abstellte. Die Straßenlaternen legten einen gelben Schimmer über die vom Nebel feuchten Pflastersteine. An diesem Abend war es deutlich kühler als am Vortag, beinahe frostig. Mit hochgeschlagenem Mantelkragen lief Hogart auf die Brücke zu. Von der Steinbalustrade aus wirkten die anderen Brücken stromabwärts der Moldau wie Rundbögen, die sich bucklig aus dem Wasser erhoben. Die Hotelschiffe in Ufernähe lagen zur Hälfte im Nebel verborgen. Wie Irrlichter trieben sie auf der Wasseroberfläche. Auch in den Seitenarmen der Moldau schaukelten Lichter auf und ab; offensichtlich stammten sie von Nachtbootsfahrten, die man an jeder der zahlreichen Holzbuden vor den Brücken buchen konnte.

So wie Hogart Ivona einschätzte – als selbstständige, emanzipierte Frau –, machte sie sich nicht viel aus einem Blumenstrauß, sondern legte eher Wert auf einen guten Cognac. Daher hatte er eine Flasche Château la Montanage gekauft sowie zwei kleine Stoffpandabären.

Nachdem er die Moldau überquert hatte, stieg er auf der anderen Seite der Karlsbrücke die Marmortreppe hinunter. Der vom Wasser aufsteigende Dunstschleier hüllte die Kampa-Halbinsel nahezu blickdicht ein. Die Landzunge zwischen dem Fluss und dem Teufelsbach, wie der naturbelassene Seitenarm genannt wurde, war nichts weiter als ein schmaler separater Stadtteil, gesäumt von Wasser und knorrigen Bäumen, überwiegend zusammengesetzt aus alten Wohnhäusern. Je weiter Hogart den Fußweg entlangschritt, desto kälter und finsterer wurde es. Die gekrümmten Äste hingen teilweise ins Wasser, wo sie im Schein der wenigen Laternen lange Schatten über den Bach warfen. Brücken, nicht breiter als ein Fußweg, führten ans andere Ufer. Vereinzelt ragten Ruderboote aus dem Schatten der Brückenbögen. Tagsüber war die Halbinsel bestimmt eine reizvolle Gegend, die man zu Recht als *Prager Venedig* bezeichnete, doch bei Nacht wirkte sie düster und unansehnlich. Die einzigen Geräusche, die Hogart begleiteten, waren das hohle Plätschern eines Schaufelrades und das Echo seiner eigenen Schritte. Doch dann hörte er noch etwas anderes: fremde Schritte, die langsam dahinschlurften, als zöge jemand ein Hinkebein hinter sich her. Plötzlich wusste er, was ihn störte … seit er die Halbinsel betreten hatte, fühlte er sich beobachtet.

Hogart stoppte, um sich eine Zigarette anzuzünden. Am anderen Ufer des Teufelsbaches streunte ein heruntergekommener Jugendlicher entlang. Er trug eine zerrissene Daunenjacke über einem grauen Pullover und eine tief ins Gesicht gezogene Kapuze. Als der Bursche aus dem Schatten der Bäume ins Laternenlicht humpelte, sah Hogart die Spiegelung einer Stahlrahmenbrille. Anscheinend war der Kerl doch kein verwahrloster Penner. Möglicherweise waren ihm Grecos Leute bereits auf den Fersen, oder sein Trick mit der Visitenkarte zeigte erste Früchte.

Während er langsam weiterging und die Zigarette zu Ende rauchte, verschwand der vermeintliche Herumtreiber unter einem Torbogen hindurch in einen Hinterhof.

Wie konnte man nur hier wohnen? Hogart glaubte bereits, einem üblen Scherz von Ivona Markovic aufgesessen zu sein, als sich am Ende der Häuserzeile tatsächlich ein Pfahlbau aus der Dunkelheit schälte. Kurz davor endete der Gehweg. Wie Ivona es beschrieben hatte, führte ein Holzsteg übers Wasser und um den Pfahlbau herum. Die Unterkunft aus geteerten Holzbohlen war bestimmt schon fünfzig oder sechzig Jahre alt. Eine Stromleitung war ziemlich plump unter dem Dachvorsprung verlegt. Aus dem Kamin stieg Rauch, hinter den Fenstern brannte Licht. Nie im Leben hätte er sich jemals von allein in diesen Winkel der Stadt verirrt.

Als er auf den knarrenden Steg trat, öffnete sich die Haustür. Ein kräftiger, hochgewachsener Mann mit Kinnbart und kahl rasiertem Schädel trat heraus. Er hatte einen offenen schweren Ledermantel an, darunter ein Rippshirt. Über der Schulter trug er eine Sporttasche. Der Riese war gut zehn Jahre jünger als Hogart. Seine Statur verriet, dass er täglich ein paar Stunden im Fitnessstudio trainierte. Außerdem erkannte Hogart an seinem Blick, dass er auf der Straße aufgewachsen war. Der Hüne umarmte Ivona und gab ihr einen Kuss auf die Wange. Danach schritt er an Hogart vorbei, ohne ihn eines Blickes zu würdigen. Der Mann roch nach Eukalyptus, ein Duft, der gar nicht zu diesem Kerl passte, der mit schweren Lederstiefeln und klappernden Metallsohlen davonstapfte.

Ivona lehnte im Türrahmen. Sie trug eine graue Trainingshose und einen schwarzen Rollkragenpullover. Ihr Haar war zu einem Pferdeschwanz gebunden. Sie reckte die Nase nach draußen. »Im Moment hält das Wetter noch an, aber in den nächsten Tagen kommt der Umschwung. Im Radio sagen sie Regen und Kälte voraus.« Sie lächelte ihn an. »Ich hätte nicht gedacht, dass Sie herfinden.«

»Bin ich zu früh?« Etwas anderes fiel ihm nicht ein.

»Unsinn, kommen Sie rein.«

Hogart betrat das Haus. Innen waren die Holzbretter ebenso dunkel, doch ein dicker Teppich und einige Lampen mit breiten Schirmen in Blümchenmuster sorgten für eine warme Atmosphäre. Zudem roch es nach Holz und Tannenzapfen.

»Nichtraucherwohnung?«, fragte er.

»Nichtraucherwohnung.«

Er legte im Vorraum den Mantel ab und räumte wie üblich Zigarettenpackung, Feuerzeug und Autoschlüssel aus den Sakkotaschen auf ein Tischchen. In einem Regal hinter dem Kleiderständer sah er Ivonas Handy, ein Ausweisetui und ein Schulterholster, in dem eine Walther PPK steckte. Daneben lag ein Magazin mit sechs Schuss, Kaliber neun Millimeter. Mit dieser Munition hatte er einmal auf dem privaten Schießstand im Felsenkeller südlich von Wien seine Trainingsstunden absolviert. Er ließ sich beim Anblick der Waffe nichts anmerken und ging weiter in die Küche. Der Raum beherbergte nur einen Hochschrank und eine Herdzeile und wirkte ziemlich eng, da er von zwei mächtigen Deckenbalken durchzogen wurde. Alles schien etwas schummerig. Der Fenstervorhang war zur Hälfte zugezogen, die Arbeitsplatte darunter mit Schüsseln und Schneidbrettern vollgeräumt. In einem Topf kochten Nudeln. Hogart sah das offene Glas Tomatensugo. Es würde Spaghetti geben – eine erfreuliche Abwechslung. Durch den niedrigen Türstock blickte er ins Wohnzimmer, wo in einem Schwedenofen ein offenes Feuer brannte. Es knackte anheimelnd, und nun wusste er, woher der Geruch nach Tannenzapfen und brennenden Holzscheiten rührte.

»Schön haben Sie es hier.« Er stellte die Flasche auf die

Küchenablage und setzte die Pandabären auf ein Marmeladenglas. »Mit den besten Grüßen aus Wien.«

»Vielen Dank. Süß. Und ein Château la Montanage. Nicht übel.«

Hogart schob einen Vorhang beiseite. Er musterte das gegenüberliegende Bachufer, wo der Torbogen im Schatten der Bäume lag. Von dem Herumtreiber fehlte jede Spur.

»Warum leben Sie ausgerechnet hier?«

»Sie meinen, weil es so abgeschieden ist?« Ivona kramte in einer Schublade nach Besteck. »Ich liebe die Ruhe und die Nähe des Wassers. Sie haben gerade Ondrej kennengelernt. Er besitzt ein richtiges Hausboot im alten Moldauhafen.«

»Sie leben getrennt von Ihrem Freund?«

Ivona schmunzelte. »Ondrej ist mein Bruder.«

Hogart erinnerte sich an den Ratschlag von Vladimir Grecos Schläger. *Außerdem hat sie einen Bruder, mit dem ist nicht gut Kirschen essen. Also halte dich fern.*

Während Ivona mit einem Kochlöffel im Topf rührte, nahm er Gläser und Teller aus einer Vitrine.

»Mögen Sie Zwiebeln, Knoblauch und Parmesan?«, fragte sie.

»Jede Menge.«

»Ein Mann nach meinem Geschmack.« Als sie sich nach der Gewürzablage streckte, zuckte sie für einen Moment zusammen.

»Sind Sie verletzt?«

»Es ist nichts weiter.« Sie ließ die Schulter kreisen. »Ondrej leitet ein Dojo, nicht weit von hier. Am Wochenende ist es zwar geschlossen, aber jeden Sonntagnachmittag trainiert er mich dort. Heute stand seine Lieblingseinheit auf dem Programm: Haltegriffe und Wurftechniken. Vermutlich bin ich zu hart auf die Matte geschlagen. Das Abrollen war schon immer meine Schwäche.«

Während Ivona einiges über Judo und ihren Bruder erzählte und gleichmäßig im Topf rührte, betrachtete Hogart sie wortlos. Diese Frau überraschte ihn immer mehr. War sie in Grecos Villa noch die elegante Dame gewesen, stand sie nun in Trainingshosen vor ihm, kochte Spaghetti, besaß eine Walther PPK und trainierte Kampfsport. Nun wurde ihm auch klar, warum er sich von ihrem Bruder fernhalten sollte. Mit zwölf Jahren Praxis und dem zweiten Dan in Judo konnte Ondrej seine Gegner mit einem simplen Handgriff bewegungsunfähig machen.

Etwas später trugen sie den Cognac und die mit Spaghetti gefüllten Teller ins Wohnzimmer. Ivona musste zuerst Zeitschriften, Pullover und leere Getränkepackungen vom Tisch abräumen. Sie stapelte alles auf den vollen Wäschekorb neben dem Schwedenofen. Zwischen Dutzenden Kopfkissen, Mappen und Aktenordnern fand Hogart einen freien Platz auf der Couch. Viele Dinge lagen um ihn herum, die überhaupt nicht in ein Wohnzimmer passten. Doch seit Evas Auszug sah es in seiner eigenen Wohnung auch nicht besser aus. Außerdem war er von seinem Job her erst recht einiges gewöhnt, betrat regelmäßig Häuser, deren Bewohner ihm mit voller Absicht einen offensichtlichen Saustall präsentierten, da sie seit Wochen wegen eines vorgetäuschten Schleudertraumas mit einer Halskrause im Bett lagen, um die Versicherung abzuzocken. Ihn konnte also so schnell nichts mehr schockieren.

Während im Radio ein Violinkonzert lief, unterbrochen von tschechischsprachigen Kommentaren, aßen sie beim Licht einer Stehlampe und dem Feuerschein des Ofens.

»Ihr ehemaliger Chef war Wiener?«, fragte Hogart.

»Wir haben uns in Prag kennengelernt. Ich arbeitete damals in meinem alten Job, und er brauchte Auskünfte über bestimmte Kunden.«

»Klingt gefährlich.«

»Überhaupt nicht.« Sie lächelte. »Erich handelte mit Landwirtschaftsmaschinen, von Motorsensen bis Traktoren. Er besaß eine Niederlassung in Wien und eine zweite östlich von Prag, von wo er hauptsächlich nach Ostdeutschland, Polen und in die Slowakei reiste, um seine Aufträge abzuwickeln. Meine damalige Arbeit lief nicht besonders gut, er brauchte eine Dolmetscherin, also engagierte er mich. Zunächst übersetzte ich Bedienungsanleitungen für Rasenmäher – fürchterlich langweilig –, später schrieb ich die Verträge, wickelte die Lieferungen ab, übernahm den Einkauf und war schließlich Mädchen für alles. So reiste ich viel herum und kam auch nach Österreich. Es war immer schön, den Frühling in Wien zu verbringen. Die vielen Parks, Museen und Denkmäler. Doch plötzlich lief der Betrieb nicht mehr so wie früher. Einige Großkunden meldeten Konkurs an und rissen Erich mit. Er nahm sich mit einer Schrotflinte das Leben.« Sie stockte. »Danach kehrte ich wieder zu meinem alten Job zurück.«

Hogarts Kehle wurde trocken. »Das tut mir leid.«

»Mittlerweile sind fünf Jahre vergangen. Es ist okay.«

»Markovic ist ein kroatischer Name, nicht wahr?«, fragte er.

»Stimmt. Mein, unser … Vater stammte aus Istrien, Porec, aber unsere Mutter ist Tschechin – eine romantische Urlaubsliebe.« Ivona versuchte zu lächeln, doch Hogart merkte, dass etwas nicht stimmte. Bei der Erwähnung ihres Vaters lag so viel Verbitterung in ihrem Gesichtsausdruck, dass es wohl besser war, nicht weiter nachzufragen.

»Vielleicht erklärt das auch, weshalb Ondrej und ich die Nähe des Wassers so sehr lieben.« Mit den Fingern pickte sie zwei besonders lange Spaghetti vom Teller. Ihre Hand zitterte. »Dort stehen übrigens einige Fotos von Erich und Ondrej. Sie haben einander nie sehr gemocht, vermutlich weil sie in verschiedenen Welten lebten.«

Was immer mit ihrem Vater geschehen war, Hogart wusste, dass sie vom Thema ablenkte. Die Sache ging ihn ohnehin nichts an. Auf der mit Bilderrahmen zugepflasterten Kommode sah er eine Aufnahme von Ivona und ihrem Chef vor einem überdimensionalen Mähdrescher. Erich überragte sie um einen Kopf, war schlaksig, hatte eine große Nase, eine Hornbrille und einen riesigen Mund. Irgendwie wirkte er wie eine Karikatur von Arthur Miller, was ihn aber sympathisch machte. Kein Wunder, dass Ondrej ihn nicht leiden konnte. Vermutlich mochte Ivonas Bruder nur sich selbst. Auf einem weiteren Foto stand Ivona Arm in Arm mit ihrem Bruder auf einem Bootssteg mit Segelmasten im Hintergrund. Daneben hockte ein kleinwüchsiger Kerl mit einer Baskenmütze und einer riesengroßen runden Brille auf einem Motorroller, offenbar Ondrejs Freund, da sie das gleiche T-Shirt trugen. *We kick your ass!* Natürlich! Von einem Kerl wie Ondrej hatte er nichts anderes erwartet. Einige weitere Fotos zeigten einen attraktiven Mann mit schwarzem Bürstenhaarschnitt, einen jungen Burschen um die zwanzig Jahre, und eine hübsche ältere Frau, die Ivona wie aus dem Gesicht geschnitten war – vermutlich ihre Mutter. Ein Foto von jemandem, der Ivonas Vater hätte sein können, schien in dieser Galerie zu fehlen. Unter dem letzten Bild lag der braune Umschlag, den Ivona von Greco erhalten hatte.

Hogart räusperte sich. »Ist es taktlos, wenn ich Sie frage, ob Sie und Erich …?«

»Was?« Sie lachte laut auf und hielt sich die Hand vor den Mund. »Ob wir ein Paar waren? Ich bitte Sie! Als Chef konnte ich mir niemand Besseren wünschen als ihn, doch als Partner – nein. Fürchterlich! Er war ein absoluter Phlegmatiker, außerdem hatte er nur seine Maschinen im Kopf. Haben Sie Frau und Kinder?«

»Bei diesem Job ist das nicht möglich«, wich Hogart aus. »Aber mein Bruder hat Familie.« Er sprach von Kurt und dessen Tochter Tatjana, erwähnte die gemeinsamen Fernsehabende und sein Faible für alte Schwarz-Weiß-Filme. Seit er sich erinnern konnte, faszinierten ihn die Arbeiten von Billy Wilder, Frank Capra oder Sidney Lumet. Er erzählte Ivona, dass er vorgehabt hatte, an der Filmhochschule zu studieren, doch wegen der Beziehung von Kommerzialrat Rast zur Versicherungsbranche sei alles anders gekommen. Der Junge muss einen ordentlichen Beruf erlernen, hatte sein Vater beschlossen. Während sein Bruder Medizin studierte, um später Chiropraktiker zu werden, verdiente er selbst sein erstes Geld als Sachbearbeiter mit einfachen Policen. Später arbeitete er als Vertreter, danach als Versicherungsdetektiv im Einsatz gegen getürkte Schadensmeldungen und schließlich als selbstständiger Ermittler, der sich auf Einbruch und Diebstahl spezialisierte. Das meiste Geld investierte er in seine Schallplattensammlung mit signierten Plattenhüllen von Duke Ellington, Tommy Dorsey, Buddy Johnson oder Pee Wee Hunt. Vermutlich bekam er wieder das typische Leuchten in den Augen, wie immer, wenn er an den knisternden Klang einer Langspielplatte dachte, sobald der Saphir die Tonrille berührte. Auch aus diesem

Grund trieb er sich an Wochenenden oft stundenlang auf Flohmärkten, Autogrammbörsen, in Antiquariaten oder auf Nostalgiefestivals herum, um mit Gleichgesinnten zu plaudern oder signierte Kinoplakate zu ergattern. Auf die entsprechenden Internetforen hingegen konnte er gern verzichten. Zu unpersönlich.

Ivona sah ihn interessiert an. »Signiert von wem?«

»Gloria Swanson, Bette Davis oder Orson Welles. Ich weiß, es ist idiotisch, Unsummen für diesen Trödel auszugeben, der ohnehin nur in den Wohnzimmerregalen steht oder in Kisten lagert, aber ich *muss* diese Dinge sammeln. Sie repräsentieren ein Stück Vergangenheit ...«

»... in der Sie gern gelebt hätten?«

»Möglich. Meine freien Sonntage verbringe ich meistens hinter meinem eigenen Stand auf dem Flohmarkt, um ...«

»Sie tun *was*?«

»Ich verkaufe altes Zeug von Freunden und Bekannten.«

»Was für Zeug?«

»Zeug eben – Schallplatten, Fotos, Bildbände, Heftromane, Postkarten, Magazine oder alte Videokassetten.«

»Und das gefällt Ihnen?«

»Auf dem Flohmarkt trifft man alle möglichen verrückten Typen. Es ist, als würde man das Hier und Jetzt verlassen, um in eine fremde Welt einzutauchen.«

Ivona schmunzelte. »Sie sind ein Romantiker und Schwärmer. Das passt gar nicht zu einem Detektiv, der logisch und analytisch arbeiten sollte.«

Er zuckte die Achseln. »Vielleicht ist es eine Art Ausgleich zu meinem Job.«

»Die Leute, die ich kenne, gehen boxen oder stemmen Gewichte ... na ja, Sie sind zwar etwas anders als die anderen

Männer, die ich kenne, aber Sie scheinen trotzdem in Ordnung zu sein.«

»Oh, vielen Dank!«

»Nein, im Ernst!« Sie schmunzelte. »Ich fand Sie bereits in Grecos Villa interessant. Es ist Ihr Blick, mit dem Sie die Leute mustern.« Plötzlich wurde sie nachdenklich. »Hören Sie, Sie sollten sich nicht mit Greco anlegen. Sie sind ihm nicht gewachsen.«

»Lässt er mich sonst verschwinden?«

»Das braucht er nicht. Er hat andere Methoden, damit Sie freiwillig die Stadt verlassen.«

Vielleicht hätte er sich sogar von Greco einschüchtern und vertreiben lassen … früher, als er noch an seinen ersten Fällen gearbeitet hatte. Doch dafür war er mittlerweile zu lange im Geschäft. »Haben Sie mich eingeladen, um mir *das* zu sagen?«

»Um ehrlich zu sein, ich mache mir Sorgen um Sie. Als ich sah, wie Dimitri Sie verprügelte, dachte ich, Sie kämen nicht mehr hoch. Er sieht harmlos aus, kann aber verdammt unangenehm werden! Nicht einmal Greco hat ihn ständig unter Kontrolle. Ich weiß nicht, an welcher Sache Sie dran sind, aber was immer es ist, Sie sollten es der Polizei anvertrauen und die Finger von Greco lassen.«

Das war leicht gesagt. Nicht einmal Schelling hatte den Fall der Kripo melden wollen. Hogart starrte durch die offene Tür in die Küche, wo die Stoffpandabären Arm in Arm auf dem Marmeladenglas saßen. Irgendwie klang es danach, als hätte Ivona tatsächlich Mitleid mit ihm. Plötzlich musste er über sich selbst schmunzeln. *Hogart, du Idiot!* Natürlich hatte sie ihn nicht wegen seines interessanten Blickes oder seines faszinierenden Aussehens zum Abendessen eingeladen.

Bestimmt konnte sie jeden haben, den sie wollte, womöglich sogar Greco.

»Warum lachen Sie?«

»Ich frage mich, womit Sie Ihr Geld verdienen. Für eine Bewährungshelferin, die es gewohnt ist, anderen den Hals zu retten, sind Sie jedenfalls viel zu hübsch.«

Sie lachte laut auf. »Oh, danke, Sie Charmeur. Aber Bewährungshelferin? Wie kommen Sie darauf? Ich arbeite als Privatdetektivin.«

Hogart verschlug es die Sprache. *Natürlich!* Er dachte an die Kundenauskünfte für Erich, den Ausweis und die Walther PPK aus dem Vorraum. »Und als Privatdetektivin pflegen Sie Kontakt zu einem Unterweltboss?«

»Ich habe Vladimir Greco durch meinen Bruder kennengelernt, im *Kucera,* einem Bierlokal. Das ist bestimmt schon fünfzehn Jahre her. Ein Mädchen war verschwunden, ich arbeitete an dem Fall, und Greco beschaffte mir die Unterlagen, die mir die Kripo nicht geben wollte. Eine Hand wäscht die andere, und so blieben wir in Kontakt. Damals war Greco noch nicht der, der er heute ist. Mittlerweile kommt niemand nach Prag, ohne dass Greco davon erfährt. Hier leben an die sechzigtausend offiziell gemeldete Ausländer, doch mehr als hunderttausend halten sich illegal in der Stadt auf. Die meisten sind Schwarzarbeiter aus den östlichen Ländern. Ihnen werden fast alle Straftaten in die Schuhe geschoben, zumindest stellt es die tschechische Regierung so dar, damit sie mit der *Pruvan* zuschlagen können, einer Spezialeinheit aus verschiedenen Polizeiabteilungen. Seit einigen Jahren gibt es regelmäßig Aktionen gegen illegale Einwanderer, gegen das organisierte Verbrechen, gegen Diebstahl und Kriminalität. Außerdem gehen sie gefälschten Aufenthaltspapieren und Pässen nach, eine von Grecos Einnahmequellen. Er gerät ziemlich unter Druck. Aber er mischt auch noch in anderen Bereichen mit: Wettbüros, Lotterien und Spielautomaten.«

»Was hat Ihr Bruder mit Greco zu tun?«

»Ondrej stellt Spielautomaten in Lokalen auf – keine einarmigen Banditen wie in den Casinos, sondern Autorennspiele. Jiri und er leben von den Einnahmen. So gesehen sind sie zwar Konkurrenten von Greco, aber der verschmerzt das und lässt die beiden machen. Hin und wieder arbeiten sie für ihn, um Mieten einzutreiben.«

Ein Mann mit Ondrejs Statur und dem zweiten schwarzen Gürtel in Judo war die perfekte Geldeintreibe-Maschine, überlegte Hogart.

»Warum wollen Sie Greco an den Kragen?«, fragte Ivona.

»Eine Kollegin von einer Wiener Versicherung ist verschwunden. Sie untersuchte die Sache mit den verbrannten Gemälden in der Nationalgalerie …« Automatisch gab er ihr seine Karte mit der Handynummer, die sie kurz ansah und dann in der Hosentasche verschwinden ließ.

»Kennen Sie die Bernardigasse?«, fragte er.

»Dort ist ein Bordell. Aber Greco hat nichts mit Prostitution zu tun.«

»Wollen Sie mir helfen?«

Sie wehrte lachend ab. »Nein, danke, ich habe selbst genug zu tun.«

»Woran arbeiten Sie gerade?« Im Moment fand er es viel interessanter, mehr über diese Frau zu erfahren, als über seinen eigenen Fall zu erzählen.

»Das ist eine lange Geschichte.« Sie wechselte in den Schneidersitz und zog ihren Pullover aus. Darunter trug sie ein ärmelloses eng anliegendes Rippshirt, das ihre Figur betonte. Ihre Arme waren gebräunt und von Sommersprossen übersät. Hogart fielen die feinen blonden Härchen an den Unterarmen auf, von denen sich einige aufrichteten, da Ivona ein kurzer Kälteschauer erfasste. Hogart schob einige Kissen unter dem Ellenbogen zusammen und machte es sich auf der Couch bequem.

»Bisher hatte ich es nur mit einfachen Fällen zu tun, Einbruch, Diebstahl, Fälschung, Erpressung, Entführung«, begann sie zu erzählen. »Aber der Fall, an dem ich jetzt dran bin, ist eine harte Nuss.«

Hogart entging nicht, dass sie einen Blick zur Kommode warf, auf der das braune Kuvert lag. Möglicherweise hatte ihr Greco erneut Unterlagen beschafft.

»Vor acht Monaten verschwand Hana Zajicova, die Frau des Sozialreferenten der deutschen Botschaft in Prag. Eine Frau aus reichem Hause und Mutter zweier Söhne. Eine Flucht aus der Ehe kam nicht infrage, ebenso wenig eine Entführung, da keine Lösegeldforderung gestellt wurde. Die Frau blieb vermisst, die Kripo war ratlos. Am Morgen des ersten Februar fanden die Männer der Müllabfuhr in einer Seitengasse der Altstadt, in der Nähe des Moldauufers, eine weibliche Leiche. Der Mörder hatte sie in ein schwarzes Samttuch gewickelt.«

Ivona hob einen Ordner vom Boden auf, blätterte durch die Klarsichtfolien und zog schließlich eine große Schwarz-Weiß-Aufnahme hervor. Hogart kannte die Art und Weise, mit der das Foto aufgenommen worden war. Gelegentlich arbeitete er mit Rolf Garek von der Wiener Kripo zusammen. Ein Maßstab kennzeichnete die Größenverhältnisse, Nummerntafeln lehnten an der Hausmauer, eine Kreidelinie war um die Leiche gezogen, und dahinter befand sich der von der Spurensicherung gesteckte Trampelpfad für die Ermittler. Hogart hielt die typische Aufnahme eines Kripofotografen in Händen.

»Kopf und Hände der Leiche fehlen«, stellte er fest.

»Und wurden bis jetzt nicht gefunden. Einige Monate lang ist es der Polizei gelungen, diese Information vor der Presse geheim zu halten, um falsche Bekenneranrufe auszufiltern. Der richtige Anruf ist bis heute ausgeblieben.«

»Wie sind Sie zu diesem Foto gekommen?«

»Ich kenne jemanden bei der Mordgruppe.«

Hogart nickte. Er verstand. *Eine Hand wäscht die andere.* »Und wer hat Sie engagiert, den Mord aufzuklären?«

»Obwohl es unüblich ist, beauftragte mich Dr. Zajic, der Mann der Ermordeten. Seit vier Monaten bin ich an dem Fall dran, aber sämtliche Spuren führen ins Nichts. Auch die Gruppe Jan Morak, zu der die besten Ermittler zählen, hatte bis heute keinerlei Erfolge.« Ivona seufzte. »Wie soll *ich* etwas aufklären, wenn nicht einmal die Kripo etwas herausfindet? Ich verschwende bloß Dr. Zajics Geld. Sie kennen das bestimmt von Ihren eigenen Aufträgen. Manchmal ist man auf der richtigen Spur, manchmal steckt man in einer Sackgasse.« Sie zuckte die Achseln. »Jedenfalls ist Dr. Zajic bereit, noch einen weiteren Monat Geld zu investieren, denn möglicherweise hat sich eine neue Spur bei den Morden ergeben.« Unbewusst deutete sie mit dem Kopf zur Kommode, auf welcher der braune Umschlag lag.

»Bei *den* Morden?«, fragte Hogart.

Ivona nickte. »Es ist nicht bei der Leiche von Hana Zajicova geblieben. Der Mörder schlägt einmal im Monat zu. Die Medien nennen ihn den Samttuchmörder, weil er seine Opfer mit einem schwarzen Tuch bedeckt.« Sie erhob sich aus dem Schneidersitz, um das oberste Fach eines Schranks zu öffnen. Darin lag eine Wäscheleine, die sie quer durch den Raum spannte und an einem Haken an der gegenüberliegenden Wand befestigte. An der Leine hingen acht Schwarz-Weiß-Aufnahmen von kopf- und handlosen Leichen. Wie makabre Souvenirs eines Kuriositätenkabinetts baumelten die Bilder an der Schnur. Im gleichen Moment knackten die Holzbohlen des Stegs, der um den Pfahlbau führte. Hogart sah zum Fenster.

»Um diese Jahreszeit knarrt das Holz immer«, beruhigte Ivona ihn. Sie deutete auf die ersten Bilder. »Als die zweite und dritte Leiche gefunden wurde, dachte die Kripo zunächst an einen Bandenkrieg, eine Abrechnung in der Unterwelt. Doch von Ondrej wusste ich, dass sich Greco, Cizek, Polasek und all die anderen zu diesem Zeitpunkt ruhig verhielten. Außerdem passten die Opfer in kein Schema. Es handelte sich um einen Rentner und eine Prostituierte.«

»Warum hat Dr. Zajic ausgerechnet Sie engagiert?«

Sie wehrte mit einer Handbewegung ab. »Das ist eine lange Geschichte, die ich Ihnen ein anderes Mal erzähle. Haben Sie Lust auf ein Glas Château la Montanage?«

»Immer!« Hogart griff nach dem Cognac.

Plötzlich splitterte die Fensterscheibe. Ivona zuckte zusammen, während Hogart von der Couch hochfuhr. Vor seinen Füßen zersplitterte eine Flasche. Penetranter Benzingestank verbreitete sich. Noch in der gleichen Sekunde stand der Teppich in Flammen. Sie schlugen fast mannshoch empor und leckten über den Tisch und das Sofa. Im nächsten Augenblick brannten der Couchbezug, die Kissen und sämtliche Zeitungen.

Ivona deutete zur Küche. »Unter dem Abwaschbecken steht ein Feuerlöscher!«

Hogart rannte in die Küche. Hinter ihm splitterte das Glas des zweiten Fensters. Er wusste auch, ohne sich umzudrehen, dass soeben weitere Flaschen mit brennenden Stofffetzen auf dem Wohnzimmerboden zersplitterten. Am liebsten hätte er sich Ivonas Waffe aus dem Regal geschnappt und wäre nach draußen gelaufen, aber daran war nicht zu denken. Hastig zerrte er den schweren Feuerlöscher aus dem Schrank und riss die Plombe ab. Als er wieder im Wohnzimmer war, schnürte ihm die Hitze die Kehle zu. Binnen weniger Sekunden bildete sich so viel Rauch, dass ihm Tränen in die Augen schossen. Das Wohnzimmer war ein einziges Flammenmeer. Ivona riss hektisch die Schubladen auf und raffte Briefe und Dokumente an sich. Dieses Feuer war nicht mehr zu löschen. Die Vorhänge, der Teppich, die Holzmöbel und die Deckenbalken standen lichterloh in Flammen. Er musste Ivona so schnell wie möglich aus dem Haus schaffen, sonst klappte sie mit einer Rauchgasvergiftung zusammen. Er lief in den Vorraum, zerrte seinen Mantel vom Kleiderständer und eilte ins Wohnzimmer.

»Kommen Sie!«

»Ne!«

Er überlegte nicht lange, warf Ivona den Mantel über die Schultern und zerrte sie von der Kommode weg. Die Ärmel seines Sakkos waren bereits angesengt, der Stoff rauchte, und es roch nach verbrannten Haaren.

Ivona hielt krampfhaft einen Stapel Dokumente in den Händen. »Der Ordner!«, rief sie.

»Habe ich.« Hogart klemmte sich den Büroordner von der Kommode unter den Arm, packte Ivona und schob sie durch die Flammen in den Vorraum, wo das Feuer noch nicht so schlimm wütete. Doch im nächsten Moment wollte sie wieder zurück.

»Seien Sie vernünftig!«, schrie er sie an.

Als sie die lodernde Hölle sah, aus der sie soeben entkommen waren, hielt sie inne. Hogart riss die Haustür auf. Eine Hitzewelle schlug ihm entgegen. Sogar der Steg brannte.

»Raus! Sie zuerst«, brüllte er.

Doch Ivona verharrte zögernd im Vorraum. Ihr Blick irrte herum. »Wo ist der Feuerlöscher?«

»Vergessen Sie ihn!«, schrie Hogart gegen das Prasseln der Flammen an.

Jetzt griff das Feuer auf den Vorraum über. Das trockene Holz nahm die Flammen gierig auf. Der Luftzug fachte das Feuer an und peitschte es wie einen Tornado durch den Raum. Wenn sie jetzt nicht verschwanden, hatten sie keine Chance mehr. Der Pfahlbau würde niederbrennen, einstürzen und sie beide begraben.

»Raus!«, wiederholte Hogart.

Den Mantel über den Kopf gezogen setzte sich Ivona in Bewegung. Hogart hielt sich den Ordner schützend vors Gesicht und rannte hinterher. Mit geschlossenen Augen brach er durch die Flammenwand. Frische Nachtluft empfing ihn. Der feine Nieselregen kühlte seine Wangen. Rasch lief er über den Steg. Da hörte er den Schuss. Er sah sogar das Mündungsfeuer auf der gegenüberliegenden Bachseite. Gleichzeitig traf ihn die Wucht des Projektils wie ein Hammerstoß. Er wurde an die Bretterwand geworfen. Die Mappe glitt ihm aus der Hand, dann sank er zu Boden. Neben ihm fegte der Wind einzelne Blätter aus dem Ordner, ließ sie emporflattern und übers Wasser tanzen. Um Hogart herum verlangsamte sich alles. Das Feuer wich in weite Ferne zurück, ebenso der Wind und die vom Himmel segelnden Blätter. Er war schon einmal angeschossen worden, doch diesmal war es anders. Da er noch keinen Schmerz fühlte, wusste er nicht, wo ihn die Kugel getroffen hatte – er wusste nur, dass sie irgendwo in ihm steckte und möglicherweise Nerven zerfetzt oder eine Arterie getroffen hatte. Bei dem Gedanken daran wurde ihm schwarz vor Augen.

Als Hogart die Lider aufschlug, hörte er eine Sirene und sah die Spiegelung des Blaulichts an der Fensterscheibe des Krankenwagens. Er starrte zur Decke. Über ihm schaukelte eine Infusionsflasche hin und her. Der Rettungswagen raste halsbrecherisch durch die Straßen. Inmitten des heulenden Motors und tschechisch gesprochener Wortfetzen, die wohl *Projektil* und *Blutverlust* bedeuteten, hörte er eine vertraute Stimme.

Ivona!

»Sie haben eine Schussverletzung in der Schulter. Wir bringen Sie ins Fakultätskrankenhaus. Dort sind Sie …«

Den Rest hörte er nicht mehr, da er wieder in die Dunkelheit glitt.

4. KAPITEL

Hogart verbrachte die ganze Nacht im Bulovka-Krankenhaus. Als er nach der Operation aus der Narkose erwachte, war Ivona nicht mehr bei ihm. Ein Arzt gab ihm eine Packung Mundidol, eines der stärksten Schmerzmittel, über das sie im Spital verfügten, und erklärte ihm in gebrochenem Deutsch, dass ihm eine Kugel aus der Schulter operiert worden war. Das Projektil einer Kleinkaliberwaffe hatte das Schultergelenk nur knapp verfehlt, bloß eine Fleischwunde hinterlassen und weder Knochen noch Bänder verletzt. Außerdem hatte er nicht viel Blut verloren, da Ivona die Blutung mit einem Druckverband gestillt hatte, bevor der Ambulanzwagen eingetroffen war.

Hogart brach zwei Pastillen aus der Folie, die er mit zusammengebissenen Zähnen schluckte. Bald würden die morphiumähnlichen Tabletten den Schmerz vertreiben. Während er ein Dutzend Papiere unterzeichnete, unter anderem einen Revers, damit er das Krankenhaus vorzeitig verlassen durfte, telefonierte sein behandelnder Arzt ziemlich aufgebracht im hinteren Bereich des Schwesternzimmers. Von der Diskussion verstand Hogart nur ein Wort: *Policie.* Er musste so schnell wie möglich von hier verschwinden.

Nachdem er mit der Kreditkarte knapp 2300 Euro gezahlt hatte, von denen er trotz Auslandskrankenversicherung nur einen Teilbetrag wiedersehen würde, entließ man ihn im Morgengrauen aus dem Krankenhaus. Den linken Arm mit einer Schleife am Körper fixiert und in der anderen Hand die Tablettenpackung stand er im Nieselregen auf der Straße und starrte zum Himmel. Schlagartig fühlte er sich in eine fremde, kalte Welt versetzt. Auch die grauen Wolken drückten auf seine Stimmung. Unzählige Gedanken gingen ihm gleichzeitig durch den Kopf. Zunächst musste er aus seiner verkohlten blutverkrusteten Kleidung gelangen, danach brauchte er dringend eine heiße Dusche. Mit etwas Glück würde er einen Reinigungsservice für den Mantel finden, damit er den Brandgeruch loswurde, der sich wie eine Krankheit in den Stoff eingenistet hatte. Seine morgendliche Joggingrunde durch die Altstadt konnte er erst mal vergessen – die Schmerzen in der Schulter würden ihn umbringen. Im gleichen Moment wusste er, dass ohne die Bewegung, Dehnung und Sauerstoffzufuhr seine Wirbelsäulenprobleme und die damit verbundene Migräne bald wieder auftauchen würden.

Während er den Mantelkragen umständlich mit einer Hand hochschlug, wunderte er sich, weshalb man ihm den Revers so problemlos bewilligt hatte. Im nächsten Augenblick kannte er die Antwort. Vor ihm kam ein Wagen mit zwei Kripobeamten zum Stehen. Ohne Gelegenheit, sich vorher in seinem Hotel umzuziehen, musste er die Männer zur Kampa-Halbinsel begleiten. Bei Tage sah der Landstrich völlig anders aus. Mit etwas mehr Sonne wäre es tatsächlich eine reizvolle Gegend gewesen: der Bach, die Allee, die malerischen Häuser. Doch dann kamen sie zum Ende des Gehweges, wo die Pflastersteine immer noch unter Wasser standen. Dort lagen die Pumpen, Kupplungen und Schläuche der Feuerwehr. Ivonas Haus sah aus, als hätte der Blitz eingeschlagen. Die Dachbalken waren eingebrochen, die Wände verkohlt, bloß der Kamin ragte noch wie ein schiefer Zahnstocher völlig angeschwärzt aus den Trümmern hervor. Es stank bestialisch nach verkohltem Holz, das immer noch rauchte und knackte. In den Fensterrahmen und auf dem teilweise zusammengebrochenen Steg lehnten die Nummerntafeln und Maßstäbe der Kripo.

Ein Fotograf knipste das Haus aus allen Perspektiven. Inmitten der Trümmer stocherte ein Mann, der eine dünne Regenjacke trug, mit einem Kugelschreiber im Schutt. Vermutlich der Brandexperte der Versicherung, dachte Hogart, denn Ivona stand heftig diskutierend neben ihm und pochte ständig auf eine Liste. Sie trug dieselben Kleider wie am Abend zuvor: Turnschuhe, Trainingshose und Rippshirt – alles rußverschmiert –, aber darüber einen neuen grünen Parka, den ihr jemand geborgt haben musste.

Dann forderten die Polizisten seine Aufmerksamkeit. Ein Dolmetscher wollte von ihm wissen, wo er wohne, woher er Ivona Markovic kenne, was er in Prag zu suchen und während der letzten beiden Tage gemacht habe. Bezeichnenderweise interessierte sich niemand für seine Schussverletzung. Die Ermittlung betraf nur die Brandstiftung. Zudem machte sich keiner der Beamten die Mühe, auf der anderen Seite des Teufelsbaches nach Spuren zu suchen. Das ließ tief blicken. Vermutlich wollten sie die Schießerei so rasch wie möglich unter den Teppich kehren. Im Interesse seines Auftraggebers war auch Hogart an keinem Medienrummel gelegen. Also erklärte er bereitwillig, weshalb er nach Prag gekommen war, woran er arbeitete, nannte seinen Auftraggeber und alle Details, die sich an dem Abend in Ivonas Haus ereignet hatten. Was er verschwieg, war sein Besuch bei Vladimir Greco. Auf die Frage, wer den Anschlag durchgeführt haben könnte, erwähnte er einen Kerl mit Daunenjacke, grauer Kapuze und Stahlrahmenbrille. Dass es sich dabei um einen von Grecos Leuten handeln konnte, behielt er ebenfalls für sich.

Nachdem er alles dreimal zu Protokoll gegeben und immer wieder dieselben Fragen beantwortet hatte, wollte er auf eigene Faust die andere Bachseite nach Beweisen absuchen, doch die Beamten hielten ihn zurück. In diesem Moment stolperte Ivona fuchsteufelswild aus der Ruine. Als sie ihn sah, hellten sich ihre Gesichtszüge für einen Moment auf. Er nickte ihr zu, worauf sie herüberkam.

Sogleich fiel Ivonas Blick auf seinen bandagierten Arm. »Wie geht es Ihnen?«

»Die Ärzte haben mich mit Schmerzmitteln vollgepumpt, ich fühle mich etwas high.« Er versuchte zu lächeln, doch im gleichen Moment verspürte er einen Stich in der Schulter. »Und Ihnen?«

»Naja.« Ivonas Haare sahen ziemlich struppig aus, und auf ihrer Stirn klebten immer noch Rußreste. Sie deutete zu dem Sachverständigen, der nach wie vor in der Asche wühlte. »Ich habe gerade erfahren, dass die Versicherung nicht den gesamten Schaden abdeckt, aber von diesen Bastarden war auch nichts anderes zu erwarten.«

»Es tut mir leid, was passiert ist«, erwiderte er. »Ich würde Ihnen gern helfen.«

»Sie können mir nicht helfen. Es sei denn, Sie wissen, wer den Brand gelegt hat.«

»Ich werde es rausfinden.«

»Passen Sie auf sich auf. Ich muss wieder zurück.«

Sie reichte ihm die Hand.

Hogart sah zu, wie sie im Haus verschwand, danach führten ihn die Kripobeamten aufs Revier, wo er einige Stunden in einem Besprechungszimmer wartete und nicht einmal eine Tasse Kaffee bekam. Er wollte sich eine Zigarette anzünden, doch seine Sakkotaschen waren leer. Die Packung Stuyvesant, das Feuerzeug und der Autoschlüssel lagen vermutlich immer noch, allerdings ziemlich verkohlt, im Vorraum von Ivonas Haus, wo sie gerade von dem Sachverständigen unter die Lupe genommen wurden. Da er keinen Ersatzschlüssel besaß, konnte er nicht einmal seinen Mietwagen wegfahren, der immer noch vor der Karlsbrücke parkte.

Die Zeit kroch albtraumhaft langsam dahin. Endlich betrat ein Beamter den Raum, der Hogart ein in tschechischer Sprache verfasstes Protokoll unterzeichnen ließ, das – wie ihm der Dolmetscher versicherte – den exakten Wortlaut seiner Aussage wiedergab, was er allerdings bezweifelte.

Danach bekam Hogart Besuch von einem Beamten im schwarzen Anzug mit aufgeknöpftem Hemd und locker sitzender Krawatte. Der Mann war etwas jünger als er, sah ziemlich schneidig aus und wirkte, als würde seine Geduld gerade einer harten Probe unterzogen. Er stellte sich als Inspektor Tomas Novacek vor. Hogart erkannte ihn sofort als den Mann mit dem schwarzen Bürstenhaarschnitt von dem Foto auf Ivonas Kommode. Dass die Privatdetektivin ein Bild von dem Beamten besaß, war vielleicht von Vorteil – oder ein völliges Desaster.

Novaceks Begleiter, ein grobschlächtiger Waldschrat mit finsteren Gesichtszügen, blieb mit verschränkten Armen im Türrahmen stehen, als wollte er den einzigen Fluchtweg versperren, während Novacek sich vor Hogart aufbaute.

»Sie haben sich in diversen Lokalen der Stadt ordnungswidrig verhalten, mehrere Gäste belästigt und für Unruhe gesorgt«, begann Novacek in perfektem Deutsch. »Außerdem haben Sie sich in Ihrem Hotel nach Vladimir Greco erkundigt.« Der Ermittler setzte eine ausdruckslose Miene auf. »Weshalb?«

Hogart biss sich auf die Lippe. Der Kerl hatte seine Hausaufgaben gemacht. Es war sinnlos, ihn zu belügen. »Womöglich weiß Greco etwas über den Brand in der Nationalgalerie.«

»Womöglich?«, wiederholte Novacek in spitzem Tonfall. »Haben Sie Kontakt zu ihm aufgenommen?«

Hogart zögerte. »Noch nicht.«

»Woher kennen Sie Ivona Markovic?«

Hogart schwieg.

Plötzlich hoben sich Novaceks Augenbrauen, als ginge ihm ein Licht auf. »Sie verdammter Mistkerl *haben* Greco besucht und sind dort Frau Markovic begegnet!«

Hogart schwieg noch immer.

Plötzlich sah Novacek aus, als wäre ihm der Fall sonnenklar. Er setzte eine bedauernde Miene auf. »Sie sollten nicht auf eigene Faust in der Stadt herumschnüffeln, sondern bestimmte Angelegenheiten uns überlassen. Wir kommen auch nicht nach Wien und stellen die halbe Stadt auf den Kopf. Sie sehen, was dabei herauskommt. Sie haben eine unbeteiligte Frau in diese Sache hineingezogen. Dabei wurde sie schwer verletzt und ihr Haus komplett zerstört.«

Das war typisch. Seine Schussverletzung wurde mit keinem Wort erwähnt.

Ohne eine Reaktion abzuwarten, redete Novacek weiter. »Ich habe mit Ihrem Auftraggeber telefoniert. Außerdem haben wir uns Ihre Akte aus Wien kommen lassen. Auch dort sind Sie kein unbeschriebenes Blatt.«

»Was?« Hogart war wie vor den Kopf gestoßen. Er

versuchte sich zu erheben, doch der Inspektor legte die Hand auf seine verletzte Schulter und drückte ihn auf den Stuhl zurück. Hogart biss die Zähne zusammen.

»Überall dort, wo Sie sich einmischen, geraten die Dinge außer Kontrolle. Vor zwei Jahren waren Sie in den Fall Salzmann verwickelt. Damals ist ein unschuldiger Junge zu Tode gekommen. Beinahe wäre gestern Abend etwas Ähnliches passiert! Ab jetzt behalten wir Sie im Auge!«

So war das also. Man versuchte gar nicht erst, den Brand und die Schießerei aufzuklären, sondern wollte ihm die Schuld in die Schuhe schieben. *Wie einfach!* Im Grunde war das Ganze ein Witz. Und dieser Novacek hielt sich für ausnehmend raffiniert.

»Ein Beamter wird Sie zu Ihrem Hotel begleiten. Sie werden ihm Ihren Reisepass aushändigen. Verlassen Sie in den nächsten vierundzwanzig Stunden nicht die Stadt. Wenn Sie etwas anderes machen, als sich im Hotel aufzuhalten oder Sehenswürdigkeiten zu betrachten, werden wir das erfahren. Dann nehmen wir Sie in Untersuchungshaft, bevor ein größerer Schaden entsteht. Haben Sie mich verstanden?« Erst jetzt nahm Novacek die Hand von Hogarts Schulter.

Hogart nickte. Er hatte verstanden. Mit diesen Idioten konnte er nicht kooperieren. Sie hatten zugesehen, wie eine Frau in ihrer Stadt verschwunden war, und nichts unternommen, um sie zu finden. Genauso wenig würden sie jetzt wegen des Anschlags tätig werden. Die bürokratische Maschinerie in diesem Land war einfach zu träge und eingerostet.

Aber das hieß nicht, dass *er* aufgeben würde. Einer seiner Auftraggeber hatte einmal gegenüber einem Kunden erwähnt, *Hartnäckigkeit* schreibe man mit *H* wie Hogart. Natürlich klang es übertrieben, doch er war bekannt für seine Ausdauer und Beharrlichkeit. Und wenn er sich auf den Schlips getreten fühlte, konnte er sich erst recht in einen Fall verbeißen. Auch diesmal würde er nicht locker lassen. Immerhin hatte er bereits so viel erfahren, dass ihn einige Leute aus dem Weg räumen wollten. Er würde die Wahrheit über Alexandra Schellings Schicksal herausfinden, selbst wenn er Greco *und* die Kripo gegen sich hatte.

Sowie der Polizist die Hotelsuite mit seinem Reisepass verlassen hatte, riss Hogart sich die blutverkrusteten Kleider vom Leib, um ein Bad zu nehmen. Danach erneuerte er den Verband mit einer Jodtinktur und einer trockenen Mullbinde und schlüpfte in saubere Kleider. Endlich fühlte er sich wieder wie ein Mensch. Im Wintergartenrestaurant bestellte er einen Teller Nudeln, die er einhändig mit der Gabel aufrollen konnte. Anschließend führte er ein Telefonat mit Kohlschmied, der bestimmt schon die Wände hochging, weil er sich seit eineinhalb Tagen nicht mehr gemeldet hatte.

Es kam wie erwartet; Kohlschmieds Stimme kippte ins Schrille. »Hogart! Die Konzernleitung erhielt vor zwei Stunden einen Anruf von der Prager Kriminalpolizei, um bestimmte Daten, die angeblich von Ihnen stammen, zu überprüfen. Was haben Sie sich dabei gedacht?«

»Ich …«

»Sie haben ein Haus in die Luft gejagt!«

»Das glauben Sie doch selbst nicht!«, blaffte Hogart genauso scharf ins Telefon. Im nächsten Moment atmete er tief durch, da es nichts brachte, sich aufzuregen.

Auch Kohlschmied riss sich zusammen. »Sind Sie wenigstens einen Schritt weitergekommen?«

»Möglicherweise wäre ich das, wenn Sie mir gesagt hätten,

dass die Beamten des Bundeskriminalamts bereits bei Greco waren.«

»Haben Sie Ihren Besuch bei ihm angemeldet, wie ich es vorgeschlagen hatte, oder sind Sie einfach bei ihm hereinspaziert?«, konterte Kohlschmied.

Hogart antwortete nicht. Wie die Prager Kripo drehte auch dieser Mistkerl die Dinge so, dass er sich nie rechtfertigen musste.

»Also, was haben Sie herausgefunden?«, fragte Kohlschmied schließlich.

Hogart erzählte alles der Reihe nach, von seinen Recherchen über Greco, seinem Besuch bei ihm, der Einladung zu Ivona Markovic, dem Brandanschlag und der Schießerei. »Jemand hat versucht, mich loszuwerden«, schloss er seinen Bericht.

Kohlschmied schwieg. Davon hatte die Prager Kripo bei ihrem Telefonat mit Wien natürlich nichts erwähnt.

»Es war nicht beabsichtigt, so viel Staub aufzuwirbeln, doch wie es scheint, werden einige Leute bereits unruhig. Dummerweise habe ich eine Unbeteiligte in den Fall hineingezogen.« Das war untertrieben. Hogart dachte an Ivona, wie sie mit rußverschmiertem Gesicht durch die Brandruinen ihres Hauses stapfte. »Sobald ich mehr weiß, melde ich mich bei Ihnen.«

Als er die Verbindung beendete, kündigte ein Piepton eine eingehende SMS an.

Vermissen Sie Ihren Autoschlüssel? Bin beim alten Bootshafen – Ivona.

Als Hogart am Nachmittag den alten Bootshafen erreichte, wusste er, weshalb Ivona die Gegend als *alt* bezeichnete. Mit dem Panorama eines schicken Yachthafens hatte der Anblick nichts gemein. Der tote Seitenarm der Moldau sah eher wie ein nostalgischer Schiffsfriedhof aus. Abgetakelte Einmaster, lecke Ruderboote und ein paar ausrangierte Fischerboote lagen dicht gedrängt an den Molen. Dutzende Möwen kreisten um die Masten, die sich endlos aneinanderreihten und mit dem Wellengang auf und ab schaukelten. Lediglich das Gebäude der Wasserpolizei sowie die Patrouillenboote schienen halbwegs in Schuss.

An jenem Steg, der unmittelbar an die Fußgängerpromenade grenzte, lagen die zu Hausbooten umfunktionierten Segelyachten. Die Farbe der Kähne war abgeblättert und die Autoreifen an den Bordwänden von der Witterung nahezu aufgefressen. Kein einziges Segel war gesetzt, doch von diesen Booten würde ohnehin keines mehr die Moldau rauf- oder runtertuckern.

An einem Teil des Stegs, der mit Kisten und Kartons vollgestellt war, parkte ein Pick-up mit offener Ladeklappe. Vor einer etwa zwölf Meter langen blauen Segelyacht, der *Praha,* die ihre besten Jahre längst hinter sich hatte, standen Ivona, ihr Bruder und ein weiterer Mann. Wie auch schon am Tag zuvor trug Ondrej seinen Ledermantel und die schweren Stiefel. Der Hüne hatte trotz des grässlichen Wetters keine Mütze auf, sondern stellte stolz seine Glatze zur Schau. Wiederum bemerkte Hogart den Eukalyptusduft, der wohl von einem Öl stammte, mit dem Ondrej sich die Glatze polierte. Im Gegensatz zu Ondrejs kahlem Kopf trug der schmächtige Mann mit der großen Brille eine karierte Baskenmütze. Hogart kannte ihn von einem Foto auf Ivonas Kommode. *We kick your ass!* Bei ihm musste es sich um Jiri handeln, Ondrejs Kumpel, mit dem er zusammen die Automaten aufstellte und gelegentlich für Greco Geld eintrieb.

Hogart gesellte sich zu dem Trio, zeigte ein freundliches Gesicht, erntete von Ondrej und Jiri aber nur böse Blicke. Jede Wette, dass ihn die beiden am liebsten auf der Stelle vermöbelt hätten. Ivona stellte ihn als Kollegen vor, wobei ihr Kommentar, dass er aus Wien stamme, die Laune der Männer kein bisschen besserte.

Anschließend griff sie in die Tasche ihrer Trainingshose und holte Hogarts Autoschlüssel hervor. »Leider ist nicht viel davon übrig geblieben.«

Der Kunststoffgriff war geschmolzen, doch mit dem Rest des Schlüssels ließ sich der Wagen bestimmt noch aufsperren und starten.

»Danke.«

»Und jetzt verschwinde mit deiner Karre aus Prag!«, knurrte Ondrej in einem abgehackten Akzent.

Hogart war überrascht, dass der Mann Deutsch sprach. »Das kann ich nicht. Ich bin hier noch nicht fertig.«

»Du *bist* fertig!« Ondrej machte einen Schritt auf Hogart zu und drückte ihm den Zeigfinger auf die Brust, als hätte er nur auf diesen Augenblick gewartet. »Wegen dir ist Ivonas Haus nur noch Schutt.«

Jiri stand daneben, blieb aber stumm. Vermutlich verstand er kein Wort von dem, was Ondrej sagte.

»Lass ihn.« Ivona wollte Ondrejs Hand zur Seite nehmen, doch er ließ sich nicht beirren und verstärkte den Druck auf Hogarts Brust, sodass dieser einen Schritt zurückwich.

»Was hast du in Prag verloren? Geh nach Hause!«

»Ich suche eine vermisste Frau.«

»He, in dieser Stadt verschwinden jährlich Hunderte

Menschen. Geh nach Hause! Das ist ein guter Rat.« Endlich nahm Ondrej seinen Finger weg.

»Ich kann nicht.« Hogart kramte das mittlerweile zerknitterte Foto aus der Manteltasche. »Das ist Alexandra Schelling. Sie wird seit drei Wochen in Prag vermisst.«

»O Scheiße!« Ondrej schlug Hogarts Hand zur Seite, ohne einen Blick auf das Foto zu werfen. »He, vergiss es! Die Frau ist tot.«

»Vermutlich ist sie das!« Auch Hogarts Stimme wurde lauter. »Wahrscheinlich wurde sie ermordet, weil sie einen Versicherungsbetrug aufdeckte, der in die Millionen geht. Dabei handelt es sich um die in der Nationalgalerie verbrannten Ölgemälde. Alles deutet darauf hin, dass derjenige, der die Frau verschwinden ließ, auch mich ausschalten wollte und Ivonas Haus …« Hogart sprach den Satz nicht zu Ende, da ihm soeben ein absurder Gedanke gekommen war.

Er sah Ondrej eindringlich an. »Falls es uns gelingt herauszufinden, wer hinter dem Betrug steckt, haben wir auch denjenigen, der Ivonas Haus niedergebrannt hat.«

Hogart konnte förmlich sehen, wie die Zahnräder in Ondrejs Kopf zu arbeiten begannen. Ivona legte nachdenklich die Stirn in Falten. Hogart glaubte sogar, Jiri für einen Moment die Luft anhalten zu hören.

»Und wer soll das sein?«, fragte Ondrej.

»Vladimir Greco!«

Hogart merkte, wie Jiri bei der Erwähnung des Namens zusammenzuckte. Sonst herrschte eisiges Schweigen. Einige Fischernetze, die entlang der Promenade zum Trocknen hingen, schaukelten im Wind. Ein penetranter Fischgestank wehte über das Wasser heran.

Hogart wandte sich an Ivona. »Sie haben gestern selbst

gesagt, Greco könne erreichen, dass ich die Stadt freiwillig verlasse.«

Ivona schüttelte den Kopf. »Unmöglich! Greco würde niemandem den Auftrag erteilen, mein Haus niederzubrennen. Er weiß, wie sehr ich daran hänge.«

Ondrej spuckte ins Wasser. »Selbst wenn es so wäre, wir können nicht hinter Grecos Rücken herumschnüffeln. Er würde es erfahren, noch bevor wir *Piep* sagen. Es gibt nur zwei Möglichkeiten: Entweder sind wir Greco gegenüber loyal, oder wir haben mächtige Probleme am Hals.«

»Trotzdem müssen wir herausfinden, *wer* den Anschlag durchgeführt hat.«

Plötzlich klappte Ivonas Mund auf. »Sie haben Ihre Vermutung doch nicht etwa der Kripo gegenüber erwähnt, oder?«

»Ich … also …« Hogart war so perplex, dass er verstummte.

»Nasrat!«, entfuhr es Ivona.

Ondrej stieß verächtlich die Luft aus. »Weißt du, was du getan hast? Du hast Greco bei den Bullen angepisst! He, bist du verrückt? Ich möchte nicht in deiner Haut stecken.«

»Das hat ein Nachspiel«, sagte Ivona. »Besser, Sie verschwinden noch heute aus der Stadt.«

»Ich kann nicht. Ich muss den Fall zu Ende bringen. *Wir* könnten ihn zu Ende bringen.«

»Nicht, wenn es gegen Greco geht.« Ondrej strich sich über die Glatze. »Das ist eine Nummer zu groß. Da geraten wir tief in die Scheiße.«

»Wir stecken bereits drin«, sagte Ivona leise.

»Was ist Ihnen wichtiger?«, bohrte Hogart weiter. »Ihre Loyalität zu Greco oder das Leben Ihrer Schwester?«

»Was für ein dumme Frage!«

»Indem Greco das Haus Ihrer Schwester anzünden ließ, hat er sie in die Sache mit hineingezogen.«

Ondrej überlegte. Sogar dieser Hüne, der Kampfsport unterrichtete und mit seiner Glatze und dem schweren Ledermantel auf Hogart eigentlich so unerschütterlich wie ein Fels gewirkt hatte, sah im Moment nicht gerade entschlossen aus. Im Gegenteil – er starrte über das Wasser, als müsste er eine der schwierigsten Entscheidungen seines Lebens treffen.

Schließlich stieß er die Luft aus und wandte den Kopf. »In Ordnung.« Er deutete erneut mit dem Finger auf Hogart. »He, Detektiv, ich lege mich zwar nicht offen mit Vladimir Greco an, aber ich werde sehen, was sich machen lässt. Jiri und ich gehen morgen auf unsere Spielautomatentour. Wir hören uns um – nichts weiter. Es gibt durchaus ein paar Bekannte, die nicht gut auf Greco zu sprechen sind. Wir besuchen die mal. Vielleicht spucken sie etwas aus.«

»Danke.«

Jiri sah Ondrej besorgt an. Dieser befahl ihm in einem harten tschechischen Dialekt, dass er weiterarbeiten solle, woraufJiri eine Kiste auf die Yacht schleppte.

»Was ist da drin?«, fragte Hogart.

»Da?« Ivona stieß mit dem Fuß einen der Kartons an. »Haschisch, Kokain und Waffen.«

»Was?«

Ondrej lachte laut auf.

Ivona schmunzelte. »Jetzt hätten Sie Ihr Gesicht sehen sollen. Nein, eine Freundin hilft mir mit Kleidern und dem üblichen Frauenkram aus. Ich habe ja nicht mal Seife oder eine Zahnbürste.«

»Und was machen Sie im Hafen?«

Sie deutete zur *Praha*. »Bis die Versicherung mich

ausbezahlt hat und ich eine neue Bleibe gefunden habe, wohne ich auf Jiris Boot. Der übersiedelt in der Zwischenzeit auf das Hausboot meines Bruders, einen Steg weiter.«

»Klingt kompliziert«, bemerkte Hogart.

»Und ob das kompliziert ist – scheißkompliziert sogar!«, rief Ondrej. »Ich habe dir gesagt, du kannst bei mir wohnen.«

»Herrgott!« Ivona verdrehte die Augen, als hätte sie das Thema schon hundertmal mit ihrem Bruder durchgekaut. »Ich bin kein kleines Mädchen mehr und komme allein klar. Die Einzige, mit der ich nicht klarkomme, ist deine Freundin. Mit ihrem Gejammer – *piep-piep-piep* – treibt sie mich in den Wahnsinn!«

»Nasrat!«, fluchte Ondrej.

Ivona hob beschwichtigend die Arme. »Es tut mir leid, aber es ist okay so. Ich fühle mich hier wohl. Jiris Boot ist zwar nicht gerade das *Hilton,* aber hier bin ich wenigstens in Sicherheit.« Erklärend wandte sie sich an Hogart. »Ondrejs Männer überwachen die Gegend. Niemand betritt den Hafen, ohne dass er es erfährt.«

»Kann ich Ihnen beim Übersiedeln helfen?«, bot Hogart an.

»Mit *dem* Arm?« Ondrej grinste. »Du bist wirklich ein verrückter Kerl. Komm her, die Kisten müssen noch an Bord.«

Am Abend legte sich Hogart einen neuen Verband an und nahm eine weitere Tablette gegen die Schmerzen, die permanent in seiner Schulter pochten. Nachdem er seinen Koffer gepackt und die Zimmerrechnung mit Kreditkarte beglichen hatte, saß er im Wintergarten des Hotel *Ventana* und führte ein Telefonat mit Kohlschmied.

»Ich checke aus dem Hotel aus.«

»Sie tun *was*?«, rief Kohlschmied.

»Mittlerweile hat meine Ankunft in Prag den gewünschten Erfolg erzielt. Die Hintermänner des Versicherungsbetrugs wissen, dass ich im *Ventana* wohne – als Nächstes schießen sie vielleicht im Hotel auf mich oder fackeln es ab.«

»Das heißt, Sie steigen aus dem Fall aus?«

»Bin ich schon jemals aus einem Fall ausgestiegen?«

»Aber wohin zum Teufel werden Sie gehen?«

»Mein neuer Aufenthaltsort bleibt unbekannt.«

»Sie tauchen unter?« Kohlschmied klang fassungslos.

»Nicht direkt. Ich wohne vorübergehend bei Freunden. Mehr kann ich im Moment nicht sagen.«

Kohlschmied schnaufte ins Telefon. »Wenn Kommerzialrat Rast nicht wäre, hätte ich Sie schon längst von dem Fall abgezogen. Aber morgen Abend läuft Ihre Frist ohnehin ab.« Er atmete tief durch. »Wie können wir Sie erreichen? Sie haben Ihr Handy ja nie eingeschaltet.«

»Ich melde mich bei Ihnen.« Hogart beendete das Gespräch und schaltete das Handy aus.

Ein Page trug sein Gepäck aus der Hotellobby zum Wagen und wuchtete es in den Kofferraum. Anschließend fuhr Hogart zum alten Hafen. Während der Fahrt lag die Armschlinge, die ihn nur behinderte, auf dem Rücksitz. Eine halbe Stunde später parkte er das Auto neben Ondrejs Pick-up auf dem Besucherparkplatz des *Schwarzen Krebses,* eines Lokals an der Promenade des alten Bootshafens. Der Kellner, ein Freund Ondrejs, würde auf den Wagen achten.

Nachdem Hogart seinen Koffer in der Kajüte der *Praha* verstaut hatte, stand er mit Ondrej, Jiri und Ivona auf dem Steg. Ein scharfer Wind zog auf. Dunkle Wolken brauten sich am Horizont zusammen. Es würde eine verdammt kalte Nacht werden.

Hogart stellte den Mantelkragen auf. »Kennen Sie die Bernardigasse?«, fragte er Ondrej.

»He, dort ist das *Papousek.* Hast du heute noch etwas vor, Detektiv?«

Jiri grinste, als er den Namen des Bordells hörte.

»Ich bin bei meinen Recherchen darauf gestoßen.«

»Schon klar«, murrte Ondrej. »Morgen wissen wir mehr über Greco und den Brand in der Galerie – und tu mir einen Gefallen, Detektiv: Stell bis dahin keine Dummheiten an.« Er wandte sich an Ivona. »Wir müssen los, ich bringe Jiri zum Theater.« Er klopfte seinem Freund auf die Schulter. Dieser tippte sich zum Gruß an die Mütze.

Sie verließen den Steg. Kurz darauf hörte Hogart das Röhren des Pick-ups.

»Welches Theater?«, fragte Hogart.

»Das *Black Light Theatre,* ein Experimentaltheater. Schattenspiele, Animationen, Illusionen, plastische Effekte mit Neonlicht«, zählte Ivona auf.

»Jiri steht auf so etwas?«

Ivona lachte. »Jiri arbeitet dort. Er steckt in einer schwarzen Kutte und jongliert mit Bällen oder Ringen. An manchen Abenden springt er bei Vorstellungen ein.«

»Nur vom Aufstellen von Spielautomaten kann man wohl nicht leben, oder?«

»Nicht, wenn Greco den Markt beherrscht.«

»Wie wäre es mit Abendessen?«, schlug Hogart vor. »Darf ich Sie einladen?«

Ivona deutete zur Promenade. »Gerne. Der *Schwarze Krebs* ist ein Fischrestaurant, sehr zu empfehlen.«

Hogart hasste Fisch. Bei dem Gedanken an Gräten, Muscheln, Shrimps oder Fischhaut stellten sich ihm die Nackenhaare auf. »Gibt es dort auch etwas anderes?«

Ivona lachte laut auf, als sie sein Gesicht sah. »Es gibt ausgezeichnete Nachspeisen. Wenn ich mit dem Koch rede, macht er Ihnen Marillenknödel, Palatschinken oder Powidltascherln.«

»Ich esse keine Süßspeisen.«

»Was essen Sie überhaupt?«

»Steaks.«

Ivona wiegte den Kopf. »Das wird schwierig.«

Nach dem Abendessen, einer doppelten Portion Thunfischsalat mit Gebäck, bestellte Hogart für Ivona einen Baileys mit Eis und für sich eine Tasse schwarzen Kaffee. Sie saßen in einer Nische, über den Köpfen ein Fischernetz mit Seesternen und Plastikkugelfischen, und betrachteten den Hafen, wo soeben die Laternen aufflackerten. Eine Nebelbank kroch aus dem Seitenarm der Moldau und schmiegte sich um den Steg.

»Warum fragen Sie jeden nach der Bernardigasse?«

Statt eine Antwort zu geben, zog Hogart die Taxiliste aus der Tasche. »Darauf sind sämtliche Fahrten verzeichnet, die Alexandra Schelling während ihres Aufenthalts in Prag unternommen hat. Die meisten Zielorte habe ich mir bereits angesehen, doch bis auf die Tatsache, dass jemand auf mich aufmerksam wurde, hat es nichts gebracht.«

»Erzählen Sie mir mehr über den Fall.«

Hogart begann bei seinem Besuch in der Zentrale von Medeen & Lloyd, den Informationen, die er von Kohlschmied erhalten hatte, sprach über seine Ankunft in Prag, seine Nachforschungen im Hotel, seine Internetrecherchen, die Besuche in dem Bordell und dem Landgasthaus außerhalb der Stadt und endete bei der Bekanntschaft mit Greco.

»Na ja.« Ivona ließ die Eiswürfel in ihrem Glas kreisen. »Sie sind der Versicherungsexperte, ich bin nur eine gewöhnliche Privatdetektivin, aber ich wäre völlig anders vorgegangen.«

»Wie denn?«

Ivona schob den Baileys zur Seite. »Ich hätte mich in den Fall Ihrer Kollegin hineingedacht und da angefangen, wo alles begonnen hat.«

»In der Nationalgalerie?«

»Morgen ist Dienstag, Eintritt zum halben Preis. Wie wäre es mit einem Besuch?«

»Ich hasse Museen.«

»Großartig!« Ivona grinste. »Dann werden wir morgen etwas für Ihre Bildung tun.«

5. KAPITEL

Hogart schlief nie lange und hatte meist schon die Zeitung gelesen und einen starken Kaffee getrunken, wenn andere noch nicht einmal ans Aufstehen dachten. Doch in dieser Nacht schlief er besonders schlecht und lag von fünf bis sieben Uhr früh wach in seiner Koje. Nicht nur wegen der harten Matratze in Jiris Kabine, sondern auch wegen der Bootsschaukelei und der Fische, die er durch den Schiffsrumpf an der Bordwand knabbern hörte. Außerdem mieften die Kartons, die sich in der Kombüse stapelten, nach Rauch und erkalteter Asche – und dieser Gestank war durch die Ritzen bis in seine Kajüte vorgedrungen, wo er sich auch in seinem Bettzeug eingenistet hatte. Was für eine verrückte Idee, das Hotelzimmer aufzugeben.

Seine Schulter schmerzte, aber da sich die Fäden sowieso von selbst auflösten, war er fest entschlossen, erst in Wien zum Nachsorgetermin ins Krankenhaus zu gehen. Nachdem er sich rasiert, mit lauwarmem Wasser geduscht und die Naht frisch verbunden hatte, fühlte er sich wieder halbwegs fit.

Als er das Radio anstellte, wurde auch Ivona wach. Im Gegensatz zu ihm war sie offensichtlich ein echter Morgenmuffel, deren Lebensgeister erst erwachten, als sie beim Frühstück in der Kombüse saßen. Nachdem sie das Geschirr abgespült und weggeräumt hatten, machten sie sich auf den Weg zur Nationalgalerie.

Auf dem Hradschin, jenem etwa siebzig Meter hohen Felsmassiv an der Moldaubiegung, thronte die Prager Burg schon von Weitem sichtbar über der Innenstadt. Auch ohne Touristenprospekt und trotz des Nebels, der sich nur langsam auflöste, erkannte Hogart, dass jedes Jahrhundert seine Spuren an der Burg hinterlassen hatte und dass dies sie zu einer einzigartigen Ansammlung verschiedenster kultureller Epochen hatte werden lassen. Während ihres Aufstiegs führte Ivona mit einem Handy, das Jiri ihr besorgt hatte, mehrere Gespräche mit der Kripo und der Versicherung, da wegen des Brandschadens noch längst nicht alles geklärt war.

Gegen zehn Uhr erreichten sie keuchend den Hradschin. Den Eingang flankierten zwei vom Regen geschwärzte Marmorskulpturen, die sich beim Herankommen allmählich aus dem Nebel schälten. Dahinter folgten die Burghöfe, in denen sich der Sitz des tschechischen Staatspräsidenten, mehrere Paläste, Basiliken und Kapellen mit Ausstellungsräumen befanden, die durch kleine Gassen miteinander verbunden waren. Inmitten des größten Burghofs ragte die Spitze des gewaltigen Veitsdoms in die Nebelbank. Die schmutzige Plane eines Baugerüsts flatterte im Wind und gewährte nur eine eingeschränkte Sicht auf das große Mosaik im Turm. Vor den Toren der Seitentrakte tummelte sich – vermutlich wegen des feuchten Wetters – nur eine Handvoll Touristen. Außerdem hing überall das gleiche mehrsprachige Schild an den Türklinken: *Wegen Renovierungsarbeiten geschlossen.* Hogart konnte das nur recht sein. Auf der Suche nach dem richtigen Trakt der Nationalgalerie würden sie sich in diesem Irrgarten aus Hecken und Kieswegen sowieso noch die Füße wund laufen.

Aus einem Drehständer erwarben sie einen Prospekt,

dem sie entnahmen, dass im Palais Sternberg an die siebzig Gemälde von Goya, Rembrandt und Rubens ausgestellt wurden. Dort wollten sie hin. Nachdem sie einmal im Kreis gelaufen waren, fanden sie endlich den Hradschiner Platz mit dem richtigen Palais, einem imposanten Gebäude mit hohen Fenstern und verschnörkelter Fassade. Ivona wechselte ein Wort mit der Dame im Kassenhaus, woraufhin sie eintreten durften, ohne Karten zu lösen.

Wie in jedem alten Museumsgebäude roch es auch hier nach Kalk und Parkettboden. Die Fülle der jahrhundertealten, schweren und staubigen Bilder bescherte Hogart ein flaues Gefühl im Magen. Schon als Kind war er ungern in Museen gewesen, hatte die Schulausflüge dorthin meistens geschwänzt und stattdessen die Vormittagsvorstellung eines Filmtheaters besucht.

Er ging durch die Eingangshalle zur großen Treppe, neben der *Das Martyrium des heiligen Sebastian* von Oktavian hing. Im Körper des nackten Jünglings mit dem Lendenschurz und den langen schwarzen Locken steckten unzählige Pfeile. Dennoch lächelte er gnädig, als wisse er genau, dass sein Schicksal einem höheren Sinn diente. Eine Absperrung hinderte Hogart daran, das Gemälde zu berühren. Die nachgedunkelte, von zahlreichen Brüchen durchzogene Ölschicht auf einer Fläche von zwei mal drei Metern war nicht nur deshalb so wertvoll, weil Oktavian sie vor knapp vierhundert Jahren auf Holz gespachtelt hatte. Sogar auf Hogart, der kein Kunstkenner war, übte dieses Bild genauso wie die Porträts von den zwölf Aposteln eine gewaltige Faszination aus. Irgendwie hatte es Oktavian stets geschafft, frische, lebendige und dreidimensionale Charaktere zu malen. Neben dem Bildnis wies eine Tafel der Museumsdirektion darauf hin, dass die Ausstellung anlässlich Oktavians 365. Todestags auf unbestimmte Zeit verschoben war.

Hogart sah sich nach einem der Portiers um, die dafür sorgten, dass die Besucher den Gemälden nicht zu nahe kamen. Sein Blick fiel auf einen etwa sechzigjährigen Mann. Das Namensschild an der Brust wies ihn als Jan Prikopa aus. Offensichtlich hatte er sich den dichten Seehundbart wachsen lassen, um einen großen Leberfleck zu verdecken, der neben einem Nasenflügel durch das Barthaar schimmerte. Hogart schätzte, dass Prikopa nicht mehr lange auf den Ruhestand warten musste. Mit dem unrasierten Kinn, der Kappe und der abgetragenen blauen Uniform sah er eigentlich sogar aus, als wäre er längst in Rente. Aber vielleicht war das auch eine Einstellungssache – bei diesem Job schuftete sich gewiss niemand zu Tode.

Ivona erklärte dem Portier, woran sie interessiert waren, und nachdem Hogart ihm zweitausend Kronen in die Tasche gesteckt hatte, führte Prikopa sie in das zweite Stockwerk hinauf. Ein Schild sowie ein gelbes Plastikband versperrten den Zugang in einen abgelegenen, leer stehenden Seitentrakt. Nach dem Metallgerüst und den Farbeimern auf der ausgebreiteten Folie zu schließen würden hier demnächst Renovierungsarbeiten beginnen.

Prikopa stieg als Erster über das Band. Hogart und Ivona folgten. Nach einer Biegung wurde der Putz an den Wänden fast völlig schwarz. Die Zierleisten waren ebenso verkohlt wie die Holzstuckaturen an der Decke, und die Scherben der Glühlampen aus dem Kronleuchter bedeckten noch immer den Boden, der aus einem Mosaik verbrannter Parkettstücke bestand. Da über dem gesplitterten Fensterglas nur eine Folie klebte, herrschte kühle Zugluft im Gang. Der Portier erklärte ihnen, dass das Feuer vermutlich trotz Rauchverbots durch einen Zigarettenstummel ausgebrochen war, der einen Beistelltisch mit Prospekten in Brand gesetzt hatte.

Zu diesem Zeitpunkt hatten sich die letzten Besucher bereits außerhalb der Galerie befunden, weshalb niemand mitbekam, wie das Feuer binnen Minuten um sich griff. Hogart verstand nicht alles, konnte sich aber den Rest aufgrund von Prikopas Gestik zusammenreimen. Unwillkürlich starrte er zur Decke empor, wo sich zwar eine vom Brand zerstörte Überwachungskamera, aber kein Feuermelder mehr befand. Lediglich zwei Löcher, in denen verkohlte Dübel steckten, wiesen darauf hin, dass jemand den Feuermelder abmontiert hatte. Offensichtlich *vor* dem Brand, da dort oben jegliche Spuren geschmolzenen Kunststoffs fehlten und die kreisrunde Stelle an der Decke genauso angeschwärzt war wie der Rest des Plafonds. Das hier sah eindeutig nach einer schlecht inszenierten Brandstiftung aus.

Hogart ging weiter in den Gang. Die tiefschwarzen Rechtecke an der Wand ließen die Umrisse der Gemälde erkennen, die bei dem Brand vernichtet worden waren. Die Holzrahmen hatten sich förmlich in das Mauerwerk gebrannt und würden so lange dort verewigt bleiben, bis die ersten Arbeiter mit einer Schubkarre voller frischen Mörtels auftauchen würden. Hogart zählte genau dreizehn solche Stellen. Aber irgendetwas passte hier nicht zusammen. Alexandra Schelling war dahintergekommen, was es war, und auch Hogart fühlte es. Hastig zog er den Folder der Oktavian-Ausstellung aus der Manteltasche. Beim Anblick der abgebildeten Gemälde rief er sich Kohlschmieds Aussage ins Gedächtnis. *Nicht dass Sie enttäuscht sind, die Gemälde sind etwa sechzig mal siebzig Zentimeter groß und damit nur eine Spur größer als die Mona Lisa.*

Natürlich, das war es! Man brauchte kein Kunstexperte zu sein, um zu erkennen, dass die Abmessungen der verbrannten Bilder nicht mit jenen der Originale übereinstimmten. Hogarts Schätzung zufolge entsprachen die Rußflecken an den Wänden einer kleineren Ausgabe der Oktavian-Gemälde. Jemand – und bestimmt war es kein Profi gewesen – musste die Originale vor dem Brand gegen schmälere und vor allem kürzere Kopien ausgetauscht haben. Die Überreste der verkohlten Bilder befanden sich in dem chemischen Labor, zu dem Schelling mit dem Taxi gefahren war. Den Weg dorthin konnte er sich sparen. Dass es sich bei den verbrannten Gemälden um Fälschungen handelte, wusste er bereits. Nur, *wo* waren die Originale?

Hogart deutete zur Decke. »Was hat die Kamera aufgezeichnet?«, fragte er auf Tschechisch.

»Pah!« Prikopa machte eine wegwerfende Handbewegung. Die Kamera sei durch den Brand völlig zerstört worden, erklärte er. Noch dazu sei die Videokassette unmittelbar vor dem Ausbruch des Feuers zu Ende gegangen, und es war vergessen worden, eine neue einzulegen.

Welch ein Zufall. Hogart starrte zur Brandschutztür am Ende des Korridors. »Wohin führt die?«

»Durchs Treppenhaus in den Hinterhof.«

»War die Tür an jenem Abend offen?«

»Die ist immer verschlossen.«

»Darf ich einen Blick ins Treppenhaus werfen?«

»Dafür habe ich keinen Schlüssel.«

Hogart nickte. »Natürlich nicht.« Der Dieb musste die Fälschungen durch diese Tür in den zweiten Stock getragen und gegen die Originale ausgetauscht haben. Ziemlich sicher hatte ein Lieferwagen im Hinterhof gestanden – anders wäre der Betrug kaum möglich gewesen. Bestimmt handelte es sich bei dem Dieb um einen Insider, jemanden, der möglicherweise in der Galerie arbeitete, einen Schlüssel für diese Tür besaß und wusste, wann die Bänder der Überwachungskameras gewechselt wurden.

Hogart holte das zerknitterte Foto von Alexandra Schelling aus der Tasche. »Kennen Sie diese Frau?«

Prikopa kam ziemlich nahe, sodass Hogart die Schnapsfahne des Portiers roch. Für einen Augenblick legte sich Prikopas Stirn in Falten, ehe sich seine Gesichtszüge strafften.

»Das ist die Dame von der Versicherung«, antwortete er. »Insgesamt war sie viermal hier, um sich alles anzusehen.«

Auf die Frage, ob er wisse, wo sie sich aufhalte, schüttelte der Portier den Kopf. Danach plauderte Ivona mit ihm auf Tschechisch. Hogart verstand nur die Hälfte, unter anderem den Namen der Bernardigasse – aber er hörte nicht genau zu. Er entfernte sich von den beiden und ging im Korridor auf und ab. Unter ihm knackte der verkohlte Parkettboden. Nach Ivonas Haus auf der Kampa-Halbinsel bekam er mit diesem Trakt nun schon den zweiten niedergebrannten Tatort innerhalb weniger Tage zu sehen. Offensichtlich hatten sie es mit jemandem zu tun, der gern Feuer legte. Jedoch zweifelte er mittlerweile daran, dass Greco dahintersteckte. Der ehemalige Geldeintreiber, der sich zur Spitze der Prager Unterwelt hochgearbeitet hatte, wäre niemals derartig unprofessionell vorgegangen. Schon deshalb nicht, weil er durch seine Auktionsgebote leicht in den Kreis der Verdächtigen rücken konnte. Aber welcher Dilettant steckte hier dahinter?

Ivonas Räuspern riss ihn aus seinen Überlegungen.

»Ich habe den Portier nach der Bernardigasse gefragt«, sagte sie.

»Lassen Sie mich raten. Dort gibt es ein Bordell.«

»Genau. Der Portier kennt es ziemlich gut, denn er wohnt in dieser Gasse.«

Im nördlichen Teil der Prager Burg, direkt angrenzend an die Burgmauer, lag das Goldene Gässchen. Dieses letzte Stück eines mittelalterlichen Prags wirkte mehr als ärmlich, zumal es sich dabei nur um einen schmalen Weg aus Pflastersteinen mit windschiefen buckligen Häusern handelte. Von seinem letzten Besuch wusste Hogart noch, dass früher keine gewöhnlichen Burgschützen oder Kerkermeister hier gelebt hatten, sondern Goldschmiede und Alchimisten. Einer Legende zufolge sollten sie das Lebenselixier finden und künstliches Gold herstellen, um die tschechische Staatskasse aufzufüllen. Nicht nur aus diesem Grund wurde die Gasse ihrem Namen gerecht, sondern auch wegen der zahlreichen Verkaufsstände, die sich wie Flohmarktbuden aneinanderreihten. An gut besuchten Tagen erwiesen sie sich bestimmt als wahre Goldgrube, wovon man heute aber nicht viel merkte. Im Herbst ging die Saison zu Ende. Nur noch wenige Touristen kamen hierher, sodass ein Bauer seinen Esel bequem durch die Gasse auf die Wiese hinter der Burg treiben konnte. Insofern hatte sich im Lauf der Jahrhunderte nicht viel verändert, außer dass heute Andenkenläden den Weg versperrten, wo früher Schubkarren gestanden hatten.

Hogart ging an Ivonas Seite, den Arm in der Schlinge. Heute Morgen hatte er vergessen, eine Tablette zu nehmen, was sich mittlerweile rächte. Der Schmerz pochte von Stunde zu Stunde heftiger in seiner Schulter. Um sich abzulenken, betrachtete er die Souvenirläden, doch überall gab es das Gleiche zu kaufen: Ansichtskarten, Schneekugeln,

Miniaturen aus Blei, dürre Marionetten aus Filz, Ölgemälde und Stickereien, Bildbände über das Prag Franz Kafkas, Diasammlungen über die Burg oder hässliche Schnitzereien, die wohl den Golem darstellen sollten.

Als ihn Ivona weiter durch die Gasse führte, tauchte eine längst vergessene Erinnerung auf. Hier war er schon einmal gewesen. Nicht wegen der Burg, auch nicht wegen der Galerien oder Museen. Damals war er von der anderen Seite auf den Hradschin gelangt, weshalb im Moment alles ein wenig fremd auf ihn wirkte. Er hatte sich ein bestimmtes Haus angesehen, jenes unscheinbare, schiefe Gebäude, in dem Kafka gelebt und über ein Holzpult gebeugt an seinen Geschichten geschrieben hatte. Ein Gefühl von Wehmut überkam Hogart. In seiner Sammlung besaß er unter anderem einen Füllfederhalter sowie ein vergilbtes signiertes Foto von Kafka aus den frühen 20er-Jahren. Bei seinem ersten Pragbesuch war Hogart sogar in dem kleinen Haus gewesen. Heute war es versperrt, doch wenn er nah genug heranging und die Augen mit der Hand abschirmte, konnte er durchs Fenster spähen. Wie damals überraschte ihn auch diesmal, wie armselig die Leute hier vor einem knappen Jahrhundert gehaust hatten. Vielleicht war jenes Gässchen gerade aus diesem Grund durch die Geschichten Kafkas und Meyrinks berühmt geworden.

»Haben Sie Hunger?«, fragte Ivona.

Es war längst Mittag. In weiter Ferne schlug eine Kirchturmuhr.

»Diesmal lade ich Sie ein«, bot sie an. »Am Ende des Burgareals gibt es einen guten Hot-Dog-Stand, aber lassen Sie sich nicht von seinem Äußeren abschrecken.«

Am Ende des Gässchens, zwischen den beiden Schuldtürmen, die früher als Gefängnis gedient hatten, befand sich der Imbiss, der tatsächlich ziemlich heruntergekommen aussah. Während sie am Tresen lehnten, ein Paar Käsekrainer mit Senf aßen und Bier aus Pappbechern tranken, sahen sie dem Esel bei seiner Wanderung durch die Gartenanlage zu, die sich hinter der Burgmauer erstreckte. Auf der Wiese neben dem Fußweg stand ein Bettlerpaar in Lumpen. Der Mann stützte sich auf Krücken und streckte den Vorbeigehenden seinen Hut entgegen, während die Frau einen zerzausten Foxterrier fütterte. Hogart fielen die bösartigen Geschwüre an ihren Händen auf. Um den Mann stand es kaum besser. Offenbar hatte er einen schlimmen Wolfsrachen, versuchte sich aber trotzdem jedes Mal zu bedanken, sobald er eine Münze erhielt.

Plötzlich wurde Ivona nachdenklich. »Mir ist aufgefallen, dass Sie sich ständig umsehen.«

»Die Burg ist beeindruckend«, log er.

»Blödsinn.« Sie leerte ihren Becher in einem Zug. »Sie haben es auch bemerkt, nicht wahr?«

Ohne ein Wort zu sagen, musterte er Ivona. Sie stammte aus der Branche – hatte er tatsächlich geglaubt, er könnte einer Privatdetektivin etwas vormachen? »Seit wir uns auf dem Hradschin befinden, habe ich das Gefühl, wir werden beobachtet«, sagte er schließlich.

»Geht mir genauso.«

»Jemand von der Kripo?«, vermutete er.

»Unwahrscheinlich.«

»Greco?«

»Möglich.«

Oder es war derselbe, der bereits versucht hatte, ihn zu töten. »Hat Ihre Pistole den Brand überlebt?«, fragte er.

Ivona sah ihn erstaunt an. Sie hatte wohl nicht damit gerechnet, dass ihm die Walther PPK in ihrem Vorraum aufgefallen war. »Ja, das hat sie. Aber die Beamten haben sie beschlagnahmt.«

»Sollte uns jemand überfallen, müssen Sie mich verteidigen.« Hogart deutete auf seinen lädierten Arm.

Sie schmunzelte. »Keine Sorge, hier passiert uns nichts. Zu viele Leute. Kommen Sie.«

Bevor sie sich wieder auf den Weg machten, warf Hogart dem Bettler einen Geldschein in den Hut. Ivona betrachtete ihn missbilligend, sagte aber nichts. Einige Meter weiter blieben sie auf dem Treppenabsatz der alten Schlossstiege stehen, die zur Metrostation hinunterführte.

»Das ist ein Ausblick«, murmelte Hogart.

Feiner Nieselregen lag in der Luft. Der Himmel über der Stadt war zwar immer noch verhangen, doch vereinzelt brachen Sonnenstrahlen durch die Wolkendecke. Wo die Lichtfächer auf die Dächer trafen, brachten sie die Schindeln zum Glänzen. Sogar die sonst so graue Moldau funkelte wie ein silbernes Band. Trotz dieses Panoramas konnte Hogart im Moment nur an eines denken: dass ihm lediglich bis heute Abend Zeit blieb, den Fall zu lösen. Danach würde ihn Kohlschmied nach Wien zurückbeordern. Sein Rückflug war ja bereits gebucht. Ein Telefonat mit Rast hätte wohl wenig Sinn.

Er wandte sich an Ivona. »Würden Sie Ihren Bruder bitten, bis heute Abend eine Person für uns zu überprüfen?«

Sie nickte, als habe sie die Frage erwartet. »Ich weiß, der Portier. Er hat etwas mit der Sache zu tun.«

6. KAPITEL

Als Hogart mit Ondrej und Ivona am Abend im *Schwarzen Krebs* bei einer Fischplatte und einer Flasche Wein saß, kündigte sich der Wetterumschwung an. Hogart aß nichts, im Gegenteil, er versuchte, den Anblick der Fische zu vermeiden, was bei dem Geruch aber auch nichts half. Ab und zu sah er aus dem Fenster. Eine Kaltfront zog von Westen über das Land. Hinter der schwarzen Wolkenbank zuckten immer wieder Blitze, die die Umgebung in ein merkwürdiges Zwielicht tauchten. Noch ließ der Regen auf sich warten. Nur der Wind hatte erheblich aufgefrischt, und sturmartige Böen wiegten die im alten Hafen vertäuten Boote auf den Wellen.

Während Ondrej mit der Gabel in seinen Meeresfrüchten stocherte, erzählte er, was er über Jan Prikopa herausgefunden hatte. Der Portier arbeitete schon seit über dreißig Jahren in der Nationalgalerie. Gemäß Hogarts Vermutung würde er in einem Jahr in den Ruhestand gehen. Prikopa wohnte allein in einer Dachbodenkammer in der Bernardigasse, zahlte jedoch Unterhalt an seine Exfrau. Seine erwachsene Tochter, die er seit seiner Scheidung vor fünfzehn Jahren nicht mehr gesehen hatte, lebte in Drvalovice, etwa vier Autostunden von Prag entfernt. In Prikopas Polizeiakte fanden sich keine Vorstrafen. Einmal im Monat sah man ihn als Gast im *Papousek,* wo er stets die gleiche Frau besuchte, eine gewisse Cleopatra Manescu aus Rumänien. Sonst ging er auf die Trabrennbahn, wo er selten höhere Beträge als zweihundert

Kronen setzte. Der meistversprechende Punkt erschien Hogart aber Prikopas Kartenleidenschaft. Einmal pro Woche spielte er im *Hrdlicka* mit einer Männergruppe Tarock. Anders als bei den Pferdewetten ging es dabei um große Summen. Wie Ondrej erfahren hatte, stand Prikopa bei einflussreichen Leuten mit dreißigtausend Kronen in der Kreide. Die Summe war kein Pappenstiel, doch reichte sie als Grund für Brandstiftung, Gemäldediebstahl und Mord? Andererseits hatte Hogart schon viel merkwürdigere Verbrechen erlebt. In manchen Wiener Wohnungen wurden ältere Menschen wegen weniger als hundert Euro erstochen. Aber in diesem Fall sagte ihm sein Instinkt etwas anderes. Irgendwie glaubte er nicht, dass der unscheinbare Portier mit dem Seehundbart zu einem Mord fähig war. Doch andererseits – wonach hatte Schelling in der Bernardigasse gesucht?

»Als der Brand in der Galerie ausbrach, war Prikopa zwar im Dienst«, berichtete Ondrej, »doch ein paar Nutten können bezeugen, dass er an dem Abend, als Ivonas Haus abbrannte, ziemlich betrunken im *Papousek* übernachtet hat.«

Hogart ballte unter dem Tisch die Hand zur Faust. Bisher hatte er seinen Anruf bei Kohlschmied rausgeschoben. Doch innerhalb der nächsten Stunde musste er sich melden. Sein Rückflug war für 21.55 Uhr gebucht. »Konzentrieren wir uns auf Greco. Was haben Sie über ihn herausgefunden?«

Ondrej zuckte die Achseln. »Nichts.«

»Nichts?«

»Sage ich doch!«

Laut Ondrejs Aussage gab es zwischen dem König von Prag und der Nationalgalerie keine Verbindung. Doch selbst wenn Ondrej etwas Belastendes über Greco wusste, bezweifelte Hogart, dass ihm der Riese dies verraten hätte. Immerhin führte er sein kleines Unternehmen mit den Spielautomaten unter Grecos Schirmherrschaft.

»Greco war an den Abenden, als beide Brände gelegt wurden, zu Hause bei seiner Tochter und während der Zeit, als deine Kollegin verschwand, in der Oper – Puccini oder so was.«

»Was sagt das schon aus?«, wandte Hogart ein. »Greco hätte sich die Hände sowieso nicht selbst schmutzig gemacht. Für solche Aufträge beschäftigt er Männer wie Dimitri.«

»Das stimmt. Dimitri, das hinterhältige Schlitzohr, macht viele krumme Sachen – von einigen weiß Greco nicht einmal was.« Ondrej lehnte seinen massigen Körper zurück. Der Ledermantel knirschte. »Aber nichts deutet auf einen Versicherungsbetrug hin. Die Prager Unterwelt ist nicht daran beteiligt. Niemand, den ich kenne, hat irgendwelche Fäden gezogen.« Er breitete die Arme aus. »Wenn so ein Ding durchgezogen wird, weiß immer jemand Bescheid. Greco hat viele Neider. Das Wort macht die Runde, und früher oder später fällt eine Andeutung, doch im Moment herrscht absolutes Schweigen.«

»Greco wäre nicht so dumm, es herauszuposaunen«, murrte Hogart.

Ondrej beugte sich nach vorne und stützte die Unterarme auf der Tischplatte ab. Mit leiser Stimme sagte er: »Hör zu, Detektiv! Selbst wenn er seine Finger im Spiel hätte, seine Leute würden keinen Mord begehen oder Ivona in die Sache hineinziehen – das habe ich dir bereits gesagt! Dimitri würde dir in einer Seitengasse die Seele aus dem Leib prügeln, aber niemals das Haus meiner Schwester abfackeln. Hast du verstanden?«

Hogart atmete tief durch. Falls Ondrej recht behielt, hatte

es in der Nationalgalerie keinen Diebstahl gegeben. Aber es lag *definitiv* ein Versicherungsbetrug vor. So blind konnte man gar nicht sein, dass man diese Hinweise übersah. Sie schrien einen förmlich an wie Slogans auf Reklametafeln.

»Wenn Greco es nicht gewesen ist, könnte er doch seine Fühler ausstrecken und herausfinden, wer dahintersteckt?«, schlug Hogart vor.

Ondrej lächelte nachsichtig. »In dieser Stadt passiert nichts, ohne dass Greco es erfährt. Glaube mir, er würde die Drahtzieher kennen. Aber er weiß nichts darüber, auch nicht über das Verschwinden dieser Frau …«

»Alexandra Schelling.« Hogart starrte in sein Weinglas. »Dann hat also ein Phantom Ivonas Haus angezündet«, murmelte er. »Wer zum Teufel steckt dahinter?«

»Du bist der Detektiv!« Ondrej versetzte ihm einen Stoß gegen die verletzte Schulter.

Hogart zuckte zusammen, entgegnete aber nichts. Alle drei schwiegen eine Zeit lang, auch Ivona verhielt sich ruhig. Vermutlich bereute sie längst, dass sie Hogart zu sich eingeladen hatte. Bestimmt wuchs ihre Wut auf ihn von Stunde zu Stunde mehr, und er saß nur da und war mit seinem Latein am Ende. Ivona hatte verdammt noch mal recht. Er hätte die Recherchen von Beginn an anders aufziehen und vor allem subtiler vorgehen sollen. Außerdem hätte er auf Dimitris Ratschlag hören und die Finger von Ivona lassen sollen. Dann wäre alles anders gekommen. Aber die Zeit ließ sich nicht zurückdrehen – im Gegenteil, sie raste viel zu rasch dahin, und sein Anruf bei Medeen & Lloyd war überfällig.

Plötzlich flog die Tür zum *Schwarzen Krebs* auf. Als Hogart und Ondrej gleichzeitig aufsahen, lief Jiri aufgeregt in das Lokal auf ihren Tisch zu. Unter seinen Augen befanden sich noch immer Reste der schwarzen Schminke von der Theatervorstellung des Vortags. Jiri knallte die Schachtel, die er unter den Arm geklemmt hatte, zwischen ihre leer gegessenen Teller. Darin befand sich der letzte Rest aus Ivonas Hausrat: Bilderrahmen, gusseiserne Kerzenständer, versengte Fotos und eine zerbrochene bauchige Vase – insgesamt ein trauriger Haufen Müll, der sich nicht mehr verwenden ließ.

Sofort entzündete sich eine heftige, auf Tschechisch geführte Debatte. Ondrej fuhr seinen Freund an, weshalb er diesen Schrott ins Lokal geschleppt habe. Daraufhin zog Jiri einen kleinen schwarzen Gegenstand aus der Hosentasche. Als Ondrej sah, was Jiri zwischen den Fingern drehte, verstummte er. Das verbrannte Teil war nicht größer als ein Fingernagel.

»Das hat Jiri in der Vase gefunden«, übersetzte Ivona, doch Hogart wusste bereits Bescheid.

Obwohl das Ding in der Hitze zu einem Klumpen aus Metall und Kunststoff geschmolzen war, aus dem ein versengtes Kabel ragte, erkannte Hogart, worum es sich ursprünglich gehandelt hatte. Er nahm Jiri den Klumpen aus der Hand und drückte ihn zwischen den Fingern. Als die Rußschicht abbröckelte, kam eine silberne Oberfläche zum Vorschein.

»Eine Lithiumbatterie«, murmelte Hogart. »Das sieht nach einem selbst gebastelten Richtmikrofon für eine drahtlose Funkübertragung aus.«

»Eine Wanze?«, fragte Ivona.

»Damit hat jemand Ihr Haus abgehört.«

Jiri, der von alldem nichts verstand, plapperte aufgeregt drauflos. Er stand immer noch vor dem Tisch, weshalb ihn Ondrej zu sich auf die Bank zog. Während Ivona und die beiden Männer auf Tschechisch weiterdiskutierten, folgte Hogart seinen eigenen Gedankengängen. Je länger er auf das zerschmolzene Mikrofon starrte, desto übler wurde ihm. Jemand musste einen triftigen Grund haben, Ivona abzuhören. Mit ihm selbst konnte es nichts zu tun haben, schließlich hatte er Ivona erst wenige Stunden vor dem Brandanschlag kennengelernt. Niemand hatte wissen können, dass er sie besuchen würde.

Während das Gespräch am Tisch immer lauter wurde, kam ihm der Gedanke, dass der Anschlag vielleicht gar nicht ihm gegolten hatte, sondern Ivona – etwas, das ihm bisher noch nicht in den Sinn gekommen war. Möglicherweise hatte jemand der Privatdetektivin einen Denkzettel verpassen wollen, und er selbst war nur zur falschen Zeit am falschen Ort gewesen. Behielt er recht, ergaben sich fatale Konsequenzen. Dann hatte er sich die letzten beiden Tage in eine völlig falsche Theorie verrannt. Trotzdem hatte man auf *ihn* geschossen. Die Wunde in seiner Schulter war der beste Beweis dafür.

Automatisch durchsuchte Hogart seine Sakkotaschen, doch sie waren leer. Er brauchte jetzt dringend eine Zigarette, bevor er den Verstand verlor. Irgendetwas passte hier nicht zusammen. Wie in Trance stand er auf und ging zur Kleiderablage. Er kramte eine neue Packung Stuyvesant aus der Manteltasche. Als er gierig den Rauch inhalierte, wurden seine Gedanken klarer. Während er auf seinen angesengten Mantel starrte, versuchte er sich auf den Fall zu konzentrieren. Der Stoff stank, als hätte er wochenlang in einer Räucherkammer gehangen. Zum Glück befand sich kein Einschussloch darin.

Kein Einschussloch!

Das ist der Schlüssel! Im Gedächtnis erlebte Hogart die letzten Augenblicke vor dem Schuss zum zweiten Mal. Ivona hatte sich den kamelfarbenen Mantel über den Kopf gezogen und war durch die Flammen aus dem Haus gestürzt. Mit dem Ordner vor dem Gesicht war er ihr gefolgt; Sekunden später hatte ihn die Kugel getroffen. Der Killer musste sie miteinander verwechselt haben! Falls das stimmte, hatte der Brandanschlag mit ihm, Alexandra Schelling oder dem Versicherungsfall überhaupt nichts zu tun.

Benommen kehrte Hogart an den Tisch zurück, wo Ondrej, Jiri und Ivona noch immer miteinander diskutierten. Statt sich hinzusetzen, starrte er auf die Wanze, die, von Rußkrümeln umgeben, auf dem Tisch lag. Dann blickte er in den Karton, worin sich Ivonas zerstörtes Eigentum befand. Er konnte sich an diese Vase erinnern. Sie hatte in der Küche auf dem Schrank mit dem Feuerlöscher gestanden. Er zerrte die kaputte Keramikschale aus dem Karton. Dabei fielen einige angesengte Schwarz-Weiß-Fotografien zu Boden. Die Kripoaufnahmen von den Tatorten, die sich Ivona von ihrem Kontaktmann beschafft hatte. Hogart hob sie vom Boden auf und wollte sie schon wieder in den Karton zurücklegen, als ihm der Anblick eines Bildes den Atem verschlug. Eine Sekunde lang glaubte er, sein Herzschlag setze aus. Das Foto zeigte die kopflose Leiche einer Frau im Damenanzug, hingestreckt auf einem schwarzen Tuch. Die Aufnahme stammte vom ersten September, einen Tag nach Alexandra Schellings Verschwinden. Als er das Foto näher betrachtete, wurde seine Kehle eng.

Er reichte Ivona das Bild. »Wer ist das?«

Schlagartig verstummte das Gespräch am Tisch. Ivona warf einen Blick auf das Datum der Aufnahme. »Das letzte Opfer der Mordserie.«

»Wurde die Frau identifiziert?«

Ivona schüttelte den Kopf. »Das ist das einzige Opfer, dessen Identität noch nicht feststeht.«

»He, Detektiv, was hat das mit dem Mikrofon zu tun?«, fragte Ondrej.

Hogart zog sein Bild von Alexandra Schelling aus der Tasche und legte es neben dem Kripofoto auf den Tisch. »Würden Sie sagen, dass es sich dabei um dieselbe Frau handelt?« Er wartete keine Antwort ab. »Sehen Sie sich die Krawatte näher an. Ein doppelter Windsorknoten. Falls Sie eine Farbaufnahme von der Leiche besitzen, wette ich, dass die Krawatte rot ist und der Hosenanzug cremefarben. Außerdem trug die Frau Schulterpolster im Blazer.«

Hogart brauchte keine Bestätigung. Er wusste, die tote Frau auf dem schwarzen Samttuch war Kommerzialrat Rasts Nichte. Seit drei Wochen lag der Torso in der Gerichtsmedizin, und die Prager Kripo war nicht in der Lage, einen Zusammenhang zwischen der anonymen Leiche eines Serienmörders und einer Vermisstenmeldung aus Wien herzustellen. In Hogart stieg Wut auf.

»Er ist gar nicht so dumm, wie ich dachte«, brummte Ondrej.

Ivona schien wie vor den Kopf gestoßen. »Wissen Sie, was das bedeutet? Die Leiche, das Mikrofon, der Brandanschlag auf mein Haus … Hier geht es um etwas völlig anderes. Wir waren die ganze Zeit auf dem Holzweg.« Sie packte die Fotos in die Kiste und erhob sich. »Wir müssen reden, Hogart! Kommen Sie, gehen wir aufs Boot.«

Ondrej und Jiri blieben im *Schwarzen Krebs,* während Ivona mit der Kiste im Arm auf die *Praha* eilte. Hogart folgte ihr in die Kombüse. Das Boot war durch ein Kabel mit dem Stromkasten auf der Mole verbunden. Eine nackte Glühlampe erhellte die Küche, die zugleich als Wohnraum diente. Der Herd wurde mit Gas betrieben. Unter der Spüle, wo sich neben einer Kiste mit Leuchtfeuersignalen drei Gasflaschen stapelten, fehlte eine Abdeckplatte. Die restlichen Kommoden und Schränke in der Kombüse waren mit altem abgewetzten Kirschholz verkleidet. Als Hogart vor der schmalen Eckbank mit dem blau-weiß gestreiften Stoffbezug stand, begann Ivona bereits, sämtliche Schachteln und Kartons zu durchwühlen.

»Der Killer muss Schelling auf dem Weg zum Flughafen im *Sochor* abgefangen haben«, sinnierte er. Was für ein grässlicher Zufall, bei einem einwöchigen Aufenthalt in einer fremden Stadt einem Serienmörder über den Weg zu laufen, der einmal im Monat zuschlug.

»Warum bin ich nicht gleich darauf gekommen?« Ivona kramte einige angesengte Schnellhefter sowie einen zur Hälfte verbrannten Packen Fotos aus einer Kiste. »Am Stadtrand, in der Nähe dieser Bar, verschwanden zwei weitere Opfer: eine dänische Tramperin und ein französisches Aupairmädchen.« Sie breitete die Unterlagen vor Hogart auf dem Tisch aus. Auf den Blättern war kaum noch etwas zu erkennen.

»Das ist alles, was übrig geblieben ist.« Sie steckte sich die Haare mit einer Spange hoch, die sie aus der Hosentasche fischte, und krempelte die Ärmel auf. Dann nahm sie im Schneidersitz auf der Bank Platz. »Falls Sie recht behalten, und die Tote *ist* Alexandra Schelling … dann steckt Vladimir Greco nicht hinter ihrer Ermordung.« Sie faltete die Hände vor dem Mund, als denke sie angestrengt nach. »Das dreht die Situation um hundertachtzig Grad, denn falls Schelling von einem verrückten Serientäter getötet wurde, stellt sich die Frage: Aus welchem Grund wurde auf *Sie* geschossen?«

Hogart räusperte sich. Er holte das Richtmikrofon mit der Batterie aus der Hosentasche und legte es zu den Fotos auf den Tisch. »Möglicherweise wurden Sie von dem Serienmörder abgehört.« Er erzählte ihr von seiner Theorie, dass der Killer sie wegen des Mantels verwechselt haben könnte und gar nicht *ihn,* sondern *sie* töten wollte.

»Sie waren das ursprüngliche Ziel«, resümierte er. »Vielleicht sind Sie knapp davor, die Identität des Killers herauszufinden. Der Hausbrand sollte zugleich Ihre Recherchen vernichten. Vermutlich hat es etwas mit dem braunen Umschlag zu tun, den Sie am selben Tag von Greco erhalten haben.«

Sie sah ihn überrascht an. »Der Umschlag ist verbrannt.«

»Was befand sich darin?«

»Unwichtig.«

»Wie viele Menschen wissen davon, dass Sie von Dr. Zajic engagiert wurden, um in den Mordfällen zu ermitteln?«, fragte er.

»Nur wenige.«

»Umso besser, denn einer davon könnte der Täter sein.«

Ivona schüttelte den Kopf. »In Ihrer Theorie steckt ein Denkfehler!« Sie schob die Leichenfotos über den Tisch zu ihm hin. »Warum wurde ich von keinem der beiden Killer enthauptet, so wie die anderen Opfer?«

»Von keinem der *beiden?«*

»Es sind zwei Killer.«

Hogart hob die Hand. »Moment mal …«

»Es sind zwei Killer«, wiederholte Ivona. »Sie wechseln einander ab. Jeder der beiden folgt seinem eigenen Modus Operandi. Einer ist laut Gerichtsmedizin Rechts-, der andere

Linkshänder. Beide enthaupten ihre Opfer. Einer benutzt eine Säge, der andere ein Beil. Einer tötet Männer, der andere Frauen. Aber keiner der beiden hat je einen Brand gelegt oder eines seiner Opfer erschossen. Warum sollten sie ausgerechnet bei mir damit anfangen?«

Darauf wusste Hogart keine Antwort. Um angesichts der Fülle von Neuigkeiten einen klaren Kopf zu bewahren, musste er strukturiert vorgehen. »Zunächst sollten wir der Kripo melden, dass wir die Leiche identifiziert haben. Außerdem wissen wir, wann und wo Schelling entführt wurde: in der Nähe des *Sochor*, zwischen 19.00 und 22.00 Uhr.«

Ivona zögerte. »Wegen meines Bruders und seiner Verbindung zu Greco habe ich keinen guten Draht zur Polizei. Außerdem hassen die Beamten nichts mehr, als wenn sich Privatpersonen in laufende Ermittlungen einmischen. Sie nennen es *Behinderung einer Amtshandlung*. Und wer sich dessen schuldig macht, dem droht Gefängnis. Aber das ist nicht alles. Morak, der leitende Ermittler, würde Sie sehen wollen, weil nur Sie die Leiche identifizieren können. Aber dann müsste ich erklären, wie ich an das Kripofoto gekommen bin – Scheiße!« Sie knallte die Fotografien auf den Tisch.

»Sie sagten doch, Sie hätten einen Kontaktmann bei der Mordgruppe, der Ihnen die Bilder besorgt hat«, erinnerte Hogart sie.

Ivona kaute an der Unterlippe. »Das ist die einzige Möglichkeit. Ich könnte Novacek anrufen.«

»Novacek?«, wiederholte Hogart. »Doch nicht etwa Tomas Novacek?«

»Sie kennen ihn?«

Das passte ja wieder einmal wunderbar zusammen.

Ausgerechnet jener Klugscheißer, der Hogart nahegelegt hatte, während seines restlichen Aufenthalts in Prag nur noch Museen zu besuchen, war nun ihr einziger Verbündeter. »Er ist mir auf dem Revier ziemlich auf die Füße getreten. Wenn Sie mit ihm telefonieren, lassen Sie Ihren Charme spielen, denn er ist bestimmt sauer, weil ich das Hotel verlassen habe, ohne ihm Bescheid zu geben.«

Ivona atmete tief durch, dann griff sie zum Handy. Das Telefonat dauerte eine halbe Stunde. Indessen saß Hogart still auf der Bank und versuchte, einzelne Wörter zu verstehen. Aufgrund von Novaceks Gebrüll aus dem Handy und Ivonas Gesichtsausdruck, der immer resignierter wurde, sah die Situation nicht gerade rosig aus. Doch irgendwann brannten auch bei Ivona die Sicherungen durch. Hogart hätte nicht erwartet, dass diese Frau so laut werden konnte. Sie ging in der Kombüse auf und ab und bellte ebenso wütend ins Telefon wie Novacek. Anscheinend war das der Ton, den man in Prag anschlagen musste, wollte man bei den Behörden etwas erreichen. Schließlich beendete Ivona das Gespräch mit hochrotem Kopf. Sie warf das Handy in eine Ecke und setzte sich an den Tisch.

»Ist wohl nicht so gut gelaufen«, vermutete Hogart.

»So ein verdammter Dickschädel!«, schimpfte sie. »Er ist sauer, weil wir uns nicht aus dem Fall raushalten. Aber auch ich kann zornig werden. Da liegen der Kripo seit Wochen eine anonyme Leiche und eine Vermisstenmeldung vor, ohne dass die Beamten in der Lage wären, die Tote als die gesuchte Frau zu identifizieren. Das passiert denen nicht zum ersten Mal, und ich hab es ihm um die Ohren gehauen. Sämtliche Vermisstenmeldungen gehen an die Fahndung, aber die arbeitet nicht gerade kooperativ mit der Mordgruppe zusammen. Für die Presse sind derartige Schlampereien immer ein gefundenes Fressen. Als ich das erwähnte, wurde er gesprächsbereit.« Ivonas Laune besserte sich ein wenig. *»Es verschwinden jährlich so viele Menschen in Prag«*, imitierte sie Novaceks Stimme. *»Woher sollten wir wissen, dass die Frau aus Wien kommt?* Außerdem rechtfertigte er sich damit, dass sie eine DNA-Probe aus dem Blut der Leiche durch das Täterregister gejagt hätten. Doch wie es scheint, hatte Schelling keine Vorstrafen.«

»Was hat er noch erzählt?«

»Also …« Ivona goss sich einen Baileys in ein Glas, das sie mit einem Schluck leerte. »Um Morak brauchen wir uns keine Sorgen zu machen. Novacek beschafft sich die Unterlagen von der Fahndungsgruppe und nimmt Kontakt mit den Wiener Behörden auf. Und wir haben Glück! Alexandra Schellings Leiche befindet sich noch im Kühlhaus der Gerichtsmedizin, da man mit dem amtswegigen Begräbnis noch eine Woche warten wollte, bis das Ergebnis der letzten chemischen Untersuchung vorliegt.«

Hogart nickte. Er kannte die Standardprozedur, die nun folgen würde. Je nachdem, wie schnell die Behörden arbeiteten, würden innerhalb der nächsten Tage ein Kamm, eine Zahnbürste sowie getragene Kleidungsstücke aus Schellings Wohnung nach Prag geschickt werden, um aus Schweiß, Speichel oder Haaren eine DNA-Probe für eine Identifizierung der Leiche zu gewinnen.

Apropos Wien … Hogart sah auf die Uhr. Es war kurz nach acht. Sein Anruf bei Medeen & Lloyd stand noch aus. Rasch griff er zum Handy. Er wollte Kohlschmied übergehen und direkt mit Rast telefonieren, doch sämtliche Nummern, über die er Rast normalerweise erreichen konnte, waren besetzt. Dann also doch der offizielle Weg. Kohlschmied hob beim ersten Klingelton ab.

Nachdem sich Hogart eine Schimpftirade anhören musste, weil er sich so lange nicht gemeldet hatte, wurde Kohlschmied einigermaßen sachlich. »Kommerzialrat Rast und die Vorstandsmitglieder tagen seit sechs Uhr abends, um das weitere Vorgehen in dieser Sache zu besprechen. Die anderen Versicherungen sitzen uns im Nacken und drängen auf eine Entscheidung, da die Eigentümer der Gemälde die Versicherungssumme beanspruchen. Wir haben Sie nicht engagiert, um sich in Prag ein paar schöne Tage zu machen. Bis morgen früh muss eine Antwort vorliegen.«

»Wir haben seine Nichte gefunden«, unterbrach Hogart ihn.

»Wer ist *wir*?«

Hogart überging die Frage. »Richten Sie Kommerzialrat Rast mein Beileid aus. Alexandra Schelling wurde am Tag ihrer geplanten Abreise in Prag ermordet. Der Täter ist noch unbekannt, aber aller Wahrscheinlichkeit nach hat der Mord nichts mit dem Versicherungsbetrug zu tun. Schellings Unterlagen sowie die Ölgemälde sind nach wie vor verschwunden. Ihr Leichnam befindet sich noch in der Rechtsmedizin. Nach der positiven Identifizierung wird er höchstwahrscheinlich nach Wien überführt. Und noch etwas …« Hogart zögerte. Kohlschmied hatte ihn kein einziges Mal unterbrochen, und auch jetzt wartete er ab, ohne ein Wort zu sagen. »Bringen Sie Rast schonend bei, dass der Leichnam seiner Nichte ohne Kopf und Hände in einer Prager Seitengasse gefunden wurde, bevor er es aus den Medien erfährt.«

Kohlschmied schwieg eine Weile, ehe er sich mit trockener Kehle räusperte. »Das sind schreckliche Nachrichten. Im Moment kann ich noch nicht sagen, wie es weitergeht.

Bleiben Sie erreichbar, ich melde mich in Kürze.« Dann war Kohlschmied weg.

Ivona sah Hogart erleichtert, aber auch traurig an. »Für Sie ist der Fall nun abgeschlossen.«

»Eigentlich schon«, antwortete er. Wie hypnotisiert starrte er auf das Display seines Handys. *Fünf Anrufe in Abwesenheit.* Immer vom gleichen Anschluss: Kohlschmieds Büronummer. Er löschte die mittlerweile bedeutungslos gewordenen Nachrichten. Allerdings hatte eine andere Sache an Bedeutung gewonnen: Ivonas Leben schwebte in Gefahr. Die beiden Killer waren immer noch auf freiem Fuß. Mit einem fürchterlich miesen Gefühl im Magen dachte Hogart an das Richtmikrofon, den Brandanschlag und die Kugel, die für Ivona bestimmt gewesen war. Was immer die Privatdetektivin herausgefunden hatte, schien einem der beiden Mörder auszureichen, um sie beseitigen zu wollen. Er zuckte zusammen, als sein Handy klingelte.

Diesmal war Walter Sedlack, der braun gebrannte Sicherheitsbeamte mit dem Grinsen eines Haifisches, am Apparat. »Hogart, ich mache es kurz: Sie haben das Mädchen gefunden, gute Arbeit. Meiner Ansicht nach ist Ihr Auftrag damit beendet, Sie können zurückfliegen. Die Bundeskriminalämter in Wien und Prag rollen den Fall neu auf …« Der Hai hielt für eine Sekunde inne. Im gleichen Moment wusste Hogart, dass noch etwas kommen würde, was dem Hai gar nicht schmeckte. »Kommerzialrat Rast lässt Ihnen ausrichten, dass er bereit ist, ein Budget für drei weitere Tage freizugeben, falls Sie davon überzeugt sind, schneller als die Kripo herauszufinden, wer seine Nichte getötet hat, und außerdem ihre Aufzeichnungen und die Originalgemälde wiederzubeschaffen.«

Hogart überlegte. Das war eine Möglichkeit, den Auftrag bis Freitagabend zu verlängern. Doch sein Verstand warnte ihn davor hierzubleiben, sich weiter mit Greco, Ondrej und Novacek einzulassen oder gar mit zwei verrückten Mördern, die ihre Opfer enthaupteten. Seine Vernunft riet ihm, die Suche nach Schellings Mörder der Prager Kripo zu überlassen. Sein Vater hätte ihm das Gleiche geraten. Aber Hogart hatte sich geschworen, nicht so wie er zu werden, nicht immer den leichteren Weg zu nehmen.

»Ich mache weiter.«

Für einen Augenblick war es still. Der Hai hatte wohl nicht mit dieser Antwort gerechnet, denn plötzlich zischte er ins Telefon. »Hogart, lassen Sie es gut sein. Es reicht! Immerhin haben Sie Schelling gefunden.«

Nein, ihr Kopf fehlt noch, korrigierte Hogart ihn in Gedanken. »Lassen Sie meinen Rückflug stornieren und richten Sie Kommerzialrat Rast aus, dass er spätestens Freitagabend von mir hört.« Hogart beendete die Verbindung.

Er würde nicht zulassen, dass man Kommerzialrat Rast bloß den Torso seiner Nichte nach Wien überführte. Er würde auch den Rest der Frau finden und vor allem ihren kranken Mörder aufspüren. Möglicherweise gab es eine konkrete Spur zu dem Täter. Was immer sich in dem braunen Umschlag befunden hatte – dieser Inhalt erschien ihm im Moment der wichtigste Anhaltspunkt zu sein, auch wenn Ivona anderer Meinung war.

Ivona sah ihn eindringlich an. »Was haben Sie vor?«

»Die Situation hat sich soeben umgekehrt. Bisher haben Sie mir geholfen, die Drahtzieher des Versicherungsschwindels zu finden, nun helfe ich Ihnen bei der Suche nach den Mördern.«

»Weshalb tun Sie das? Sie sollten nach Hause fliegen.«

Es war unglaublich! Warum wollte nur jeder, dass er aus Prag verschwand? »Ivona … falls wir den Mord an Schelling aufklären und den Killer zu fassen bekommen, finden wir vielleicht auch Schellings Trolley mit ihren persönlichen Unterlagen. Darunter befindet sich ein Hinweis, wer den Versicherungsbetrug inszeniert und die Ölgemälde ausgetauscht hat. Die Originale sind möglicherweise noch irgendwo in Prag versteckt.«

Sie kniff die Augenbrauen zusammen. »Ein wahnwitziger Plan.«

»Wir haben drei Tage Zeit, bis Freitagabend«, beschwor er sie.

»Wie wäre es mit Samstagabend?«, hielt sie dagegen. »Denn an diesem Abend wird einer der beiden Mörder erneut zuschlagen und uns in den frühen Morgenstunden des darauffolgenden Tages, wie an jedem Monatsersten, eine neue Leiche präsentieren – diesmal die neunte.« Gewiss las sie sein Erstaunen aus seinem Gesicht ab, da sie rasch weitersprach. »Das ist einer von vielen Hinweisen, die uns die Täter zukommen lassen. Darüber hinaus müssen Sie noch viel über die Mordserie erfahren.«

»Dann sollten wir sämtliche Unterlagen, die Sie noch besitzen, zusammentragen und uns in den Fall hineindenken.«

»Das wird nicht leicht. Ich warne Sie, uns stehen einige Tage harter Arbeit bevor.«

»Svolna.«

Sie lächelte. *»Svolna* – einverstanden.«

Hogart konnte sich nicht helfen, aber Ivona Markovic war so ausgesprochen hübsch, dass er sich fragte, wie eine solche

Frau nur als Privatdetektivin arbeiten und in den Abgründen kranker Seelen graben konnte. Als sich ihre Blicke trafen, ahnte er, dass es noch einen zweiten Grund gab, weshalb er Rasts Angebot angenommen hatte. Er wollte Ivona noch nicht verlassen. Er wusste erst so wenig über sie.

7. KAPITEL

In dieser Nacht schlief Hogart besser, was vermutlich an der Watte in seinen Ohren und den schmerzstillenden Tabletten lag, die er am Abend zuvor eingenommen hatte. Als er sich gegen sieben Uhr morgens aus der Decke rollte, empfing ihn klirrende Kälte. Die Bullaugenscheibe seiner Kabine war beschlagen. Er wischte mit der Hand eine Schliere frei und sah in eine trübe Welt aus Nebelschwaden und feinem Nieselregen hinaus. Die Fußgängerpromenade war kaum noch zu erkennen, und das Fischrestaurant lag in einer bleigrauen Suppe, aus der bloß das rote Schindeldach ragte. Welch vielversprechender Tag!

Bei diesen Temperaturen würde er sich die morgendliche Dusche sparen. Während er ins Bad schlich, drang kein Laut aus Ivonas Kabine. Wie in der Nacht zuvor schlief sie wie ein Murmeltier. Umgeben von Bällen, Reifen, Stangen und anderen Theaterrequisiten löste er vorsichtig seinen Verband. Die drei Stiche juckten höllisch, aber die Verletzung verheilte rasch. Er verteilte keine Salbe auf der Wunde, sondern verband sie trocken, wie er es von einer älteren Verletzung her kannte. Anschließend ließ er die Schulter kreisen und bewegte vorsichtig Handgelenk und Finger, damit der Arm stärker durchblutet wurde. Ab sofort würde er auf die Schlinge verzichten.

Als Ivona eine Stunde später in der Kombüse den Gasofen anstellte und eine Kanne starken Kaffee kochte, ging Hogart an Land, um im Krämerladen neben dem *Schwarzen Krebs* Milch und frisches Gebäck zu kaufen.

Jiris Kombüse bot nicht unbedingt den Standard eines Familienapartments, geschweige denn den eines luxuriösen Hausbootes. Manche Bereiche des Kahns sahen wie die Requisitenkammer eines Theaters aus. Das Verfallsdatum der meisten der in der Küche aufbewahrten Gewürze war längst überschritten, und die handbetriebene Brotschneidemaschine funktionierte ebenso wenig wie der Geschirrspüler oder der Kühlschrank – daher lagerten fast alle Lebensmittel in einer Kiste an Deck –, doch Ivona und er kamen zurecht. Die gemeinsame Zubereitung des Frühstücks erinnerte Hogart an jene Zeit, in der er als Selbstverpfleger in einer Jugendherberge in der Nähe des Hradschin gehaust hatte. Nach dem Essen übernahm er den Abwasch, während Ivona einige Telefonate wegen des Brandschadens führte. Der zuständige Sachbearbeiter erklärte ihr, dass die Police nahezu den kompletten Schaden abdecke, sie sich aber morgen Vormittag mit ihm treffen müsse, um die Vermögensaufstellung und den restlichen Papierkram zu besprechen. Das Finanzielle werde geklärt, sobald ein Schätzgutachten über den Zeitwert vorliege. Wenn die Staatsanwaltschaft die Akte freigab, wollte der Sachbearbeiter sich eine Kopie der Polizeimeldung mit den Kripofotos beschaffen. Der Spielball ging ständig zwischen Versicherung, Schätzmeister, Kripo und Staatsanwalt hin und her, einer schob die Entscheidung auf den anderen.

Hogart hörte, wie Ivona ihr letztes Telefonat beendete. Durch den Türspalt ihrer Kabine sah er sie völlig erschöpft auf der Koje sitzen. Er selbst sortierte jene Unterlagen, die den Brand halbwegs überstanden hatten, wodurch er die Kombüse in ein Ermittlungsbüro verwandelte. Der Prag-

Stadtplan aus seinem Auto war in voller Größe mit Klebestreifen über dem Bullauge befestigt. Einen großformatigen Notizblock hatte Hogart in eine Art Flipchart verwandelt und die übrig gebliebenen Fotos mittels Wäscheklammern an eine Leine gehängt, die er zuvor quer über die Arbeitsfläche der Küchenzeile gespannt hatte.

Ivona trat in die Kombüse. »Sie legen sich ja mächtig ins Zeug.«

»Es sieht beinahe aus wie bei Ihnen zu Hause.«

Sie schmunzelte, danach wurde sie wieder ernst. Offensichtlich gingen ihr wegen des Brandes Tausende Gedanken durch den Kopf. Hogart hielt es sogar für möglich, dass sie die Tatsache, ein Haus verloren zu haben, erst jetzt, da der gesamte Bürokram auf sie zukam, vollständig realisierte.

»Wir können auch später über den Fall reden«, schlug er vor.

»Nein, es ist in Ordnung, ich kann jetzt ohnehin nichts anderes tun.« Ivona setzte sich im Schneidersitz auf die Eckbank. Sie trug Leggins, dicke Wollsocken und einen von Ondrejs Pullovern, der ihr viel zu groß war. Die Hände in den Ärmeln versteckt hielt sie die Kaffeetasse umklammert und fing an, über die Morde zu berichten.

Es hatte am Nachmittag des 30. Januars begonnen. Hana Zajicova, eine attraktive Dame Anfang fünfzig, wurde das letzte Mal auf dem Heimweg in der Fußgängerzone vor dem Altstädter Rathaus gesehen. Doch sie kam nie in ihrer Villa an. Ihr Mann, Dr. Jaroslav Zajic, der Sozialreferent der deutschen Botschaft in Prag, schaltete noch am selben Abend die Kripo ein, die sogleich eine Fahndung einleitete. Zunächst vermutete man eine Entführung, doch niemand nahm Kontakt mit der Botschaft auf. Hana Zajicova blieb spurlos verschwunden. Zwei Tage später, in den Morgenstunden des ersten Februars, wurde in der Dvorakovo – einer Straße, die entlang der Moldau verlief und die Manesuv- mit der Cechuvbrücke verband – eine Frauenleiche entdeckt. Die Tote, der Kopf und Hände fehlten, lag in der Nähe des Ufers, eingewickelt in ein schwarzes Samttuch. Dr. Zajic identifizierte sie als seine Frau. Wie sich herausstellte, war dies der Auftakt einer Mordserie, die bisher nicht abriss. Regelmäßig an jedem Monatsersten tauchte in Prag eine weitere Leiche auf. Nummer zwei war ein ehemaliger Fabrikarbeiter – ohne Angehörige, seit acht Jahren im Ruhestand –, dessen Leiche am Morgen des ersten März in der Dusni, ebenfalls eine Straße in der Nähe des Flusses, aufgefunden wurde. Auch ihm fehlten Kopf und Hände. Seine Überreste waren allerdings in ein weißes Tuch gerollt. Im Monat darauf war das Opfer eine Prostituierte, ein blutjunges Mädchen aus Rumänien, das vor einem Café in der Esplanade lag, und am ersten Mai ein Landstreicher, dessen Leiche auf der Stvanice, einer Moldauinsel, vor der Elisabethpromenade zur Hälfte aus dem Schlamm ragte. Jeder Tote war auf die gleiche Weise verstümmelt worden. Nur waren die Frauen stets in schwarze, die Männer in weiße Samttücher gewickelt worden.

Ivona erhob sich und öffnete mehrere Schubladen. Unter einem Stapel Programmhefte von Jiris Theateraufführungen fand sie einige Büroklammern. Diese bog sie zu kleinen Haken um, trat vor das Bullauge und steckte vier davon längs des Moldauufers in das Papier des Stadtplans. Die Fundorte reihten sich auf einer Linie aneinander. Offensichtlich arbeiteten sich die Täter von Westen nach Osten vor. Hogart prägte sich die Stellen auf der Karte ein, aus denen die Büroklammern ragten. Ivonas Pfahlbau auf der Kampa-Halbinsel hatte nur etwa zwanzig Gehminuten vom Fundort der ersten Leiche entfernt gelegen.

Da Ivona ihre Aufzeichnungen zu dem Fall nicht mehr besaß, versuchte sie die komplette Geschichte weiterhin aus dem Gedächtnis zu rekonstruieren.

Nach der vierten Leiche waren Jan Morak und sein Ermittlerteam überzeugt, dass es sich um *zwei* Täter handeln musste, da sie zwei unterschiedliche Vorgehensweisen unterscheiden konnten: Der erste Mörder – der Originalkiller – war Linkshänder. Er holte über der linken Schulter aus und köpfte seine Opfer, ausschließlich Frauen, mit einem schweren Küchenbeil. Er musste entweder ziemlich stark oder von großem Hass getrieben sein, da er nur drei bis vier Hiebe benötigte, um den Kopf vom Rumpf zu trennen. Bevor die Opfer starben, ritzte er ihnen mit einem Skalpell jeweils zwei Buchstaben in die Brust – bisher BA, DA oder TU. Er führte sein Ritual auf dem schwarzen Samttuch aus und wickelte seine Opfer anschließend darin ein.

Der zweite Mörder – der Nachahmungstäter – war Rechtshänder. Er schnitt seinen Opfern, sämtlich Männer, die Hände mit einem Küchenmesser ab, ritzte ihnen entweder die Buchstaben BA oder SP in die Brust und enthauptete sie mit einer Kreissäge, wie sie früher in kleinen Sägewerken verwendet wurden. Er hinterließ die verstümmelten und ausgebluteten Leichen aber in weißen Samttüchern. Diese Informationen waren streng vertraulich und wurden der Öffentlichkeit immer noch vorenthalten, ebenso, dass es sich um zwei Mörder handelte. Bisher war unklar, ob die Täter unabhängig voneinander arbeiteten oder gemeinsam als Team vorgingen. Möglicherweise kannten sie sich nicht einmal.

Während Ivonas Erklärungen schlug Hogart den einzigen übrig gebliebenen Schnellhefter auf, der die forensischen Befunde der Gerichtsmedizin enthielt, die Dossiers der Spurensicherung, etliche Zeugenprotokolle sowie einige Skizzen, die den Tatablauf rekonstruieren sollten. Natürlich waren sämtliche Unterlagen in Tschechisch verfasst, doch Ivona erläuterte Hogart jene Teile, die er nicht selbst übersetzen konnte.

Zusammenfassend ergaben die Protokolle, dass die Opfer jeweils zwei bis drei Tage vor ihrer Ermordung entführt worden waren. Dabei benutzten die Täter Chloroform. Spuren der Chemikalie ließen sich an den Kleidern der Männer und Frauen nachweisen, die sich gegen die Betäubung zur Wehr gesetzt haben mussten. Außerdem fand sich vor allem bei den ersten drei Opfern so viel Chloroform in den Atemwegen, dass die überhöhte Dosierung sie beinahe umgebracht hätte. Daher schloss die Kripo Ärzte, Krankenpfleger oder sonstiges medizinisch geschultes Personal als Täter aus.

Bei der Autopsie ergab die Untersuchung des Mageninhalts, dass die Opfer während ihrer Gefangenschaft weder etwas zu essen noch zu trinken bekamen und auch nicht die Toilette benutzen durften. Deutliche Schürfungen und Blutunterlaufungen an den Fußgelenken und, sofern sich das noch feststellen ließ, an den Stümpfen der Handgelenke belegten, dass sie auf einem Metallstuhl oder einer Werkbank angekettet worden waren. Der Tod trat jeweils am Abend vor dem Fund ein. Wegen des hohen Blutverlusts ging die Kripo davon aus, dass die Opfer bei vollem Bewusstsein enthauptet wurden. Todesursache war stets das Durchtrennen der Wirbelsäule, entweder mit mehrfachen Beilhieben oder mit dem sauberen Schnitt eines Sägeblatts. Die Hände wurden ihnen erst nach dem Tod abgetrennt. Die Spurensicherung stellte an den Leichen weder sexuellen Missbrauch fest noch Fasern, Haare, Sperma, Blut, Speichel oder Fingerabdrücke einer fremden Person. Ohne Gebiss- und Fingerabdrücke konnten manche Leichen aber erst Monate später identifiziert werden.

»Wer waren die anderen Opfer?«, fragte Hogart.

Ivona erhob sich, um vier weitere Büroklammern in den Stadtplan zu stecken, die allerdings weit entfernt von der Prager Altstadt lagen und kein geografisches Schema mehr erkennen ließen.

»Die beiden Täter schlugen weiterhin an jedem Monatsersten zu, wechselten sich aber unregelmäßig ab. Am ersten Juni wurde eine neunzehnjährige dänische Tramperin auf der Bank einer Bushaltestelle an der Kreuzung Koulova-Zelena gefunden, am ersten Juli ein französisches Aupairmädchen auf dem Viteznеplatz und Anfang August ein obdachloser Trinker auf dem Gizkovoplatz, jeweils auf die bekannte Art verstümmelt und eingewickelt in schwarze oder weiße Samtdecken.«

Obwohl Hogart jedes Detail im Gedächtnis behielt, schrieb er einige Daten mit, wenn auch nur, um Ivona das Gefühl der Aufmerksamkeit zu geben. Er hatte sich die überflüssigen Notizen zur Gewohnheit gemacht, da er immer wieder feststellte, dass es die Menschen irritierte, wenn er nichts mitschrieb.

»Zuletzt wurde Ihre Kollegin vor dem Mahlerovypark gefunden – zusammen acht Tote.« Ivona deutete auf einen kleinen, auf der Karte verzeichneten Park, in dessen Mitte das Symbol des Prager Fernsehturms gedruckt war. Der Fundort von Alexandra Schellings Leiche lag ziemlich weit von dem Lokal am Stadtrand entfernt, wo der Mörder sie vermutlich entführt hatte. »Der Killer hat sie quer durch die Stadt transportiert«, bemerkte Hogart. »Weshalb hat er sich diese Mühe gemacht?«

»Das ist nicht nur bei Schelling so.« Ivona ging in der Kombüse auf und ab. »Sofern es die Kripo rekonstruieren konnte, stimmen jene Orte, an denen die Opfer zuletzt gesehen wurden, nie mit den Fundorten der Leichen überein. Mit Ausnahme des Aupairmädchens, das der Inhaber eines Kiosks erst um sechs Uhr morgens entdeckte, wurden sämtliche Leichen gegen fünf Uhr früh aufgefunden. Zu diesem Zeitpunkt waren die Opfer bereits seit mehr als sieben Stunden tot. Auch deswegen können die Fundorte nicht mit den Tatorten identisch sein. Selbst ein computersimuliertes Weg-Zeit-Diagramm der Kripo brachte kein Ergebnis über mögliche Zu- und Abfahrtswege. Bisher kennen wir weder die Plätze, an denen die Opfer gefangen gehalten, noch die Orte, wo sie ermordet wurden.«

Ivona seufzte. »Der Spurensicherung liegt lediglich das Profil vom oberen Teil eines Schuhabdrucks vor, das uns der Täter unvorsichtigerweise auf dem schwarzen Samttuch im Blut hinterlassen hat. Aber die Kripo glaubt an eine fingierte Spur, denn aufgrund der Vermessung wurde eine Schuhgröße von einunddreißig berechnet.«

Hogart lief ein Schauder über den Rücken. »Der Schuh eines Jugendlichen oder kleinwüchsigen Mannes?«

»Eher der eines Kindes«, antwortete Ivona.

»Trotzdem ist der Täter kräftig genug, um sein Opfer mit wenigen Schlägen zu enthaupten.«

»Ich weiß, es klingt verrückt. Sonst gibt es nur noch wenige Hinweise. Die Mörder sind zweifelsohne mit Prag vertraut, da sie wissen, welche Orte zu welcher Uhrzeit einsam genug sind, sodass sie ihre Leichen ungestört ablegen können. Weiter vermutet die Kripo, dass einer der Täter ein größeres Auto zum Transport der Leichen verwendet, da im März Reifenspuren im Schnee auf einen Kastenwagen hindeuteten. Möglicherweise haben sie Zugang zu einem leer stehenden Lagerhaus, einer Fabrikhalle oder einem stillgelegten Sägewerk, wo sie ihre Opfer gefangen halten.«

»Was sagt der Kriminalpsychologe zu dem Fall?«

Ivona setzte sich auf die Arbeitsfläche der Küche und ließ die Beine über die Kante baumeln. »Tja, warum wurde die Tat wohl so ausgeführt? Das Enthaupten, die weißen und schwarzen Samttücher, die eingeritzten Buchstaben?« Sie machte eine Pause. »Wie es scheint, fühlen sich die Täter dazu gezwungen, bestimmte Dinge auf eine bestimmte Art und Weise zu tun. Möglicherweise sind beide impotent, weil die Opfer nicht vergewaltigt, ja nicht einmal entkleidet wurden. Schon allein die Tatsache, dass die Opfer nach dem Tod verstümmelt und ihnen vor allem die Hände abgetrennt wurden, spiegelt eine gewisse Verachtung, Wut und Feindseligkeit der Täter wider. Dass die Leichen andererseits sorgfältig in ein Tuch gewickelt wurden, lässt wiederum auf Schuldgefühle oder eine gewisse Zuneigung des Täters schließen. Ich weiß, das ist ein Widerspruch ... ebenso wie die weißen und schwarzen Tücher. Bisher weiß niemand, was das zu bedeuten hat. Interessant ist auch, dass die Frauen bei ihrem Fund auf dem Rücken und die Männer auf dem Bauch lagen.«

»Demnach wäre der Blick der Frauen nach oben und jener der Männer nach unten gerichtet gewesen«, schlussfolgerte Hogart.

»Frauen, öffnet die Augen und seht hin – Männer, schämt euch!«

Ivona zuckte die Achseln. »Psychologisches Geschwätz, wenn Sie mich fragen. Jedenfalls haben die Täter eine ähnliche Anschauung, was ihre Opfer betrifft. Auf der einen Seite eine Prostituierte, ein Aupairmädchen und eine Tramperin, auf der anderen Seite ein Landstreicher, ein alleinstehender Rentner und ein obdachloser Trinker. Sie suchen sich Menschen aus, die problemlos zu überwältigen, aber nicht leicht zu identifizieren sind und die niemand so schnell vermissen wird. Mit Ausnahme von Hana Zajicova haben die Opfer eines gemeinsam: Sie waren unbekannte Menschen, die in der Goldenen Stadt anonym untergingen, ohne dass ihnen jemand eine Träne nachweinte.«

»Hana Zajicova könnte auch deshalb aus diesem Schema herausfallen, weil sie als erstes Opfer etwas Besonderes war, der Auftakt sozusagen«, unterbrach Hogart sie.

»Möglich.« Ivona dachte nach. »Der Prager Kripo liegen noch keine Erfahrungen mit derartigen Serienmorden vor. Wir können auf keine bekannten Modelle zurückgreifen. Aber seit dem Tod von Alexandra Schelling wissen wir, dass zumindest hinter der Auswahl der Opfer kein Schema steckt – die Mörder gehen nach reinem Zufallsprinzip vor.«

»Es gibt sehr wohl eine Verbindung zwischen den Frauen«, widersprach Hogart. »Drei der Opfer stammten aus Rumänien, Frankreich und Dänemark, Alexandra Schelling kam aus Wien, und Hana Zajicovas Mann arbeitet immerhin in der deutschen Botschaft. Und dann gibt es noch eine zweite Gemeinsamkeit.« Er deutete auf den Stadtplan. »Die ersten vier Fundorte befinden sich auf einem engen geografischen Raum, zwischen der Manesuv- und der Hlavkuvbrücke, jeweils in unmittelbarer Nähe des Moldauufers.«

Ivona nickte. »Ich habe Stunden … ach, *Tage* mit dem Versuch vergeudet, sämtliche Hinweise, die uns die Täter hinterlassen, zu knacken, um auf ein Schema zu kommen.«

Da knarrte die Bohle, die von der Kaimauer auf die *Praha* führte. Hogart sah auf, konnte jedoch nichts erkennen, da die Straßenkarte über dem Bullauge klebte.

»Das ist Jiri. Ich habe Ondrej gebeten, dass er uns etwas zu essen bringt.«

Die Tür zur Kombüse flog auf, und Jiri schleppte eine Tragebox unter Deck. Sein Trainingsanzug war vom Nieselregen durchnässt. Wie immer trug er seine karierte Baskenmütze und feste Wanderschuhe mit weißen Schuhbändern.

»Halo.«

»Halo.« Ivona küsste Jiri auf die Wange und nahm ihm die Kiste ab. Als sie den Deckel öffnete, duftete es nach Bratensaft. »Mittagessen!«, rief sie.

Hogart sah auf die Uhr. Es war tatsächlich schon ein Uhr. Während Ivona und Jiri Essen und Getränke auftischten, ging er an Deck, um frische Luft zu schnappen. Das Wetter hatte sich nicht gebessert, der alte Bootshafen lag immer noch in einer bleigrauen Nebelsuppe. Ein feucht schimmernder Film haftete auf den Schiffsplanken. Hogart steckte sich eine Zigarette an. Es war windstill, und der Gestank alter Fischernetze lag in der Luft. Einige Stimmen drangen von weit her über die Mole; sie klangen merkwürdig gedämpft. Hogart sah sich um. Ein paar Männer in Ölzeug, ebenfalls Zigarette rauchend, standen in der Nähe des *Schwarzen Krebses* und blickten wie zufällig zu ihm herüber. Ivona hatte ihm die Männer bereits gezeigt, insgesamt fünf Gesellen, Ondrejs Leute, die einander im Hafen beim Überwachen der Umgebung abwechselten. Hier würde es nicht so leicht zu einem Mordanschlag kommen wie auf der abgeschiedenen Kampa-Halbinsel.

Als Jiri wieder an Deck kam und das Boot verlassen wollte, sah ihn Hogart überrascht an. Er hatte angenommen, der Tscheche würde mit ihnen essen. Bevor Jiri eilig verschwand, wollte ihm Hogart einen Fünfhundertkronenschein für das Essen zustecken, doch dieser wehrte lächelnd ab.

»Nevyzaduje.« Der Tscheche klopfte Hogart auf die Schulter und lief über die Bohle aufs Festland.

Jiri war in Ordnung. Es war ein Fehler gewesen, ihm Geld anbieten zu wollen. Hogart sah Jiri so lange nach, bis er im Nebel verschwunden war, dann schnippte er die Zigarette ins Hafenbecken und ging wieder unter Deck.

Nachdem er mit Ivona gegessen und den Abwasch erledigt hatte, brachte er das Gespräch wieder auf die Mordserie.

»Ab wann kamen Sie eigentlich ins Spiel?«

»Das war Mitte Mai – nach dem vierten Mord.« Ivona setzte sich wieder zu Hogart auf die Bank. »Morak veranstaltete mehrere Informationsabende für die Anrainer des Moldauufers. Er klärte die Menschen darüber auf, wie man sich bei einem Angriff am besten verhielt, warnte davor, nach Einbruch der Dunkelheit das Haus zu verlassen, und bat darum, verdächtige Personen oder ungewöhnliche Beobachtungen sofort bei der Polizei zu melden – das Übliche eben. Dabei verriet er nichts über die Mordmethoden und verschwieg auch, dass es sich um zwei Täter handelte.«

Hogart nickte. Er kannte den wahren Grund für derartige Veranstaltungen. Bei diesen Bürgerversammlungen ging es der Kripo weniger um die Mithilfe der Anrainer, vielmehr hoffte sie, dass sich der Täter unter die Anwesenden mischte.

»Als weitere proaktive Methode drängte Morak sämtliche Zeitungen Mitte August dazu, kurze Artikel über den Halbjahrestag von Hana Zajicovas Ermordung zu bringen, in der Hoffnung, der Täter werde sich in der Nähe des Grabes zeigen. Doch weder die Observation des Leichenfundortes noch des Friedhofs hat je etwas gebracht.«

Ivona starrte auf die Karte. »Die Kripobeamten organisierten sogar eine Bürgerwehr, die jeden Monatsletzten entlang des Moldauufers patrouillierte, weil sie hofften, die Täter würden sich zur Teilnahme melden. Wochenlang waren die Beamten damit beschäftigt, die Autonummern der Freiwilligen zu notieren, alle Teilnehmer zu observieren, ihre Alibis zu prüfen und ihre Vergangenheit zu durchleuchten – ohne Erfolg. Für eingehendere Untersuchungen fehlte es einerseits an Personal, andererseits an der Genehmigung des zuständigen Staatsanwalts, der das Ganze für eine fadenscheinige Operation der Kripo ohne Erfolgsaussicht hielt, wie er es ausdrückte.« Sie schüttelte verständnislos den Kopf. »Ich würde Ihnen ja gern die heimlichen Filmaufnahmen dieser Infoabende zeigen, aber meine Kopien der Videobänder, die mir Novacek besorgt hat, sind zu stinkenden Plastikklumpen geschmolzen. Ich habe bloß noch diesen einen Bildschirmausdruck.«

Ivona kramte einen Farbausdruck aus der Mappe, den sie direkt von einem Standbild des Videorekorders gezogen hatte. Überraschenderweise war die Auflösung ziemlich scharf. Obwohl in der Halle laut Ivonas Angabe über zweihundert Personen dicht gedrängt auf Klappstühlen gesessen hatten, sah Hogart auf dem vergrößerten Bildausschnitt nur eine Handvoll Personen: ein älteres Paar mit grauen Haaren, einige Jugendliche, darunter welche mit Dreadlocks und Skatermützen, ein Mädchen mit wasserstoffblonden Haaren, einen jungen Mann mit zerschlissenem Mantel und einer Baseballkappe der *Boston Red Sox* und einen Herrn im dunklen Anzug mit Paisleykrawatte, Hornbrille und reichlich Pomade im Haar, der absolut nicht in die Gruppe passte. Ivona deutete mit dem Finger auf ihn. »Das ist Dr. Jaroslav Zajic, deswegen habe ich den Ausdruck gemacht«, erklärte sie.

Neben dem Sozialreferenten saß Ivona selbst, mit aufgesteckten Haaren und einem dunkelblauen Sweater, in dessen Ausschnitt eine Sonnenbrille steckte. Sie war dezent geschminkt und sah verdammt gut aus. Da die restlichen Fotos verbrannt waren, hielt er im Moment vermutlich die einzige Aufnahme in Händen, die es zurzeit von ihr gab. »Darf ich das Bild behalten?«

Sie dachte nicht einmal über ihre Antwort nach. »Es gehört Ihnen, gesponsert von der Prager Mordgruppe.«

Er faltete das Blatt zusammen und steckte es in die Gesäßtasche. »Haben Sie auch an den übrigen Infoabenden teilgenommen?«

»Nur an diesem, der in der Veranstaltungshalle in der Nähe der Kampa-Halbinsel stattfand. An dem Abend lernte ich Dr. Jaroslav Zajic kennen. Er lebte einige Zeit in Berlin und besitzt neben der tschechischen auch die deutsche Staatsbürgerschaft. Sie haben ihn ja auf dem Foto gesehen. Äußerlich macht er einen starken, gefestigten Eindruck, doch innerlich ist er ein gebrochener Mann. Ich glaube, sein eloquentes Auftreten, der perfekte Anzug und das teure Rasierwasser dienen nur dazu, die tiefe Wunde zu überdecken, die der Verlust seiner Frau hinterlassen hat. Jedenfalls trafen wir uns während der Pause zufällig am Kaffeeautomaten und kamen ins Gespräch. Er erzählte mir, dass er jede Informationsveranstaltung zu den Morden besuche. Ihn halte nur noch eine einzige Hoffnung aufrecht – dass der Mörder seiner Frau endlich gefasst werde. Umso enttäuschter war er von der erfolglosen Polizeiarbeit.«

»Da hat er Sie engagiert?«

Ivona nickte. »Dummerweise hatte ich ihm erzählt, dass ich als Privatdetektivin Fälle wie Ehebruch, Diebstahl oder Erpressung bearbeite. Er wollte mich unbedingt dazu bewegen, auf eigene Faust zu ermitteln. Das war der letzte Strohhalm, an den er sich klammerte, aber wir wissen beide, dass ich nichts herausfinden kann, was die Kripo nicht schon längst weiß. Doch zumindest konnte ich ihm Einblick in die Kripoakten gewähren.«

Das brachte Hogart auf einen Gedanken. »Woher kennen Sie eigentlich Novacek?«

Ivona kaute an der Unterlippe. »Er und ich … wir waren einmal zusammen.«

Da ging Hogart ein Licht auf.

»Das überrascht Sie, nicht wahr?«, stellte sie fest. »Aber zwischen Novacek und mir läuft längst nichts mehr, auch wenn er es gern anders hätte. Es gibt nichts Schlimmeres, als wenn der eigene Bruder für Vladimir Greco arbeitet und der … hm, Lebensgefährte bei der Kripo ist. Die sind wie Katz und Maus, man sitzt immer zwischen zwei Stühlen. Novacek sind Männer wie Ondrej ein Dorn im Auge, da sie ihre Geschäfte auf *ihre* Art führen – andererseits steigt Ondrej die Galle hoch, wenn er es mit Polizisten, Kripobeamten oder Leuten vom Sicherheitsdienst zu tun bekommt.«

»Ihr Bruder kommt wohl nur schwer mit anderen aus, oder?«, warf Hogart ein.

Plötzlich funkelten ihre Pupillen. »In Ihren Augen ist er wohl nur ein grober Klotz, der Spielautomaten aufstellt und Geld eintreibt?«

Hogart machte den Mund auf, doch sie ließ ihn gar nicht erst zu Wort kommen.

»Aber er leitet ein Dojo, wo er rund zwanzig Kindern Judo beibringt. Für die Kleinen ist er wie ein großer Bruder. Außerdem besitzt er eine Buchhandlung.«

»Eine Buchhandlung?«, wiederholte Hogart, nur um irgendetwas zu sagen. »Das hätte ich nicht vermutet.«

»Es ist nur ein kleiner Laden, direkt unter dem Dojo, in der Nähe vom Karlsplatz. Er ist bloß drei Tage in der Woche geöffnet. Dort verkauft Ondrej Räucherstäbchen, fernöstliche Literatur und Kampfsportmagazine. Wenn Jiri nicht gerade für eine Aufführung probt, hilft er ihm im Laden. Das Geschäft geht zwar nicht besonders gut, aber Ondrej ist in Ordnung, auch wenn er auf manche wie ein primitiver Rohling wirkt. Aber keine Angst, er beißt nicht … vielleicht werden Sie das eines Tages noch rausfinden.« Ivona verstummte.

Offensichtlich hatte Hogart mit seiner Bemerkung einen empfindlichen Nerv getroffen. »Was haben Sie über die Morde herausgefunden?«, fragte er, um auf das eigentliche Thema zurückzukommen.

Ivona seufzte. »Ich habe bestimmt mehrere Wochen damit zugebracht, die Tatorte zu besichtigen. Schließlich ist mir eine Gemeinsamkeit bei den Morden aufgefallen: Hana Zajicova wurde in der Dvorakovo am Moldauufer gefunden, exakt vor der Hausnummer fünf. Der Rentner lag in der Dusni, ebenfalls vor einem Altbau mit der Nummer fünf, ebenso befindet sich das Café Esplanade in einem Gebäude mit der Hausnummer fünf.«

»Und der Landstreicher, der neben der Elisabethpromenade im Schlamm steckte?«, fragte Hogart.

»Ich habe das Foto leider nicht mehr, sonst könnten Sie es selbst sehen. Der Mann lag vor einer Sitzbank, und zwar der fünften, wenn man die Bänke vom Süden der Promenade hinaufzählt. Etwas weit hergeholt, ich weiß, aber das waren möglicherweise die ersten Hinweise.«

»Also die Fünf«, sinnierte Hogart. »Und jemand hat die Leichen gegen fünf Uhr früh an den Plätzen deponiert.«

»Exakt. Wochenlang habe ich Bücher studiert, um herauszufinden, was diese Fünf bedeuten könnte. Meine Mitschriften sind verbrannt, doch an einige Ergebnisse erinnere ich mich noch. Die Fünf ist zugleich eine Primzahl und eine Pyramidenzahl, sie steht für die fünf Sinne, die fünf Säulen des Islam oder die fünf Elemente des Taoismus. Je nachdem welche Quelle man heranzieht, bedeutet die Zahl etwas anderes: Sinnlichkeit, Männlichkeit, Sexualität, Heilung oder Religion. Das Pentagramm ist ein Fünfeck, ebenso stammt der Begriff *Quintessenz* von der Fünf ab. Das chemische Element mit der fünften Ordnungszahl heißt Bor, der fünfte Buchstabe des griechischen Alphabets Epsilon, womit man in der theoretischen Informatik das *leere Wort* bezeichnete. Alles Dinge, die mich keinen Schritt weitergebracht haben.«

»Lassen Sie mich raten – bestimmt haben Sie damals nur noch mit einer fünften Leiche gerechnet.«

Ivona nickte. »Ich dachte, damit sei das Spiel der Killer beendet, doch ich habe mich geirrt. Vielleicht tötet aber *jeder* der beiden fünfmal. Bisher lautet die Bilanz: acht Tote! Fünf Frauen, drei Männer.« Ivona blickte auf die Schwarz-Weiß-Fotos von den enthaupteten Menschen. »Die Mörder halten

Prag seit Monaten in Atem, und es sind nur noch drei Tage, dann wird einer der beiden Psychopathen erneut zuschlagen und uns am Morgen des ersten Oktober seine nächste Leiche präsentieren. Irgendwo in der Stadt wird man einen kopf- und handlosen Torso finden – entweder einen Mann in einem weißen oder eine Frau in einem schwarzen Samttuch, in die Brust zwei Buchstaben geritzt.« Sie schwieg.

BA, BA, TU, BA, DA bei den Frauen – oder *BA, SP, BA* bei den Männern, wiederholte Hogart in Gedanken. Spontan kam er auf Baltin, Türkin, Dänin und Spanier. Doch das sagte nichts aus. Erstens stimmte die Nationalität nicht mit jener der Ermordeten überein, zweitens passierten die Morde in Tschechien, und er hatte keine Ahnung, ob diese Begriffe in der Landessprache genauso lauteten. »Hat jemand herausgefunden, was die Buchstaben bedeuten?«

»Die Kripo hat nicht die geringste Idee, also versuchte ich, das Rätsel selbst zu lösen. Zunächst dachte ich an die Reihenfolge musikalischer Töne, doch ein Saxophonlehrer an der Musikhochschule konnte in dieser Buchstabenfolge kein sinnvolles Muster erkennen. Also versuchte ich aus der Reihe *bababasptubabada* ein sinnvolles Anagramm zu erstellen. Wahnsinn! Grecos Sohn Josef ist siebzehn, er besitzt einen Computer mit Internetzugang, mit dem er sich ständig neue Programme runterlädt. Vor drei Tagen hat er mir einen zehnseitigen Ausdruck mit sämtlichen Möglichkeiten in vier Sprachen erstellt. Zum Glück habe ich ihn mir noch durchgelesen, bevor er verbrannt ist.«

»Sie erhielten den Umschlag an jenem Tag, als ich Sie bei Greco kennenlernte«, erinnerte sich Hogart. »Was stand in dem Kuvert?«

»Es kam nichts Sinnvolles dabei heraus, denn so viele As

und Bs ergeben keine vernünftigen Worte. Auf Deutsch konnte man nur Begriffe wie *Aas, Bad, Abbau, Data, Padua, Pasta* oder *Sabbat* bilden, auf Englisch absurde Sätze wie *pub abba as a bad bat* oder *ababa stab bad pub.* Natürlich war Greco über den wahren Hintergrund dieser Aufgabe informiert, doch Josef hielt alles für ein Spiel, dem er mit Eifer nachging. Da er trotz verschiedenster Generatoren keine sinnvolle Botschaft finden konnte, erweiterte er die Aufgabenstellung jeweils um ein *e,* den fünften Buchstaben des Alphabets, wie ich ihm aufgetragen hatte. Das ergab zwar noch mehr englische, tschechische, französische und deutsche Anagramme, die aber ebenso wenig Sinn ergaben.«

»Möglicherweise übermitteln die Killer Zahlencodes?«, vermutete Hogart.

»Der Gedanke ist mir auch gekommen. Ich habe aber nicht nur die entsprechenden Zahlen dieser Buchstaben analysiert, sondern auch die Quersumme der Zahlen und diese wiederum in Buchstaben umgewandelt.«

Sie zog ein Blatt Papier aus der Schublade, worauf sie aus dem Gedächtnis vier Zeilen kritzelte.

BA, BA, BA, SP, TU, BA, BA, DA
21, 21, 21, 1916, 2021, 21, 21, 41
3, 3, 3, 8, 5, 3, 3, 5
C, C, C, H, E, C, C, E

Anschließend schleuderte sie den Kugelschreiber in eine Ecke. »Auch das ergab keinen brauchbaren Hinweis auf einen Code. Ich bin zu dem Schluss gekommen, dass diese Buchstaben nur einem einzigen Zweck dienen, und zwar die Ermittler mit einer falschen Spur zu beschäftigen – und

Idioten wie ich fallen darauf herein und zerbrechen sich wochenlang den Kopf darüber.«

Mit verschränkten Armen stand sie vor dem Abwaschbecken. Hogart gewann den Eindruck, dass ihre Ohnmacht, ihr gesamter unterdrückter Frust, nichts erreicht zu haben, umso deutlicher zutage trat, je mehr sie über den Fall sprach und sich sämtliche Details in Erinnerung rief.

»Aber irgendetwas *müssen* Sie entdeckt haben, denn der Killer hat Ihnen eine Wanze ins Haus geschmuggelt und einen Anschlag auf Sie verübt.«

»Aber ich habe nichts erreicht! Wer sagt außerdem, dass mich der Killer abgehört hat? Vielleicht war es die Kripo oder die Staatspolizei.« Sie ballte die Hände zu Fäusten. »Der Gedanke, dass ein Fremder in meinem Haus war und meine Sachen durchwühlt hat, macht mich rasend.«

Im Moment herrschte eine kühle Stimmung zwischen ihnen. Hogart merkte, dass sich unzählige Rädchen in ihrem Kopf drehten. Entweder ging ihr der Verlust des Hauses durch den Kopf, die Tatsache, dass sie die nächsten Wochen auf Jiris Boot verbringen musste, oder dass sie monatelang ihre Zeit mit dem Fall verschwendet hatte. Hogart versuchte, sie auf andere Gedanken zu bringen. »Warum hat Ihnen Greco eigentlich dabei geholfen?«

»Er hat mindestens genauso viel Grund, die Mörder zu finden, wie Dr. Zajic.« Sie machte eine Pause. »Nadine, Opfer Nummer sechs, das französische Aupairmädchen, arbeitete in seiner Villa. Seit dem Tod seiner Frau vor drei Jahren kümmerte sie sich um seine Tochter.«

»Ich habe das Mädchen mit der Zahnspange und den blonden Zöpfen gesehen. Sie heißt Anna, nicht wahr? Ein süßes Kind.«

Ivona nickte in Gedanken versunken. »Ja, die Kleine ist herzig. Greco hat ihr nie erzählt, dass ihr Dienstmädchen ermordet wurde. Anna glaubt, sie ist nach Frankreich zurückgekehrt, ohne sich zu verabschieden. Die Kleine tut mir leid. Zuerst starb die Mutter bei einem Autounfall, und dann passiert so etwas. Die Kinder trifft es immer am schlimmsten …«

»Greco könnte uns bei der Suche nach den Killern helfen«, schlug Hogart vor. Doch im gleichen Moment merkte er, dass er einen unpassenden Zeitpunkt gewählt hatte.

Ivona funkelte ihn an. »Gestern haben Sie ihn noch verdächtigt, dass er Ihre Kollegin ermorden und mein Haus anzünden ließ, ihn bei der Polizei angeschwärzt, und heute wollen Sie ihn als Verbündeten? Mittlerweile hat die Kripo bestimmt schon sein Haus auf den Kopf gestellt, und ihm ist sicher zu Ohren gekommen, dass Ondrej sich über ihn erkundigt hat. Wir haben uns ziemlich blöd angestellt, und Greco ist niemand, der sich verarschen lässt. Auf diese Hilfe dürfen wir nicht mehr zählen.«

»Dann müssen wir allein weiterarbeiten.«

»Allein weiterarbeiten?« In einem plötzlichen Wutausbruch fegte Ivona die Blätter und Fotos vom Tisch. »Womit denn? Mit diesen paar Unterlagen? Glauben Sie, wir finden etwas heraus, das die Kripo übersehen hat?«

Hogarts Herz schlug bis zum Hals. Er saß betroffen da und sah zu, wie die Papiere zu Boden segelten. »Wir könnten Novacek bitten, dass er uns nochmals eine Kopie der Daten zukommen lässt.«

»Natürlich! Wo leben Sie denn?«, fuhr Ivona ihn an. »Wenn die Kripo bei dem Hausbrand nur ein einziges Zeugenprotokoll oder Foto von den Ermordeten entdeckt hätte, wären Novacek und ich dran gewesen. Die Interne hätte ihn wegen der Weitergabe von Beweismitteln suspendiert, und ich wäre wegen Behinderung einer laufenden Ermittlung in den Knast gewandert. Die Lage ist schon vertrackt genug, weil er irgendwie erklären musste, wie er an die Information gekommen ist, dass die achte Leiche Alexandra Schelling ist. Novacek wird sich hüten, uns auch nur einen einzigen Hinweis zukommen zu lassen. Wir sind raus aus dem Spiel!«

»Wir könnten …«

»Wir könnten *was*?« Ivona zerrte die Fotos von der Wäscheleine. »Das bringt doch alles nichts!«, brüllte sie. »Die Mörder sind einfach nicht zu fassen.« Sie fetzte die Büroklammern aus dem Stadtplan, sodass das Papier einriss, und schleuderte sie quer durch den Raum. Schließlich atmete sie tief durch und starrte geistesabwesend zu Boden.

Hogart erhob sich. Während er nach seinem Mantel und den Zigaretten griff, sah Ivona nicht auf. Schweigend verließ er das Schiff.

8. KAPITEL

Hogart ging an der Kaimauer entlang. Es wurde bereits dunkel. Von Weitem hörte er die Nebelhörner der Moldauschiffe. An der Mole schaukelten die Boote. Hinter der *Praha* lagen die *Svetlana,* ein desolater Hochseefrachter, die *Katerina,* ein schäbiger Katamaran, sowie zahlreiche Fischerboote, über deren Ruderbänke faules Wasser schwappte.

Vielleicht war es ein Fehler gewesen, in Prag zu bleiben. Sich in anderer Menschen Leben einzumischen und zu glauben, selbst schlauer zu sein und Rätsel lösen zu können, an denen sich bereits andere seit Monaten die Zähne ausbissen. Immerhin hatte er Schellings Schicksal geklärt und ihre Leiche gefunden. Der Hai hatte recht behalten. Wie es schien, konnte er nicht mehr tun. Hogart griff in die Hosentasche. Er hatte zu wenig Geld dabei, um im *Schwarzen Krebs* bei einer Tasse starken Kaffees in Ruhe über alles nachzudenken. Also blieb er in der Nähe der *Praha* stehen und stützte den Fuß auf einem einbetonierten gusseisernen Anker ab. Wenn er schon keinen Kaffee haben konnte, verhalfen ihm vielleicht der Nieselregen und die kühle Nachtluft zu einem klaren Kopf. In diesem Fall existierten so viele verwirrende Spuren, die allesamt keinen Sinn ergaben.

Die fehlenden Hände.
Die abgetrennten Köpfe.
Die Samttücher.

Die ungewöhnlichen Fundorte.
BA, DA, SP, TU.

Je ungewöhnlicher ein Verbrechen war, desto mehr Hinweise gab es zu analysieren. Diese Mordserie strotzte förmlich vor Symbolen, die jedoch zu keinem konkreten Bild führten – zumindest sah er es noch nicht.

BA, DA, SP, TU. Immer wieder tauchten die blutigen Buchstaben vor seinem geistigen Auge auf, eingeritzt in die kopflosen Leichen auf den Polizeifotos. Ivona lag falsch. Er war sicher, diese Buchstaben dienten nicht bloß der Verwirrung. Sie hatten eine Bedeutung. Fast jeder Killer hinterließ Botschaften. Im Grunde *wollten* sie gefasst werden. Ihre Hinweise waren Hilfeschreie aus dem Unterbewusstsein.

Doch wie zum Teufel sollte er sie deuten?

BA … DA … SP … TU – zwecklos! Sein Tschechisch war so miserabel, dass er den Code ohne fremde Hilfe niemals würde knacken können. Er brauchte dringend Unterstützung, entweder von Greco, Ondrej oder Novacek. Aber mittlerweile war nicht einmal mehr Ivona bereit, sich tiefer in den Fall zu denken. Sie war wohl doch nicht so stark, dass sie alle Rückschläge problemlos wegsteckte. Wobei es nach allem, was passiert war, ja auch durchaus verständlich war, dass sie die Nase voll hatte. Aber was war mit ihm? Was sollte er jetzt tun? Allein konnte er nichts ausrichten. Immerhin hatte er Schelling gefunden – sein eigentlicher Auftrag war erfüllt. Blieb nur, seinen Reisepass vom Polizeirevier zu holen, aus Prag zu verschwinden und Ivona, Greco, Ondrej, Novacek und all die anderen hinter sich zu lassen. Sollten sie doch ihre Angelegenheiten, von denen er ohnehin keine Ahnung hatte, auf ihre eigene Art und Weise klären – so, wie es in Prag üblich war. Zu Hause würde er sein gewohntes Leben wieder aufnehmen, seinen Anrufbeantworter auf neue Aufträge hin abhören, Flohmärkte besuchen, an seinem eigenen Stand antiken Trödel verkaufen, sich Videos mit Filmklassikern ansehen, seinen Bruder besuchen und … Er stockte. Erst jetzt fiel ihm auf, dass er seit Tagen nicht mehr an Eva gedacht hatte. *Seit wann genau eigentlich?* Natürlich! Seit er Ivona das erste Mal in Grecos Arbeitszimmer gesehen hatte.

Hogart schmunzelte. Er hatte Eva tatsächlich vergessen – zumindest vorübergehend. *Pfeif auf Mister Coca-Cola!*

Er zündete sich eine Zigarette an. Plötzlich wurde ihm klar, dass er Ivona nicht einfach verlassen konnte. *Nicht jetzt!* Unschlüssig starrte er zur *Praha* hinüber. Die Kajütenfenster waren dunkel, einzig das zugeklebte Bullauge der Kombüse leuchtete schwach. Seine Karte war an den Stellen zerfetzt, die die Leichenfundorte markierten. Die Lichtstrahlen fielen durch die Löcher und verloren sich über dem Wasser im Nebel. Es sah gespenstisch aus. Ivona ging im Boot auf und ab. Als ihr vorbeiwandernder Schatten die Karte für einen Moment verdunkelte, fiel kein Licht mehr durch die aufgerissenen Teile. Im nächsten Moment leuchteten die Löcher wieder grell auf. Hogart stockte der Atem, als er das Muster erkannte. Mit seinen hellen und im Schatten liegenden Flecken sah der Stadtplan wie ein Schachbrettmuster aus.

Schwarze und weiße Quadrate. Hogart grinste. *Schwarze Samttücher – und weiße Samttücher!*

Plötzlich wusste er, was BA, DA, SP, TU bedeutete. Er warf die Zigarette ins Wasser und hastete aufs Boot.

Als er die Tür zur Kombüse aufriss, starrte Ivona ihn erschrocken an. Sie hielt eine Flasche Baileys in der Hand, aus der sie bestimmt schon zwei, drei Gläser getrunken hatte.

»Bauer, Dame, Springer und Turm«, platzte es aus ihm heraus.

Sie stellte die Flasche zur Seite. »Wie bitte?«

Hogart zog die Tür hinter sich ins Schloss. Er machte einen Schritt auf Ivona zu. »Die in die Leichen geritzten Buchstaben sind Kürzel. Sie bezeichnen Schachfiguren. BA bedeutet Bauer, TU bedeutet Turm und so weiter.«

Er zerrte die Karte von dem Bullauge und breitete sie auf dem Tisch aus.

»Die beiden Killer tragen eine Partie Schach gegeneinander aus. Dazu haben sie ein überdimensionales Schachbrettmuster über Prag gelegt. Abwechselnd schlagen sie eine Figur ihres Gegners – weiß, schwarz, weiß, schwarz – und lassen uns durch die eingeritzten Buchstaben Hinweise zukommen!«

Ivona sah ihn mit großen Augen an, dann setzte sie sich kopfschüttelnd zu Hogart an den Tisch. »Schön – aber warum sollten sie *deutsche* Begriffe verwenden?«

Im ersten Moment stutzte er, doch dann glättete er die Karte mit der Handfläche. »Das weiß ich noch nicht. Aber auch dahinter werden wir noch kommen.« Er nahm einen Stift und kritzelte auf dem Plan herum. »Nehmen wir an, sie haben ein Koordinatensystem mit vierundsechzig Feldern über Prag gelegt – es muss ja nicht unbedingt mit den Koordinaten dieses Plans übereinstimmen. Statt geschlagene Figuren umzustoßen, werden Leichen in jenem Stadtteil platziert, das dem Feld des Schachbretts entspricht. Frauen sind schwarze Figuren, Männer weiße. An jedem Monatsersten nimmt das Spiel seinen Lauf, bis eine weitere Figur … vom

Schachbrett entfernt wird.« Er sah auf. »Das ergibt doch einen Sinn.«

»Einen reichlich makabren Sinn, wenn Sie mich fragen. Außerdem ist das eine völlig verrückte Idee!«

»Psychopathen sind nun mal verrückt«, konterte Hogart. Dann stieß er auf ein neues Problem. »Noch wissen wir nicht, welches Quadrat welches Spielfeld darstellt.«

Ivona runzelte die Stirn. »Ich halte die Idee zwar für vollkommen schwachsinnig, aber die ersten vier Fundorte entlang des Moldauufers lagen auf annähernd derselben geografischen Breite. Vielleicht hat es etwas ...«

»... mit der Nummer fünf zu tun«, führte Hogart ihre Überlegung zu Ende. »Die Hausnummern könnten für die waagerechten Reihen des Spielbretts stehen, doch wo finden wir den Hinweis auf die senkrechten Buchstabenbezeichnungen A bis H?«

»Die Adressen lauteten Dvorakovo fünf, Dusni fünf, Esplanade fünf und die Elisabethpromenade ... diesmal allerdings die fünfte Sitzbank«, murmelte Ivona.

Hogart rieselte ein Schauer über den Rücken. »Dusni steht für das Feld D5, Esplanade für E5.«

Hastig zeichnete er zwei Quadrate um die ersten vier Fundorte. Er benutzte die Kante eines Kripofotos als Lineal, um damit weitere Reihen und Wege auf die Karte zu malen. »Sie sagten, Alexandra Schelling wurde vor dem Mahlerovypark gefunden, doch im Schach gibt es keinen Weg, der mit M beginnt.«

Ivona deutete auf einen eingezeichneten kleinen Weg. »Die Fibichova verläuft entlang des Parks. Die Leiche lag gleich am Anfang der Straße ... ich schätze Hausnummer eins oder drei.« Sie ging in die Hocke, um die Papiere, die sie zuvor auf den Boden geworfen hatte, zu einem Stapel zusammenzusuchen. Hastig blätterte sie durch die Dokumente. »Da steht es: Fibichova 3.«

»Und dieser obdachlose Trinker, der in unmittelbarer Nähe gefunden wurde?«

»Ja, Moment noch … hier! Gizkovoplatz Nummer 2.«

»F3 und G2«, murmelte Hogart. Er korrigierte seine voreilig und in viel zu kleinen Abständen hingekritzelten Quadrate. Falls seine Interpretation der Leichenfundorte stimmte, dann hatten die Killer das Gitternetz viel weitläufiger gezogen.

»Bisher liegen wir ganz gut mit unserer Theorie«, sagte er. »Jetzt müssen nur noch die beiden übrigen Opfer in das Schema passen. Wenn man die Felder nach oben weiterzeichnet, müssten die Fundorte auf dem linken Schachbrettrand liegen, auf dem Weg A, zwischen den Reihen sechs bis acht.«

Ivona schüttelte langsam den Kopf. »Ich fürchte, Ihre Theorie hat einen Haken. Die Tramperin lag an der Bushaltestelle der Kreuzung Koulova und Zelena, und das Aupairmädchen auf dem Viteznepl atz, Hausnummer 11.«

»Sind Sie sicher?« Hogart starrte auf den Polizeibericht, den ihm Ivona unter die Nase hielt. Dann nickte er resigniert. »So ein Mist!«

Mutlos betrachtete Ivona den Plan. »In diesem Viertel gibt es keinen einzigen Straßennamen, der mit A beginnt.«

Nachdenklich faltete Hogart die Hände vor dem Mund. »Unser Killer muss auf dasselbe Problem gestoßen sein wie wir«, murmelte er. »Trotzdem hat er diese beiden Orte ausgewählt. Warum nur? Irgendwo muss ein Hinweis versteckt liegen. Was befindet sich auf diesem Platz?«

»Der Vitezne ist ein Kreisverkehr, an dem die Evropska auf die Svatovitska trifft. Dort befinden sich nichts weiter als Grünanlagen und Wohnhäuser.« Ivona legte die Stirn in Falten. »Das einzig Sehenswerte ist direkt an der Hausnummer 11, wo Grecos Dienstmädchen gefunden wurde, und zwar eine moderne Nachbildung der Astronomischen Uhr des Altstädter Rathauses.«

»Astronomische Uhr, Hausnummer 11«, wiederholte Hogart. »Aber ein Schachbrett hat nur acht Reihen.« Er spürte es, die Lösung lag ihm auf der Zunge.

»Ich …«, setzte Ivona an.

»Schscht!« Hogart schloss die Augen. »Wiederholen Sie bitte, was Sie eben gesagt haben.«

»Das einzig Sehenswerte ist direkt an der Hausnummer 11, wo Grecos Dienstmädchen gefunden wurde …«

»Stopp!«, rief Hogart. *Wo Grecos Dienstmädchen gefunden wurde* … Er zermarterte sein Hirn. Irgendwo lag der Hinweis verborgen. Eine astronomische Uhr. Nicht *wo,* sondern *wann* das Mädchen gefunden wurde! Das war es!

»Sie sagten, alle Opfer wurden gegen fünf Uhr morgens gefunden, mit Ausnahme des französischen Aupairmädchens, das der Kioskbesitzer erst um sechs Uhr entdeckte.« Er machte eine Pause. »Wann öffnet dieser Kiosk?«

»Vermutlich um sechs.«

»Das ist doch kein Zufall«, stellte er fest. »Eine Uhr zeigt die Zeit. Demnach könnte es etwas mit der Uhrzeit zu tun haben. Aus welchem anderen Grund sollte der Killer sein Opfer unter einer Uhr platzieren?« Unter einer *astronomischen* Uhr, korrigierte sich Hogart in Gedanken … und zwar um sechs Uhr morgens.

»A6.« Er fuhr mit dem Finger auf der Karte entlang. Einige

Straßen weiter oben war die Leiche der dänischen Tramperin gefunden worden. »Welche Buslinien haben hier ihre Haltestellen, woher kommen sie, und wohin fahren sie?«

»Ich habe keine Ahnung.«

Möglicherweise hielt Ivona ihn für verrückt, aber solange er Bestätigungen für seine Theorie fand, wollte er sie nicht aufgeben. Einer Intuition folgend wendete Hogart den Stadtplan. Auf der Rückseite befand sich ein Verzeichnis aller Metro- und Busstationen. Er ließ den Finger über die Aufstellung irren.

»Die Linie heißt A8«, half Ivona ihm. »Sie geht nach …«

»Wunderbar!« Entspannt lehnte sich Hogart zurück. So ergaben die Fundorte einen Sinn. A6 und A8 befanden sich links oben, in den Stadtteilen Hradcany und Dejvice, und G2 rechts unten, im Stadtteil Vinohrady. »Diese verdammten Scheißkerle spielen eine Partie Schach mit uns!«

Hogart kramte durch den Papierstapel, bis er das Foto von Alexandra Schelling in den Händen hielt. Der Mörder hatte ihr mit einem Skalpell die Buchstaben *DA* in die Brust geritzt und sie danach in ein schwarzes Samttuch gewickelt. Demnach hatte Alexandra Schelling anstelle der mächtigsten Schachfigur sterben müssen: der Schwarzen Dame.

»Angenommen, Sie haben recht«, sagte Ivona, nachdem sie alle Daten sorgfältig geprüft hatten. »Wie bringt uns das weiter?«

Hogart nahm den Kopf zwischen die Hände. »Ich fürchte, gar nicht … Für die beiden Psychopathen stellt diese Mordserie ein Gesamtkunstwerk dar, das es zu entschlüsseln gilt, aber wir kratzen gerade mal an der Oberfläche. Wir wissen zwar, welche weißen und schwarzen Figuren in welcher Reihenfolge auf welchen Feldern geschlagen wurden, aber mehr auch nicht. Wir müssen mehr über die Partie der Killer herausfinden und dahinterkommen, wie der nächste Zug aussehen könnte. Wir haben noch drei Tage Zeit.« Hogart hob den Kopf. »Aber ich bin kein Schachspieler. Ich habe nicht den blassesten Schimmer.«

»Das heißt, wir benötigen einen Profi, der uns hilft.« Ivona erhob sich. Mit einem Mal gewann sie ihren Elan zurück.

»Kennen Sie einen Schachspieler?«

»Nicht bloß irgendeinen, sondern *den* Prager Schachgroßmeister!« Ivona griff sich Jiris Telefonbuch und suchte eine Nummer heraus. Während sie diese in ihre Handytastatur tippte, sprach sie weiter. »Ich kenne Hieronymus Vesely von früher. Ab und zu engagierte mich seine Frau, um Kleinigkeiten für sie rauszufinden. Mit etwas Glück …« Sie wandte sich ab. »… *dobry vecer.«*

Das Gespräch dauerte nur wenige Minuten. Sowie die Verbindung beendet war, lehnte Ivona sich mit verschränkten Armen gegen die Küchenzeile. Sie lächelte. »Wir sind wieder im Rennen. Zwar habe ich Vesely nicht erreicht, denn er schläft bereits – immerhin ist er schon ein älterer Herr –, aber sein Sohn Pavel erzählte mir, dass seine Eltern jeden Donnerstag – also auch morgen – gegen Mittag den jüdischen Friedhof besuchen. Er wird seinem Vater ausrichten, dass wir uns morgen dort mit ihm treffen wollen.«

9. KAPITEL

Nach dem Frühstück verabredete sich Ivona mit ihrem Versicherungsvertreter, um die letzten Fragen bezüglich des Hausbrandes zu klären. Indessen besuchte Hogart eine Herrenboutique in der Nähe des Hafens, wo er die Regale nach Unterwäsche und passenden Hemden durchsuchte. Dieser Einkauf, den er mit seiner Kreditkarte bezahlte, war längst überfällig gewesen. Immerhin war er auf einen kurzen Trip eingestellt gewesen und hatte nicht damit gerechnet, eine volle Woche in Prag zu verbringen. Zusätzlich suchte er sich einen Rollkragenpullover aus, da das miese Wetter keine Anstalten machte, sich zu bessern.

In seiner Bootskajüte zog er sich um und führte zwischendurch ein kurzes Telefonat mit Kohlschmied, um ihm die neuesten Entwicklungen zu berichten. Anschließend überquerte er bei der Karlsbrücke den Fluss, ging durch die Altstadt am Hotel *Ventana* vorbei, wo er vor wenigen Tagen noch gewohnt hatte, und gelangte schließlich ins ehemalige jüdische Ghetto. In diesem verwinkelten Stadtteil mit seinen engen Gassen und grauen Häuserfassaden reihten sich Dutzende Boutiquen, Schmuckgeschäfte und Ramschläden aneinander.

Hogart betrat einige Antiquariate, in denen er aufgrund des Nieselregens der einzige Besucher war, stöberte in Wühlkisten voller Tagebücher, Schallplatten, alter Postkarten und staubiger Bildbände, fand aber nichts, was ihn reizte. Für eine einzige signierte Single aus den 50er-Jahren hätte sich die Reise nach Prag bereits gelohnt, aber der angebotene Trödel war völlig uninteressant – zumindest für ihn. Entweder waren die Sachen zu kaputt oder zu neu.

Als plötzlich Regen einsetzte, fand Hogart unter dem Baldachin einer Buchhandlung Unterschlupf. Schlagartig war die Straße wie leer gefegt. Nur ein Junge auf einem klapprigen Waffenrad holperte über die Pflastersteine, mit scheppperndem Schutzblech – und einhändig. Mit der anderen Hand hielt er sich eine Zeitung über den Kopf. Hogart sah ihm nach, dann betrat er den Laden, in dem es nach Pfeifentabak und alten Büchern roch. Er kaufte einen deutschsprachigen Leitfaden für Schachanfänger, den er kurz darauf in einem Kaffeehaus zu lesen begann. Schon bald ließ der Nieselregen nach, doch der Wind fegte noch immer durch die Gassen.

Mittags traf er sich mit Ivona vor dem jüdischen Friedhof. An ihrem Gesichtsausdruck sah er, dass die Unterredung mit dem Versicherungsfritzen unerfreulich verlaufen war. Der ihr zugewiesene Sachverständige, ein pedantischer Idiot, stellte jeden einzelnen Posten ihrer Vermögensaufstellung infrage und versuchte den Zeitwert zu verringern. Selbst die Akontozahlung der Versicherung war so minimal, dass sie sich nur ein paar Kleider und Kosmetikartikel kaufen konnte.

»Natürlich habe ich mich mordsmäßig aufgeregt und gedroht, den Fall in die Presse zu bringen«, erzählte sie. »Und siehe da … plötzlich wurde Mietentschädigung auf ein halbes Jahr zugesagt, da ich woanders unterkommen muss, bis ich eine neue Wohnung finde. Dass ich vorerst auf Jiris Boot lebe, braucht die Versicherung ja nicht zu wissen. Was lesen Sie da eigentlich?«

Hogart zeigte ihr den Bucheinband.

»Schach für Anfänger?« Ivona schüttelte den Kopf. »Wozu? Vergessen Sie das, wir treffen uns gleich mit einer der größten Schachlegenden der Nation!«

Während sie auf das Kassenhäuschen neben dem schmiedeeisernen Friedhofstor zugingen, erzählte Ivona weiter. »Vesely ist ein Exzentriker. Er gab sein internationales Schach-Debüt Ende der 50er, als er im Alter von dreiundzwanzig Jahren beim Prager Turnier Ludek Pachman besiegte. Später gewann er mehrmals die Landesmeisterschaft der Tschechoslowakei. Mitte der 70er wurde er Großmeister und brachte es gegen Bobby Fischer auf zwei Siege, zwei Niederlagen und vier Unentschieden.«

»Das haben Sie sich gemerkt?«

»Das ist keine Kunst.« Ivona verdrehte die Augen. »Er erzählt fast jedes Mal davon, wenn wir uns treffen.«

Hinter der Kasse saß ein junger Mann mit schiefem Hals und verwachsener Schulter. Er wollte bereits zwei Eintrittskarten von der Rolle ziehen, doch Ivona sprach kurz mit ihm, worauf sie, ohne zu bezahlen, hineingehen durften. Hogart schob dem Mann dennoch einen Geldschein durch den Schlitz.

»Warum tun Sie das andauernd?«, flüsterte Ivona.

»Andauernd? Außerdem war es kaum mehr als ein Trinkgeld!«

»Tausend Kronen nennen Sie ein Trinkgeld?« Ivona zog das Gitter auf.

Zunächst mussten sie den Torbogen einer Synagoge durchqueren. In einer Mauernische erhob sich die Statue des Rabbi Löw, die wie ein dunkler Schatten über all jenen aufragte, die den Friedhof betraten. Der Anblick des sagenhaften Golemschöpfers bescherte Hogart einen Schauder. Soviel er über jüdische Mystik wusste, hatte der in die Geheimnisse der Kabbala eingeweihte Philosoph vor vielen Hundert Jahren einen künstlichen Menschen aus Lehm erschaffen, den Homunkulus, ein grässliches Gebilde, dem Hogart nichts abgewinnen konnte.

Jenseits des Torbogens erstreckte sich der Ghetto-Friedhof, den Hogart von seinem letzten Besuch her viel größer in Erinnerung gehabt hatte. Heute wirkte die Anlage klein und unscheinbar auf ihn. Das gesamte Areal war von Synagogen umgeben, die ebenso alt aussahen wie die Grabsteine selbst. Da der Platz nicht erweitert werden durfte, hatte man im Lauf der Jahrhunderte einfach neue Erde auf alte Gräber gehäuft. An manchen Stellen lagen zwölf Schichten übereinander, was zu einer fast bizarren Hügellandschaft geführt hatte, dicht bedeckt mit Tausenden Grabmalen. Im Schatten der Bäume sahen die Marmorsteine wie Bücher einer zusammengebrochenen Bibliothek aus; einige waren im Laufe der Zeit umgekippt, andere ragten zur Hälfte wie faule Stümpfe aus dem Erdreich heraus oder waren fast völlig darin versunken, wo sie Mulden hinterlassen hatten, in denen wildes Wurzelwerk rankte.

Hogart folgte Ivona über die von Seilen begrenzten Kieswege. Als er die teils deutschen, teils hebräischen Inschriften auf den Grabsteinen sah, fühlte er sich wie ein Eindringling in der Welt jener längst Verstorbenen. Und als der Wind über die Hügel fegte und das Laub wie Säulen über die Gräber tanzen ließ, erfasste ihn die ganz besondere Magie dieses Ortes.

Ivona deutete zu Rabbi Löws Ruhestätte, dem größten Mausoleum in der Mitte des Friedhofs. »Dort steht Vesely mit seiner Frau«, erklärte sie. »Lassen Sie sich von Eugenie nicht abschrecken. Sie ist nicht so bissig, wie sie aussieht.«

Vesely war ein hochgewachsener, aber gebrechlich wirkender Mann von etwa fünfundsiebzig Jahren im grauen Steppmantel. Auf seinem Hinterkopf saß eine flache runde Kappe. Er unterhielt sich mit der kleinen rundlichen Frau an seiner Seite. Hogart konnte nicht sagen, ob sie bissig dreinsah oder nicht, da der Damenhut mit dem schwarzen Schleier ihr Gesicht verbarg. Jedenfalls verstärkte sie mit ihrem schwarzen Mantel die mysteriöse Atmosphäre des Ortes.

In diesem Augenblick beugte sich Vesely zum Sockel des Mausoleums, um einen gefalteten Zettel in eine Steinritze zu schieben – Wünsche, die an den Rabbi gerichtet waren.

Irgendetwas ließ Hogart vermuten, dass es nicht leicht werden würde, diesen Mann zu einer Zusammenarbeit zu bewegen. »Ist Vesely Kommunist?«, fragte er.

Ivona packte ihn am Arm. »Sind Sie verrückt? Im Gegenteil! Wegen seines regimekritischen Verhaltens wurde er während des Prager Frühlings im August '69 für anderthalb Jahre inhaftiert. Obwohl er zu den fünfzehn besten Schachspielern der Welt zählte, wurden Turniere, an denen er teilnahm, von sowjetischen Spielern boykottiert. Es dauerte zwanzig Jahre, bis man ihn in Tschechien rehabilitierte. Falls Sie ihn nicht beleidigen wollen, stecken Sie diese Broschüre weg, denn er hat selbst mehrere Schachbücher verfasst.«

Über einen der Kieswege näherten sie sich dem Paar. Hogart ließ den Leitfaden in der Manteltasche verschwinden.

»Sie müssen laut sprechen«, flüsterte Ivona ihm zu, bevor sie Vesely erreichten. »… Schalom, Hieronymus!«

Langsam wandte der alte Mann den Kopf. Bei Ivonas Anblick begannen seine wässrigen Augen zu leuchten. »Schalom, meine Liebe«, sagte er auf Deutsch, aber mit einem jiddischen Akzent. Er richtete sich auf, umarmte sie herzlich und gab ihr einen Kuss auf die Wange. »Pavel hat mir erzählt, dass wir Sie heute hier treffen würden. Ist das Ihr Freund?« Vesely musterte Hogart. Auf einmal zogen sich die buschigen Augenbrauen zu einem dicken Strich zusammen.

»Hier ist nicht viel Platz – trotzdem drängen sich seit tausend Jahren die Toten eines Volkes an diesem Ort zusammen.« Vesely langte in die Manteltasche und reichte Hogart eine Kappe gleich jener, die er selbst trug. »Setzen Sie diese Kippa auf, mein Freund.«

Hogart platzierte die Mütze auf dem Hinterkopf.

Vesely lächelte zufrieden. »Gehen wir ein Stück spazieren – es dauert nicht lange.« Mit einem Kopfnicken bedeutete er seiner Frau zu warten, während er sich mit Ivona und Hogart entfernte.

Als sie an einem Grabstein mit aufgesprühten Hakenkreuzen vorbeikamen, wandte sich Vesely ab. »Wir werden niemals Ruhe finden, nicht einmal hier im Zentrum des jüdischen Ghettos.«

Hogart sah ihn verwundert an, was dem alten Mann nicht entging.

»Es erstaunt Sie, dass ich das Wort *Ghetto* in den Mund nehme«, stellte Vesely fest.

»Ich hätte es nicht erwartet.«

»Im Venedig des sechzehnten Jahrhunderts wurde den Juden in einem Stadtteil namens Gheto novo ein neuer Wohnort zugewiesen – *zwangszugewiesen,* um genau zu sein. Seitdem wird das Wort in diesem Sinn verwendet. Was haben Sie mit Ihrer Schulter gemacht?«

»Ich …« Hogart stutzte. Er hatte heute auf die Armschleife verzichtet, umso mehr erstaunte ihn die Beobachtungsgabe dieses Mannes. »Während eines Brandanschlags auf Ivonas Haus wurde ich angeschossen.«

»Oje, in welcher Welt leben wir nur?« Vesely schüttelte den Kopf. »Haben *Sie* das Mädchen gerettet?«

»Das hätte ich gern, aber es war umgekehrt«, gab Hogart zu.

»Das *Mejdl* ist in Ordnung!« Vesely zwinkerte Ivona zu, die ihnen schmunzelnd folgte.

»Welche Musik hören Sie?«, fragte Vesely.

»Meinen Sie die Frage ernst?«

»Natürlich – nur zu!«

»Duke Ellington, Muddy Waters, John Lee Hooker …«, begann Hogart aufzuzählen, verstummte aber sofort, als er die gequälte Miene seines Gegenübers sah.

»Bitte! Verschonen Sie mich«, bat Vesely. »Wenn ich Musik sage, dann *meine ich Musik*! Ich spreche von Klassik, junger Mann! Behelligen Sie mich nicht mit diesem neumodischen Krawall. Ich möchte nur eines wissen: Sind Sie eher der Seite von Wagner und Beethoven zugetan, oder halten Sie es mehr mit Mozart und Vivaldi?«

John Lee Hooker – neumodisch? Doch Hogart wollte den Mann nicht unnötig aufregen. »*Die Moldau* von Smetana ist ein schönes Stück«, äußerte er schließlich. Mehr fiel ihm dazu nicht ein.

»Junger Mann …« Vesely legte Hogart den Arm auf die Schulter. »Sie lügen nicht besonders gut, aber ich glaube, an Ihnen sind Hopfen und Malz nicht gänzlich verloren. Mein Sohn sagte mir, Sie wollten mich sprechen. Also, wie kann ich Ihnen helfen?«

Anscheinend war damit das Eis zwischen ihnen gebrochen, denn Vesely hörte konzentriert zu, als Hogart über ihre

Ermittlungen zu reden begann. Er musste aber nicht viel über die Mordserie erzählen. Als Drucker und Setzer im Ruhestand, wie Vesely sich selbst bezeichnete, machte er jeden Morgen einen Spaziergang zum Kaffeehaus, um dort aufmerksam die Tagespresse zu lesen, wo seit Monaten in beinahe jeder Ausgabe über die Verbrechen berichtet wurde. Erst als Hogart die ominösen Fundorte, die schwarzen und weißen Tücher, die den Leichen eingeritzten Buchstabenpaare und die auffällige Beziehung zum Schach erwähnte, wurde Vesely hellhörig.

»Die beiden Mörder wollen eine Botschaft übermitteln. Falls wir herausfinden, worum es sich dabei handelt, kommen wir ihrer Ergreifung einen Schritt näher«, schloss Hogart.

»Ach, es sind *zwei* Mörder?«

An dieser Stelle schaltete Ivona sich in das Gespräch ein. »Die Polizei hat auch diese Information bisher geheim gehalten. Wir glauben, dass die beiden Täter gegeneinander antreten und dabei das Schlagen der feindlichen Spielfiguren wortwörtlich in die Tat umsetzen.«

An der Art, wie Ivona die Erklärung hervorbrachte, merkte Hogart, dass sie von seiner Theorie nicht restlos überzeugt war, und je länger er Vesely seine Idee von den codierten Schachreihen und -wegen erklärte, umso dümmer erschien sie ihm selbst.

Vesely unterbrach Hogart kein einziges Mal und ging beim Zuhören immer langsamer, bis er schließlich stehen blieb, um seine Pfeife zu stopfen. Nachdem er die erste Tabakwolke ausgestoßen hatte, wandte er ein: »Weshalb sollten Ihre beiden Mörder ausgerechnet *deutsche* Kürzel verwenden?«

Dieselbe Frage hatte ihm Ivona bereits gestellt. »Wenn ich das wüsste, wäre ich nicht hier«, gab er zu.

Vesely nickte. »Verstehe. Abgesehen davon klingen *BA* und *DA* nicht sehr professionell. Die korrekten Abkürzungen der Figuren lauten anders. Andererseits hat Schach in Prag Tradition. Im Radetzky-Café trafen sich einst Kafka, Brod und Werfel nicht nur, um Kaffee zu trinken oder Gedichte vorzutragen, sondern auch, um Schach zu spielen.« Er zog an der Pfeife, die einen süßen Minzgeruch verbreitete. »Falls wir es bei diesen Mördern tatsächlich mit Schachspielern zu tun haben, wird es nicht leicht werden, sie zu erwischen.«

»Wie meinen Sie das?«

»Nun, Schach lehrt Logik, Fantasie, Selbstdisziplin und Entschlossenheit. Wer das Schachspiel perfekt beherrscht, ist darin geübt, keine Fehler zu begehen. Verstehen Sie, worauf ich hinauswill? Schach trainiert nicht nur die Denkfähigkeit, sondern auch die Erfindungsgabe. Denn überall dort, wo wir uns der Vernunft bedienen, benötigen wir eine ausgearbeitete Methode zum Erreichen eines Ziels … das stammt nicht von mir, sondern von Leibniz.« Vesely blickte auf die qualmende Pfeife in seiner Hand, dann sah er Hogart an. »Ich bin zwar nicht Leibnitz, aber wie kann ich Ihnen helfen?«

Ivona reichte ihm die Liste mit den geschlagenen Figuren, die sie erstellt hatten:

schwarzer Bauer auf D5
weißer Bauer auf D5
schwarzer Bauer auf E5
weißer Springer auf E5
schwarzer Turm auf A8
schwarzer Bauer auf A6

weißer Bauer auf G2
schwarze Dame auf F3

Vesely studierte die Aufstellung kurz, ehe er sie zurückgab.

»Sie können die Spielzüge gern behalten.«

Vesely wehrte mit der Hand ab. »Nicht nötig, meine Liebe. Außerdem handelt es sich dabei nicht um Züge, sondern lediglich um Felder, auf denen Figuren geschlagen wurden. Haben Sie noch andere Hinweise?«

Ivona schüttelte den Kopf.

»Nun, leider lassen sich daraus keine etwaigen Spielzüge ableiten, falls Sie darauf spekuliert haben.«

Hogart wurde unruhig. »Bedeutet das, Sie können den nächsten Zug nicht vorausahnen? Dann wüssten wir nämlich …«

»Genau *das* bedeutet es!«

»Aber könnte man nicht …?«

»Könnten! Würden!« Vesely zuckte die Achseln. »Mir ist durchaus bewusst, dass es hier um Menschenleben geht, aber was Sie von mir verlangen, ist schlicht ein Ding der Unmöglichkeit, da nicht bekannt ist, wie die Figurenaufstellung in dieser Spielphase aussieht. Wir wissen nicht, wie viele und vor allem *welche* Spielzüge bereits gemacht wurden. Wir haben nur eine Aufstellung über acht geschlagene Figuren. Das ist vollkommen nutzlos und sagt rein gar nichts aus.«

»Aber es *muss* etwas aussagen!«

»Tut es aber nicht.« Vesely paffte an der Pfeife. »Wir wissen nur, dass sich das Spiel nicht länger in der Eröffnungsphase befindet, dass sich beide Gegner offensichtlich ebenbürtig sind und dass das Schlagen der schwarzen Dame eine entscheidende Wendung im Spiel haben könnte. *Könnte!* Wir wissen jedoch nicht, ob die Dame aus taktischen Gründen geopfert oder aus Unachtsamkeit verloren wurde.«

Hogart starrte Vesely fassungslos an. Er hoffte, der alte Mann war nicht senil und wusste, wovon er sprach. Falls Hogart nicht wollte, dass dieses Gespräch ergebnislos verlief, musste er rasch irgendwo einhaken, um Veselys Interesse, seine Neugierde, seinen Jagdinstinkt zu wecken. Sonst war seine gesamte Schachtheorie völlig nutzlos.

»Gehen wir einmal davon aus, dass die beiden Mörder irgendwie kommunizieren, um einander die Spielzüge mitzuteilen«, schlug Hogart vor. »Möglicherweise kennen sie sich gar nicht und lassen sich die Züge über verschlüsselte Zeitungsinserate zukommen. Vielleicht gibt es auch andere Möglichkeiten, um …«

Vesely schüttelte nachdrücklich den Kopf. »Sie denken zu kompliziert, mein Freund. Wer sagt Ihnen, dass sich die Mörder verständigen müssen?«

Hogart sah ihn erstaunt an. »Wie sollten sie sonst …?«

»Ach was, das ist doch völlig unnötig!«, fuhr Vesely dazwischen. »Sie sagten ja selbst, die Mörder wollen durch ihr Spiel eine Botschaft zum Ausdruck bringen. Was gäbe es hierzu Besseres, als eine allgemein bekannte Partie nachzuspielen und uns die wichtigsten Eckdaten als Hinweise zukommen zu lassen?«

»Sie meinen, die beiden spielen eine historische Schachpartie nach?«

»Exakt. Dann wären die Züge dem jeweiligen Gegner bekannt, und man könnte sie Schritt für Schritt nachspielen, ohne miteinander in Kontakt treten zu müssen.«

Ivona nickte, als könnte sie dieser Idee etwas abgewinnen. »Aber *welche* Partie?«

»*Das,* meine Liebe, ist die Frage. Aber das lässt sich ermitteln. Pavel könnte die passende Partie herausfinden.«

»Wie rasch ließe sich diese Information besorgen?«, fragte Hogart.

Vesely wiegte den Kopf. »In einem Monat, möglicherweise auch schon in drei Wochen.«

Hogart wurde schwarz vor Augen. »Wir haben höchstens bis übermorgen Zeit. Alles deutet darauf hin, dass spätestens Samstagabend das nächste Opfer entführt wird!«

»Oj je, Sie verlangen Unmögliches.« Vesely schob den Pfeifenstiel von einem Mundwinkel in den anderen. »Haben Sie überhaupt eine Ahnung, wie viele Partien es in der Geschichte des Schachspiels weltweit gegeben hat?«, murmelte er. »Die Nachforschung wird komplizierter als die sprichwörtliche Suche nach der Nadel im Heuhaufen. Wir suchen ein atomares Teilchen in einem Heuhaufen, der seit Jahrhunderten permanent anwächst.«

»Gibt es keine Datenbank, in der diese Informationen abgespeichert sind?«

»Natürlich gibt es die, junger Mann – ohne sie wären wir völlig hilflos –, aber es sind nicht bloß zwei oder drei, sondern Hunderte. Das ist unser Problem! Allein in Amerika gibt es die ChessBase USA, die BolBase mit allen Spielen, die je in Bolivien stattgefunden haben, die ArgBase mit allen argentinischen Spielen seit 1801 oder die BrasilBase, in der über 30 000 Partien zu finden sind. Ich wüsste nicht, wo wir mit der Suche beginnen sollten.«

»Konzentrieren wir uns auf die europäischen Partien«, schlug Hogart vor.

»Jedes Land hat seine eigene nationale Datenbank, aber nicht jede hat so vorzügliche Suchkriterien, dass wir aufgrund der geschlagenen Figuren sofort zu einem Ergebnis kommen. Um an die Informationen aus bestimmten Ländern heranzukommen, müsste man sich registrieren, um sich sämtliche Partien im Internet online anzusehen. Beginnen wir also mit der ItalBase oder der BritBase? Der DanBase, GreekBase, dem Irish Chess Archive oder der Finnish Chess Game Database?«

Hogart sah Vesely verzweifelt an. Der alte Mann konnte einem das Leben schwer machen. »Beginnen wir mit den deutschen und osteuropäischen Partien«, schlug er vor.

»Auch dann wird die Sache schwierig. Die PolBase geht bis 1918 zurück, die RusBase noch weiter, und die deutsche Chess-Base Online-Datenbank ist die größte kommerzielle Schachdatenbank der Welt«, seufzte Vesely. »Wie weit sollen wir zurückgehen?«

Hogart verstand die Frage nicht.

»Ich versuche, es Ihnen zu erklären: Im ChessLab sind beispielsweise mehr als zwei Millionen Schachpartien online, von 1485 bis heute.«

Erst jetzt erkannte Hogart das Ausmaß der Suche. Sie wussten weder *wo* noch *wann* die Partie gespielt worden war. »Könnten Sie alle Partien ab Beginn des Ersten Weltkrieges durchsehen?«, fragte er.

»Natürlich versuche ich, Ihnen zu helfen.« Vesely deutete auf den Zettel in Ivonas Hand. »Aber ich sage Ihnen gleich, es ist nahezu hoffnungslos, unter dieser möglichen Bandbreite die richtige Partie zu finden. Die Wahrscheinlichkeit, dass mehrere unterschiedliche Partien mit dieser Schlagaufstellung existieren, ist zwar nicht besonders hoch, aber ebenso unwahrscheinlich ist es, die eine richtige zu finden. Sie sagten, wir haben bis übermorgen Zeit.« Vesely wiegte den

Kopf. »Das ist nicht sehr viel, aber ich habe einige Freunde im Schachclub. Wir sind zwar schon ältere Herren, unser Gedächtnis ist schwach, und mit modernen Computerabfragen stehen einige von uns auf Kriegsfuß, doch unsere Söhne und Enkelkinder könnten helfen. Pavel kennt die meisten von ihnen.« Unvermittelt blickte Vesely auf seine Armbanduhr. »Aber fast alle sind berufstätig. Wir könnten erst heute Abend starten. Noch dazu müssten wir die Suche groß anlegen, das bedeutet, die Aufgabe auf mehrere Personen verteilen, um alle infrage kommenden Datenbanken zu durchforsten.«

»Ich möchte Ihnen nicht zu nahe treten …« Hogart wusste nicht recht, wie er den Gedanken loswerden sollte. »Aber falls Sie mehrere Leute in Ihre Suche einbeziehen, sollten Sie bei der Auswahl subtil vorgehen. Möglicherweise gehört einer davon, den Sie weniger gut kennen, zu den Mördern.«

»Wollen Sie damit etwa behaupten …?«

»Ich sagte *möglicherweise*.«

Vesely wurde blass. »Daran habe ich nicht gedacht, das erschwert die Sache natürlich.«

Auch aus Ivonas Gesicht wich plötzlich alle Farbe. Als hätte Hogart sie auf eine absurde Idee gebracht, sah sie sich plötzlich um, und zwar mit dem gleichen angespannten Gesichtsausdruck wie vor Tagen, als sie beide hinter der Prager Burg an der Imbissbude gestanden und sich beobachtet gefühlt hatten.

Was für ein verrückter Gedanke!

Nun hatten die beiden auch Hogart angesteckt. Er konnte nicht anders und spähte zwischen den Baumreihen hindurch. Vielleicht beobachtete ja einer der beiden Mörder sie genau in diesem Moment. Falls er dabei Vesely als Schachgroßmeister erkannte und sie sich auf der richtigen Spur befanden, würde dem Killer klar werden, wie viel sie schon herausgefunden hatten.

»Stimmt etwas nicht?«, fragte Vesely.

Hogart warf Ivona einen vielsagenden Blick zu, den diese erwiderte. »Keine Sorge, alles in Ordnung.«

Ivona wandte sich an Vesely. »Wir möchten Sie nicht länger als nötig aufhalten.«

Vesely nickte. Er wandte sich um und winkte seiner Frau zu, die immer noch bei der Grabstätte des Golemschöpfers auf ihn wartete. »Sie hat es nicht gern, wenn ich sie lange allein lasse«, flüsterte er ihnen zu. Laut rief er: »Eugenie, wir gehen nach Hause!«

»Aber Hiery, der Besuch!«, klagte sie.

»Wir haben wichtigere Dinge zu erledigen! Komm!«

Hogart nahm die Kippa ab, um sie Vesely zurückzugeben.

»Betrachten Sie die als Geschenk, mein Freund«, wehrte Vesely ab. Er reichte Hogart die Hand. »Und wünschen Sie uns Glück bei der Suche.« Nachdem er Ivona zum Abschied auf die Wange geküsst hatte, eilte er mit seiner Frau zum Ausgang.

»Ein bemerkenswerter Mann«, sagte Hogart.

»Und ein Genie.«

»Ich hoffe es.« Hogart sah Vesely nach, der mit Eugenie durch das Tor verschwand. »Sie sagten, Sie haben einige Male für seine Frau recherchiert. Worum ging es dabei?«

»Das ist Jahre her. Sie bat mich, ihren Mann zu beschatten, sobald er den Schachclub besuchte. Dabei lernten wir uns kennen. Sie glaubte, dass er fremdging.«

»Und?«

»Ach wo! Er ist so treu wie ein Schoßhund. Auch wenn er nicht so wirkt, aber der Mann würde für seine Frau sterben.«

Gegenüber vom jüdischen Rathaus lag das *Mojsche,* eine kleine Bierstube mit Mittagstisch. Die Menüs entsprachen zwar Spatzenportionen, und die Preise waren heftig, aber dafür war die Atmosphäre atemberaubend, da das Gebäude aus dem sechzehnten Jahrhundert stammte und die Möblierung wie die historische Originaleinrichtung wirkte.

Hogart überlegte, ob der Holzboden von dem ausgeschütteten Bier, der verrauchten Luft, dem mangelnden Sonnenlicht oder einfach nur vom Alter so schwarz geworden war, und tippte auf eine Mischung aus alldem. Jedenfalls herrschten in dem Lokal gedämpfte Stille und ein trübes Zwielicht, sodass sie sich an eines der winzigen Fenster setzen mussten, um überhaupt etwas sehen zu können. Die Mauer war so dick, dass man getrost ein Tablett in der Fensternische abstellen konnte. Als der Kellner heranschlurfte und Hogart zwei Speisekarten in die Hand drücken wollte, winkte Ivona ab.

»Nicht die Karte mit den Touristenpreisen«, sagte sie auf Tschechisch, worauf sich der Ober mit dem Seehundbart leicht verbeugte und eine viel dünnere Karte aus der Schürze zog.

Doch bevor Hogart einen Blick hineinwerfen konnte, überredete Ivona ihn zu einem Couscous-Salat für zwei Personen. Während sich der Kellner mit langsamen Schritten entfernte, begann das Display ihres Handys zu blinken, einem Anachronismus gleich, der nicht in diese Welt passte.

»Entschuldigen Sie bitte – mein Sohn.« Ivona nahm das Gespräch entgegen, wandte sich zur Seite und sprach auf Tschechisch weiter. Schlagartig bekam ihre Stimme einen weichen, fürsorglichen Klang.

Ihr Sohn – echote es in Hogarts Kopf. Irgendwie konnte er sich Ivona, die Privatdetektivin mit der Walther PPK, die

Judo trainierte, Baileys trank und Vladimir Greco persönlich kannte, gar nicht in der Rolle einer Mutter vorstellen. Aber wenn er sie jetzt von der Seite betrachtete, ihr Lächeln und den stolzen Glanz ihrer Augen, fragte er sich, weshalb sie keinen Sohn haben sollte. Ungewollt bekam er mit, dass sie von dem Hausbrand erzählte, aber das Gespräch mitzuhören erschien ihm wie ein Eindringen in ihre Intimsphäre. Er wandte den Blick zum Fenster und starrte hinaus, bemüht, nicht weiter zu lauschen. Durch die schmierige Scheibe sah er den Barockturm des alten Rathauses. Die Uhr mit den vergoldeten Ziffern schlug eins, obwohl die Zeiger auf elf Uhr standen. Irritiert betrachtete er das verschnörkelte Zifferblatt, bis er erkannte, dass es spiegelverkehrt war. Die Zeiger liefen rückwärts, wodurch sich die Zeit zurückzubewegen schien.

»Sie sind a Goj, net wahr?«, fragte der seehundbärtige Kellner, als er sich zu Hogart beugte, um die Getränke zu servieren. Bevor Hogart antworten konnte, deutete der Kellner auf die schwarze Kopfbedeckung, die neben ihm auf dem Tisch lag. »A schejne Kippa.«

Der Kellner wies durch das Fenster auf die Rathausuhr. »Dos ejnzige jiddische Rothaus außerholb Israels. Im Hebräischen wird von rechts nach links gelejsen«, erklärte er. »Guten Appetit.« Langsam taperte er wieder in die Küche.

In diesem Moment beendete Ivona das Gespräch. »Ach herrje«, stöhnte sie.

»Ich wusste nicht, dass Sie einen Sohn haben.«

»Das liegt daran, dass ich Ihnen noch nichts über ihn erzählt habe. Ich versuche, Matej aus meinem Beruf rauszuhalten. Er ist einundzwanzig und studiert an der technischen Universität. Der Junge ist fürchterlich intelligent und wird es einmal zu mehr bringen als ich. Matej arbeitet schon jetzt neben dem Studium als Programmierer.« Aus ihrem Tonfall klang der Stolz einer Mutter, aber auch ein Hauch Wehmut.

»Wohnt er denn nicht bei Ihnen?«

»Das ist eine komplizierte Geschichte. Sein Vater möchte nicht, dass er Kontakt zu Ondrej, Jiri und dem ganzen Lumpengesindel hat, wie er es nennt. Das sei kein guter Umgang für den Jungen, bla, bla, bla … Haben Sie eine Zigarette?«

Hogart reichte ihr sein Päckchen.

»Dabei hat er nicht einmal ganz unrecht. Ich möchte ebenso wenig, dass Matej auf der Straße aufwächst. Nach meiner Scheidung wohnte er bei seinem Vater, doch seit einem Jahr lebt er mit seiner Freundin in einer kleinen Mietwohnung am Rande der Industriegegend beim Flughafen.« Sie starrte abwesend ins Nichts.

»Alles in Ordnung?«, fragte er.

»Eigentlich nicht.« Sie ließ ihr Feuerzeug schnippen und steckte die Zigarette an. »Ich wollte Matej nicht erzählen, dass mein Haus abgebrannt ist«, sagte sie in die Rauchwolke hinein. »Aber irgendwann musste er es ja erfahren. Er macht sich Sorgen und möchte mich sehen. Aber es ist besser, wenn wir uns erst treffen, nachdem diese ganze Sache überstanden ist.«

Sie tippte eine Nummer in das Handy. »Wir sollten Novacek auf dem Laufenden halten«, erklärte sie knapp.

Während ihres Telefonats mit dem Kripobeamten, dem sie mitteilte, dass sie eine mögliche Lösung für den Buchstabencode gefunden hatten, drückte sie die Zigarette aus. Nach einer weiteren Minute, in der sie nur zuhörte, legte sie auf.

»Junge, Junge, der ist mächtig sauer. Der Mistkerl tobt,

weil wir nicht die Finger von dem Fall lassen.« Ivona seufzte. »Ich verstehe ihn ja … wir nehmen ihm zwar einen Teil seiner Arbeit ab, aber so einfach läuft es nicht. Falls Morak dahinterkommt, dass Novacek uns Informationen zukommen lässt, ist er dran. Daher muss Novacek ihm alle Erkenntnisse als *seine* Ideen verkaufen.«

»Haben Sie ihm von unserem Treffen mit Vesely erzählt?«

»Ich bin doch nicht verrückt! Wenn Novacek erfährt, dass wir andere Personen in die Sache hineinziehen, buchtet er uns, ohne mit der Wimper zu zucken, ein.«

»Was wird er als Nächstes unternehmen?«

»Sobald er einen Mann frei hat, wird er sämtliche Schachclubs auf den Kopf stellen und alle in Prag gelisteten Schachspieler überprüfen – zumindest hat er mir das versprochen. Allerdings habe ich keine Ahnung, ob er das bis Samstagabend hinbekommt.«

»Wichtig sind auch die Online-Schachspieler«, ergänzte Hogart.

»Habe ich ihm vorgeschlagen, aber keine Chance. Dazu bräuchte er eine Genehmigung vom Staatsanwalt.«

Hogart sah zu dem Kellner hinüber, der in seinem anscheinend angeborenen Schneckentempo auf sie zukam. »Vesely und sein Club der Hochbegabten recherchieren in den Datenbanken, während die Kripo alle Schachvereine durchforstet. Ich hoffe nur, die kommen sich nicht gegenseitig in die Quere.«

»Malen Sie nicht den Teufel an die Wand!«

Der Kellner stellte eine große gusseiserne Pfanne zwischen ihnen ab, deren Inhalt aussah, als habe er die Reste der letzten Woche verkocht.

»Was machen *wir* in der Zwischenzeit?«, fragte Hogart.

»Zum Beispiel *essen*?«, schlug Ivona vor. »Los, probieren Sie!«

Auch wenn der Salat aus Bohnen, Tomaten und Couscous merkwürdig aussah, so musste Hogart zugeben, dass er gar nicht so übel schmeckte. Nachdem sie die Pfanne geleert hatten, griff Hogart eine Frage auf, die ihm Ivona vor einigen Tagen gestellt hatte und die ihm seitdem ständig durch den Kopf ging. Endlich glaubte er, die einzige mögliche Antwort darauf zu kennen.

»Sie sagten, in meiner Theorie, einer der beiden Mörder wolle Sie aus dem Weg räumen, stecke ein gewaltiger Denkfehler. Sehen Sie das immer noch so?«

»Die Psychopathen sollen mein Wohnzimmer abgehört und mein Haus in Brand gesteckt haben? Nein, daran glaube ich immer noch nicht. Möglicherweise hat Novacek die Wanze in der Vase versteckt, und der Schuss war ein Denkzettel, den man Ondrej verpassen wollte. Es gibt genug Leute, die sein Geschäft übernehmen wollen.«

»Blödsinn!«, entfuhr es Hogart.

»Weshalb wurde ich nicht wie die anderen Frauen mit Chloroform betäubt, entführt, enthauptet und in ein schwarzes Tuch gewickelt?«, entgegnete Ivona hitzig.

Vielleicht passiert das ja noch. Hogart starrte in die leere Pfanne. Seit Tagen fragte er sich, weshalb einer der beiden Killer bei dem Mordanschlag auf Ivona nicht seine typische Handschrift benutzt hatte. Die Antwort konnte nur lauten: Es wäre zu offensichtlich gewesen! Daher musste er sein Muster ändern, um nicht mit dem Anschlag in Verbindung gebracht zu werden.

Hogart räusperte sich. »Weder wird Dr. Zajic in die Welt hinausposaunen, dass er Sie engagiert hat, sich in eine laufende Ermittlung einzumischen, noch wird Novacek erzählen, dass er Ihnen die Unterlagen des Falls unter der Hand zukommen ließ. Nicht einmal Greco hat seinem Sohn erklärt, warum er ihn für Sie die Liste mit den Anagrammen erstellen ließ. Tatsache ist doch: dass Sie an dem Fall arbeiten, wissen nur eine Handvoll Menschen – und einer davon ist einer unserer Serienmörder.«

Ivona starrte ihn an. »Das ist absurd! Denn es würde bedeuten, dass der Mörder Kontakt zu Greco, Zajic oder Novacek hat.« Ein nachdenklicher Ausdruck trat in ihr Gesicht. Plötzlich verspannten sich ihre Schultern. Sie sah Hogart an. »Greco und Novacek haben Sie bereits kennengelernt. Was halten Sie davon, wenn wir Dr. Zajic einen Besuch abstatten?«

»Genau das wollte ich eben vorschlagen! Wir sollten uns ohnehin auf das erste Opfer konzentrieren.«

Hogart verlangte beim Kellner nach der Rechnung. Bevor dieser den Tisch erreichte, beugte sich Hogart zu Ivona. »Dr. Zajic arbeitet doch in der deutschen Botschaft«, murmelte er. »Möglicherweise ist das die Erklärung, weshalb die Killer Abkürzungen für deutsche Begriffe verwenden.«

10. KAPITEL

Als Hogart und Markovic das Gebäude der deutschen Botschaft im Stadtteil Mala Strana erreichten, war es teilweise in Nebel gehüllt. Das kleine Schloss stand inmitten einer Gartenanlage aus Heckenrosen, umgrenzt von Mauersockeln und einem schmiedeeisernen Zaun. Mit seinem Turm, den hohen Fenstern und der verzierten Fassade passte es wie ein perfekter Pinselstrich in das Gemälde von der Prager Innenstadt. Den Informationstafeln am Empfang nach zu urteilen, beschäftigte sich das Sozialreferat im zweiten Stock mit arbeitsrechtlichen Belangen sowie gesundheits- und familienpolitischen Fragen. Für Hogart sagten diese Floskeln nichts aus. Zum Glück kam er mit keinem diesbezüglichen Anliegen in die Botschaft. Für ihn zählte einzig und allein, dass sie den Leiter des Sozialreferats fanden, einen der wenigen tschechischen Angestellten der Botschaft. Da die Sprechzeit der Visa- und Konsularabteilung von 9.00 bis 12.00 Uhr bereits verstrichen war, bat Ivona im Sekretariat des benachbarten Referats um einen privaten Termin bei Dr. Jaroslav Zajic. Kurz darauf richtete man ihnen aus, dass sie der Sozialreferent in wenigen Stunden bei sich zu Hause empfangen würde.

Die Häuserschlucht wurde von tief hängenden Wolken verdunkelt. Nur wenige Leute waren unterwegs, über deren Köpfen einige gurrende Tauben flatterten. Die Familie Zajic wohnte in der Fußgängerzone, die an den Altstädter Ring grenzte. In der Gasse reihte sich ein graues Gebäude an das nächste, meist vierstöckige Altbauten mit geschwungenen Torbögen, Fassadenstuckaturen und wuchtigen Balustraden. An der Adresse, die sie suchten, befanden sich die Praxis- und Kanzleischilder einer Ärztin, eines Rechtsanwaltes und zweier Unternehmensberater. Dr. Zajic gehörten die beiden unteren Stockwerke, wie Ivona erzählte. Er hatte vor Jahren einige Zwischenwände entfernen und eine Wendeltreppe einbauen lassen, sodass er nun über zweihundert Quadratmeter Wohnraum verfügte.

Noch während der dumpfe Gong der Türglocke langsam ausklang, öffnete ihnen die Haushälterin. Sie wurden in die Empfangshalle geführt, einen runden Raum mit einer Kuppel, die bis in die zweite Etage reichte. Die großen quadratischen Bodenfliesen ließen ihre Schritte durch die gesamte Wohnung hallen. Hier lebte es sich feudal – zu feudal für Hogarts Geschmack. Jede Wette, dass die Botschaft den Umbau finanziert hatte. Dennoch hätte er um keinen Preis mit Zajic tauschen wollen. Der bittere Kalkgeruch erinnerte ihn an die alten Wiener Kliniken, die er von den Besuchen am Sterbebett seines Vaters kannte. Dadurch wirkte das Haus auf ihn so freundlich wie eine Leichenkammer.

Am Fuße der marmornen Wendeltreppe thronte auf schwerem Sockel eine wuchtige Golemstatue. Sie hatte die Gestalt eines riesenhaften missgestalteten Menschen. Wie konnte man sich nur eine derart grässliche Skulptur ins Haus stellen? Als Kind hätte ihm ein solcher Anblick Albträume beschert; er wäre immer nur mit geschlossenen Augen daran vorbeigerannt.

»Überall in dieser Stadt ist dieser hässliche Kerl präsent«, flüsterte Hogart.

»Der jüdische Schutzpatron. Paradoxerweise kennen die Touristen die Geschichte vom Golem besser als die Prager … uns Einheimischen fällt der ganze Rummel schon gar nicht mehr auf.« Mit einem bedeutungsvollen Blick lenkte Ivona Hogarts Aufmerksamkeit auf den Boden unter ihren Füßen.

Bereits beim Eintreten hatte Hogart das Schachbrettmuster aus schwarzen und weißen Fliesen bemerkt, das den gesamten Vorraum ausfüllte. »Wie passend.« Er deutete auf eine Nische. »Sehen Sie das Schachspiel dort?«

Sie traten zu dem gusseisernen Tisch hin, auf dem ein Schachbrett mit schweren Tonfiguren stand. Einige Bauern, ein Läufer und zwei Springer lagen außerhalb des Bretts. Hogart prägte sich die Figurenaufstellung ein. Da sich die schwarze Dame aber noch im Spiel befand, handelte es sich nicht um jene Aufstellung, nach der sie suchten.

»Handgeformte Figuren aus gebranntem Lehm. Ich vermute …« Als im Nebenzimmer der Parkettboden knarrte, stellte Ivona die Figur, die sie sich näher angeschaut hatte, wieder aufs Brett.

Dr. Zajic kam mit schnellen Schritten auf sie zu. Hogart erkannte den Mann im teuren Anzug mit der Paisleykrawatte, der Hornbrille und dem pomadisierten schwarzen Seitenscheitel von Ivonas Ausdruck der Videoaufnahme. So stellte er sich einen typischen Gentleman vom Schlage eines Kommerzialrats Rast vor.

Zuerst reichte Zajic Ivona mit einer leichten Verbeugung die Hand, danach Hogart. Sein Händedruck war kräftig. Aufrecht und steif stand er ihnen mit erwartungsvollem Blick gegenüber. Der Mann war bestimmt Anfang fünfzig, sah dabei jedoch blendend aus. Allerdings war seine Rasierwasserwolke mehr als penetrant, und Hogart glaubte, den Grund dafür zu kennen: Das Parfum sollte den Alkoholgeruch überdecken. Cognac, vermutete Hogart.

Ivona stellte ihn auf Deutsch als Wiener Versicherungsdetektiv vor, der im Fall der verbrannten Ölgemälde ermittelte.

»Oktavian, nicht wahr? Eine traurige Geschichte, und das ausgerechnet in Prag.« In der Aussprache des Tschechen klang ein deutscher Akzent mit, der merkwürdig anmutete. Offenbar färbte die Arbeit in der Botschaft auf ihn ab.

»Sie kommen aus Wien …« Zajic nahm die Brille ab und kaute am Bügel. »Waren die Exponate dort versichert?«

»Zum Teil.«

»Übrigens stammen die Gemälde der beiden Seitenaltäre in der St.-Niklas-Kirche ebenfalls von Oktavian«, erklärte Zajic. »Die Kirche liegt nur wenige Schritte von hier entfernt. Sie sollten sie sich ansehen. Dort findet heute Abend auch ein klassisches Orgelkonzert im Gewölbekeller statt. Das Untergeschoss reicht über vierzehn Meter in die Tiefe – absolut sehenswert!«

»In einer Kirche bekomme ich Rückenschmerzen«, antwortete Hogart.

»Wie schade, denn in den Katakomben befinden sich einige interessante Grabmäler. Unter anderem auch genau das des vielzitierten Oktavians.« Zajic nahm den Brillenbügel aus dem Mund. »Sind Sie deswegen hier? Kann ich Ihnen in dieser Angelegenheit helfen?«

Ivona trat einen Schritt vor. »Wir sind wegen Ihrer Frau hier.«

Schlagartig verlor Zajic seine steife Haltung. Er sackte förmlich in sich zusammen. »Ich verstehe.« Er setzte seine Brille wieder auf und ließ die frei gewordene Hand in der

Hosentasche verschwinden. Mit der anderen wies er auf eine der Türen. »Bitte folgen Sie mir in den Salon.«

Er ging voraus und führte sie in einen hohen Raum mit geblümten Bordüren unterhalb der Zimmerdecke. Die Ränder der ausgetrockneten Wasserflecken im Verputz der Ecken ließen das Alter des Gebäudes erahnen. Die Saloneinrichtung mutete wie ein Sammelsurium verschiedenster Antiquitäten an, von schmiedeeisernen Tischen über filigrane Holzkommoden mit verschnörkelten Schnitzereien bis hin zu einem langen Sofa sowie einigen Vitrinen, die Zajic wohl als Hausbar dienten. In der Luft lag das feine Knistern eines Saphirs, der eine Tonrille abspielte. Sekunden später erklang das bedrohliche Dröhnen eines Orchesters. Hogart kannte sich mit klassischer Musik nicht besonders gut aus, aber Hieronymus Vesely hätte das Stück sicher zu schätzen gewusst. Anscheinend war man in diesem Hause eher den schwermütigen Werken Wagners oder Beethovens zugetan als den beschwingten Klängen Mozarts.

Der Parkettboden knarrte unter Hogarts Schritten, bis sie mitten im Salon zum Stehen kamen. Ihm fiel der junge Mann auf, der zusammengekauert auf dem Sofa saß und mit seinen feingliedrigen Fingern zum Takt dirigierte.

»Mein Sohn Micha«, stellte Zajic den dünnen Mann mit den eingefallenen Wangen und dem blassen Teint vor. »Micha, würdest du uns bitte allein lassen.«

Der Angesprochene hielt in der Bewegung inne und hob den Kopf. Sein feines langes Haar fiel ihm über die Augen. Mit einer langsamen Handbewegung strich er sich die Strähnen aus der Stirn. Erst jetzt bemerkte Hogart die teure Stahlrahmenbrille mit den dicken Gläsern. Dahinter funkelten smaragdgrüne Augen, die regelrecht ins Nichts blickten.

Irgendetwas zwang Hogart, den jungen Mann anzustarren. Diese Brille! Er hatte sie erst vor wenigen Tagen gesehen.

»Micha, *bitte*!«

Widerwillig erhob sich der Junge. Er war eine Spur größer als sein Vater, hatte allerdings nicht dessen respekteinflößendes Auftreten, sondern wirkte eher schlaksig und verhuscht. Mit fast schon lächerlich femininen Bewegungen stakste er durch den Salon zur Tür.

Als Hogart Michas auffälliges Hinken bemerkte, wusste er, dass sie sich schon einmal begegnet waren – und zwar in jener Nacht, als Ivonas Haus abgebrannt war. Aus den Augenwinkeln musterte er Michas Beine. Kein Gips, keine Schiene. Entsetzt starrte Hogart auf den schwarzen, beinahe quadratischen Lederklumpen, als hätte er soeben den Pferdefuß des Leibhaftigen erblickt. Höchstens Schuhnummer einunddreißig. Dieser verkrüppelte Fuß, möglicherweise ein Geburtsfehler, musste unendliche Schmerzen in der Wirbelsäule des Jungen auslösen. In Hogarts Fantasie trat der blutbesudelte Klumpfuß auf ein schwarzes Samttuch, wo er den oberen Teil eines Schuhabdrucks hinterließ. Hogart zwang sich, den Blick abzuwenden. Indessen verließ Micha wortlos den Raum.

Ohne den Tonarm zurückzuführen, stellte Dr. Zajic den Plattenspieler mit einem Handgriff aus, sodass die Orchesterklänge mit einem gequälten Knarzen erstarben. Hogart hingegen besaß keinen Abstellknopf für die Musik; während er sich im Salon umsah, spukte sie weiter hartnäckig in seinem Kopf herum. Auf dem Sofa lag die Schwarz-Weiß-Hülle der Schallplatte. Das Cover zeigte das Porträt eines Komponisten, im Hintergrund sah man verschwommen ein Dutzend Geiger. Hogart stach der auf Deutsch verfasste Werbetext des vergilbten Aufklebers sofort ins Auge: *Hans Landsbergers groß angelegte sinfonische Dichtung zu Paul Wegeners Golem.*

Dieser Golem schien ihn zu verfolgen!

Zajic bemerkte Hogarts Interesse. »Mein Sohn liebt Stummfilme und hört ständig diese Symphonie.« Mit einer wegwerfenden Bewegung deutete er auf die Schallplattenhülle. »Wie es scheint, ist das seit dem Tod seiner Mutter zu seinem einzigen Zeitvertreib geworden.«

»Micha dürfte so alt sein wie mein Sohn … einundzwanzig?«, schätzte Ivona.

»Er ist dreiunddreißig, hat aber sein Lebtag noch nichts gearbeitet.«

Hogart wurde hellhörig. Dieser Knabe mit dem blassen Gesicht war schon dreiunddreißig Jahre alt?

»Seit ein paar Jahren jobbt er wenigstens ein paar Stunden als Teilzeitkraft in einem Studio.« Verachtung klang in Zajics Stimme mit. »Er gibt sich weibisch, möglich, dass er dadurch jünger erscheint.«

Was für ein netter Vater! Hogart beobachtete Zajics Körpersprache. Die Hände des Doktors zitterten. Bestimmt hing der Haussegen nicht erst seit dem Tod der Mutter schief.

Während sich Zajic an der Hausbar einen Cognac einschenkte, redete er weiter: »Micha ist nicht nur ein labiles und schwaches Kind, er ist auch krank. Ich weiß nicht, was ich mit ihm machen soll. Er ist in Behandlung, aber seit Hanas Tod ist es schlimmer geworden.«

Zajic reichte Hogart ein gerahmtes Foto von der Kommode. »Das ist sie …« Ehe seine Stimme brüchig wurde, trank er einen Schluck.

Ivona warf nur einen flüchtigen Blick auf das Bild, das sie bestimmt schon kannte. Die Aufnahme zeigte eine attraktive, dezent geschminkte Frau mit einem blonden Pagenkopf und im cremefarbenen Blazer. Mit dem aufrechten, stolzen Blick und dem gewinnenden Lächeln wirkte sie wie eine Grande Dame. Neben ihr standen zwei Jungen, bei einem davon handelte es sich um Micha. Der Knabe mit dem dünnen blonden Haar sah auf dem Bild wesentlich jünger aus als heute; Hogart schätzte das Alter der Aufnahme auf über zehn Jahre. Im Hintergrund des Bildes blühten die Heckenrosen – es war im sommerlichen Park der deutschen Botschaft geschossen worden. Der zweite Junge mit dem markanten Gesicht war älter und kräftiger als Micha; er trug eine braune Kordhose sowie ein kariertes Hemd mit aufgerollten Ärmeln. Beide Burschen sahen sichtlich angespannt in die Kamera.

»Mein zweiter Sohn Roman ist leider missraten, ein Unruhestifter.« Zajic trank einen weiteren Schluck. »Ich habe ihn vor Jahren aus dem Haus geworfen. Er hat Hana und mir nur Kummer bereitet.« Er stellte das Bild wieder auf die Kommode. »Sie sagten, es gehe um meine Frau. Haben Sie etwas über ihren Mörder in Erfahrung gebracht?«

Da Hogart sich nicht mit Ivona abgesprochen hatte, wie viel sie Zajic über den derzeitigen Ermittlungsstand mitteilen wollten, überließ er ihr das Reden. Er selbst würde sich hüten, die Verbindung zu dem Schachspiel zu erwähnen, und hoffte, dass auch Ivona sie nicht zur Sprache brachte.

Ivona offenbarte Zajic nur das Notwendigste und verschwieg den Anschlag auf ihr Haus, ihre Theorie über den Schachcode und Veselys Teilnahme an den Recherchen. Natürlich wusste Zajic auch so, dass es sich um *zwei* Mörder handelte, schließlich hatte ihm Ivona Einsicht in die Kripounterlagen gewährt.

»Wir gehen dem Verdacht nach, dass der Mörder in enger

Beziehung zu Ihrer Gattin stand und sie möglicherweise bewusst als erstes Opfer ausgewählt hat.« Ivona machte eine Pause, damit Zajic die Information verarbeiten konnte. »Wir möchten Sie bitten, uns etwas über Ihre Frau zu erzählen.«

»Mein Gott!« Zajic blickte hilflos zur Zimmerdecke. »Wo soll ich beginnen?« Er füllte sich das Glas erneut mit Cognac. »Hana war eine großartige Frau, eine wahre Lady, sie stammte aus gutem Hause – ihr Vater arbeitete im Ministerium –, alle haben sie geliebt. Sie war begehrt, stand immer im Mittelpunkt der Empfänge. Neben ihr verblasste nahezu jeder. Sie übernahm den Small Talk, gleichgültig, ob mit dem Botschafter oder einem seiner Angestellten, ob im Theater, bei Banketts oder politischen Veranstaltungen – Hana war bezaubernd.«

Während er nachdachte, ließ er den Cognac im Glas kreisen. »Feinde? Mein Gott, jeder hat Feinde, oder etwa nicht? Ob es nun ein Neider ist oder jemand, der sich von einer Botschaftsentscheidung vor den Kopf gestoßen fühlt und auf Rache sinnt. Im Lauf der Jahre wurde die Windschutzscheibe unseres Wagens zweimal mit einer Spraydose besprüht, einmal wurden die Reifen aufgestochen, und einmal hat jemand einen Ziegelstein durchs Fenster geworfen. Solche Dinge kommen vor … aber gleich einen schrecklichen Mord begehen? Nein.« Zajic sah zu Boden. »Ich kann nur wiederholen, was ich Ihnen und auch der Kripo bereits vor Monaten erzählt habe. Wir haben vor Hanas Tod weder Drohbriefe noch störende Telefonanrufe erhalten, und glauben Sie mir, es vergeht kein Tag, an dem ich mir nicht das Hirn zermartere, wer sie getötet haben könnte. Ich glaube nicht, dass Hana ihren Mörder kannte, sonst hätte er ihr nicht den …« Er verstummte, wandte ihnen den Rücken zu und starrte aus dem Fenster.

Den Kopf abgeschnitten.

Hogart warf Ivona einen vielsagenden Blick zu. Das Ganze brachte sie nicht weiter. Solange Zajic keine Namen oder verdächtige Vorfälle nannte, drehten sie sich im Kreis. Doch Hogart glaubte bereits gefunden zu haben, wonach er gesucht hatte. Allerdings war da noch eine Kleinigkeit.

Er trat neben Zajic. »Danke für die Zeit, die Sie sich genommen haben. Frau Markovic hat Ihre Kontaktdaten natürlich schon, aber wären Sie noch so freundlich, auch mir Ihre Telefonnummer zu geben, damit ich Sie erreichen kann, falls sich Neuigkeiten ergeben?«

»Selbstverständlich.« Bevor Zajic seiner Brieftasche eine Visitenkarte entnehmen konnte, brachte Hogart einen Kugelschreiber und den Folder der Oktavian-Ausstellung zum Vorschein. »Vielleicht schreiben Sie es besser hierauf. Es muss ja nicht jeder von der direkten Verbindung zu Ihnen erfahren.«

Zajic nickte. Ohne seinen Namen zu notieren, schrieb er eine Handynummer auf den Prospekt.

»Vielen Dank.« Hogart reichte Zajic zum Abschied die Hand. »Wir finden selbst hinaus.«

Hogart und Ivona standen windgeschützt unter dem Torbogen des Altbaus und starrten in die Fußgängerzone. Der Regen hatte zugenommen, Wasser plätscherte zu ihren Füßen den Rinnstein entlang. Bis auf einige Menschen, die mit Regenschirmen an ihnen vorüberliefen, war die Gasse komplett verlassen.

»Was sollte das mit der Telefonnummer?«, fragte Ivona.

»Ich wollte herausfinden, ob er Linkshänder ist.«

»Ist er nicht, das hätte ich Ihnen sagen können.« Ivona sah ihn an. »Sie mögen Zajic nicht besonders, stimmt's?«

»Ich mag niemanden, der selbst trinkt und seinen Gästen nichts anbietet.«

Sie schmunzelte. »Das ist wahr. Kommen Sie, ich lade Sie auf einen Kaffee ein. Dort vorne auf dem Platz ist ein Lokal.«

»Gute Idee. Aber solange Sie noch kein Geld von Ihrer Versicherung erhalten haben, lassen Sie sich auf Kosten meines Auftraggebers einladen, einverstanden?«

»Abgemacht.« Ivona zog sich die Jacke über den Kopf und lief in den Regen hinaus.

Durchnässt saßen sie in einer Cafeteria bei einer Tasse Cappuccino und schwarzem Kaffee. Ivona rubbelte sich das Haar mit den Händen trocken.

»Tolle Fri…«

Sie stoppte ihn mit erhobenem Zeigefinger. »Kein Wort über meine Frisur!«

»Ich hätte nichts Schlimmes gesagt.«

»Darauf wollen wir es lieber nicht ankommen lassen.« Sie deutete über den Platz zur St.-Niklas-Kirche. »Soviel ich weiß, kostet der Eintritt für Erwachsene dreißig Kronen pro Person. Haben Sie Lust, den Katakomben einen Besuch abzustatten?«

»Ich bekomme Hüft- und Rückenschmerzen, sobald ich in den kalten Hallen einer Kirche herumschleiche.«

»Psychosomatisch?«

»Möglich.« Hogart warf ihr einen warnenden Blick zu. Er hasste es, analysiert zu werden.

»Sie versäumen das Deckenfresko, die Malereien und Statuen. Außerdem ist die Kirche für ihre Akustik berühmt. Mozart spielte bei seinen Pragaufenthalten häufig auf der dortigen Orgel – ein Landsmann von Ihnen.«

»Ach, wie interessant …« Er beugte sich über den Tisch. »Kannten Sie Micha schon vorher?«

»Zajics Sohn? Ich bin ihm heute zum ersten Mal begegnet.«

»Ist Ihnen sein rechter Fuß aufgefallen?«

Sie sah ihn skeptisch an. »Natürlich.«

»Wollen Sie Novacek davon erzählen?«

»Noch nicht. Solange wir keine handfesten Beweise haben, wird er sich durch jeden weiteren Anruf von uns belästigt fühlen. Und irgendwann hört er uns nicht mehr zu.«

Hogart rührte gedankenverloren in seinem Kaffee. »Ich weiß, wer Ihr Haus angezündet und auf mich geschossen hat.«

Sie ließ die Tasse sinken, die sie gerade an die Lippen gehoben hatte.

»In jener Nacht, als ich auf der Kampa-Halbinsel zu Ihrem Haus ging, wurde ich von einem ziemlich heruntergekommenen Jugendlichen verfolgt.«

»Daran können Sie sich noch erinnern?«

»Er hinkte und trug eine Stahlrahmenbrille, die mir sofort auffiel. Sonst konnte ich von seinem Gesicht nichts erkennen, da es von einer Kapuze verdeckt wurde.«

»Wie sicher sind Sie?«

»Mein Gefühl sagt mir, dass Micha einer der beiden Killer ist, die wir suchen. Ich würde gerne die Familienverhältnisse der Zajics näher unter die Lupe nehmen. Möglicherweise haben die Morde mehr mit Dr. Zajic zu tun, als wir bisher glaubten.«

An Ivonas Blick sah er, dass diese Idee sie nicht gerade begeisterte. »Warum glauben Sie das?«, fragte sie schließlich.

»Zunächst arbeitet Zajic in der deutschen Botschaft, und die Killer verwenden Abkürzungen deutscher Begriffe. Bei der ersten Leiche handelt es sich um seine Frau, und gerade dieses Opfer fällt aus der Reihe. Außerdem steht ein Schachspiel in seinem Vorraum.«

»Das ist alles? Merken Sie nicht selbst, wie lächerlich diese Anschuldigungen klingen? Das sind nicht einmal Indizien!«

»Möglicherweise hat Zajic Sie gar nicht engagiert, um den Mörder zu fassen, sondern um ständig darüber informiert zu sein, wie weit die Kripo mit ihren Ermittlungen ist und ob jemand das Schachmuster geknackt hat. Haben Sie darüber schon mal nachgedacht?«

»Das ist paranoid!«

»Denken Sie an die Wanze in Ihrem Wohnzimmer!«, mahnte Hogart.

Ivona verfiel in Schweigen.

Er beugte sich vor. »Selbst wenn Zajic nicht der Mörder ist, könnte sich der Killer doch in seinem Umfeld bewegen«, sagte er. »Erinnern Sie sich an Michas Stahlrahmenbrille und den Klumpfuß! Wir benötigen sämtliche Informationen über Zajic und seinen Sohn. Könnte nicht Novacek uns die besorgen?«

»Über einen Botschaftsangestellten?«, platzte Ivona heraus. »Keine Chance! Viel zu heikel. Außerdem kommt nicht einmal er an die Daten ran.«

Sie begann mit nachdenklichem Blick an der Keksbeilage ihres Cappuccinos zu knabbern.

»Denken Sie an Michas Klumpfuß«, bohrte Hogart nach.

»Nasrat!«, fluchte sie plötzlich und griff zum Handy. »Es gibt nur einen, der uns diese Information beschaffen kann.«

»Und dieser Jemand wäre?«

»Dreimal dürfen Sie raten: Vladimir Greco.«

11. KAPITEL

Kurz vor sechs Uhr abends ließ der Regen endlich nach. Hogart und Ivona standen unter dem Baldachin eines Kaffeehauses, direkt vor dem Alten Rathaus, wo sie auf Greco warteten. Jedes Mal wenn sich die Schwingtür des Cafés öffnete, drangen Gemurmel und ein von gedämpfter Musik begleiteter Kaffeegeruch heraus. Wenige Minuten später flackerten entlang der Häuserzeile die Straßenlaternen auf. Plötzlich waren sie von surrender Elektrizität umgeben.

Hogart trat unter dem Dachvorsprung hervor und streckte das Kreuz durch. Das Warten, das lange Stehen und die Feuchtigkeit, die ihm durch die Kleider bis in die Knochen kroch, bescherten ihm seine gewohnten Rückenschmerzen.

»Vergessen wir es, er wird nicht kommen.« Er drehte den Kopf und blickte die Fußgängerzone hinauf und hinunter.

»Abwarten … noch ist es nicht sechs.« Ivona ging auf und ab, um sich warm zu halten. »Dort oben sehen Sie übrigens das Original jener Uhr, von der ich Ihnen erzählt habe.« Die Hände in den Taschen und den Reißverschluss des Parkas bis zum Kinn zugezogen deutete sie mit einem Nicken zur gegenüberliegenden Häuserfront.

Das gotische Eckhaus mit den Knorpelornamenten und den verwaschenen Ziegelsteinen sah aus, als gehörte es zu einer mittelalterlichen Burg. An der Front des Rathausturms prangte die gewaltige Astronomische Uhr. Das merkwürdige Zifferblatt zeigte die Tierkreiszeichen und den Lauf von

Sonne und Mond. Darunter befand sich eine nicht minder protzige Scheibe aus Gold: das Kalendarium. Alles wirkte mehr als kitschig, als hätten die Prager Alchimisten beweisen wollen, tatsächlich Metall in Gold verwandelt zu haben.

»Was für ein Zufall, dass wir uns ausgerechnet hier mit Greco treffen sollen«, sinnierte Hogart. »Wo doch sein Aupairmädchen ermordet auf dem Viteznepplatz unter der Nachbildung jener Uhr gefunden wurde.«

»Da ist er!«

Durch den Nieselregen schritt gemächlich eine Gestalt über den Platz auf sie zu. Vladimir Greco trug schwarze Lederhandschuhe und einen eng taillierten braunen Steppmantel, wodurch Brustkorb und Schultern des Mannes noch mächtiger wirkten. An der Hand führte er seine Tochter, deren blonde Zöpfe unter einer Strickmütze hervorschauten.

»Halo.« Ivona küsste Greco auf die Wange. Während sie sich bückte, um Anna die Hand zu reichen, standen sich Hogart und Greco für einen Augenblick wortlos gegenüber.

»Spricht Ihre Tochter Deutsch?«, fragte Hogart.

»Nein, wir können uns zwanglos unterhalten«, antwortete Greco mit seinem abgehackten Akzent. Er versprühte nicht gerade Freude darüber, Hogart wiederzusehen.

»Ich habe erst jetzt vom Tod Ihres Kindermädchens erfahren … Es tut mir leid«, sagte Hogart.

Greco überhörte es, als interessierte ihn Hogarts Anteilnahme nicht im Geringsten. Stattdessen lenkte er Hogarts Aufmerksamkeit auf die Astronomische Uhr. »Dahinter steckt ein auf der ganzen Welt einmaliges Uhrwerk. Jede volle Stunde wird ein komplizierter Mechanismus in Bewegung gesetzt. In der winzigen Fensteröffnung ziehen die zwölf Jünger vorbei, gefolgt von Jesus Christus.«

Hogart wurde aus dem Mann nicht schlau. Greco hatte diesen Platz sicher nicht als Treffpunkt ausgewählt, um eine Anspielung auf Oktavians Ölgemälde von den zwölf Aposteln anzubringen.

»Als vorletzte Figur tritt Judas in Erscheinung – *der Verräter* …« Die beiden letzten Worte sprach Greco betont langsam. Hogart wusste, wie er die Anspielung verstehen sollte. Greco trat näher, um ihm den Arm um die Schulter zu legen.

Ivonas Augen weiteten sich. »Vladimir, ich bitte dich … tu es nicht!«

Greco brachte sie mit einer Handbewegung zum Schweigen. »Ich unterhalte mich nur mit deinem Freund. Wo waren wir stehengeblieben?« Er wandte sich wieder an Hogart. »Ah ja, der Verräter. Am Schluss der Vorführung kräht ein Hahn über den Aposteln. Auch Petrus beging dreimal Verrat an Jesus – ein schönes Sinnbild, nicht wahr?« Ohne den Arm wegzunehmen, ging Greco ein paar Schritte mit Hogart. »Eine Legende erzählt, dass Meister Hanus, der die Astronomische Uhr anfertigte, zunächst gefeiert wurde. Doch nach der Fertigstellung ließ man ihn mit einem glühenden Schwert blenden, damit er keinen Verrat begehen und eine zweite, ähnliche Konstruktion für eine andere Stadt erschaffen konnte.«

»Hören Sie, mir tut leid, was passiert ist …«, wiederholte Hogart.

»Sie haben keine Ahnung, was passiert ist«, zischte Greco gefährlich leise. Schlagartig war sein gespielt leutseliger Ton verschwunden. »Nachdem Sie mir die Kripo ins Haus geschickt haben, weil ich Sie angeblich erschießen lassen wollte, müsste ich Ihnen beide Beine brechen lassen.«

»Papa!« Anna sah ihren Vater entsetzt an.

»Dobra!«, beschwichtigte Greco sie. Mit ruhiger Stimme fuhr er fort. »Damit Sie es wissen – falls ich Sie tot sehen wollte, wären Sie es in diesem Augenblick bereits. Nichts liegt mir ferner, als Ihnen zu helfen, aber ...« Endlich nahm er den Arm von Hogarts Schulter. »... aber irgendein Scheißkerl hat Nadine den Kopf abgeschnitten. Außerdem hat er Ivonas Haus in Schutt und Asche gelegt, und das Wohlergehen dieser Frau hier liegt mir nun mal am Herzen. Mit dem, was ich Ihnen jetzt geben werde, helfe ich nicht Ihnen, sondern nur Ivona, damit das klar ist.«

»Ihre Beweggründe interessieren mich nicht«, sagte Hogart mit trockener Kehle. »Ich möchte bloß den Mörder meiner Kollegin finden – das ist alles.«

Greco bedachte ihn mit einem durchdringenden Blick. »Wie geht es Ihrer Schulter?«

»Die kommt in Ordnung.«

Greco nickte. Für einen Augenblick hatte Hogart das Gefühl, dass ihn etwas mit Greco verband, auch wenn es nur die gemeinsame Jagd nach einem Mörder war, die aus unterschiedlichen Interessen geführt wurde.

Greco knöpfte den Mantel auf, um einen braunen Umschlag hervorzuholen. Bevor er das Kuvert aus der Hand gab, sah er Ivona eindringlich an. »Das ändert nichts an unserer Abmachung, ist das klar?«

Ivona nickte.

»Welche Abmachung?«, fragte Hogart.

Ivona schwieg.

Greco sah sie verwundert an. »Dein Freund weiß doch hoffentlich Bescheid?« Er machte einen Schritt auf Hogart zu. »Ich tue nichts ohne Gegenleistung«, erklärte er. »Wenn ihr den Hurensohn findet, der Nadine getötet hat, erfahre ich als Erster davon – noch bevor die Polizei seinen Namen kennt. Das ist die Abmachung.«

Das würde einen kaltblütigen Mord zur Folge haben. Hogarts Blick streifte Ivona. Ihr Gesichtsausdruck besagte, dass es in Prag üblich war, solche Deals abzuschließen.

»Aber falls wir Sie nicht erreichen …«

»Falls Sie mich nicht erreichen, wenden Sie sich an Dimitri!«, unterbrach Greco ihn. »Ivona hat seine Nummer.«

Hogart schluckte.

»Sie zögern?«, fragte Greco erstaunt. Er war knapp davor, den Umschlag wieder in seiner Manteltasche verschwinden zu lassen.

»Haben Sie Ihr Kindermädchen geliebt?«, fragte Hogart.

»Ich mochte sie, aber Anna hat sie geliebt …« Greco strich seiner Tochter über das Haar. »… und jemand anders ebenfalls.« Er fixierte Hogart. »Nun, wie sieht es aus?«

Auch wenn es sich um einen kaltblütigen Serienkiller handelte, den er ausliefern sollte, ging es hier um Selbstjustiz … um einen nicht minder brutalen Mord. Hogart wusste, dass er für dieses Zugeständnis in der Hölle brennen würde. Trotzdem nickte er. »Einverstanden.«

»In Ordnung.« Greco reichte ihm den Umschlag.

Hogart wollte das Kuvert sogleich öffnen, doch Greco legte ihm die mächtige Pranke auf die Hand.

»Nicht jetzt! Warten Sie, bis ich mit meiner Tochter fort bin.«

Ivona trat zu ihnen. »Was befindet sich darin?«

»Die Unterlagen über Zajic, die du wolltest. Vor allem Dokumente aus dem Bulovka-Krankenhaus. Damit es kein Missverständnis gibt: Von mir hast du diese Papiere nicht, denn offiziell existieren sie gar nicht. Sie liegen auch nicht dem Jugendamt oder der Kripo vor. Damit stichst du in ein Wespennest.«

Ein flaues Gefühl machte sich in Hogarts Magen breit. Was hatte Dr. Zajic mit dem Krankenhaus oder dem Jugendamt zu tun?

Nach einem kurzen Blick auf seine Tochter sprach Greco weiter. »Manchmal hat er ihn so stark vergewaltigt, dass er tagelang im Krankenhaus lag. Es waren immer wieder die gleichen Ärzte daran beteiligt. Sie hielten die Hand auf und haben dann alles vertuscht.«

Ivona runzelte die Stirn. »Von wem sprichst du?«

»Von wem ich spreche?«, echote Greco. »Von Dr. Zajic und seinem Sohn Micha! Ich dachte, das wüsstest du.«

Hogart war wie vor den Kopf gestoßen. Nur um sicherzugehen, fragte er nach: »Wir reden hier über Dr. Jaroslav Zajic, den Sozialreferenten der deutschen Botschaft?«

»Ich sagte ja, Sie stechen in ein Wespennest, und falls Sie es ausräuchern wollen, wird Ihnen niemand helfen.«

»Woher stammen diese Unterlagen?«, hakte Hogart nach.

Greco kniff die Augen zusammen. »Sie trauen mir nicht?«

»Ich möchte nur wissen, woher die Unterlagen stammen. Möglicherweise führen sie dazu, dass wir Ihnen einen Mann ans Messer liefern.«

Greco nickte. »Nur so viel: von einem ehemaligen Arzt aus dem Bulovka. Er wollte die Geschichte vor Jahren auffliegen lassen, doch Zajic ließ ihn denunzieren. Zajic arbeitete damals als Rechtsreferendar und kannte die richtigen Leute im Ministerium. Mehr kann ich Ihnen nicht sagen.« Damit war das Gespräch für Greco beendet. Er nahm Ivona am Arm, führte sie einige Meter zur Seite und sprach eindringlich auf sie ein.

Hogart hörte nur tschechisches Geraune. Offenbar ging es um ihn, denn Ivona warf ihm einen kurzen Blick aus den Augenwinkeln zu, sah aber rasch wieder weg. Er verstand nur einen einzigen Namen, der ihm allerdings einen Schauder über den Rücken jagte: *Jasmine Salzmann.*

Scheiße! Hastig steckte er sich eine Zigarette an. Mittlerweile schien in Prag jeder bestens über ihn Bescheid zu wissen, und es war verdammt noch mal nicht gut, wenn nun auch Greco diese alte Geschichte aufwärmte. Er hatte schließlich selbst schon genug damit zu tun, sich von der Vergangenheit nicht fertigmachen zu lassen.

Hogart schnippte eben die Asche von seiner Zigarette, als die beiden wieder zu ihm kamen.

»Ivona, wartet hier. Zum Abschied werdet ihr noch etwas bekommen. *Dobry den.*« Greco nahm seine Tochter an der Hand, wandte sich ab und ging mit ihr die Straße hinunter.

Hogart und Ivona sahen ihm hinterher, bis er in einer Seitengasse verschwand.

»Wir sollen etwas bekommen? Wovon zum Teufel hat er gesprochen?«

Ivona schien es ebenso wenig zu wissen, doch als ihre Blicke sich für einen Moment kreuzten, merkte Hogart, dass ihr etwas völlig anderes durch den Kopf ging: Sie wusste über Jasmine Salzmann, den Jungen und die Fahrerflucht Bescheid, und nun betrachtete Ivona ihn ernst und zugleich eine Spur misstrauisch. *Nein, Misstrauen ist es nicht.* Viel eher musterte sie ihn mit einer gewissen Enttäuschung, als wüsste sie nicht, ob er wirklich der war, für den sie ihn gehalten hatte.

Beinahe hätte Hogart ihre Hände ergriffen. *Du kannst mir*

trauen! Der Fall Salzmann war ein Unfall gewesen – ein blöder Zufall, der sich nicht wiederholen würde!

Während sie unentschlossen im Lichtkegel der Straßenlaterne standen, bemerkte Hogart, wie ein kleiner drahtiger Mann aus der Dunkelheit einer Häusernische auf sie zutrat. Dimitri, Grecos Schläger! Der blonde Dandy mit dem Halstuch im Hemdausschnitt war die ganze Zeit über da gewesen, und Hogart hatte ihn nicht einmal bemerkt. Nun kam er auf sie zu, mit einem in braunes Packpapier eingewickelten Paket unter dem Arm, das er Ivona reichte.

»Pass auf dich auf.« Mehr sagte er nicht, ehe er in der Menschenmenge verschwand, die soeben aus dem Kaffeehaus strömte, um sich das Glockenspiel zur vollen Stunde anzusehen. Die Rathausuhr begann sechs zu schlagen.

»Was immer sich darin befindet, wir sollten es nicht hier öffnen«, rief Hogart.

Trotzdem löste Ivona das Packpapier, um hineinzuspähen. Hogart sah das Glänzen zweier identischer chromfarbener Gegenstände mit schwarzen Griffen.

Er trat näher. »Ist es das, wofür ich es halte?«

Ivona wickelte das Papier weiter auf, um es dann umso rascher wieder zu schließen.

»Ich schätze, eine Glock 17 für Sie und eine für mich.«

Sie verschwanden rasch aus der Fußgängerzone und setzten sich in Hogarts Wagen, der in einer Seitengasse parkte. Die beiden Pistolen mit neuen Griffschalen und weggeschliffener Registriernummer lagen mit je einem Holster und einem Magazin im Kofferraum.

Die Innenbeleuchtung des Wagens fiel auf den Packen Dokumente, den Ivona aus dem Kuvert zog. Neben Unfallprotokollen, ärztlichen Befunden, einigen Privatrechnungen für medizinische Leistungen, Fotos und Karteiblättern aus dem Krankenhaus fanden sie auch das Gutachten einer psychiatrischen Anstalt.

Hogart konnte es nicht fassen. Um das alles über einen so langen Zeitraum unter Verschluss zu halten, waren bestimmt eine Handvoll Leute jahrelang geschmiert worden – und zwar äußerst großzügig.

Je mehr er las, desto größer wurde die Kälte in seinem Magen. Den Unterlagen zufolge war Micha vor dreiunddreißig Jahren, am 31. Januar, in Kladno geboren worden. Die Zajics lebten eine Zeit lang in Berlin und übersiedelten später nach Prag. Der erste Fall von Missbrauch geschah bereits, als Micha erst fünf Jahre alt war. Wie oft sich die Vergewaltigungen anschließend wiederholten, ließ sich aufgrund der Unterlagen nur erahnen, jedenfalls wurde der Junge bis zu seinem zwölften Lebensjahr mehrmals mit schweren inneren Verletzungen ins Krankenhaus eingeliefert. Danach kam Micha wegen Kopfschmerzen, Bettnässen, Essstörungen, zeitweiliger Amnesie und mangelhafter schulischer Leistungen in psychotherapeutische Behandlung. Er stotterte, wurde unansprechbar, zunehmend depressiv und verstümmelte sich schließlich mit einem Bleistift selbst, was zu seiner Einweisung in die Kinderpsychiatrie führte. Fünf Jahre später gelang es seinem Vater, ihn aus der Anstalt zu sich ins Elternhaus zu holen, wo er seither unter der häuslichen Pflege der Mutter und einer Haushälterin lebte.

»Dieser Bastard hat seinen Sohn wieder zu sich nach Hause geholt!« Ivona starrte mit angewidertem Gesicht auf die Kopien der Karteiblätter. »Und dieses Schwein hat mich engagiert, ihm zu helfen!«

Hogart dachte an Micha, den schweigsamen Jungen mit den smaragdgrünen Augen, den femininen Bewegungen und dem Klumpfuß. Er sah den schwächlichen jungen Mann im Geiste vor sich, wie er sich Gesicht und Hände zerkratzte, büschelweise Haare ausriss und im Alter von zwölf Jahren versuchte, sich auf der Toilette mit einem Bleistift umzubringen. Welche Qualen musste der Junge in seiner Kindheit ausgestanden haben? Welche Todesangst musste ihn ständig begleitet haben? Hogart konnte sich nicht einmal annähernd in die seelische Verfassung des Jungen hineinversetzen. Abgesehen von der Scheidung seiner Eltern war Hogart in einem nach außen hin intakten familiären Umfeld aufgewachsen. Doch für Micha war anscheinend nie jemand zur Stelle gewesen, der ihm irgendwann einmal geholfen hätte. Unwillkürlich erinnerte sich Hogart an die Schallplattenmelodie, die Zajic bei ihrem Besuch so brutal abgewürgt hatte. Ihm fielen die Worte des Sozialreferenten ein. *Micha ist krank.* Ein Gefühl von Mitleid überwältigte ihn, dann packte ihn plötzlich maßloser Hass auf den Botschaftsangestellten, der nicht nur eine Kinderseele zerstört, sondern die Wunden immer wieder aufgerissen hatte, sodass sie nie auch nur ansatzweise verheilen konnten. Jahrelanger Missbrauch, eine gesamte Kindheit hindurch, und noch dazu durch den eigenen Vater! Es war unvorstellbar! Und Dr. Zajic, dieser Mistkerl, glaubte, mit Geld alles hinbiegen zu können.

Erst jetzt bemerkte er, dass Ivona auf die Fotos starrte und den Türgriff immer fester umklammerte, bis ihre Hand zu zittern begann und sie die Finger wieder löste.

»Eine schöne Scheiße, die wir da aufwühlen.« Er sammelte die Fotos ein.

»Solchen Schweinen müsste man den Schwanz abschneiden«, presste sie mit tonloser Stimme hervor.

Hogart starrte sie an. Ihre Reaktion erweckte den Eindruck, als wäre sie schon häufiger mit Fällen dieser Art konfrontiert worden.

Sie schloss die Augen und atmete tief durch. »Entspann dich«, ermahnte sie sich selbst. Als sie sich gefangen hatte, reichte sie ihm die Kopien der Protokolle. Bei der flüchtigen Berührung fühlte er die Kälte ihrer Hände.

»Können wir davon ausgehen, dass diese Unterlagen nicht gefälscht wurden?«, fragte er.

»Greco ist genauso wie wir daran interessiert, den Mörder der Frauen zu fassen«, antwortete sie, ohne zu zögern. »Er würde uns keine erfundenen Anschuldigungen unterjubeln.«

Hogart dachte an dic Waffen im Kofferraum. »Wir müssen sichergehen, bevor wir überstürzt handeln. Zajic erwähnte einen zweiten Sohn – diesen missratenen Jungen. Wir sollten Roman Zajic, Michas Bruder, besuchen.«

Wie jeder Privatdetektiv, so verfügte auch Ivona über ihre ganz eigenen Quellen. Während sie eine Anzahl von Telefonaten führte, drehte Hogart unzählige Runden um das Auto und rauchte dabei eine Zigarette nach der anderen. Gerade als er seine dritte Kippe auf dem Asphalt zertrat und sich fragte, warum die Gespräche so lange dauerten, kurbelte Ivona aufgeregt die Fensterscheibe hinunter. Sie hatte mit der Frau eines ehemaligen Schulfreundes gesprochen, die auf dem Finanzamt arbeitete und rund um die Uhr Zugang zum Online-Datenarchiv besaß. Nach einer längeren Suche hatte sie endlich Romans Adresse und Telefonnummer herausgefunden. Er hieß mit Nachnamen gar nicht Zajic, sondern

Kosice, da er den Namen seiner Frau angenommen hatte. Der mittlerweile siebenunddreißigjährige Mann wohnte mit seiner Familie in Prag, war aber an diesem Abend nicht zu Hause. Während im Hintergrund Kinder schrien, hatte seine Frau am Telefon erklärt, dass er in der Ziegelfabrik arbeite und seine Schicht erst nach Mitternacht enden werde.

Kaum hatte Ivona ihren Bericht beendet, saß Hogart bereits hinter dem Lenkrad, startete den Wagen und ließ sich von ihr den Weg zum Ziegelwerk beschreiben.

Die *Ziegelböhm,* wie die Fabrik im Volksmund genannt wurde, lag ziemlich entlegen im östlichen Teil von Prag, wo einst der Lehm für die Ziegelerzeugung gewonnen worden war. Entlang von unkrautüberwucherten Eisenbahngleisen, die früher einmal dem Werksverkehr gedient hatten, gelangten sie zu dem Fabrikgelände. Zwischen einem künstlich angelegten Löschteich und einer Reihe von Blechbaracken befand sich der Firmenparkplatz. Angesichts der schäbigen Rostlauben, die hier standen, ließ sich an zwei Fingern abzählen, wie miserabel die Schichtarbeiter in der *Ziegelböhm* verdienten.

Die Fabrik lag hinter einem Zaun. In der leeren Portierloge brannte zwar Licht, aber der Diensthabende stand einige Meter entfernt vor einer Heckenreihe und kehrte ihnen den Rücken zu. Während er in die Büsche pinkelte, schlüpften Hogart und Ivona unter dem Schlagbaum durch. Je näher sie der Halle kamen, desto schlimmer roch es nach gebranntem Lehm. Eine intensive Hitze schlug ihnen entgegen, so als glühte die gesamte Fabrik wie ein Hochofen. Das bestimmt schon über hundert Jahre alte Gebäude aus roten Backsteinen mit den vergitterten Fenstern erinnerte Hogart an eine Haftanstalt aus den Tagen der Monarchie. Drei Schlote spien schwarzen Rauch, der sich vor den Wolken verlor. In großen, zum Teil abgeblätterten Ziffern prangte die Jahreszahl 1894 über dem Eingangstor. Durch das Wellblech drangen das Hämmern von Maschinen und das Rasseln von Förderbändern. Soeben läutete das Röhren einer Hupe zur Pause – um Punkt neun Uhr abends.

Als Ivona und Hogart die Fabrik betraten, stieg der Lärmpegel auf das Dreifache. Auch war es hier drinnen deutlich heißer als vor dem Tor. Eine rote Staubschicht auf dem Boden verband sich mit dem Regenwasser, das durch eine undichte Stelle im Dach tropfte, zu einem zähen Schlick. Ivona weigerte sich weiterzugehen. Aus einem Seitentrakt kam ihnen ein Arbeiter im grauen Overall entgegen, der ein Wägelchen mit Ersatzteilen vor sich herschob. Als Ivona ihn um ein kurzes Gespräch mit Roman Kosice bat, musterte der Mann sie skeptisch. Schließlich ließ er seinen Handwagen wortlos stehen und verschwand zwischen einigen ausrangierten Gabelstaplern.

Während sie nur darauf hoffen konnten, dass der Mann wirklich mit Roman wiederkehren würde, sah Hogart sich um. Es war beängstigend, in welchem Loch Michas Bruder schuften musste, um seine Familie zu ernähren, während Micha die Tage in scheinbarem Luxus in seinem Elternhaus am Altstädter Ring verbrachte.

Der Arbeiter tauchte wieder auf und fuhr ohne Kommentar mit seinem Handwagen davon. Etwa fünf Minuten später kam ihnen ein großer Mann mit dichten schwarzen Locken entgegen, der eine dreckige Latzhose und derbe, mit Stahlkappen verstärkte Arbeitsschuhe trug. Er zog sich die Handschuhe aus und wischte sich mit dem Hemdsärmel über die schweißnasse Stirn, wo ein dunkelroter Streifen zurückblieb.

Hogart erkannte Michas Bruder von dem Foto, das Dr. Zajic ihnen gezeigt hatte. Roman besaß immer noch seine unverwechselbaren kantigen Gesichtszüge und den ernsten Blick, den er schon als Jugendlicher gehabt hatte. Hogart fragte sich, wie er reagieren würde, wenn Ivona die schweren Anschuldigungen gegen seine Familie zur Sprache brachte. Er traute dem Mann zu, dass er sie beide hochkant aus der Fabrik warf.

Ivona reichte Roman Kosice die Hand, sprach zu ihm auf Tschechisch und erwähnte dabei das Telefonat mit seiner Frau. Sie stellte Hogart als Wiener Versicherungsdetektiv vor, worauf Roman die Augenbrauen hob. Prompt sagte er auf Deutsch: »In diesem Werk arbeiten hundertzwanzig Männer im Schichtbetrieb. Meine Zeit ist knapp, ich muss zum Ofen. Was wollen Sie?«

Hogart sah den Mann verwundert an. »Sie sprechen deutsch?«

»Was bleibt einem anderes übrig, wenn man der Sohn von Dr. Zajic ist?« Roman spie den Namen seines Vaters förmlich aus. »Ob man will oder nicht, man wächst zweisprachig auf.« Roman stopfte die Handschuhe in die Hosentasche. »Sind Sie wegen meines Alten hier?«

»Wir untersuchen die Mordserie, die seit Februar anhält.«

»Der Samttuchmörder, ich weiß. Sind Sie von der Polizei?«

»Ich bin Privatdetektivin«, antwortete Ivona. »Ihr Vater hat mich engagiert, um in den Mordfällen zu ermitteln. Der Tod Ihrer Mutter tut uns leid, wir …«

»Der braucht Ihnen nicht leidzutun. Jeder bekommt das, was er verdient.« Roman strich sich übers Kinn. »Hat Sie mein Vater zu mir geschickt?«

»Nein.«

»Weiß er, dass Sie hier sind?«

»Nein«, sagte Ivona abermals. »Aber wir möchten mit Ihnen über ihn sprechen.«

Roman warf einen Blick auf die Werksuhr. Sie zeigte zehn Minuten nach neun. »Kommen Sie, wir gehen in die Kantine. Dort können wir ungestört reden.«

Die sogenannte Kantine war ein gewöhnlicher Aufenthaltsraum mit Holzbänken an einem langen Tisch, Blechschränken, die den Arbeitern wohl als Spind dienten, und einem Kaffeeautomaten. Volle Aschenbecher, aus denen teilweise noch der Zigarettenqualm aufstieg, stapelten sich im Handwaschbecken. In einem offenen Spind stand eine leere Bierkiste, an der Innenseite hing ein vergilbter Pin-up-Kalender.

Während Hogart drei Kaffee aus dem Automaten holte, setzten sich Roman und Ivona an den Tisch. Der Tscheche zündete sich eine Zigarette an. »Haben Sie meinen Bruder gesehen?«

Ivona nickte.

»Erzählen Sie! Wie geht es ihm? Ist er immer noch so blass und dünn?«

»Wir haben das Haus Ihres Vaters besucht. Micha saß im Salon auf einer Couch und hörte klassische Musik, mehr kann ich Ihnen nicht sagen.«

Roman nickte. »Bestimmt wieder so eine verstaubte Platte. Micha liebt diese alten … eh …« Roman schnippte mit den Fingern.

»Kamellen.« Hogart setzte sich zu den beiden an den Tisch und verteilte die dampfenden Becher.

»Genau, danke.«

Roman war aus völlig anderem Holz geschnitzt als sein

jüngerer Bruder. Hogart wäre nie auf die Idee gekommen, dass die beiden Männer Geschwister sein könnten. Außer den Eltern hatten sie nichts gemeinsam.

»Wir recherchieren einige … Vorfälle, zu denen es in Ihrer Familie gekommen sein soll.« Ivona zögerte, ihre Stimme wurde leiser. »Anscheinend gibt es Gerüchte, dass Micha von Ihrem Vater missbraucht worden ist.« Hastig fügte sie hinzu: »Noch wissen wir nicht, ob das etwas mit den Mordfällen zu tun haben könnte, aber …«

»Das sind keine Gerüchte!«, unterbrach Roman sie. Er starrte dem Zigarettenqualm hinterher. Mit abwesendem Blick sprach er weiter. »Der Alte hat es jahrelang getan, immer und immer wieder. Was damals passierte, verfolgt mich nach all den Jahren noch immer. Ich sehe das Schwein vor mir, wie er Micha an der Hand in sein Arbeitszimmer führt. Dann blieb die Tür für etwa eine Stunde versperrt. Manchmal hörte ich Micha, manchmal blieb er stumm, und manchmal hörte ich nur den Alten – das war am schlimmsten.«

»Wie oft kam das vor?«

»An jedem ersten Montag im Monat. Das war der freie Tag des Alten, an dem es im Büro weder Amts- noch Sprechstunden gab. Wir hatten panische Angst vor diesem Tag. Er war die ganze Zeit zu Hause … und irgendwann passierte es dann, manchmal vor dem Mittagessen, manchmal am Nachmittag. Er sperrte sich mit Micha ein. Zunächst spielten sie ein Spiel. Falls Micha verlor, setzte es eine Tracht Prügel, und danach ging es ordentlich zur Sache. Der Alte nannte es *zulova struktura* …« Roman murmelte einen längeren Satz auf Tschechisch.

»Der Heulsuse Disziplin eintrichtern«, übersetzte Ivona knapp.

»Ja. Der Bengel müsse lernen, mit Anstand verlieren zu können.«

»Warum haben Sie nichts dagegen unternommen?«

Ivonas Frage riss Roman aus den Gedanken. Er sah sie direkt an. »Nichts dagegen unternommen?«, wiederholte er. »Als es begann, war ich acht, höchstens neun. Bis ich begriff, dass etwas Abnormales in Vaters Arbeitszimmer vor sich ging, war Micha bereits zu verschlossen. Er ließ niemanden mehr an sich heran. Als Kind hatte er damals schon Dinge erlebt, von denen ich erst Jahre später erfuhr, dass es sie überhaupt gibt ...«

»Wie ging es weiter?«

Roman blickte von Ivona zu Hogart, dann drückte er die Zigarette auf der Tischplatte aus. »Micha kam fünf Jahre in ein Heim für verhaltensgestörte Kinder. Kinderpsychiatrie! Doch dort glaubte kein Mensch, was die Kinder erzählten. Das meiste wurde als Wahnvorstellung abgetan. Vielleicht ist es heute anders, aber damals waren wir machtlos.« Er ließ den Deckel des Feuerzeugs auf- und zuschnappen, dann fixierte er Ivona. »Versuchen Sie mal, etwas gegen dieses Schwein zu unternehmen, wenn Ihnen keiner hilft. Der Alte war damals Rechtsreferendar an der deutschen Botschaft. Er betreute deutsche Untersuchungs- und Strafgefangene. Heute ist er als Leiter des Sozialreferats direkt dem deutschen Botschafter unterstellt. Diesem Mann kann man nichts anhaben.«

»Hätten Sie sich nicht Ihrer Mutter anvertrauen können?«, fragte Hogart.

»Machen Sie Witze? Meine Mutter *wusste* davon. Sie hat den Alten all die Jahre gedeckt. Die feine Dame hat nie etwas dagegen unternommen, nur ständig weggesehen – ja, das konnte sie gut. Sie gab ihm ein Alibi, sobald ich eine Anzeige gegen ihn in Betracht zog. Sie drohte mir sogar, mich aus dem Haus zu werfen, würde ich auch nur ein Wort zu jemandem sagen. Ihre verdammte heile Scheißwelt wäre zusammengebrochen. Egal was passiert wäre, sie hätte bis zum bitteren Ende zu dem Schwein gehalten. Die Schande, falls jemand etwas über diese schmutzigen Dinge erfahren hätte, fand sie schwerer zu ertragen als das, was ihr Mann ihrem eigenen Sohn antat.«

»Und hat er Sie …?« Hogart musste nicht weitersprechen.

»Mich hat das Schwein nie angefasst, falls Sie das meinen. Ich hätte ihm mit bloßen Händen das Genick gebrochen.«

»Wir müssen mit Ihrem Bruder sprechen«, betonte Ivona. »Wie ließe sich das einrichten, ohne dass Ihr Vater davon erfährt?«

»Das wird schwierig.«

»Während Ihr Vater in der Botschaft ist, könnten wir etwas arrangieren«, schlug Hogart vor.

Roman lächelte traurig. »Sie haben ein anderes Problem, das nichts mit dem Alten zu tun hat. Ich weiß nicht, womit er Micha all die Jahre gedroht hat, jedenfalls hat es ihn dazu gebracht, kein Wort darüber zu verlieren, was einmal im Monat in seinem Arbeitszimmer vorging.«

Ivona sah Roman verständnislos an.

»Micha spricht seit seinem zwölften Lebensjahr nicht mehr. Kein Wort. Er ist stumm.«

Unwillkürlich dachte Hogart an Michas Vorliebe für Stummfilme. Möglicherweise war sein Leben ebenso ausgeblendet und in farblose Grau-Schattierungen getaucht.

»Ich fürchte, nach Mutters Tod ist es noch schlimmer geworden.«

»Die Krankheit Ihres Bruders?«, fragte Ivona.

Nicht die Krankheit. Hogart kannte die Antwort, noch bevor Roman sie aussprach. Im gleichen Moment zog sich sein Magen zusammen, als hätte er einen rostigen Nagel verschluckt.

»Nein, die Vergewaltigungen. Sie haben nie aufgehört. Ich fürchte, seit Mutters Tod ist es schlimmer denn je. Ich darf gar nicht daran denken, sonst müsste ich dem alten Bock den Hals umdrehen.«

»Ist Micha Linkshänder?«, fragte Hogart einer Intuition folgend.

»Ja, wie kommen Sie darauf? Er wird Ihnen aber ebenso wenig etwas aufschreiben wie mit Ihnen reden. Soviel ich weiß, malt er bloß.«

Eine Weile lang sagte keiner etwas.

»Ist es das, was Sie hören wollten?«, fragte Roman schließlich.

Hogart nickte. Das also war das Wespennest, das Greco gemeint hatte. »Danke, dass Sie so offen mit uns gesprochen haben.«

»Sie sind seit Jahren die Ersten, mit denen ich darüber rede. Sagen Sie kein Wort zu meiner Frau, sie weiß nichts davon.« Roman erhob sich. »Ich hoffe, eines Tages bekommt das Schwein die fällige Rechnung präsentiert.«

»Wir werden etwas gegen ihn unternehmen«, versicherte Ivona ihm.

Roman reagierte nicht darauf, doch Hogart wurde hellhörig. Mittlerweile kannte er diese Frau gut genug, um zu wissen, dass sie keine leeren Versprechungen abgab – und genau diese Tendenz machte ihm inzwischen Sorgen.

Roman steckte das Feuerzeug in die Brusttasche. »Ich muss zurück zum Ofen.« Er reichte ihnen nicht die Hand.

»Ich habe noch eine Frage«, rief Hogart ihm nach.

Roman war schon im Türrahmen, als er sich umwandte.

»Sie erwähnten zuvor ein Spiel, das Ihr Vater mit Micha gespielt hat … welches war das?«

Roman musste nicht lange nachdenken. »Schach, mit großen selbstgebrannten Lehmfiguren.«

Während sie in der kühlen Nacht zum Parkplatz marschierten, gingen Hogart Dutzende Gedanken durch den Kopf. Eigentlich war er nach Prag geflogen, um herauszufinden, was mit Schelling passiert war, wo sich Oktavians dreizehn Gemälde befanden, wer hinter dem Versicherungsbetrug steckte und warum Schelling die Prager Polizei nicht in den Fall einschalten konnte. Stattdessen schlitterte er immer tiefer in die Jagd nach einem Serienmörder, grub in den Abgründen menschlicher Seelen und wühlte Dinge an die Oberfläche, die ihm Brechreiz und Magenschmerzen verursachten. Da er mit seinem eigentlichen Auftrag noch keinen Schritt weitergekommen war, würden ihn Kohlschmied und Rast morgen Abend nach Wien zurückholen – und spätestens am darauffolgenden Tag würde ein weiteres Opfer entführt, enthauptet und mit abgeschlagenen Händen in ein Tuch gewickelt werden. Micha würde weiterhin von seinem Vater vergewaltigt werden, und eines Tages würde Dr. Zajic Ivona fragen, was sie Neues herausgefunden hatte. Gebe Gott, dass sich dann keine Waffe in Ivonas Nähe befand!

»Jetzt ist mir klar, weshalb Roman den Nachnamen seiner Frau angenommen hat«, sagte Ivona.

Hogart antwortete nichts darauf.

»Was geht Ihnen durch den Kopf?«, fragte sie.

»Ich glaube, Micha ist unser Mörder.«

»Er ist zu lethargisch, außerdem ist er selbst ein Opfer. Ich fürchte, wir verrennen uns in eine Sackgasse.«

»Micha hat am 31. Jänner Geburtstag. Das erste Opfer, Hana Zajicova, seine Mutter, wurde am 1. Februar tot aufgefunden. Sie wurde also exakt an Michas dreiunddreißigstem Geburtstag ermordet. Er ist Linkshänder, demnach wäre er der Originalkiller und hätte nicht nur seine eigene Mutter, sondern auch all die anderen Frauen getötet.«

»Das hört sich nicht plausibel an«, widersprach Ivona. »Warum hat er nicht seinen Vater ermordet?«

»Den Grund dafür kenne ich noch nicht. Vermutlich, weil er seine Wut noch nicht auf das Objekt seiner Furcht richten kann. Manchmal braucht ein Täter drei oder vier Anläufe, bis er den Mut aufbringt, das zu tun, was er eigentlich will. Die Morde davor sind nichts weiter als ein langes Üben.«

»Sie glauben, unser Killer läuft erst noch zur Höchstform auf?«

Hogart schloss den Wagen auf. »In zwei Tagen wissen wir es.«

12. KAPITEL

Zum ersten Mal seit seiner Ankunft in Prag hatte Hogart tief und fest geschlafen, und ausgerechnet da weckte ihn das verdammte Handy schon kurz vor acht Uhr morgens. Durch die dünne Bordwand hörte er Ivonas Stimme. Nach ihrem Tonfall zu urteilen schien auch sie nicht begeistert. Soviel er mitbekam, war Vesely am Apparat.

Schlagartig war Hogart hellwach. Während Ivona in ihrer Kajüte telefonierte, setzte er frischen Kaffee auf. Endlich kam sie im Pyjama mit strubbeligen Haaren in die Kombüse. Ächzend bog sie den Rücken durch. »Das war Vesely«, murrte sie. »In etwa eineinhalb Stunden verlässt seine Frau das Haus, um einkaufen zu gehen. In der Zeit können wir uns mit ihm bei der Manesuvbrücke treffen.« Sie setzte sich zu Hogart an den Tisch.

»Sonst hat er nichts erzählt?«

»Er wollte nicht am Telefon über den Fall sprechen. Sobald Eugenie weg ist, macht er sich auf den Weg.« Sie zuckte die Achseln. »Er hält es für besser, wenn sie nicht weiß, dass er sich wegen der Mordfälle mit uns trifft.«

»Das klingt, als machte sie sich Sorgen um ihn.«

»Das klingt, als hätte *sie* zu Hause die Hosen an«, korrigierte Ivona ihn.

»Diesen Eindruck hatte ich nicht, als wir uns auf dem Friedhof getroffen haben.«

»Das täuscht. In Wahrheit hat sie ihren Mann ganz schön

an der Kandare, dabei könnte sie sich keinen besseren als Hieronymus wünschen.«

Hogart tischte Kaffee, Gebäck und Spiegeleier auf.

»Wer ist Jasmine Salzmann?«, fragte Ivona unvermittelt.

Augenblicklich hörte Hogart auf, in seiner Tasse zu rühren. Es schien, als hätte sich von einer Sekunde auf die andere eine Wand zwischen sie geschoben.

»Was hat Ihnen Greco gestern Abend über sie erzählt?«, fragte er zurück.

»Das ist unwichtig. Ich möchte es von Ihnen hören.« Diesmal klang es weniger scharf. »Bitte …«, fügte sie hinzu.

Er legte den Löffel weg und lehnte sich zurück. »Jasmine Salzmann war vierzehn Jahre alt, die Tochter eines Musikprofessors, überdurchschnittlich intelligent, musikalisch begabt. Sie besuchte den vierten Jahrgang des Theresianum-Gymnasiums, eines Wiener Elite-Internats, und die Johannes-Brahms-Musikschule, wo sie Klavier und Cello lernte. Gelegentlich trat sie bei Schulkonzerten auf. Am Wochenende fuhr sie stets mit der Schnellbahn nach Hause. Als sie eines Abends im Winter mit ihrem Cello und einem Notenständer unter dem Arm von der Haltestelle nach Hause ging, geriet ein Auto ins Schleudern und erfasste sie frontal. Der Kerl beging Fahrerflucht. Jasmine lag etwa eine Viertelstunde lang mit gebrochenem Halswirbel und schweren Hirnblutungen im Schnee, bis Passanten sie zufällig fanden. Im Krankenhaus versetzte man sie in einen künstlichen Tiefschlaf, als Folgen blieben aber eine Querschnittslähmung und irreparable Gehirnschäden zurück. Die Ärzte erklärten, Jasmine würde den Rest ihres Lebens geistig behindert im Rollstuhl verbringen.«

Hogart griff nach einer Zigarette. »Tage später gelang es

der Kripo, denjenigen auszuforschen, der die Fahrerflucht begangen hat: Rainer Schodl, ein neunzehnjähriger Bursche. Da kam ich ins Spiel. Schodls Versicherung engagierte mich, den Fall zu untersuchen und dem Jungen auf den Zahn zu fühlen. Ich machte ihm klar, dass er nicht nur mit einer Anklage des Staatsanwalts wegen Fahrerflucht und unterlassener Hilfeleistung zu rechnen hatte, sondern auch mit einem Zivilprozess um Schmerzensgeld. Da er mit einer alten Karre ohne TÜV-Plakette unterwegs gewesen war, mit Sommerreifen und noch dazu ohne Führerschein, den man ihm ein halbes Jahr zuvor wegen Drogenmissbrauchs entzogen hatte, würde sich seine Versicherung das Geld von ihm auf dem Regressweg zurückholen. Da wurde er aufbrausend und brüllte mich an: Hätte das Mädchen den Unfall nicht überlebt, wäre er nur wegen fahrlässiger Tötung vor Gericht gekommen. Nun aber würde er den Rest seines Lebens für den Umbau des Salzmann-Hauses und Jasmines laufende Betreuungskosten aufkommen müssen.« Hogart schwieg einen Augenblick. »Es klingt hart, ich weiß, aber faktisch hatte der Junge recht.«

»Ich kann mir vorstellen, worauf es hinauslief.«

»Können Sie nicht, niemand konnte das.« Hogart starrte durch das Bullauge auf die Kaimauer hinaus. »Ich wusste, wie gefährlich es war, den Jungen unbeaufsichtigt zu lassen – einen Typen, dem meiner Meinung nach alles zuzutrauen war. Trotzdem unternahm ich nichts. Was hätte ich auch tun sollen?« Hogart atmete tief durch. »Am Abend vor der Verhandlung bewahrheitete sich meine Befürchtung. In der unteren Etage des Krankenhauses wurde ein Feueralarm ausgelöst. Während die Pfleger aus der Intensivstation rannten, schaltete jemand Jasmines Maschinen aus.«

»Aber Sie sind nicht schuld am Tod des Mädchens.«

»Nein, das bin ich nicht, aber ich wusste, wer für ihren Tod verantwortlich war. Die Versicherung betrachtete die Sache vorerst als erledigt. Sie zog mich von dem Fall ab, doch ich blieb dran. Auf eigene Initiative besuchte ich Rainer Schodl. Er hatte kein Alibi für diesen Abend, und ich drohte ihm, ich würde ihn ans Kreuz nageln, denn jetzt käme er wegen vorsätzlichen Mordes vor Gericht. Er starrte mich nur schweigend an. Am nächsten Tag brach Jasmines Vater bei der Identifizierung der Leiche zusammen. Er gestand, dass es für ihn keine Alternative gegeben habe, als seine Tochter von ihrem Leid zu erlösen.«

»Scheiße!«, entfuhr es Ivona.

»Genau. Als ich davon erfuhr, raste ich sofort zu dem Jungen, doch es war zu spät. Offenbar aus Angst vor dem Knast hatte er sich mit einer Überdosis das Leben genommen. Die Reporter erfuhren von meinem Gespräch mit dem Jungen, und nun war ich derjenige, der ans Kreuz genagelt wurde. Natürlich bauschte die Presse den Fall Salzmann zu einer Familientragödie auf, doch an den Fakten gab es nichts zu rütteln: Ich hatte unprofessionell gehandelt und mich den Anweisungen meines Auftraggebers widersetzt. Mein verdammter Gerechtigkeitswahn hatte den Jungen in den Tod getrieben. Die Geschichte versetzte mir einen gewaltigen Dämpfer. Seitdem ist nichts mehr so wie früher.« Hogart drückte die Zigarette aus. Mittlerweile war sein Kaffee kalt geworden, ohne dass er davon getrunken hatte.

»Ich hoffe, ich gerate nie wieder in eine solche Situation. Ich wüsste nicht, ob ich meiner inneren Stimme vertrauen könnte, welche Entscheidung richtig ist und welche falsch.«

Er stand auf und schüttete den Inhalt seines Kaffeebechers in den Ausguss.

»Danke, dass Sie es mir erzählt haben.« Ivona erhob sich ebenfalls. »Es wird Zeit. Vesely erwartet uns.«

Unwillkürlich warf Hogart einen Blick auf die Kiste mit den Leuchtfeuersignalen, worin Ivona gestern Nacht die beiden Pistolen mitsamt den Magazinen und Holstern versteckt hatte.

Dann folgte er ihr.

Sie trafen Vesely um halb zehn vor der Manesuvbrücke. Da eine feuchte, bleierne Nebelbank vom Fluss her ans Ufer kroch, trug Vesely einen dicken Steppmantel mit Schal und Handschuhen. Sein Gesicht war eingefallen und blass, als hätte er die gesamte Nacht durchgearbeitet. Nach einer knappen Begrüßung spazierten sie im Nebel auf einem Fußweg entlang der Moldau stadtauswärts.

»Falls Sie Schwierigkeiten mit Ihrer Frau bekommen«, begann Ivona, »sollten wir das hier lieber beenden und …«

»Beenden?« Vesely machte eine abwehrende Handbewegung. »Wenn ich zur Lösung der Mordserie etwas beitragen kann, ist es meine Pflicht zu helfen. Eugenie hat kein Verständnis dafür. Sie denkt nur an sich. Seit sie gestern Abend davon erfahren hat, dass Pavel in die Sache involviert ist, zwingt sie mich förmlich dazu, die Finger davon zu lassen. Aber wir stecken schon zu tief drin, als dass wir jetzt aufhören könnten.«

»Danke.«

»Schon gut. Ich habe Pavel von den Morden erzählt, er ist in alles eingeweiht. Ohne ihn hätte ich die Suche in dieser kurzen Zeitspanne niemals durchführen können. Insgesamt haben wir siebzehn Freunde von Pavel in die Aufgabe einbezogen. Ihre Väter sind allesamt Mitglieder im Schachclub. Jeder der Jungen nahm sich noch gestern Abend die Datenbank eines Landes vor. Die meisten haben bis in die frühen Morgenstunden durchgearbeitet. Sie hielten es für ein Rätsel, das ich mir ausgedacht habe, um ihre Intelligenz zu prüfen.« Vesely schmunzelte. »Sie sind derart eifrig, dass mir die meisten Ergebnisse schon beim Frühstück vorlagen.«

Hogart merkte, dass Veselys Hände zitterten. »Und?«, fragte er.

»Es tut mir leid, aber eine Partie, auf welche die Abfolge der geschlagenen Figuren zutrifft, ist in keiner der durchforsteten Datenbanken erfasst. Allerdings sind noch drei Länder ausständig: Polen, Rumänien und die Ukraine.«

»Falls wir die Partie auch dort nicht finden, muss es eine sein, die in keinem Archiv dokumentiert ist, weil sie von den Killern *neu* gespielt wird.«

»Das glaube ich nicht«, widersprach Vesely. »Es handelt sich bestimmt um eine historische Partie, wir haben sie bloß noch nicht gefunden. Möglicherweise suchen wir an der falschen Stelle.« Vesely zog seinen Schal enger um den Hals. »Pavel meint, es könnte sich um eine zwar vorgegebene, aber fiktive Partie handeln.«

Hogart und Ivona sahen einander ratlos an. »Was meinen Sie mit *fiktiv*?«

»Eine Partie, die zwar nie gespielt, aber beispielsweise in einem Lied erwähnt, in einem Roman beschrieben oder im Orchesterwerk eines Komponisten umgesetzt wurde.«

Ivona stöhnte auf. »Wenn das der Fall ist, wird die Suche noch schwieriger.«

»Hat Zweigs *Schachnovelle* einen Bezug zu Prag?«, fragte

Hogart. Es war die einzige ihm geläufige Verbindung von Literatur und Schach.

Vesely schüttelte den Kopf. »Selbst wenn dem so wäre, das Buch ist aus Schachspieler-Sicht eine Enttäuschung. Es wird darin weder der Reiz des Schachspiels dargestellt, noch gewährt es einen Einblick in die Tiefe und Komplexität des Spiels. Zudem wird nur eine einzige Eröffnungsvariante erwähnt, sonst hat der Roman keinen praktischen Bezug zum Schach.«

»Oder in einem Lied …«, wiederholte Hogart Veselys Worte von vorhin. »Sagt Ihnen der Name *Hans Landsberger* etwas?«

»Ich muss gestehen: Nein.«

Es war auch nur ein plötzlicher Einfall Hogarts. Im Geiste sah er den stummen Micha auf der Couch sitzen, wie er mit seinen feingliedrigen Fingern zum Takt der Musik dirigierte. Plötzlich hatte er wieder die traurige Melodie der Schallplatte im Ohr. »Landsberger war Deutscher, er komponierte die Musik zu dem alten Schwarz-Weiß-Film *Der Golem*.«

»Ja, warum nicht in einem Film?«, rief Ivona. »Prag ist immerhin eine Filmstadt.«

»Der Golem«, wiederholte Vesely. »Die jüdische Legende vom Golem. Der Film spielt in Prag und handelt von der Erschaffung eines künstlichen Menschen aus Lehm. Interessant … wie kommen Sie ausgerechnet darauf?«

Hogart erzählte von seinem Verdacht, Micha Zajic könnte einer der beiden Mörder sein. Immerhin handelte es sich beim ersten Opfer um seine Mutter, er war Linkshänder, und sein orthopädischer Schuh mochte zu dem Fußabdruck am Tatort passen. Darüber hinaus geschahen die Vergewaltigungen durch den Vater jeweils am ersten Montag eines Monats – und die Morde an jedem ersten Tag im Monat.

»Wir wissen, dass Micha Zajic Stummfilme liebt und geradezu vernarrt in Landsbergers Filmmusik ist«, sprach Hogart hastig weiter. »*Der Golem* ist ein deutscher Film, Michas älterer Bruder spricht Deutsch, sein Vater arbeitet in der deutschen Botschaft, und die Killer verwenden deutsche Abkürzungen, die sie in die Leichen ritzen. Außerdem steht eine grässliche Golemstatue im Haus von Dr. Zajic, ebenso ein Schachbrett mit aus Lehm gebrannten Figuren.«

Ivona und Vesely sahen Hogart skeptisch an.

»Ich weiß, das ist nur ein Haufen loser Fäden«, verteidigte er sich. »Aber ich bin davon überzeugt, dass sie irgendwie zusammenführen.« Seine Gedanken überschlugen sich: Schach, Golem, Musik, Lehm, Michas Klumpfuß und deutsche Abkürzungen … Die einzelnen Puzzleteile lagen ausgebreitet vor seinem geistigen Auge, aber er wusste noch nicht, wie sie zusammenpassten und welches Bild sie ergaben.

Er wandte sich an Vesely. »Ihr Sohn sagte doch, es könnte sich um eine fiktive Partie aus der Musik oder Literatur handeln … möglicherweise ist dieser Film der Schlüssel zu allem. Was genau hat es mit diesem Golem auf sich?«

»Das kann ich Ihnen gern erzählen, aber ich fürchte, der Film hat nichts mit Schach zu tun.« Vesely blieb neben einer Weide stehen, um sich die Pfeife zu stopfen. Er paffte mehrmals daran, bis ihn ein süßer Minzgeruch umgab. Während er auf den bleigrauen Fluss starrte, der Äste und Holzbohlen an ihnen vorbeitrug, begann er zu erzählen.

»Im Morgengrauen des Jahres 1580 – so berichtet die Sage – traf sich Rabbi Löw mit drei Männern im Prager Ghetto. Sie begaben sich zu einer Lehmgrube an der

Moldau außerhalb der Stadt, um einen kabbalistischen Zauber zu wirken. Zunächst rührten sie einen Lehmbrei an, woraus sie eine zwei Meter hohe Figur formten, der sie menschliche Züge verliehen. Dann schritten der Rabbi und seine drei Helfer siebenmal gegen den Uhrzeigersinn um die Modellmasse herum, wobei sie geheime Beschwörungsformeln zitierten. Die Skulptur begann zu dampfen, zu qualmen und wurde heiß, als sei sie einem Feuer ausgesetzt. Eine Glasur bildete sich als Schutzhaut. Die Tonfigur wurde feucht, Dämpfe strömten aus. Ihr entsprossen Haare und Fingernägel. Nachdem die Masse abgekühlt war, schob der Rabbi ein Pergamentröllchen in den Mund des Ungetüms, auf dem der Name Gottes geschrieben stand, den gläubige Juden niemals aussprechen dürfen. Das Gebilde begann, langsam die Finger zu bewegen. Nun sprachen Rabbi Löw und seine Helfer zu Füßen des Monstrums den Satz aus der Schöpfungsgeschichte: *Und Gott blies ihm den lebendigen Atem in die Nase, und der Mensch erwachte zum Leben.* Da schlug das Geschöpf die Augen auf – und der Golem trat in die Welt!« Vesely starrte aufs Wasser. »Älteren Belegen zufolge wurde der Golem durch eine Buchstabenkombination belebt. Auf der Stirn des Golems stand der göttliche Name Jehovahs, die Buchstaben JHWH, die den künstlichen Menschen ins Leben riefen.«

»Wie die in die Brust der Leichen geritzten Buchstaben, nur dass diese den Tod bringen«, bemerkte Ivona.

Ein mit Kohlen beladener Schleppkahn zog an ihnen vorüber. Die Positionslichter leuchteten wie rot glühende Augen durch den Nebel. Eine Schilderung in dieser Detailfreude hatte Hogart nicht erwartet. »Und wie geht die Geschichte aus?«

Vesely nickte. »Das hebräische Wort *Golem* findet sich bereits in den Psalmen des Alten Testaments, wo es eine *seelenlose Materie,* etwas *Ungeformtes* bezeichnet. Mit der Erschaffung eines Dieners aus Lehm wollten die Juden ihr Bildungsniveau und ihren hohen Wissensstand demonstrieren. Der Golem sollte das auserwählte Volk vor seinen Feinden beschützen.« Vesely paffte an seiner Pfeife. »Als alle Juden auf einen kaiserlichen Befehl hin Prag verlassen sollten, gewährte der Kaiser dem Rabbi Löw eine letzte Audienz, bei der dieser seine Schöpfung vorführen sollte. Der Golem rettete dem Kaiser das Leben, worauf der Kaiser seinen Erlass widerrief. Doch wie alle jüdischen Geschichten, so endet auch diese tragisch. Nachdem der Golem zu einem Mord angestiftet worden war, reagierte er nicht mehr auf die Befehle seines Herrn. Er wurde zur Bedrohung, aber alle Versuche des Rabbis, sein Geschöpf auszuschalten, schlugen fehl. Schließlich bereitete ein kleines Mädchen vor den Toren Prags dem Golem ein Ende.«

Vesely starrte immer noch durch den Nebel auf das Wasser. »Die Sage behauptet, der Golem kehre alle dreiunddreißig Jahre – die Lebensspanne Jesu – nach Prag zurück, tauche an einem beliebigen Zimmerfenster im Ghetto auf und verschwinde wieder.« Als er feststellte, dass seine Pfeife erkaltet war, riss er ein Streichholz an. »So war es schon immer … im Nebel der Moldau verschwimmen die Grenzen zwischen Traum und Realität.«

»Die Mordserie begann exakt an Michas dreiunddreißigstem Geburtstag«, erinnerte Hogart sich.

»Vielleicht hält er sich für den wiedergeborenen Golem?«, spekulierte Ivona.

Vesely hörte ihnen nicht zu. Er zog wieder an seiner

Pfeife und blickte auf den Fluss hinaus. Erst das Läuten seines Handys riss ihn aus den Gedanken. Eilig kramte er es aus der Manteltasche und betrachtete das Display. »Es ist Pavel!«

Nach einem kurzen Gespräch steckte Vesely das Handy wieder weg. »Auch die ausständigen Datenbanken liefern keinen Hinweis«, seufzte er mit bedrückter Miene. »Wir stehen wieder am Anfang unserer Suche.«

»Dann bleibt nur noch der Film«, sagte Hogart.

»Eine äußerst dünne Spur«, meinte Vesely.

»Haben Sie eine Idee, wo wir ein Exemplar davon auftreiben könnten?« Hogart sah Vesely an, danach Ivona.

Vesely runzelte die Stirn. »Der Film ist über achtzig Jahre alt. Möglicherweise besitzt das Prager Filmarchiv eine Kopie der Rollen.« Abermals griff er zum Handy.

Sein Telefonat mit einem jüngeren Schachkollegen, der für einen einheimischen Radiosender arbeitete, ergab, dass die Barrandov-Filmstudios im gleichnamigen Prager Stadtviertel lagen, wo in den 50er- und 60er-Jahren ein Großteil der tschechoslowakischen Filmproduktionen entstanden war. Heute bestand das Studio nur noch aus abgesperrten Lagerhallen voller vergessener Requisiten, Bühnenbilder und Filmrollen. Im Prager Filmarchiv, einem Ableger der Studios, wurden die alten Filme restauriert und digital überarbeitet. Angeblich waren sie dort an der richtigen Stelle.

Das Gebäude am Ende der Fußgängerzone des Wenzelsplatzes sah aus wie ein Museum of Modern Art, das aus Bürocontainern errichtet worden war. An den Containerwänden klebten Filmplakate zu Schwarz-Weiß-Filmen aus den 30er-

Jahren, ebenso auf den Litfaßsäulen des gähnend leeren Parkplatzes. Nur die Fahrradständer waren mit Drahteseln belegt. Vermutlich arbeiteten hier hauptsächlich Studenten, die sich kein Auto leisten konnten.

Seit ihrem Spaziergang an der Moldau war es klirrend kalt geworden. Trotzdem fühlte sich Hogart seltsam wohl, als er über das Filmgelände ging. Die Umgebung strahlte etwas Vertrautes aus. Die Melancholie aus der goldenen Ära der Filmkunst zu spüren bedeutete eine erfreuliche Abwechslung gegenüber den barocken Gebäuden, Kirchtürmen und grauen Denkmälern, auf die man überall in Prag traf. Als beträte er eine andere Welt, sah Hogart sich den tschechischen Versionen von Peter Lorre, Cary Grant, Bette Davis oder Charles Laughton gegenüber. Das Aussehen der Schauspieler war nicht einmal so verschieden. Was würde er dafür geben, eine der mit Requisiten angefüllten Lagerhallen betreten zu dürfen. Er hätte stundenlang in Kisten mit Postern und alten Aushangfotos stöbern können. Beim Betrachten der Filmplakate fiel er immer weiter zurück, bis Ivona ihn schließlich weiterzog.

Da es auf dem Gelände weder einen Portier noch eine Überwachungskamera gab, gelangten sie unbemerkt in den größten Container, in dem sich laut Türschild die Büros befanden. Die Räume glichen eher einem offenen Depot für Ordner, Pappschachteln und Filmrollen als Büros. Aus einer einzigen Nische drang das Klappern einer Tastatur. Über einem Aktenstapel ragte der wirre schwarze Haarschopf eines Mannes hervor, der den Geräuschen nach zu urteilen an einem PC saß. In der Spiegelung des Fensters bemerkte Hogart die Anordnung von Pokerkarten auf dem Monitor.

»Halo!«, rief Ivona.

Sofort beendete der Angestellte das Spiel. Als er sich von seinem Stuhl hinter dem Schreibtisch erhob, wirkte er nur wenig größer als zuvor im Sitzen. Er war noch jung, Anfang zwanzig, und ziemlich pummelig. Er blickte durch eine unmoderne Buddy-Holly-Brille, sein Hemd war aufgeknöpft und hing über den Hosenbund. Das T-Shirt darunter trug Kaffee- oder Ketchupflecken und spannte sich über der beträchtlichen Bauchwölbung. Als er auf sie zutrat, erkannte Hogart das ausgewaschene Motiv des T-Shirts: James Dean im Schattenriss.

Ivona sprach ihn gleich auf Deutsch an. »Bestimmt sind Sie viel beschäftigt, aber …«

»Sind Sie von der Gewerkschaft?«, unterbrach er sie mit einer schrillen Stimme – sein Deutsch war recht gut.

»Nein.«

Er betrachtete sie misstrauisch. »Vom Finanzamt?«

Sie verneinte.

Plötzlich lächelte er. »Wir haben hier nicht allzu viel zu tun. Die meisten Mitarbeiter hier sind freiberuflich: Kunststudenten, Bühnenbildner, arbeitslose Drehbuchautoren … Der tägliche Höhepunkt ist der Besuch beim Kaffeeautomaten, wo Gespräche über Dialoge, Kameraführung und Schnitttechniken stattfinden. Es gibt zwei widerstreitende Meinungen: Die einen halten Milos Formans *Amadeus* für ein Kunstwerk, die anderen für Kommerz. Falls Sie sich über die Studios informieren wollen, so habe ich hier eine Broschüre …«

»Haben Sie eine Kopie des Films *Der Golem*?«, fragte Ivona dazwischen.

»Der Golem …« Er dachte nach, plötzlich deutete er auf Vesely. »Sie sind doch Hieronymus Vesely!«

»Der bin ich.«

»Mann, ich fasse es nicht! Sie sind eine Legende! Mein Name ist Myslivec, aber bitte nennen Sie mich Musil – alle hier sagen Musil zu mir.« Er wischte sich die Hand an der Hose ab und streckte sie Vesely entgegen.

Hogart fielen die fleischigen Finger auf, die Veselys Hand mehrere Sekunden lang nicht loslassen wollten.

Vesely räusperte sich. »Haben Sie nun den Film?«

»Der Film, ach ja. Kommen Sie mit.« Musil ging voraus.

Er führte sie aus der Nische in den Korridor, um bei einem Kaffeeautomaten haltzumachen. Dort steckte er den Haken an seinem Schlüsselbund in den Schlitz und ließ sich einen Kaffee aus dem Automaten. »Möchten Sie auch?«, fragte er.

»Nein danke. Der Film …«, erinnerte Ivona ihn.

»Ja, ja, *Der Golem*.« Musil nippte vorsichtig an dem heißen Gebräu. »Da sowohl die originalen Filmrollen als auch das unverwendet gebliebene Material nicht im Familienbesitz der Wegeners sind, sondern seit Jahrzehnten in Prag lagern, wurde der Film hier restauriert – vor ungefähr einem Jahr. Soweit ich mich erinnere, wurden alle geschnittenen Szenen – bis auf eine – in den Film eingefügt. In der restaurierten Fassung dauert der Film statt der ursprünglichen 86 volle 93 Minuten.« Er tippte sich an die Stirn. »Alles hier drin! Musil – das menschliche Archiv!«

»Geht es in diesem Film um eine Schachpartie?«, fragte Hogart.

»Um Schach? Nein, Mann.« Der Junge lächelte, als hätte er es mit einem kompletten Idioten zu tun. »Es geht um den Golem, wissen Sie! Deshalb trägt der Film ja auch diesen Titel.«

Hogart ließ nicht locker. »Aber vielleicht kommt in dem

Film eine Schachszene vor, wird eine bestimmte Partie erwähnt oder ein Schachbrett gezeigt.«

Der Junge schielte aus den Augenwinkeln zu Vesely. »Schreiben Sie in Ihrem nächsten Buch darüber?«

Vesely feuchtete sich mit der Zunge die Lippen an, doch im gleichen Moment warf ihm Ivona einen warnenden Blick zu.

»Ah … ja«, stammelte Vesely. »Ein Essay über die Geschichte des Schachs.«

Musil nickte. »Mal sehen …« Falten traten auf seine Stirn. »Es gibt diese eine Szene, in der der Kaiser dem Rabbi und seinem Golem eine Audienz gewährt. Bei der Digitalisierung dieser Szene habe ich mitgeholfen. Möglich, dass in der Ecke des Kaiserpalasts ein Schachbrett steht.« Musil lächelte sie an.

Hogart fixierte den Jungen. »Das ist alles?«

»Ja, das ist alles, Mann! Aber falls Sie mir nicht glauben, können Sie meinen Kollegen fragen, der den Film restauriert hat. Er arbeitet nur nachmittags hier. Wenn Sie bis zwei Uhr warten, können Sie …«

»So viel Zeit haben wir nicht«, unterbrach Hogart ihn.

»Ich verstehe, so viel Zeit haben Sie nicht«, wiederholte Musil.

»Könnten wir uns den Film ansehen?«, bat Ivona.

»Der Film selbst ist nicht hier, sondern liegt in irgendeinem Archiv der Filmstudios. Bei uns wurde er nur restauriert, daher lagern hier nur die geschnittenen Originalszenen – die Container sind wie ein Verwundetenhospital.«

Hogart überlegte. »Sie sagten eben, dass alle bis auf eine Szene verwendet wurden. Könnten Sie uns diese Sequenz zeigen?«

»Falls Ihnen das weiterhilft, die müsste hier irgendwo rumliegen. Ich muss sie erst suchen ... Kommen Sie besser morgen wieder.«

Hogart sah den Jungen ernst an.

»Ach ja, Mann, so viel Zeit haben Sie ja nicht. Kommen Sie trotzdem morgen wieder.«

Bevor Hogart etwas sagen konnte, legte Vesely dem Jungen väterlich die Hand auf die Schulter. »Es geht um mein Schachbuch«, sagte er auf Tschechisch.

Seufzend wandte sich Musil ab. »Weil Sie es sind. Kommen Sie mit.«

Als Hogart das Archiv betrat, war sein erster Gedanke, dass er die Tonnen von Krempel, der hier lagerte, problemlos auf dem Flohmarkt hätte verkaufen können. Das Archiv bestand aus einem endlos langen fensterlosen Container mit einer Batterie nackter Neonröhren an der Decke. Links und rechts stapelten sich Kisten mit altem Filmmaterial. Um bis zum Jahr 1920 zurückzugehen, mussten sie ans andere Ende des Containers marschieren.

»*Der Golem, wie er in die Welt kam* von Paul Wegener, nach dem Roman von Gustav Meyrink«, murmelte Musil, während er auf Zehenspitzen die Regale mit den Filmrollen durchsuchte. »Stummfilmklassiker des deutschen expressionistischen Horrorfilms ... Da ist die Kiste!«

Musil zerrte eine graue Schachtel aus dem obersten Regal. Mit dem Stanleymesser schnitt er die Klebestreifen auf. Der Karton enthielt ein vergilbtes Drehbuch, einen verschnürten Packen Briefe und eine um einen Holzkern gewickelte Filmrolle von etwa neunzig Metern Länge, was einer Spieldauer von knapp vier Minuten entsprach. Auf der Blechdose klebte ein Zettel mit verschmierter Handschrift in deutscher Sprache: *Einstellung 151 – nicht zur Vorführung genehmigter Zensurschnitt – Wie der Golem den Kaiser beeindruckt.*

Zunächst blätterte Musil durch den Briefstapel. Als er ein Schreiben von Gustav Meyrink an Paul Wegener fand, das vom Januar 1919 stammte, hielt er inne und öffnete das Dokument.

»Darin spricht sich Meyrink dafür aus, die Szene im Film nicht zu verwenden.« Kleinlaut reichte er Hogart das Papier. »Scheint so, als behielten Sie recht.«

Hogart überflog das in sauberer Handschrift verfasste Dokument. Je weiter er las, desto deutlicher spürte er, dass sie sich der Auflösung des Rätsels näherten – und dann lag es klar vor ihm. In diesem Brief, verborgen in einer Schachtel, versteckt zwischen archivierten Filmrollen in einem Container, so lang wie ein Güterwaggon, lag der Schlüssel zu der Mordserie.

Dem Brief war zu entnehmen, dass Paul Wegener während der Prager Dreharbeiten zunächst im Sinn hatte, dass der Golem den Kaiser durch seine Intelligenz besticht, indem er ihn in einem Wettstreit besiegt. Diese Szene wurde zwar gedreht, jedoch nach dem vorliegenden Protestschreiben Meyrinks aus dem endgültigen Film entfernt, da sie im Roman nicht vorkam und sein Bild vom Golem verfälscht hätte. Stattdessen entstand jene Szene, worin der Golem dem Kaiser das Leben rettete, die später im Endschnitt des Films zu sehen war. Hogart spürte ein kaltes Kribbeln, als er las, dass es sich bei dem Wettstreit um eine Schachpartie handelte. Er faltete den Brief zusammen und deutete auf die Filmrolle.

»Können Sie uns die Szene vorführen?«

Musil blähte die Backen. »Die Rolle ist irgendwann feucht geworden. Der Schimmel hat sich ins Bild gefressen. Gut sieht der Film nicht mehr aus, aber wir könnten es versuchen.«

»Heute noch?«, fragte Ivona.

13. KAPITEL

Eine halbe Stunde später saßen sie im Vorführraum, wo sie darauf warteten, dass Musil die 35-mm-Filmrolle in den alten russischen Projektor einlegte. Schließlich wurde es finster. Das Gerät begann zu surren, auf der Leinwand bildete sich ein Flimmern. Nach der grell-weißen Eröffnungssequenz erschien eine Klappe im Bild: *Einstellung 151*.

»Paul Wegener steckt in der Golem-Maske«, plapperte Musil drauflos. »Ihm gegenüber sitzt Otto Gebühr, der den Kaiser verkörpert und …«

Mit einem Zischlaut brachte Ivona den zappeligen Musil zum Schweigen. Obwohl es sich um einen Stummfilm handelte, rutschte sie an die Stuhlkante und neigte den Kopf, als wollte sie verstehen, was im Film gesprochen wurde.

Die Bewegungen der Schauspieler waren eckig, ihre Lippenbewegungen tonlos. Die Schwarz-Weiß-Aufnahme unterstrich die Kontraste der dick aufgetragenen Schminke in ihren Gesichtern. Auf dem Tisch zwischen ihnen befand sich ein Schachbrett mit mächtigen, fast handtellergroßen Figuren. Eine Person im schwarzen Mantel, vermutlich Rabbi Löw, stand händeringend im Hintergrund.

Die Aufnahme ruckte und war von überaus schlechter Qualität. Gelbe Flecken trübten das Bild, als wäre der Film grellem Licht ausgesetzt gewesen. Das Zelluloid war mit Kratzern übersät und von einer Staubschicht bedeckt, die aufgestoben im Lichtstrahl des Projektors wirbelte. Schwarze

Striche tanzten über die Leinwand. Aber Hogart störte sich nicht daran. Für ihn machte dies den Film authentischer, lebendiger und aussagekräftiger als all die seelenlosen modernen Digitalfilme mit ihren überfrachteten Tricks und Effekten, die wie Schablonen aus dem Computer gezogen wurden. Noch mehr beeindruckte ihn jedoch die Tatsache, dass er tatsächlich Zeuge einer Schachpartie wurde. Der König zog mit Weiß, der Golem mit Schwarz. Mit angehaltenem Atem beobachtete Hogart das Spiel.

Als die erste Figur fiel, räusperte sich Vesely. »Weißer Bauer schlägt schwarzen Bauer auf D5«, kommentierte er.

Der Golem reagierte mit einem Zug, mit dem er den Bauern seines Gegners im wahrsten Sinne des Wortes vernichtete. Er nahm die weiße Figur vom Brett, umschloss sie mit der klobigen Faust und zerquetschte sie. Danach schritt das Spiel genauso rasant voran, wie es begonnen hatte.

Vesely brauchte die Spielzüge nicht mitzuschreiben. Hogart merkte an seiner konzentrierten Miene, dass er den kompletten Spielverlauf im Kopf notierte.

»Erstaunlich«, murmelte Vesely. »Ich hätte das nie für möglich gehalten.«

Weitere Figuren wurden von der Spielfläche genommen. Der Kaiser stellte die von ihm geschlagenen Figuren neben das Brett, wohingegen der Golem sie demonstrativ in der Faust zerdrückte. Je schneller der Golem seine Züge ausführte, desto länger musste der Kaiser nachdenken. Mit einer übertriebenen Gestik und Mimik brachte der Schauspieler die Verzweiflung des Herrschers zum Ausdruck.

»Ein wunderbares Turnier«, rief Vesely begeistert. »So knapp und präzise gespielt, perfekt agiert und pariert. Hier ist alles vereint, was eine gute Partie ausmacht!«

»Und … ist es *unsere* Partie?«, fragte Hogart.

»Und ob! Bisher stimmen die ersten sieben geschlagenen Figuren überein, nun müssen wir nur noch warten, bis …« Vesely verstummte, als der Rabbi ins Bild trat und ihnen die Sicht aufs Schachbrett versperrte. Hogart hielt den Atem an. Er sah zwar, wie sich der Golem und der König abwechselnd nach vorne beugten, doch die Spielzüge blieben verborgen.

Hogart wagte Vesely nicht anzusprechen, doch der Schachmeister wusste ohnehin, welche Frage ihm auf der Zunge brannte.

»Die restlichen Züge lassen sich nicht rekonstruieren, da sich die Möglichkeiten mit jedem weiteren Zug ins Unendliche steigern«, murmelte Vesely. »Ich hoffe, wir erhalten noch einen letzten Blick auf das Spielbrett.«

Plötzlich ließ der Kaiser den Kopf hängen, während der Rabbi die Arme hochriss. Danach erstrahlte die Leinwand in nacktem grellem Licht. Hogart schloss geblendet die Augen. Das Ende des Filmstreifens flappte auf der Projektorspule. Die Szene hatte nicht länger als vier Minuten gedauert, und ein weiterer Blick auf das Schachbrett war ihnen verwehrt geblieben.

Hogart rückte in seinem Stuhl näher an Vesely heran. »Wahrscheinlich können Sie nicht sagen, wie diese Partie weitergeht, oder?«

»Ich kann lediglich Vermutungen anstellen.«

Vermutungen! Hogart zermarterte sich das Gehirn. Weshalb sollten sich zwei Serienkiller auf eine Partie einigen, über deren Ende es nur Spekulationen gab? Irgendwo *musste* es einen Hinweis auf den Ausgang der Partie geben, andernfalls hätte diese Botschaft keinen Sinn.

Musils Worte rissen ihn aus den Gedanken. »Ich hoffe, ich konnte Ihnen weiterhelfen.« Der junge Mann montierte die Filmrolle ab und schob sie in die Metalldose, die er in der Pappschachtel verschwinden ließ.

»Halt!« Hogart sprang auf. »Ich würde gern einen Blick in das Drehbuch werfen.« Ohne Musils Antwort abzuwarten, kramte er den vergilbten Packen Papier aus der Kiste. Die von einer Schnur zusammengehaltenen Seiten waren zum Teil ausgerissen, zerknittert und mit Kaffeespritzern befleckt. Eigentlich gehörte dieser Schatz in ein Filmmuseum, statt hier zu vermodern.

Nicht ohne einen Anflug von Ehrfurcht schlug Hogart das Buch auf, während Ivona und Vesely an seine Seite traten. Auf einer Schreibmaschine getippt, aber mit zahlreichen handschriftlichen Korrekturen versehen, wirkte das Drehbuch wie die fehlerhafte Seminararbeit eines Studenten der Filmhochschule. Hogart blätterte vor, bis er zur Einstellung Nr. 151 gelangte.

»Wir sind auf der richtigen Spur.« Ivona deutete auf einen Absatz, wo die Beschreibung der fraglichen Szene begann. Bei der Auflistung der einzelnen Spielzüge trugen die Figuren lediglich Kürzel: BA, TU, DA und SP.

»Dieses Rätsel wäre geklärt«, murmelte Vesely. »Doch endet die Beschreibung der Spielzüge in dem Moment, als der Rabbi ins Bild tritt.«

Musil begriff von ihrem Gespräch vermutlich kein einziges Wort. Stumm stand er neben ihnen und beobachtete, wie sie die Köpfe zusammensteckten und über dem Drehbuch brüteten.

Hogart blätterte um. Kurz vor Szenenende war ein handschriftlicher Kommentar eingefügt. *Die Partie Roesch gegen*

Schlage, Hamburg 1910, wird zu Ende gespielt. Der Golem gewinnt, Rabbi Löw reißt vor Freude die Arme hoch.

»Roesch gegen Schlage, Hamburg 1910!«, rief Vesely. »Und wir haben erst ab 1914 zu suchen begonnen!«

»Das genügt uns?«, fragte Hogart.

Vesely nahm seinen Hut und reichte dem verblüfften Musil die Hand. »Besten Dank, Sie haben uns sehr geholfen.«

Zehn Minuten später saßen Ivona, Vesely und Hogart in einem Kaffeehaus am Beginn der Fußgängerzone des Wenzelsplatzes. Während Vesely mit seinem Sohn telefonierte, blickte Hogart auf den leeren Parkplatz des Filminstituts. Von den Schwarz-Weiß-Plakaten an den Containerwänden starrten ihm Jozef Kroner, Lubomir Kostelka und andere tschechische Filmschauspieler entgegen.

Hogart rührte gedankenverloren in seiner Kaffeetasse. Für ihn lag auf der Hand, dass die beiden Killer die entsprechende Seite aus dem Drehbuch kannten. Und einer davon war Micha Zajic. Es gab keine andere Möglichkeit, denn über ihn war er überhaupt erst auf den Film gestoßen. Aber da es sich bei der Szene um eine nie veröffentlichte Aufnahme handelte, die noch dazu vor über achtzig Jahren gedreht worden war, mussten die Mörder Zugang zu diesem Archiv besitzen. Hogart dachte an Musils Worte, wonach im Institut bloß Kunststudenten, Bühnenbildner oder brotlose Drehbuchautoren arbeiteten. Einer von ihnen war der zweite Killer – vielleicht sogar Musil selbst.

Vesely legte sein Handy vor sich auf den Tisch. »Pavel wird versuchen, innerhalb der nächsten Minuten den vollständigen Verlauf der Partie Roesch gegen Schlage herauszufinden.«

Sie bestellten eine Kleinigkeit zu Mittag und warteten schweigend auf das Essen. Als Veselys Handy läutete, zuckten sie zusammen. »Oj je, Eugenie«, sagte er nach einem kurzen Blick auf das Display. »Ich gehe lieber nicht ran.« Nach einer Weile verstummte das Klingeln.

Gegen 14 Uhr, als ihre leer gegessenen Teller gerade abgeräumt wurden, beobachtete Hogart, wie ein abgetakelter weinroter Kastenwagen auf dem Parkplatz des Filmgeländes hielt. Der Fahrer, ein junger schlaksiger Mann mit grüner Daunenjacke, betrat den Bürocontainer, mehr passierte nicht.

Kurz darauf läutete Veselys Telefon erneut. Diesmal war Pavel dran, der die fehlenden Spielzüge durchgab. Vesely lauschte. Mit jeder Sekunde hoben sich seine Augenbrauen mehr. Schließlich beendete er die Verbindung.

»Ein faszinierendes Spiel. Verständlich, dass Wegener diese Partie für seinen Film verwenden wollte. Ich behaupte, dass es sich dabei um ein in Vergessenheit geratenes Kleinod handelt, einen wahren Klassiker.«

»Wie viele geschlagene Figuren gibt es am Ende der Partie?«

»Neun!« Vesely notierte die fehlenden Spielzüge auf eine Serviette. »Roesch gegen Schlage endet damit, dass der weiße Läufer auf F3 vernichtet wird. Damit setzt der Golem den Kaiser schachmatt.«

Ivona beugte sich über die Serviette. »Demnach tötet der Killer, den wir bisher als Nachahmungstäter bezeichnet haben, nur noch ein Mal, danach wird die Mordserie beendet sein.«

Der Nachahmungstäter übernahm die Rolle des Golems, kam Hogart in den Sinn. Irgendwie hatte das sogar etwas Symbolisches, denn wie der Nachahmungstäter versuchte, die Taten des Originalkillers zu kopieren, versuchte der Golem, die Menschen nachzuahmen. Das bedeutete, dass man übermorgen früh den letzten Toten in jenem Prager Stadtteil finden würde, der dem Schachfeld F3 entsprach. Ein kopfloser Mann, bedeckt mit einem weißen Samttuch, in dessen Brust das Buchstabenpaar LA eingeschnitten war.

Ihnen blieb etwas mehr als ein Tag, um den letzten Mord zu verhindern.

Veselys Handy läutete zum dritten Mal.

»Schon wieder Eugenie.« Auch diesmal ging er nicht ran, sondern ließ das Telefon klingeln. »Ich fürchte, ab jetzt kann ich Ihnen nicht mehr weiterhelfen. Für mich wird es höchste Zeit, nach Hause zu gehen.«

Ivona reichte ihm die Hand. »Vielen Dank, Hieronymus. Sie haben uns bereits mehr geholfen, als ich zu hoffen wagte.«

Vesely erhob sich. »Ich wünsche Ihnen viel Erfolg.«

»Danke.« Hogart räusperte sich. »Und tut mir leid, dass Sie wegen uns mit Ihrer Frau …«

»Schon gut, nun ist es ja überstanden.«

»Ich könnte Sie mit dem Wagen heimfahren«, schlug Hogart vor.

»Nicht nötig, noch bin ich gut zu Fuß!« Er lächelte. »Nach all der Aufregung wird mir ein Spaziergang helfen, wieder einen klaren Kopf zu bekommen.«

Vesely nahm Hut und Mantel und verließ das Lokal.

Als sie allein waren, rückte Ivona näher zu Hogart. »Wissen Sie, was das bedeutet?«, fragte sie. »Micha, Dr. Zajic oder jemand aus dem Filmarchiv könnte einer der beiden Mörder sein.«

»Micha!«, antwortete Hogart bestimmt.

»Nicht so voreilig. Wir haben auf einer alten Filmrolle

lediglich eine Schachpartie gefunden, die der Mordserie zugrunde liegt. Nur weil es in Zajics Haus eine Golemstatue, ein Schachbrett und eine Schallplatte mit der Filmmusik gibt, ist noch gar nichts bewiesen. Das ist zu wenig, um Micha oder seinen Vater festnehmen zu lassen. Sie sind höchstens Verdächtige.«

»Wir sollten sie trotzdem festnageln, denn uns bleibt nicht mehr viel Zeit«, gab Hogart zu bedenken. Er starrte aus dem Fenster.

Soeben verließ der schlaksige Mann mit der grünen Daunenjacke recht eilig den Container. Als er zielstrebig auf seinen Kastenwagen zuging, bemerkte Hogart den grauen Pullover mit der Kapuze unter der Jacke und die teure Stahlrahmenbrille. Es überraschte ihn nicht, als er sah, dass der Mann auf dem rechten Bein hinkte.

Hogart packte Ivona am Arm. »Sehen Sie doch!«

Ivona hielt für einen Augenblick den Atem an. »Ich werd verrückt. Das ist Micha!«

Hogart erhob sich vom Tisch und trat zum Fenster. »Dieser Mistkerl«, zischte er. »Er *ist* es!«

Als Micha den Kastenwagen erreicht hatte und den Autoschlüssel ins Türschloss schob, hob er plötzlich den Kopf. Er starrte über die Straße hinweg zu dem Kaffeehaus, hinter dessen Fenster Hogart stand und ihn beobachtete. Für einen Moment trafen sich ihre Blicke.

»Scheiße!« Hastig wich Hogart einen Schritt zurück.

»Hat er Sie bemerkt?«, fragte Ivona.

»Kann sein, ich weiß nicht. Falls er sich an unseren Besuch im Haus seines Vaters erinnert …«

Nach kurzem Zögern stieg Micha in den Wagen und fuhr davon.

Hogart atmete durch. »Und beweist *das* jetzt etwas?« Ohne eine Antwort abzuwarten, redete er weiter. »Es passt doch alles zusammen. Er arbeitet hier als Teilzeitkraft. Das ist das Studio, von dem Dr. Zajic sprach. Er meinte ein *Filmstudio*! Bestimmt kennt Micha die geschnittene Szene des Golems, er ließ sich davon inspirieren, und er ist Linkshänder. Er ist der Originaltäter, der die Züge des Kaisers nachspielt.«

Ivonas Blick drückte immer noch Zweifel aus. »Ich glaube Ihnen ja, aber wir dürfen jetzt nichts überstürzen. Es ist eine heikle Situation, immerhin ist er der Sohn des Sozialreferenten.«

»Genau, und der hat *Sie* engagiert, den Fall zu lösen!« Hogart legte einige Geldscheine auf den Tisch und machte sich bereit, das Lokal zu verlassen.

»Halt, warten Sie!« Ivona sprang auf. »Wir können nur etwas gegen ihn unternehmen, wenn wir stichhaltige Beweise in der Hand haben, sonst haben wir nicht nur die deutsche Botschaft, sondern auch ein Verfahren des Staatsanwalts am Hals.«

Hogart warf einen letzten Blick durchs Fenster. »Also gut. Gehen wir noch einmal ins Filmstudio.«

Sie mussten nicht lange nach Musil suchen. Er stand mit einem Becher in der Hand beim Kaffeeautomaten.

»Wie heißt der Kollege, der den Golemfilm bearbeitet hat?«, fragte Hogart ohne Umschweife.

Musil betrachtete ihn verblüfft. »Ist das wichtig für Hieronymus Veselys Buch?«

»Ja«, antwortete Hogart, »lebenswichtig. Also – wie lautet sein Name?«

»Micha.« Musil deutete zum Ausgang. »Er war eben hier, Sie haben ihn knapp verpasst.«

»Micha Zajic, der Sohn des Sozialreferenten?«, hakte Ivona nach.

»Welcher Sozialreferent? Keine Ahnung.« Musil zuckte die Achseln. »Micha ist seit drei Jahren hier beschäftigt, er ...«

»Sie sagten doch, seine Arbeit beginnt um zwei Uhr. Warum ist er wieder gegangen?«

»Ich weiß es nicht. Als ich ihm erzählte, dass sich Hieronymus Vesely für seine restaurierte Golem-Fassung interessierte, ist er wie verrückt nach draußen gestürzt.«

»Hat er Ihnen gesagt, wohin er möchte?«, fragte Ivona.

Musil sah sie verlegen an. »Er ist stumm.«

»Natürlich – Scheiße!«, entfuhr es Ivona.

»Micha hört zwar alles, spricht aber nicht«, erklärte Musil. »Hin und wieder kommunizieren wir mittels E-Mail, aber meistens malt er seine Antworten auf ein Blatt Papier – ziemlich gruselig, wenn Sie mich fragen.«

»Dürfen wir uns sein Büro ansehen?«, fragte Hogart.

»Sind Sie von der Polizei?«

»Nein.«

Musil trat einen Schritt zurück. »Ich weiß nicht so recht. Sie müssen zugeben, das ist alles ziemlich merkwürdig. Zuerst wollen Sie den Film sehen und dann ... Hat Micha etwas ausgefressen?«

»Nein, hat er nicht«, beschwichtigte Hogart ihn. Wie dumm, dass Vesely, dem Musil förmlich aus der Hand gefressen hatte, nicht mehr bei ihnen war. »Kommen Sie schon! Ein einziger Blick in sein Büro.«

»Nein, Mann, tut mir leid.«

Hogart zog tausend Kronen in Scheinen aus der Brieftasche. »Wir rühren auch nichts an.«

Ohne nachzuzählen, ließ Musil das Geld in der Hosentasche verschwinden. »Nur ein Blick – und keine Fragen!«

Der Arbeitsplatz, zu dem er sie führte, spottete jeder Beschreibung. So etwas hatte Hogart noch nicht gesehen. Er befand sich in einer mit Paravents abgetrennten Nische. Die Tastatur vor dem Monitor ging in einem Berg aus Akten, Fotos und Filmrollen unter, die sich spiralförmig über den Tisch schlängelten. Pizzakartons, Getränkebecher und Warmhaltefolien mit der Aufschrift eines Chinarestaurants bedeckten den Boden. Über allem hing ein Geruch nach saurer Soße. Wie hier jemand arbeiten konnte, war Hogart unbegreiflich. Im Vergleich dazu hätte Ivonas ehemaliges Wohnzimmer einem zwanghaft pedantischen Stauballergiker gehören können.

Aus dem Berg zerknüllter Papiere ragte ein gerahmtes Foto, das Micha neben Roman, seinem älteren Bruder, zeigte. Die beiden Männer standen auf dem Parkplatz des Filmgeländes, und die Aufnahme schien nicht älter als zwei, drei Jahre zu sein. Hogart nahm das Foto vom Tisch und reichte es Musil.

»Könnten Sie mir eine Kopie davon machen?«

»Wenn ich Sie dann loswerde!« Missmutig nahm Musil das Bild an sich. »Drüben haben wir einen Farbkopierer. Rühren Sie in der Zwischenzeit nichts an.«

Kaum war er außer Sicht, trat Ivona hinter den Schreibtisch. Mit dem Fuß schob sie einige Kartons zur Seite. Darunter befanden sich aufgerollte Kabel, Klinkenstecker, Mikrofone und Bauteile eines Transistors. Auf den meisten Teilen des Equipments befanden sich Aufkleber mit dem Logo der Barrandov-Filmstudios.

Anscheinend hatte Ivona beim Anblick der Geräte den

gleichen Gedanken wie Hogart. »Könnte man damit jemanden abhören?«, fragte sie leise.

»Wenn man ein geschickter Bastler ist, kann man mit diesen Dingern so ziemlich alles anfangen.«

Plötzlich stand Musil in der Nische; er hatte die Farbkopie in der Hand. »Und, fertig? Alles gesehen?«

»Hat sich Micha dieses Equipment einmal ausgeborgt?«, fragte Hogart.

»He Mann, diesen alten Krempel braucht kein Mensch mehr. Gelegentlich nimmt er sich etwas davon mit nach Hause – hier, bitte!« Musil gab ihm die Kopie und stellte den Bilderrahmen wieder an seinen Platz.

Hogart warf einen Blick auf die Aufnahme der Zajicbrüder, dann schob er das Blatt in die Innentasche seines Mantels. Er lächelte Musil an. »Vielen Dank, jetzt sind Sie uns los.«

Ein eisiger Wind trieb Laub und Kastanien über den Asphalt des Parkplatzes. Hogart stellte sich hinter eine Litfaßsäule und schlug den Mantelkragen hoch.

Er sah Ivona an. »Was meinen Sie?«

»Ich glaube, wir haben jetzt genug Material gegen Micha.« Ivona vergrub ihre Hände in dem Parka. Die Kälte ließ ihre Nase rot anlaufen.

Hogart nickte. »Es ist unglaublich, aber falls wir recht behalten, hat dieser Mistkerl tatsächlich seine eigene Mutter auf dem Gewissen.«

»Hana Zajicova hat jahrelang geschwiegen, obwohl sie wusste, was ihr Mann mit Micha in seinem Arbeitszimmer trieb«, erinnerte Ivona ihn.

»Rechtfertigt das einen Mord?«

Ivona bedachte ihn mit einem traurigen Blick. »Stellen Sie

diese Frage einmal einem Mädchen, das jahrelang von seinem Vater sexuell missbraucht wurde.«

Hogart sah sie fassungslos an. »Sie verteidigen ihn? Er hat wahrscheinlich fünf Frauen auf dem Gewissen!«

»Ich verteidige nicht das, was er getan hat, aber ich sehe auch die andere Seite. Seine Kinderseele wurde jahrelang gequält. Wenn Sie mich fragen, wurde er gewaltsam zu dem gemacht, was er heute ist.«

»Ich verstehe Sie nicht. Zuerst schließen Sie einen kaltblütigen Deal ab, um Greco einen Mörder auszuliefern, und jetzt haben Sie Mitleid mit dem Killer? Was, vermuten Sie wohl, wird Greco mit Micha anstellen? Ihn auf Kaffee und Kuchen einladen?«

Ivonas Augen funkelten. »Als ich die Abmachung mit Greco getroffen habe, kannte ich Micha noch nicht einmal! Glauben Sie nicht, dass ich meine Entscheidung längst bereue? Seit gestern geht mir nichts anderes durch den Kopf.«

Hogart schwieg.

»Auch wenn es mir in der Seele schmerzt, aber so lautete nun mal die Vereinbarung«, sagte Ivona eine Spur leiser. »Jedenfalls denke ich, dass wir Micha festnehmen lassen könnten. Sobald sich die Spurensicherer der Kripo Michas Kastenwagen vorknöpfen, finden sie garantiert Spuren der entführten und ermordeten Frauen. Außerdem wird Michas Schuhabdruck mit jenem auf dem schwarzen Samttuch übereinstimmen. Dann hat der Staatsanwalt genug für eine Anklage gegen ihn in der Hand. Sehen Sie das auch so?«

»Hundertprozentig.« Hogart ließ die Schultern sinken. Nun war der Fall für ihn abgeschlossen – beinahe, denn es stand fest, dass Micha die Frauen getötet hatte und somit für Alexandra Schellings Tod verantwortlich war.

Und somit wusste der Mistkerl, wo sich ihr Trolley und die Überreste ihrer Leiche befanden.

Schweren Herzens griff Ivona nach ihrem Handy. »Ich rufe Greco an – falls er nicht rangeht, Dimitri.«

Hogarts Herz blieb für einen Moment stehen. »Halt, warten Sie!«

»Worauf?«

»Ich dachte, wir wollten Micha festnehmen lassen.«

»Natürlich, aber glauben Sie allen Ernstes, ich hintergehe Greco?« Sie atmete tief durch. »Ich rufe Greco an und nenne ihm Michas Namen. Anschließend telefoniere ich sofort mit Novacek. Ich hoffe nur, dass ihn die Kripo vor Greco findet.«

»Und falls nicht? Wir wissen doch beide, was das bedeutet!«, brauste Hogart auf. »Der Junge ist innerhalb der nächsten Stunde tot. Abgesehen davon, dass es eiskalter Mord wäre, würden wir damit die einzige Spur zu dem zweiten Killer verlieren. Ich bezweifle zwar, dass die Kripobeamten noch rechtzeitig vor dem nächsten Mord die Identität des anderen Killers rausfinden, selbst wenn sie Micha ordentlich in die Mangel nehmen, aber es besteht zumindest eine Chance. Rufen Sie Greco nicht an!«

»Unmöglich. In Wien handhaben Sie das vielleicht anders, aber hier ist es besser, wenn man sich an die Abmachungen hält, die man getroffen hat, glauben Sie mir.« Ivonas Stimme zitterte. Sie öffnete das Telefonverzeichnis, doch bevor sie Grecos Nummer wählen konnte, läutete ihr Handy.

Eine Nummer erschien auf dem Display. »Vesely!«, entfuhr es ihr. »Vielleicht ist ihm noch etwas eingefallen.«

Sie hielt das Handy ans Ohr. »Hieronymus?«

Im nächsten Augenblick wurde sie blass. Hastig winkte

sie Hogart näher zu sich und hielt das Handy so, dass auch er etwas verstehen konnte.

Veselys Stimme zitterte, sie war voller Angst. »… und er sagt, ich soll Ihnen ausrichten, ich sei die letzte Figur, der weiße Läufer …« Er versuchte, noch etwas hinzuzufügen, wurde aber abgewürgt. Das Handy verstummte.

Ivona ließ den Arm kraftlos sinken. »Vesely wurde entführt. Er wird sterben«, sagte sie tonlos. Plötzlich sah sie ihn an. »Aber warum lässt ihn der Killer anrufen? Will er ein Spiel mit uns spielen? Aber wir wissen doch, dass Micha der Mörder ist!«

Hogart runzelte die Stirn. »Vesely begann seine Botschaft doch mit den Worten: *Er sagt, ich soll Ihnen ausrichten …*«, murmelte er. »Aber Micha kann nicht sprechen.«

Ivona biss sich auf die Lippe. »Das bedeutet, Vesely wurde von dem anderen Mörder entführt. Ich rufe Greco an. Dimitri und seine Leute sollen sich Micha schnappen und ihn bearbeiten, denn im Moment ist er unsere einzige Spur.«

»Halt, halt, halt.« Hogart legte Ivona die Hände auf die Schultern, um sie zu beruhigen. »Wir dürfen ihn nicht an Greco ausliefern, eben *weil* er unsere einzige Spur ist.« Nachdrücklich sprach er auf sie ein. »Wir sind verdammt nahe dran. Lassen Sie uns in Ruhe überlegen. Nur eine Minute.«

Stumm starrte Ivona ihn an.

»Wir können also mit gewisser Sicherheit sagen, dass Micha der Erste der beiden Killer ist. Zweitens können wir davon ausgehen, dass er den anderen Killer kennt, der die Männer tötet, denn immerhin müssen sie sich auf diese Vorgehensweise geeinigt haben. Jetzt wird nur noch dieser Komplize ein einziges Mal töten, und Vesely wird sein letztes Opfer sein.«

»Dieser Hurensohn hat uns die ganze Zeit beobachtet, auf der Burg, auf dem Friedhof und bestimmt auch hier. Jetzt hat er Vesely!« Ivona standen Tränen in den Augen. »Verdammt noch mal, was sagen wir Veselys Frau und seinem Sohn? Es tut uns leid, dass Ihr Mann wegen uns sterben musste?« Ivona wischte sich die Tränenspur von der Wange. »Mein Bruder wird die Wahrheit aus Micha herausprügeln!«

»So funktioniert das nicht! Micha ist verrückt. Ondrej wird ihn nie zum Sprechen bringen können, auch wenn er ihm alle Finger bricht oder ihm die Scheiße aus dem Hirn prügelt.«

Ivona sah ihn an. »Sie haben keine Ahnung, wozu Ondrej fähig ist.«

Aus ihrem Blick sprach nicht nur die panische Angst um Vesely, sondern auch der Zorn auf sich selbst. Mit einem Mal hatte sie offensichtlich kein Verständnis mehr für Michas gequälte Seele. Hogart merkte, dass sie von ihren Emotionen hin und her gerissen wurde. Desto wichtiger war, dass er selbst einen kühlen Kopf bewahrte, bevor die Sache durch eine einzige Fehlentscheidung komplett aus dem Ruder lief.

Er atmete tief durch. »Micha hat nichts zu verlieren. Sein Werk ist bereits vollendet, seine Schachzüge abgeschlossen. Für seine geschlagenen Figuren hat er symbolisch fünf Morde begangen. Er ist in jedem Fall der Sieger. Er wird uns nichts verraten.«

»Dann wird sich die Kripo darum kümmern.« Ivonas Daumen schwebte über den Tasten des Handys. Sie war knapp davor, Novacek anzurufen. Auf dem Display erschien bereits seine gespeicherte Nummer.

»Machen Sie jetzt nichts Unüberlegtes!«, drängte Hogart. »Wir dürfen den Fall nicht vermasseln. Überlegen Sie doch!

Was macht Novacek, nachdem Sie ihn angerufen haben? Die Kripo nimmt Micha zwei Tage lang in Untersuchungshaft. Das bringt uns genauso wenig. Im Gegenteil, dadurch verschlimmert sich unsere Situation. Wir wissen, dass der Killer seine Opfer immer erst am Vorabend des Monatsersten tötet, also bleibt uns noch der gesamte morgige Tag. Falls der Killer erfährt, dass wir Micha festgenommen haben und ihm schon so dicht auf den Fersen sind, wird er Vesely sofort töten, bevor Micha irgendetwas über den Plan verraten kann. Und danach taucht er unter und ist für immer verschwunden.«

»Aber was sollen wir denn sonst tun?«, rief Ivona. »Wir können Micha doch nicht frei herumlaufen lassen.«

»Doch. Es ist ein Wettlauf gegen die Zeit, aber wir haben nur diese eine Chance: Wir rufen Novacek an, aber er muss Micha auf freiem Fuß lassen. Die Kripobeamten dürfen ihn nur beschatten, sein Haus verwanzen, seine E-Mails abfangen. Nur so finden wir möglicherweise eine Spur zum zweiten Täter oder einen Hinweis darauf, wo der sein Opfer versteckt.«

»Sie haben ja keine Ahnung, wie das hier läuft«, widersprach Ivona. »Zuerst muss Novacek seinen Chef überzeugen, dass die Observation notwendig ist, was uns schon mal nicht gelingen wird. Danach muss Morak die gesamte Prozedur dem Staatsanwalt vorschlagen, der sich vom Gericht einen Ratskammerbeschluss holt. Normalerweise bekommen wir den Beschluss nicht vor einer Woche.«

»Aber Hieronymus Vesely ist nicht irgendjemand, sondern der Stolz der Nation. Wenn sich Novacek dahinterklemmt, kann der Beschluss innerhalb einer Stunde außer Protokoll getroffen werden.«

»O Scheiße – falls Greco davon erfährt, bin ich geliefert, und wenn Vesely stirbt, brenne ich in der Hölle.«

Nach kurzem Zögern wählte sie Novaceks Nummer.

Sie trafen sich mit dem Kripobeamten in einem externen Ermittlungsbüro am Stadtrand. Novacek hatte alle Hände voll zu tun und fand kaum Zeit, sich um sie zu kümmern. Zwischen Telefonaten und Gesprächen mit seinen Mitarbeitern informierte er sie kurz über den aktuellen Ermittlungsstand. Die unbekannte Frauenleiche war mittlerweile tatsächlich als Alexandra Schelling identifiziert worden. Schellings Mutter wollte, dass die Tote nach Wien überstellt wurde. Voraussichtlich nächste Woche würde der Leichenwagen den zugelöteten Zinnsarg nach Österreich transportieren.

Nebenbei bekamen sie mit, dass die bisherigen Recherchen in den Schachclubs nichts gebracht hatten. Erst als Ivona ihn unterbrach und ihm sagte, dass sie die Identität des Originalkillers kannten, ließ Novacek von seiner Arbeit ab. Er packte Ivona am Arm und führte sie unsanft aus dem Büro in die angrenzende Küchennische. Hogart folgte ihnen.

Novacek knallte die Tür zu. »Wir waren uns doch einig, dass du die Finger von dem Fall lässt!«, herrschte er sie an. »Und Sie sollten in Ihrem Hotelzimmer bleiben und nicht in einer laufenden Ermittlung herumschnüffeln!«

»Micha Zajic ist der Mörder!« Hogart setzte sich an den Tisch. »Lassen Sie uns alles erklären.«

Novacek studierte Ivonas ernsten Gesichtsausdruck. »Scheiße, da ist doch noch etwas, das du mir verheimlichst. Was habt ihr diesmal angestellt?«

»Setz dich bitte.«

Nachdem sie um den Tisch Platz genommen hatten,

erklärte Ivona dem Kripobeamten in knappen Worten alles, was sich in der Zwischenzeit ereignet hatte, angefangen von ihrem Treffen mit Vesely, ihren Besuchen in der Villa von Dr. Zajic und bei seinem Sohn in der Ziegelfabrik, von Michas Vergewaltigung, wie und wo sie die Züge der Schachpartie herausgefunden hatten, in welchem Stadtteil die letzte Männerleiche auftauchen würde, bis zur Verbindung zwischen Micha und dem Filmstudio. Allerdings verheimlichte sie ihr Abkommen mit Greco.

»Das lässt nur einen Schluss zu: Micha ist einer der Mörder, doch blöderweise hat sein Komplize vor einer Stunde das nächste Opfer entführt: Hieronymus Vesely.« Ivona legte die Hände in den Schoß und starrte auf die Tischplatte.

Hogart erwartete, dass Novacek jeden Moment zu toben beginnen würde, weil sie erst jetzt damit herausrückte, doch nichts dergleichen passierte.

Novacek schwieg eine Weile. Schließlich fragte er Ivona: »Wie sicher bist du dir, dass Micha Zajic der Originaltäter ist?«

»Alles spricht gegen ihn: der Fußabdruck, sein Job im Studio, seine Bearbeitung des Films, die Filmmusik, die Tatsache, dass ihn sein Vater an jedem ersten Montag im Monat missbraucht hat und ...«

»Das habe ich alles begriffen, aber wie sicher bist *du* dir?«

»Er ist es: hundert Prozent! Dafür lege ich meine Hand ins Feuer.«

Novacek schwieg.

»Was hältst du von dem Plan, Micha beschatten zu lassen?«, fragte sie.

Novacek blickte zu Hogart. »Stammt die Idee von Ihnen?«

Hogart nickte.

»Es ist unsere einzige Chance, um über ihn an seinen Komplizen und an Vesely ranzukommen«, gab Novacek zu. »Mit wem könnte Micha zusammenarbeiten?«

»Er macht nicht gerade den Eindruck, als hätte er viele Freunde«, sagte Ivona.

»Aber er hat einen Bruder«, ergänzte Hogart.

»Sie glauben doch nicht allen Ernstes, dass Roman Kosice der zweite Mörder ist? Welches Motiv hätte er?«, brauste Ivona auf. »Die beiden haben doch nicht mal Kontakt zueinander.«

»Das behauptet Roman«, widersprach Hogart. »Möglicherweise gibt es eine Verbindung zwischen den Brüdern, die wir noch nicht kennen. Dann wären sie das ideale Mörderpaar.«

»Blödsinn!«, fauchte Ivona.

»Schluss jetzt!«, fuhr Novacek dazwischen.

Für ihn schien die Besprechung beendet.

»Was wirst du unternehmen?«, fragte Ivona.

»Wir nehmen uns die Zajics vor.«

»Und der Staatsanwalt?«, fragte sie.

»Pfeif auf den Staatsanwalt«, unterbrach Novacek sie. »Wir regeln das direkt mit einem Richter, den Morak kennt. Aber es wird nicht einfach, das alles Morak zu erklären. Am besten, ihr verschwindet jetzt und lasst euch nicht mehr hier blicken. In der Zwischenzeit werde ich eure Informationen überprüfen. Aber eines noch …« Er warf ihr einen unmissverständlichen Blick zu. »Ab jetzt Finger weg von dem Fall, habt ihr verstanden? Falls wir Vesely nicht binnen vierundzwanzig Stunden lebend finden, stecken wir alle drei ziemlich tief in der Scheiße.«

»In Ordnung«, sagte Ivona, doch Hogart wusste im gleichen Moment, dass sie log.

Vermutlich bemerkte Novacek es ebenso, denn er beugte sich über den Tisch und redete leise, aber eindringlich auf Ivona ein, diesmal auf Tschechisch. Hogart verstand nur den Namen *Matej*.

Als Novacek fertig war, nickte Ivona. Schließlich erhoben sie sich, und Novacek gab ihr einen Kuss auf die Wange. *»Dobry den.«*

Während Hogart Ivona zur Tür folgte, zog Novacek einen Schreibblock und das Telefon von der Küchenablage zu sich. Im Stehen schaltete er die Freisprechanlage ein, bellte einige Befehle in den Lautsprecher und machte sich Notizen. Er forderte zwei Observationsgruppen an und verlangte die komplette Kripogarnitur. Die Männer, die Micha beschatten sollten, würden sich über versteckte Mikros und einen *Ohrwurm* in ständigem Kontakt befinden. Mehr verstand Hogart nicht. Er war schon draußen im Gang.

Während Michas Beschattung durch die Polizei gegen Abend ins Rollen kam, saßen Ivona und Hogart auf dem Heck der *Praha* auf Campingstühlen. Von der Takelage hing ein Windlicht, das auf und ab wippte. Es war die frostigste Nacht seit Hogarts Ankunft. Ivona trug den Parka bis zu den Ohren hochgezogen, einen Schal und war noch dazu in eine Decke gehüllt. Auch Hogart hatte sich aus dem Stauraum eine von Jiris Decken geholt und um den Körper geschlungen. Auf dem Campingtisch stand eine leere Baileysflasche zwischen einigen zerknüllten Sandwichpapieren. Daneben lehnte ein batteriebetriebener Kassettenrekorder, den Hogart in Jiris Kabine gefunden hatte. So kam er doch noch dazu, seine Bänder zu hören – und bemerkte erst jetzt, wie sehr ihm die Musik gefehlt hatte. Während Johnny Hodges auf dem Saxophon spielte, betrachtete er die Wellenbewegung und das Schaukeln der angrenzenden Boote.

»Weshalb hatte Novacek heute Nachmittag Ihren Sohn erwähnt?«, fragte er.

Ivona fixierte ein Licht auf dem anderen Ufer. Möglicherweise hatte sie seine Frage gar nicht gehört oder wollte einfach nicht antworten. Schließlich wandte sie sich ihm doch zu.

»Er ist Matejs Vater.«

Hogart sah sie lange an. Nun ergab alles einen Sinn: Novaceks Verhältnis zu Ivona sowie seine Fürsorge um diese Frau und seine Nachsicht bei allem, was sie tat.

»Waren Sie glücklich?«, fragte er.

»Sehr.«

»Woran ist die Ehe gescheitert?«

Ivona seufzte. »Woran ist sie *nicht* gescheitert? Ich habe Ihnen ja erzählt, wie es zwischen uns lief. Er, der Kripobeamte – ich, die Detektivin, die über Ondrej und Greco in Kontakt mit der Kriminellenszene stand, was mich selbst auch zu einer Art Kriminellen machte. Wir waren uns nie einig, was Matejs Erziehung anbelangte, wir waren uns ja nicht einmal einig, was unsere gemeinsame Lebenseinstellung betraf. So etwas hält auf Dauer nicht mal die beste Ehe aus.« Sie legte die Beine auf den Tisch. »Schließlich wuchs Matej bei Tomas auf, was wohl auch das Beste für den Jungen war.«

Sie schwiegen lange Zeit.

»Heute Abend endet mein Aufenthalt in Prag«, sagte Hogart, nur um irgendetwas zu sagen.

»Haben Sie schon Ihren Auftraggeber angerufen?«

»Nein.« Hogart starrte auf das Display seines Handys. Drei Anrufe in Abwesenheit – dreimal Kohlschmied. Er wusste, dass er keinen weiteren Aufschub erhalten würde, doch er brauchte nur noch einen einzigen Tag, bis alles überstanden war. Er wählte Kohlschmieds Nummer.

»Hogart!« Der Außendienstleiter klang gleichermaßen zynisch wie überrascht. »Was gibt es Neues?«

»Mittlerweile wissen wir, wer Alexandra Schelling getötet hat«, begann Hogart, nicht gerade euphorisch. Schließlich hatte er bezüglich der Ölgemälde keine wirklich bahnbrechenden Neuigkeiten vorzuweisen.

»Wie interessant, aber ihre Ermordung steht in keinem Zusammenhang mit dem Gemäldebetrug, richtig?«

»Richtig.«

»Fein.« Kohlschmied machte eine Pause. »Alles, was Sie in Prag treiben, Ihre gesamte *Mörderjagd,* hat nichts mehr mit dem Versicherungsfall zu tun. Der ist inzwischen abgeschlossen. Wir und auch die anderen Unternehmen mussten zahlen. Sieben Millionen Euro pro Gemälde! Sie können sich den Gesamtwert der Köhler-Serie ausrechnen. Im Moment interessieren Kommerzialrat Rast und mich nur drei Dinge: Konnten Sie die Originalgemälde, Alexandra Schellings persönliche Unterlagen oder die Reste ihres Leichnams finden?«

»Nein.«

»Dann haben Sie Ihre drei Tage umsonst verschwendet. Ihre Frist ist abgelaufen, der Auftrag ist beendet. Ich hoffe, Sie hatten einen schönen Aufenthalt. Kommen Sie zurück.«

Hogart versuchte, ruhig zu bleiben. »Übermorgen ist alles beendet, ich …«

»Was soll das jetzt wieder? Sie wollen Ihren Auftrag doch wohl nicht bis Sonntag verlängern?«

»Um einen Tag«, korrigierte Hogart ihn.

»Das kommt überhaupt nicht infrage. Der Fall ist

abgeschlossen, verstehen Sie das nicht? Abgeschlossen! Wenn Sie in Prag bleiben wollen, ist das Ihre Angelegenheit. Ihr Spesenkonto ist heute ab Mitternacht eingefroren. Die Firmen-Kreditkarte ist gesperrt. Ab morgen läuft der Leihwagen auf Ihre Kosten, ebenso der Heimflug.« Kohlschmied machte eine Pause. »Wie lautet Ihre Entscheidung?«

Hogarts Verstand sagte ihm, dass sein Auftrag dann zu Ende war, wenn es sein Auftraggeber so entschied. Er wusste, wie die Sache ausging, wenn er sich in fremde Angelegenheiten mischte und Ermittlungen auf eigene Faust anstellte. Er konnte keinen zweiten Fall Salzmann brauchen. Außerdem wollte Novacek genauso wenig wie Kohlschmied, dass er in der Angelegenheit weiterarbeitete. Das war seine Chance, Prag auf elegante Weise zu verlassen, ohne sein Gesicht zu verlieren. Die tschechische Kripo würde sich um alles Weitere kümmern.

Andererseits sah er Eugenie Vesely vor sich, die rundliche Frau im schwarzen Mantel mit dem Damenhut, die sich auf dem jüdischen Friedhof vor dem Mausoleum des Rabbi Löw niederbeugte, um ihre Wünsche unter einem Stein zu deponieren. Was hatte sie sich wohl gewünscht? Ein langes Leben für sich und ihren Mann? Dass sich Hieronymus in den Händen des Killers befand, ging auf sein Konto. Falls Vesely wegen ihm ermordet wurde, lastete die Verantwortung für einen zweiten Toten auf seinem Gewissen.

»Ich kann nicht gehen«, sagte er.

»Ihre Entscheidung. Schicken Sie mir ein Fax, eine E-Mail oder eine SMS, damit ich es schriftlich habe, und nennen Sie uns den Bargeldbetrag, über den Sie jetzt noch verfügen. Für alles, was Sie danach tun, tragen wir keine Verantwortung. Wir werden uns von allem distanzieren, was

Sie von nun an machen – nur damit das klar ist! Auf Wiederhören!«

Kohlschmied legte auf.

Einen ähnlichen Satz hatte Hogart vor zwei Jahren schon mal gehört, und im Anschluss war alles aus dem Ruder gelaufen. Doch diesmal *musste* es einfach anders enden. Allerdings hatte er noch keine Idee, wo er ansetzen sollte.

14. KAPITEL

Am nächsten Morgen erwachte Hogart mit grässlichen Kopfschmerzen, die sich wie Korkenzieher durch seinen Schädel schraubten. Bis fünf Uhr früh hatte er trotz der Watte in den Ohren den Fischen beim Knabbern an der Außenbordwand zugehört. Als die Viecher endlich aufhörten, ließ ihn das Schwanken des Bootes regelmäßig hochfahren. Um sieben Uhr quälte er sich mit einem Schüttelfrost aus dem Bett. Das feuchte Wetter brachte ihn zur Verzweiflung. Nicht nur, dass ihn seine Rückenschmerzen schier in den Wahnsinn trieben, nun begann auch die verletzte Schulter wieder zu pochen. Er wusste, es würde ein schlimmer Tag werden.

Während er auf seiner Koje hockte und zwei Schmerztabletten mit einem Glas Wasser hinunterspülte, läutete sein Handy. Das konnte nur Kohlschmied sein. Er hatte der Versicherung gestern Abend kein Fax mehr geschickt.

»Hallo, mein Großer! Wie geht's?« Es war sein Bruder. Seine Stimme hörte sich weit entfernt und merkwürdig fremd an.

Hogart massierte seine Schläfe. »Morgen, Kurt.«

»Ach Scheiße, wie klingst du denn?«

»Wie einer, der beschissen geschlafen hat.«

»Sag bloß, du hast bei einer Frau übernachtet?«

»Ja, schon, bei Ivona, aber …« Wozu lange drum herumreden? Er machte es kurz. »Ich bin immer noch in Prag.«

»Ich dachte, du wolltest schon vor ein paar Tagen heimkommen.«

»Es ist etwas dazwischengekommen.«

»Junge, Junge, und wer zum Teufel ist Ivona?«

Kurts Neugier war immer erst dann befriedigt, wenn er alles bis ins kleinste Detail wusste. Doch Hogart hatte im Moment keine Lust, über Ivona zu plaudern. »Das erzähle ich dir, wenn ich heimkomme.«

»Warum flüsterst du? Alles in Ordnung bei dir?«

»Ich habe Kopfschmerzen.«

»Joggen, mein Junge, joggen! Und anschließend zu einem guten Chiropraktiker – ich kenne zufällig einen.«

»Ja, ich weiß, den kenne ich auch. Wir sehen uns, wenn ich heimkomme«, wiederholte Hogart. Danach beendete er die Verbindung.

Er zog sich an, um frisches Gebäck aus dem Krämerladen zu holen. Die kühle Morgenluft schuf etwas Klarheit in seinem Kopf. Eine halbe Stunde später kam auch Ivona aus ihrer Kajüte. Während der Kaffee durch die Maschine lief, versuchte sie vergeblich, Novacek auf seinem Handy zu erreichen. Schließlich rief sie auf dem Revier an, wo sie mit Svatek verbunden wurde, den sie ebenfalls von Kindheit an kannte und der in Novaceks Team arbeitete. Von ihm erfuhr sie, dass die Kripo bereits am gestrigen Nachmittag mit der kleinen Observierung begonnen hatte. Die Wohnungen von Dr. Jaroslav Zajic und Roman Kosice waren verwanzt worden. Zwar war die Botschaftslimousine ein Tabu, das selbst Jan Morak nicht anzurühren wagte, doch hatten die Beamten Peilsender unter die Privatautos von Micha, Roman und Dr. Zajic geklebt. Ein Helikopter des Sondereinsatzkommandos mit Nachtsichtgerät und Wärmebildkamera stand in Bereitschaft. Und noch vor Einbruch der Dunkelheit würde die angeforderte Verstärkung aus Pilsen und

Hradec eintreffen, dann wären sie in der Lage, das volle Programm abzuspulen.

Aber immerhin waren schon jetzt mehr als ein Dutzend Kripobeamte, knapp fünfzig Polizisten und mehr als doppelt so viele Schüler aus den umliegenden Polizeischulen auf den Beinen. Sie krempelten unter anderem Michas Leben komplett um, überprüften sämtliche Adressen, zu denen Micha je Kontakt gehabt hatte, und durchsuchten alle Wohnungen, Studios und Lagerhallen, mit denen sie den Jungen auch nur im Entferntesten in Verbindung bringen konnten. Allein die zahlreichen mit Requisiten vollgestopften Depots der Barrandov-Studios boten unzählige Möglichkeiten, einen Menschen zu verstecken. Außerdem erfuhr Ivona, dass die Beamten Eugenie Vesely nicht aus dem Revier bekommen konnten, wo sie seit den frühen Morgenstunden tobte und allen Polizisten damit drohte, zur Presse zu gehen oder Ivona anzuzeigen, da sie ihren Mann in diese Sache hineingezogen hatte.

»Die ganze Scheiße geht nicht gut aus«, prophezeite Ivona, nachdem sie Hogart alles berichtet hatte. Sie ging unruhig in der Kombüse auf und ab. »Ich kann nicht untätig hier sitzen, während Vesely jeden Augenblick getötet werden könnte. Dieser ganze Beschattungsmist bringt doch nichts.« Lustlos stellte sie ihre Kaffeetasse zur Seite.

»Ich habe die ganze Nacht wach gelegen.« Hogart massierte seinen Nacken. »Und ich habe eine Idee, wie wir dahinterkommen könnten, wer Vesely entführt hat.«

»Schneller als Novacek?«

»Es wäre einen Versuch wert.«

Plötzlich war sie hellwach. »Raus damit!«

»Kennen Sie jemanden, der bei dem Netzbetreiber arbeitet, über den Vesely gestern mit Ihnen telefoniert hat?«

Ivona überlegte. »Sie meinen eine Datenrückverfolgung von Veselys letztem Anruf?«

»Exakt.«

Wie Hogart erfuhr, hatte Ivona bei ihren Recherchen als Privatdetektivin bereits mehrmals über einen Kontaktmann bei der Telefongesellschaft Gespräche inoffiziell rückverfolgen lassen, was ihre Klienten stets eine hübsche Stange Geld gekostet hatte. Diesmal würde Hogart den Betrag aus eigener Tasche zahlen: zweitausend Kronen, wenn sie das Ergebnis innerhalb einer Woche wollten – fünftausend Kronen, falls sie es sofort brauchten. Leider konnten sie Ivonas Kontaktmann zunächst nicht erreichen. Erst nach mehreren Zigaretten und einigen Tassen starken Kaffees hatten sie ihn endlich am Apparat. Ivona nannte ihm Veselys Handynummer und die Uhrzeit des gestrigen Anrufs.

Eine Stunde später wussten sie, dass sich Veselys Handy am Vortag um 14.35 Uhr in den Handymast eingeloggt hatte, der sich am nördlichen Ende des Wenzelsplatzes befand, bei der Kreuzung zur Rytirska, wo die St.-Gallus-Kirche lag. Die nächsten Telefonmasten standen im Umkreis von einem halben bis einen Kilometer. Durch die Schnittmenge der Radien ergab sich ein bestimmtes Stadtgebiet.

Hogart kreiste den infrage kommenden Bereich auf dem Stadtplan ein. »Hier wurde Vesely entführt – auf dem Wenzelsplatz oder in der näheren Umgebung.«

»Nicht gerade berauschend für fünftausend Kronen«, sagte Ivona. »Und weiter?«

»Wir brauchen Ihren Freund noch einmal, diesmal für eine Handypeilung, um herauszufinden, wo sich das Telefon *jetzt* befindet.«

»Der Killer ist nicht dumm. Er hat das Handy nach dem Telefonat doch sicherlich weggeworfen, statt es mitzunehmen.«

»Bestimmt sogar, aber ich möchte wissen, *wo* er es weggeworfen hat.«

»Dann beten Sie mal, dass das Handy noch immer eingeschaltet ist.« Ivona tippte erneut die Nummer ihres Bekannten ein.

Nach dem Gespräch strahlte sie ihn an. »Glückwunsch, Sie sind soeben um weitere fünftausend Kronen ärmer geworden.«

»Und?«

»Wie wir vermutet haben: Veselys Telefon ist immer noch über denselben Masten eingeloggt. Ich frage mich, warum es der Killer nicht ausgeschaltet hat.«

Hogart dachte nach. »Wozu? Es liegt vermutlich in einem Mülleimer oder hinter einer Hecke.«

»Was nützt uns das?« Ivona war immer noch skeptisch.

Hogart griff nach dem Autoschlüssel und seinem Mantel. »Das sage ich Ihnen, sobald wir es gefunden haben.«

Sie gingen von dem Kaffeehaus, in dem sie gestern nach ihrem Besuch im Filmstudio gesessen hatten, zur St.-Gallus-Kirche hinunter. Ihr Weg führte durch die Fußgängerzone des Wenzelsplatzes. Im Grunde genommen war das Areal überschaubar. Eine einzige Straße, auf der kaum Autos fuhren, querte die Mitte des lang gezogenen Platzes. Wegen des grässlichen Nieselregens war in der Fußgängerzone kaum etwas los. Die meisten Souvenirläden und Imbissbuden hatten die Rollos heruntergezogen. Nur ein paar Hunde liefen über den Platz. Hin und wieder holperte eine altmodische

Straßenbahn an ihnen vorbei, die schon allein wegen des Knirschens der Gleise nicht zu überhören war. Von der Oberleitung sprangen grelle Funken ab, was möglicherweise am feuchten Wetter lag.

Während Hogart die eingekreisten Gassen auf seinem Stadtplan studierte, wählte Ivona permanent Veselys Nummer. Sobald die Mailbox aktiviert wurde, legte sie auf und drückte auf die Wiederwahltaste.

»Das bringt doch nichts«, sagte sie nach einer Weile.

»Machen Sie weiter, irgendwo muss das verdammte Handy ja liegen.«

Die Kälte kroch Hogart unter die Kleider. Trotzdem marschierten sie in Schlangenlinien den Platz hinunter, wobei sie einige Schritte in jede Seitengasse machten. Hinter den meisten Hauseingängen lagen Innenhöfe, von wo schmale Treppen zu Theaterbühnen oder Ausstellungsräumen führten. In einer der Gassen warben Reste abgerissener Plakate für ein Masken- und Puppenmuseum. Hässliche aufgequollene nackte Körper aus Holz und Plastik hingen an Seilen in den Schaufenstern. In einer anderen Gasse befand sich ein Kafka-Museum – wieder einmal. Der Eintritt war frei, allerdings durfte nicht fotografiert werden. An einer Häuserecke weiter unten, zu der Hogart unter normalen Umständen nie gekommen wäre, warb eine Tafel sogar für eine Ausstellung mittelalterlicher Folterinstrumente. Anscheinend lief die Galerie nicht besonders gut, da niemand im Kassenhäuschen saß und ein Papierstreifen mit der Aufschrift *Canceled* auf dem Fenster klebte. Zum Glück drang der Autolärm vom Platz nur gedämpft in die engen Gässchen. Hogart hoffte, dass er das Handyläuten gerade noch hören würde.

Unermüdlich wählte Ivona Veselys Nummer. Ihre Miene

sagte deutlich, dass sie die ganze Aktion für Zeitverschwendung hielt. Am Ende der Fußgängerzone, die sich bereits am Rand des von Hogart eingezeichneten Gebiets befand, gelangten sie zu einer Ladezone für Lastwagen. An der Straßenecke stand ein struppiger Terrier, der um ein Kanalgitter lief und in den Schacht kläffte. Als der Hund für einen Augenblick verstummte, hörte Hogart eine leise elektronische Melodie.

Ivona erstarrte. »Die tschechische Nationalhymne – ich werd verrückt!«

Im nächsten Moment begann der Köter wieder zu bellen.

Hogart lief zur Straßenecke. Während Ivona versuchte, den Hund an seinem zerfledderten Lederhalsband wegzuzerren, kniete Hogart vor dem Kanalgitter nieder. »Dort unten liegt es.« In der Dunkelheit sah er das blinkende Display eines Handys. Er beugte sich tiefer und berührte mit der Nase beinahe den Gullyrost. *Siebenundvierzig Anrufe in Abwesenheit.*

Als der Klingelton verstummte, erlosch das Display. Gleichzeitig stürzte der Terrier zum Kanalgitter und blickte schwanzwedelnd in die Tiefe.

Ivona hockte sich neben Hogart und starrte ebenfalls durch das Gitter. »Vermutlich hat Vesely das Handy nach dem Anruf geistesgegenwärtig durch den Rost geworfen, damit der Killer nicht mehr rankam, um es auszuschalten.«

»Muss wohl so gewesen sein.«

»Sie denken doch nicht etwa daran, Fingerabdrücke nehmen zu lassen?«, fragte sie.

»Können wir vergessen. Selbst wenn jemand außer Vesely das Handy angefasst hat, kommt die Kripo bis heute Abend zu keinem Ergebnis.« Hogart strich dem Terrier über die

Schnauze, dann erhob er sich. Durch den Nieselregen starrte er zu dem Café am anderen Ende des Platzes. »Wir wissen, aus welcher Richtung Vesely gekommen ist, und er wurde spätestens hier entführt. Möglicherweise hat der Killer seinen Wagen in dieser Ladezone geparkt.«

Hogart blickte sich um. In der näheren Umgebung befanden sich ein Hotdog-Stand, eine Buchhandlung, ein Fotolabor, ein paar Bäume und einige Sitzbänke – nicht gerade viel, um mögliche Zeugen ausfindig zu machen. »Wir könnten die Verkäufer in den Läden befragen, ob sie gestern etwas Auffälliges bemerkt haben«, schlug er vor, wusste aber im gleichen Moment, dass er mit seinen Ideen am Ende war.

»Könnten wir, aber ich habe einen besseren Vorschlag.« Ivona wies auf die gegenüberliegende Häuserfront. »Dort ist ein Bankomat.«

»Ich bin pleite«, erklärte Hogart.

»Ich weiß, aber diese Kamera filmt vierundzwanzig Stunden am Tag.«

Hogart starrte zu dem Objektiv, das sich über dem Geldscheinautomaten befand. »Sie sind ein Genie!«

Eine Stunde später saßen sie in einem engen fensterlosen Büro im Kellergeschoss des Zentralgebäudes der Komercni Bank. Um sie herum surrten Monitore, Server und gigantische Rechneranlagen, sodass Hogart die Elektrizität in dem Raum beinahe körperlich spüren konnte.

Ivona hatte erst gar nicht versucht, den offiziellen Weg über den Filialleiter oder den Bankdirektor zu gehen, sondern war mit Hogart direkt in die Computerabteilung marschiert, in der fünf junge Burschen und ein älterer Herr arbeiteten. Hogart verstand bloß die Hälfte von dem, was Ivona in ihrem schnellen tschechischen Dialekt mit den Männern besprach, doch wie es schien, machte sie so etwas nicht zum ersten Mal. Nie im Leben hätte er gedacht, damit durchzukommen, doch Ivona ließ ihren gesamten Charme spielen. Nach dem Small Talk wurde die Stimmung plötzlich ernst. Hogart dachte schon, Ivonas nette *Ich-brauch-mal-rasch-einen-Gefallen-von-euch*-Nummer würde zum Reinfall werden, zumindest hätte sie in Wien niemals funktioniert. Doch dann fiel Vladimir Grecos Name, worauf sich einer der Burschen eine Telefonnummer notierte. Wie es schien, hatte dieser Junge mit den schwarzen Haaren und dem *Nightwish*-T-Shirt die Rolle von Ivonas Ansprechpartner übernommen. Sie gab ihm eine Adresse und eine weitere Telefonnummer – anscheinend wichtige Kontakte, die ein gewöhnlicher EDV-Angestellter normalerweise nicht erhielt. Eine Hand wusch die andere, wie es in Prag eben üblich war. Zufrieden rollte der Junge mit seinem Stuhl zu einem PC und begann in die Tastatur zu hämmern. Ivona winkte Hogart zu sich herüber.

Zu dritt saßen sie vor einem Monitor. Hogart roch die Ausdünstung des Burschen, eine Mischung aus Schweiß, Haargel und muffigen Kleidern, sowie den Geruch der leeren Eristoff-Flaschen, die unter dem Schreibtisch standen. Ivona nannte dem jungen Mann, der kein Deutsch sprach, den Straßennamen und die Uhrzeit. Während er die Computerpfade nach einer bestimmten Datei durchsuchte, beugte sich Ivona zu Hogart.

»Nach achtundvierzig Stunden werden sämtliche digitalen Aufzeichnungen automatisch ins Archiv überspielt, auf das Miroslav keinen Zugriff mehr hat«, sagte sie. »Aber nachdem wir früh genug dran sind, gibt es durchaus eine Chance, dass er die Aufnahme für uns findet.«

»Womit haben Sie ihm gedroht? Dass Greco ihm die Beine bricht, falls er nicht kooperiert?«

Ivona verzog das Gesicht. »Seine Schwester sucht Arbeit. Greco kann ihr einen Job als Kellnerin in einem seiner Lokale vermitteln. Das dürfte kein Problem sein. Ein kleiner Gefallen dafür, dass wir Greco nicht nur Michas Namen, sondern möglicherweise auch den seines Komplizen liefern.«

»Nicht schlecht!«, murrte Hogart. Man musste eben nur die richtigen Leute kennen, um ihre Interessen miteinander zu verknüpfen. Im Moment war es die einzige Möglichkeit, an Informationen ranzukommen, die Vesely möglicherweise das Leben retten könnten.

Während die Männer in dem Büro nach und nach ihre Mittagspause antraten, suchte Miroslav nach einer bestimmten Datei. Schließlich öffnete sich in einem kleinen Fenster auf dem Monitor eine unscharfe Schwarz-Weiß-Aufnahme von der Straße. Im Hintergrund sahen sie die Häuserecke mit dem Kanalgitter, in dem sie nach dem Handy gesucht hatten. Dahinter befand sich die Ladezone der Lastwagen. Auf Ivonas Bitte zoomte Miroslav den Hintergrund heran und stellte ihn schärfer. Danach startete er die Videoüberwachung des Vortags ab 14.15 Uhr. Im unteren Bereich des Bildschirms liefen die Ziffern der digitalen Zeitanzeige mit, als der Film im schnellen Vorlauf abgespielt wurde.

»Stopp!«, rief Ivona, als Vesely mit raschen eckigen Bewegungen ins Bild kam. Miroslav drosselte die Geschwindigkeit. Deutlich sahen sie, wie Vesely auf der gegenüberliegenden Straßenseite an der Häuserfront entlanglief.

»Kann Miroslav das Bild noch näher heranzoomen?«, fragte Hogart.

»Habe ich bereits gefragt, es wird unscharf«, antwortete Ivona.

Plötzlich trat ein älterer Mann mit Hut ins Bild, der am Automaten Geld entnahm und ihnen für etwa eine Minute die Sicht verdeckte.

Ivona rutschte an die Stuhlkante. »Hau endlich ab!«

Als der Mann wieder verschwand, stand Vesely immer noch auf der gegenüberliegenden Straßenseite, diesmal jedoch in eine Toreinfahrt gedrängt. Er hielt das Handy ans Ohr. Sein Kopf bewegte sich. Im Hintergrund war eine zweite Gestalt im zerschlissenen Mantel zu erkennen. Als der Mann für einen Augenblick ins Licht trat, sahen sie seine tief ins Gesicht gezogene Baseballkappe.

»Ich kenne den Kerl von irgendwoher«, flüsterte Hogart.

»Und woher?«

»Keine Ahnung.«

Einige Leute liefen vor dem Geldautomaten vorüber und verdeckten ihnen abermals die Sicht. In der nächsten Aufnahme waren Vesely und der Fremde verschwunden. Allerdings fehlte keines der parkenden Autos, weshalb sie nicht einmal einen Hinweis auf ein Nummernschild hatten.

»Mist!«, fluchte Ivona. »Dabei waren wir so nahe dran!«

Sie bat Miroslav, den Film zurückzufahren und an jener Stelle zu stoppen, wo der Fremde aus dem Torbogen ins Licht trat. Miroslav vergrößerte die Aufnahme und erhöhte die Pixelauflösung, wodurch das Bild geringfügig schärfer wurde. Dann erstellte er einen Ausdruck von dem Standbild.

»Etwas Besseres als diese Hardcopy werden wir nicht bekommen«, sagte Ivona resigniert. »Ein Mann mit einer Kappe der *Boston Red Sox*.«

»Das ist zumindest mehr, als ich heute Morgen gehofft hatte«, gab Hogart zu.

Als sie vor dem Bürogebäude der Komercni Bank auf der Straße standen, knurrte Hogarts Magen, doch im Moment war an Essen nicht zu denken. Ihnen lief die Zeit davon, und bisher hatten sie nicht mehr als ein unscharfes Foto von dem zweiten Killer. Hogart faltete Miroslavs Ausdruck auseinander. Regentropfen fielen auf das Papier.

Ivona studierte das Bild. »Ich habe den Mann noch nie gesehen – obwohl er mich an Micha erinnert.«

»Das ist er nicht, aber etwas an dem Burschen kommt mir bekannt vor.« Hogart spürte, wie seine Kopfschmerzen von Sekunde zu Sekunde stärker wurden. Er kniff die Augen zusammen. Woher kannte er den Kerl mit der Baseballkappe?

»Dort, wo ich ihn schon einmal gesehen habe, war er nicht so schmuddelig gekleidet«, murmelte Hogart. »Der Anlass war feiner, vornehmer … Anzug, Hornbrille, Krawatte … nein, nicht vornehmer, aber es hatte etwas mit einer … ja, mit einer Paisleykrawatte und reichlich Pomade im Haar zu tun!« Er ließ eine Kette von Assoziationen im Geiste an sich vorüberziehen.

»Dr. Jaroslav Zajic trägt fast immer eine Paisleykrawatte.«

»Das ist es!« Hogart riss die Augen auf. »Es war an diesem Infoabend!«

»An welchem Infoabend?«

»Moment, ich habe das Bild noch bei mir.« Hogart zog den Ausdruck des Farbplotters aus seiner Gesäßtasche und faltete das Bild auseinander. »Das ist das Foto von dem Infoabend der Kripo, das Sie mir gegeben haben.«

Er reichte Ivona das Blatt. In der vorderen Reihe der

Veranstaltungshalle war sie selbst im dunkelblauen Sweater und einer im Ausschnitt eingehakten Sonnenbrille zu sehen. Auf dem Klappstuhl neben ihr saß Dr. Zajic im makellosen Anzug mit Paisleykrawatte, unmittelbar dahinter der Kerl mit der Baseballkappe. Die *Boston Red Sox*.

»Das ist derselbe Mann!« Hogart hielt die beiden Fotos nebeneinander.

»Unglaublich«, flüsterte Ivona. »Er hat bereits vor Monaten hinter mir gesessen. Damals habe ich noch nicht einmal an dem Fall gearbeitet.«

»Er hat auch nicht hinter *Ihnen* gesessen, sondern hinter Dr. Zajic, dem Mann des ersten Mordopfers.«

Ivonas Mund klappte auf. »Ein Seelentourist, der sich am Leid anderer Menschen ergötzt«, murmelte sie. »Der kranke Mistkerl nahm sogar das Risiko auf sich, erwischt zu werden, nur um dieses Gefühl zu erleben.«

»Nun haben wir zwei Fotos von dem Typ. Wissen Sie, was das bedeutet?« Hogart ließ Ivona gar nicht erst zu Wort kommen. »Wir können seinen Namen und seine Adresse rausfinden, denn Moraks Kripobeamte haben sämtliche Anwesenden aller Infoabende auf Vorstrafen und Alibis überprüft.«

»Aber nichts gefunden«, gab Ivona zu bedenken.

»Aber er ist es. Definitiv! Wie konnte die Kripo das bei der Überprüfung übersehen?«

»Entweder ist er so raffiniert, oder die Beamten haben schlampig gearbeitet …« Sie schüttelte den Kopf. »So viele Menschen hätten gerettet werden können.«

»Wir brauchen seinen Namen und seine Adresse«, drängte Hogart. »Novacek hat diese Daten.«

Ivona kaute unschlüssig an der Unterlippe.

»Was ist los?«

»Haben Sie schon vergessen, womit er gedroht hat, falls wir nicht die Finger von dem Fall lassen? Außerdem kann ich ihn nicht erreichen, da er beide Hände voll zu tun hat.«

»Aber wir haben den zweiten Mörder gefunden!«

»Möglicherweise«, korrigierte Ivona ihn. »Dieser Computerausdruck beweist gar nichts, außer dass ein Mensch zufällig an zwei verschiedenen Orten war.«

»Das ist doch kein Zufall!«

»Der Staatsanwalt sieht das vielleicht anders«, widersprach Ivona.

Hogart war wie vor den Kopf gestoßen. »Wollen Sie etwa nichts unternehmen? Uns läuft die Zeit davon.«

»Ich weiß. Lassen Sie mich nur einen Augenblick überlegen.« Ivona ging auf und ab, während Hogart sie fassungslos anstarrte. Worüber dachte diese Frau noch nach? Der Fall lag doch klar auf der Hand!

Schließlich wandte sich Ivona zu ihm um. »Svatek arbeitet in Novaceks Team. Er war damals für die Personalüberprüfung zuständig. Wir werden uns mit ihm treffen, ohne dass Novacek es erfährt.«

15. KAPITEL

Um halb zwei marschierten Hogart und Ivona über die Karlsbrücke, wo sie sich mit Svatek treffen sollten. Aus einem Prospekt, der im *Hotel Ventana* ausgelegen hatte, wusste Hogart, dass das Hochwasser früher ständig die Moldaubrücken weggerissen hatte, zunächst einfache Holzstege, später solide Übergänge aus Stein. Vor über sechshundert Jahren war endlich diese massive Brücke aus Sandsteinquadern errichtet worden – und die Erbauer hatten dabei nicht gespart, sondern sogar das günstigste Datum für die Fertigstellung astrologisch errechnen lassen. Hogart wunderte sich, warum der Kripobeamte ausgerechnet diesen Platz als Treffpunkt gewählt hatte, den manche das Zentrum Prags nannten, da er den östlichen mit dem westlichen Stadtteil verband. Wahrscheinlich, weil sich an diesem Ort um die Mittagszeit die meisten Menschen tummelten – normalerweise. Doch wegen des miserablen Wetters befanden sich nur wenige Touristen auf der Brücke, um die Statuen auf den massiven Marmorsockeln der Brüstung zu fotografieren.

Durch den Nebel drang das Geräusch einer Drehorgel zu ihnen. Hogart glaubte einen Walzer zu erkennen. Die Umrisse eines Straßenmusikanten schälten sich aus dem Dunst. Er trug Mütze, Schal und Wollhandschuhe mit abgeschnittenen Fingerkuppen und kurbelte an einer Orgel, die an einem breiten Riemen vor seinem Bauch hing. Für einen Moment waren keine Touristen mehr zu sehen. Plötzlich kam sich

Hogart mit Ivona mitten auf der Karlsbrücke mutterseelenallein vor, da der Nebel auf beiden Uferseiten so dicht war, dass er alles verschluckte bis auf die Turmspitzen der Stadt, die vereinzelt aus dem Dunst ragten. Über der Brücke brachen einzelne Sonnenstrahlen durch die Nebeldecke und legten einen goldgelben Glanz über die Steinfassade. Mittlerweile kam die nächste Menschengruppe auf sie zu. Aus der Menge trat ihnen ein pummeliger Mann entgegen. Das musste Svatek sein, da Ivona ihm zunickte. Er war etwa in Ivonas Alter und wirkte wie ein typischer verdeckter Ermittler, mit Dreitagebart, schmuddeligem Rollkragenpullover, fleckiger Lederjacke und Jeans.

Er reichte Ivona die Hand und lehnte sich neben ihr an die Brüstung. Ein Ausflugsdampfer tuckerte unter der Brücke hindurch. Gedämpft drangen die Stimmen einiger missmutiger Touristen zu ihnen herauf, die wegen des Wetters nicht viel zu sehen bekamen.

»Danke, dass Sie sich Zeit nehmen«, sagte Hogart auf Tschechisch.

»Ich habe nur zehn Minuten, also sollten wir zur Sache kommen«, antwortete Svatek in einem Dialekt, den Hogart nur schwer verstand. Der Beamte öffnete den Reißverschluss seiner Jacke, um ein Kuvert herauszunehmen. Damit wandte er sich an Ivona. »Warum brauchst du die Daten über den Kerl, der in der Veranstaltungshalle hinter Zajic saß?«, fragte er, ohne den Umschlag aus der Hand zu geben.

»Wir haben eine Spur.«

Svatek grinste schief. »Ach, du meine Güte, Ivona hat eine Spur!«

»Lass das!«, murrte sie. »Mit ziemlicher Sicherheit ist er der zweite Killer, den wir suchen.«

»*Wir?* Ivona, du suchst niemanden! Du bist aus dem Fall draußen!«

»Er ist der zweite Killer!«, beharrte sie.

»Natürlich.« Svatek kratzte sich die Bartstoppeln auf dem Kinn. »Für wie blöd hältst du uns?« Seine Stimme wurde leiser. »Nach den Infoabenden haben wir die Wohnungen aller Teilnehmer gecheckt. Die Bude von dem Kerl war zwar ein Dreckloch, aber unverdächtig. Der Kerl ist sauber, keine Vorstrafen, keine Anzeigen, nicht einmal eine Radarstrafe. Außerdem haben wir gestern – dank deines tollen Tipps – alle Besucher der Infoabende auf Mitgliedschaften in Schachvereinen und Turnieraktivitäten überprüft. Ein ganzer Tag Arbeit, der nichts gebracht hat. Und dieser Kerl weiß nicht einmal, wie man Schach schreibt, geschweige denn, wie ein Schachbrett aussieht.«

»Aber er ist es!«

»Ja, sicher, wenn du dir das in den Kopf setzt«, seufzte Svatek. Er reichte Ivona das Kuvert. »Von mir hast du das nicht! Wenn Novacek davon erfährt, reißt er mir den Kopf ab. Außerdem bekomme ich Ärger mit der Dienstaufsicht, der Internen Revision *und* dem Staatsanwalt.«

»Mach dir keine Sorgen, das geht schon in Ordnung.«

»Und damit sind meine Schulden bei dir beglichen!«

»Ja, ja.« Ivona riss das Kuvert auf. »Antonin Lomeg«, murmelte sie.

»Mach mit ihm, was du willst, aber damit eins klar ist …« Svatek sah sie eindringlich an. »Halte dich aus den Ermittlungen raus und belästige den Mann nicht! Im Moment ist die Situation ohnehin mehr als angespannt.«

»Du weißt, dass ich mich nicht raushalten kann. Falls Hieronymus Vesely heute Abend stirbt, kann ich seiner Frau nie mehr gegenübertreten. Sie macht mich jetzt schon für alles verantwortlich.«

»Womit sie nicht einmal so unrecht hat. Halt dich also verdammt noch mal raus! Denk an deinen Sohn! Du zwingst Novacek und mich dazu, dich in Untersuchungshaft zu nehmen«, drohte Svatek. »Glaubst du, Matej würde es gefallen, seine Mutter in einer Zelle zu besuchen?«

Ivona blieb ruhig. »Wie läuft die Observierung von Micha?«, fragte sie. »Seid ihr einen Schritt vorangekommen?«

Svatek schwieg.

»Das bedeutet, ihr habt nichts gegen ihn.«

»Der Typ ist unauffällig.«

»Die Zeit läuft euch davon.«

»Ich weiß.«

Ivona nickte Hogart zu. »Wir arbeiten weiter.«

»Wie du willst.« Svatek schloss seine Jacke. »Aber ich weiß nichts davon, und diese Adresse hast du nicht von mir. Ich muss weiter, wir haben unheimlich viel um die Ohren.« Er wandte sich um und ging.

Hogart blieb mit Ivona an der Balustrade stehen, wo sie die Unterlagen studierten. Antonin Lomeg war – ebenso wie Micha – dreiunddreißig Jahre alt. Er wohnte in einem Altbau in Zizkov, dem ehemaligen Armenviertel von Prag. Sie kannten seine Adresse, das Autokennzeichen seines elf Jahre alten Peugeots und die Nummer seines Festnetzanschlusses, doch der Apparat war tot, entweder ausgesteckt oder abgemeldet. Laut Polizeiakte arbeitete Lomeg auf Pelepkovs Stand am Fischmarkt. Mit etwas Glück würden sie ihn dort treffen.

Während Hogart zum Markt fuhr, saß Ivona mit dem Handy telefonierend auf dem Beifahrersitz. Da Novaceks

Observierung bisher nichts gebracht hatte und sie ab jetzt nicht einmal von Svatek etwas erfahren würden, rief sie ihren Bruder an. Vielleicht konnte Ondrej seine Männer ebenfalls auf Micha ansetzen. Jetzt war es wichtig, den Knaben nicht aus den Augen zu verlieren.

Hogart parkte den Wagen südlich des Karlsplatzes vor einem unscheinbaren dreistöckigen Gebäude mit einer beigefarbenen Fassade. Er konnte sich noch an das sogenannte *Fausthaus* erinnern, das er vor etlichen Jahren besucht hatte. Jetzt beherbergte es ein Labor für Blutuntersuchungen, doch im sechzehnten Jahrhundert hatten sich hier angeblich Alchimisten an der Goldherstellung versucht. Diese Vergangenheit hatte dem Haus wohl den Ruf eingetragen, einst Sitz des Doktor Faustus gewesen zu sein, der dem Teufel seine Seele verschrieben hatte. Nun jagten auch sie einen Mann, der eine Grenze überschritten hatte, vor der die meisten Menschen zurückschreckten – und der den Abgrund seiner Seele mit jedem zusätzlichen Mord weiter auslotete.

Sie stiegen aus dem Wagen.

»Dort oben an der Häuserecke ist übrigens Ondrejs Dojo, darunter liegt seine Buchhandlung«, sagte Ivona.

Hogart sah kurz rüber. Der Laden bestand nur aus einer Tür mit heruntergelassenem Rollo und einem Schaufenster, hinter dem sich einige Buchständer drängten. *Hizagashira* stand oberhalb der Eingangstür.

»Hizagashira ist ein Karatestoß mit dem Knie«, erklärte Ivona. »Kommen Sie!«

Auf der gegenüberliegenden Straßenseite öffnete sich das weite Gelände des Karlsplatzes. Der Ort, von Bäumen gesäumt, wirkte wie ein Park, doch der erste Blick täuschte. Hinter den Hecken, wo früher einmal ein Viehmarkt gewesen war, befand sich heute ein Fisch-, Gemüse- und Getreidemarkt. Obwohl wieder Regen einsetzte, drängten sich zahlreiche Menschen mit Einkaufstüten unter den Schirmen der Läden hindurch. Über den Platz tönte das Geschrei der Verkäufer, die noch ihre letzten Waren losschlagen wollten. Klaustrophobie durfte man bei diesem Gewühl nicht haben. Hogart und Ivona zwängten sich zwischen den Buden mit den Plastikplanen hindurch. Über den aufgebauten Stiegen hing ein penetranter Fischgeruch, der Hogart den Magen umdrehte. Er hatte nichts gegen Lachs oder Forellen – solange er sie nicht essen musste –, doch hier starrten ihm auf Eis gepackte Aale und Tintenfische entgegen.

Ivona fragte einige Verkäufer nach Pelepkovs Fischstand, den sie eine Viertelstunde später am anderen Ende des Marktes fanden. Pelepkov, ein Mann um die fünfzig im Rollkragenpullover, reichte Hogart nur bis zur Schulter, brachte aber bestimmt deutlich über hundert Kilo auf die Waage. Breite Hosenträger spannten sich über seinen Bauch und zogen den Hosenbund fast bis zur Brust hoch. Seine fleischigen Hände wickelten gerade einen Lachs in Packpapier. Nachdem die Kundin mit ihrem Einkaufskorb verschwunden war, trat Ivona an den Verkaufsstand.

»Sprechen Sie Deutsch?«, fragte sie.

Pelepkov zuckte die Achseln. »Nix viel.«

»Ist Antonin Lomeg hier?«

»Von Polizei?« Pelepkov bedachte sie und Hogart mit einem Nicken.

»Nein, wir sind nicht von der Polizei. Ist Lomeg hier?«

»Hat wieder was ausgefressen, hä?«

»Nein, hat er nicht«, mischte sich Hogart in das Gespräch. Er legte einen Tausendkronenschein auf den schmierigen

Verkaufstisch. »Wir würden nur gern ein paar Worte mit Antonin wechseln.«

Pelepkov wischte seine Hände an der Schürze ab und strich den Geldschein ein. »Kleiner Mistkerl arbeitet nur am Vormittag hier. Ist heute nicht gekommen. Markt ist noch zwei Wochen offen, dann zu.« Er streckte die Nase in die Luft »Riechen das? Heute Nacht kommt Schnee. Leute kaufen ein wie verrückt. Ich allein, Lomeg nix da!«

Während sich Pelepkov abwandte, um neue Kunden zu bedienen, wechselte Ivona ins Tschechische und unterhielt sich länger mit ihm. Das Gespräch dauerte gut zehn Minuten. Während Pelepkov redete, nahm er Kundenwünsche entgegen, packte Fische ein und gab Wechselgeld heraus. Zwischendurch pries er immer wieder lautstark seine Ware an. Als sich Ivona von ihm verabschiedete, bat er sie, noch eine Minute zu warten. Er belegte zwei Brote mit gegrilltem Lachs, die er jeweils in eine Papiertüte steckte und Hogart in die Hand drückte.

Hogart starrte auf die Fische, die in der Kälte dampften. Der Lachs roch gar nicht mal so übel, aber das Fett tropfte durch das Papier. Er bedankte sich.

Pelepkov grinste. »Kein Problem. Österreich schön, Wien super!« Er hielt beide Daumen hoch, bevor er sich wieder neuer Kundschaft zuwandte.

»Wahnsinn!«, entfuhr es Hogart.

Ivona lächelte. »Er ist ein Fan von Ihnen. Sie haben keine andere Wahl und müssen die Lachsstulle probieren!«

Hogarts Lippen formten lautlos, aber überdeutlich vier Silben. *Ich-has-se-Fisch!*

Sie nahm ihm eine Tüte ab. »Kommen Sie, gehen wir.«

Während sie sich einen Weg zu ihrem Auto bahnten,

drückte sich ein Junge mit struppigem Haar, kaum älter als neun Jahre, zwischen ihnen hindurch. Hogart bemerkte ein leichtes Zupfen an seinem Mantel. Mit einem reaktionsschnellen Griff bekam er gerade noch den Unterarm des Jungen zu fassen. Der Taschendieb hatte seine Manteltasche durchwühlt, aber nichts gefunden. Im nächsten Moment spürte Hogart einen heftigen Schmerz – der Bengel hatte ihm gegen das Schienbein getreten und begann lauthals zu fluchen. Statt loszulassen, hielt Hogart dem Jungen seine Tüte mit dem Fischbrot hin. »Hier, nimm das und hau ab!«, sagte er auf Tschechisch. Der Junge verstummte. Hogart konnte gar nicht so schnell schauen, da war der Lümmel mit dem Brot verschwunden.

»Auf dem Markt wimmelt es von Taschendieben – ich hätte Sie warnen sollen«, sagte Ivona.

»Erzählen Sie mir lieber, worüber Pelepkov mit Ihnen gesprochen hat.«

»Lomeg arbeitet schwarz auf dem Markt, dreimal die Woche am Vormittag, um die Miete für seine Wohnung zu bezahlen«, sagte sie, während sie ihr Lachsbrot kaute. »Doch Pelepkov meint, er sei seit Tagen wie vom Erdboden verschwunden. Eigentlich hätte er heute hier sein müssen, da der Markt in den letzten Wochen Hochbetrieb hat, bevor die Händler ihre Läden abbauen, aber er ist nicht gekommen. Pelepkov hat mehrmals versucht, Lomeg anzurufen, ihn jedoch nie erreicht.«

»Er ist abgetaucht«, sagte Hogart. »Hätte ich genauso gemacht.«

»Sieht ganz danach aus.«

»Was hat er noch erzählt?«

»Lomegs Vater ließ seine Mutter noch während der

Schwangerschaft sitzen. Da sie schwer alkoholabhängig war, wurde ihr das Sorgerecht entzogen. Lomeg wuchs im Heim auf. Freunde hat er keine – mehr weiß Pelepkov nicht über ihn.«

Neben der letzten Fischbude blieb Hogart stehen. Nachdenklich starrte er auf das Fausthaus. »Ist es nicht interessant, dass das Filmstudio, in dem Micha arbeitet, und der Fischmarkt, auf dem Antonin beschäftigt ist, in unmittelbarer Nähe zueinander liegen? Micha und Lomeg sind gleich alt. Möglicherweise kennen sie sich schon ziemlich lange, vielleicht aus dem Heim, aus einem Park, aus der Schule?«

»Dann wäre Micha sein einziger Freund«, folgerte Ivona.

»Noch dazu ein stummer.«

»Jedenfalls liefert uns der Junge nicht viele Anhaltspunkte.« Ivona sah auf ihre Armbanduhr. Es war drei. Sie warf Hogart einen hilfesuchenden Blick zu.

»Wir müssen in Lomegs Wohnung. Wie kommen wir nach Zizkov?«, fragte er.

»Sie glauben doch nicht allen Ernstes, dass er zu Hause ist?«

»Ich hoffe sogar, dass er nicht zu Hause ist«, entgegnete Hogart.

»Einen Moment! Morak bekommt garantiert keinen Hausdurchsuchungsbefehl vom Staatsanwalt.«

»Wer redet von einem Hausdurchsuchungsbefehl?«

»Sie wollen die Wohnung …« Ivona verdrehte die Augen. »… *so* durchsuchen?«

»Haben wir eine andere Wahl?«

»Aber Lomegs Wohnung wurde bereits von der Kripo durchsucht, und die hat nichts gefunden.«

»Dann haben die Beamten nicht gründlich genug gesucht.«

Ivona starrte ihn lange an. »Dafür wandern wir in den Knast.«

»Nur wenn sie uns erwischen.« Hogart machte eine Pause. »Rufen Sie Ihren Bruder an. Sagen Sie Ondrej, dass wir uns in einer Stunde vor Lomegs Wohnung treffen.«

16. KAPITEL

Hogart lenkte den Wagen durch den Stadtteil Zizkov, das ehemalige Arbeiter- und Handwerkerviertel. Es erweckte den Eindruck, als hätte kürzlich eine Bombe eingeschlagen. Die Fassaden waren eingerüstet, und der Straßenasphalt war aufgerissen, riesengroße Teerbrocken lagen herum. An jeder Ecke wurden die monumentalen Wohnhäuser aus der kommunistischen Ära entweder abgerissen oder renoviert. Riesige Kräne ragten über die Hausdächer hinaus. Das Durchkommen wurde von zahlreichen Absperrungen und Betonmischwagen erschwert.

Als sie endlich zu der Gasse gelangten, in der Antonin Lomeg wohnte, musste Hogart den Wagen anhalten, da ihnen ein Bagger mit einer riesigen Schaufel den Weg versperrte. Vor ihnen öffnete sich eine tiefe Grube mit blank daliegenden Abwasserrohren. Sah fast so aus, als würde hier eine neue Metrostation ausgehoben. Einige Bauarbeiter, die soeben aus einer Vorstadtbierstube kamen, stemmten sich gegen den bitterkalten Wind. Das Lokal nannte sich *Zum ausgeschossenen Auge* und sah nicht gerade vertrauenerweckend aus. Hogart betätigte den elektrischen Fensterheber. Sogleich peitschte der Wind Regen ins Wageninnere. Obwohl es bereits Samstagnachmittag war, knatterte im Hintergrund ein Presslufthammer. Hogart rief einem Bauarbeiter den Namen der Straße zu, in die sie wollten, worauf ihnen der Mann in knappen Worten eine Umleitung beschrieb. Eine

Minute später parkten sie vor Lomegs Wohnhaus, umgeben von Baustellen und Maschinen.

Ivona beugte sich nach vorne, um durch die Windschutzscheibe an dem vierstöckigen Gebäude emporzusehen. »In dieser Gegend war ich noch nie.«

An der ockerfarbenen Fassade hatte der Regen schwarze Schlieren hinterlassen. Bestimmt wucherte feuchter Schimmel in den Wohnungen. Hogart kannte die altmodischen Fenster mit den windschiefen Holzkreuzen, den Flügeln mit den kleinen rostigen Scharnieren und dem Doppelglas noch aus seiner Kindheit in Wien. Seine Großmutter hatte während des Winters Milch und Butter auf dem Fenstersims gelagert, während eine gehäkelte Stoffschlange Zugluft verhindern sollte. Jede Wette, dass in diesem Gebäude entweder alte Menschen mit Mindestrente oder junge Leute ohne Job wohnten. Niemand sonst würde freiwillig hierherziehen.

»Also gut«, sagte Ivona. »Knöpfen wir uns den Knaben vor.«

Ondrej wartete bereits unter dem Torbogen des Hauseingangs auf sie. Im Ledermantel, mit verschränkten Armen und hochgeschlagenem Kragen trotzte er wie eine Statue der Kälte. Demonstrativ rümpfte er die Nase und sah zum Himmel, der sich zusehends weiß färbte. Wie Pelepkov auf dem Fischmarkt gesagt hatte: Es roch nach Schnee.

»He, Detektiv, es ist saukalt. Ich hoffe, du hast eine gute Spur!« Ondrej hauchte sich in die hohlen Hände.

Hogart antwortete nicht. Er zog das schwere Holztor auf und trat als Erster ins Treppenhaus. Dort roch es nach Nässe und Kalk. Wasserflecken verliefen entlang der Decke. Stellenweise bröckelte der Verputz von den Wänden.

Ondrej deutete zu den Briefkästen. »Lomeg wohnt im dritten Stock, Nummer sieben.«

Hogart warf einen Blick in die Postfächer. Einige waren aufgebogen, an manchen hing das Türchen nur noch an einem einzigen Scharnier. Im Gegensatz zu den anderen Briefkästen war Lomegs Fach prall gefüllt. Hogart blätterte durch die Postwurfsendungen, die aus dem Schlitz ragten. Die älteste stammte von Anfang September. Demnach hatte Lomeg seinen Briefkasten schon seit Wochen nicht mehr geleert.

Sie gingen tiefer in den Gang hinein. Der Klang von Ondrejs metallbeschlagenen Stiefeln hallte von den Wänden wider. Am Ende des Korridors führte rechter Hand eine Wendeltreppe in die oberen Stockwerke, linker Hand ging es in den Keller hinab, aus dem ein muffiger Geruch emporwehte.

Vor der Wohnungstür Nummer sieben im dritten Stock lag ein abgewetzter Schuhabstreifer. Wo eine Klingel hätte sein sollen, hingen blanke Kabel aus der Wand. *ANTONIN LOMEG* stand in krakeligen Blockbuchstaben auf einem Papierstreifen, der unter dem Türspion klebte. Hogart und Ondrej pressten sich beidseits der Wohnungstür mit dem Rücken gegen die Wand, während Ivona anklopfte.

Nichts geschah. Nach einigen Augenblicken öffnete sich im untersten Stockwerk eine Tür. Hogart spähte über das Treppengeländer. Eine ältere dicke Frau mit Lockenwicklern und einer geblümten Haushaltsschürze schlurfte die Stufen herauf.

»Wir bekommen Besuch«, flüsterte er.

»Verschwindet beide, ich mach das!«, entschied Ivona.

Ondrej und Hogart stiegen den letzten Treppenabschnitt zum Dachgeschoss hinauf. Durch die Streben des Geländers konnten sie mitverfolgen, was sich ein Stockwerk tiefer ereignete.

»Hallo, Antonin! Mach endlich auf!«, rief Ivona auf Tschechisch und pochte so lange gegen die Tür, bis die Frau sie erreichte.

»Nun mal friedlich, Fräulein!«, murrte die Alte auf Tschechisch.

Angespannt verfolgte Hogart die Unterhaltung. Da die Dame ziemlich wichtigtuerisch auftrat, musste es sich wohl um die Hausmeisterin handeln. Ivona beschwerte sich über Antonin, der nicht zu Hause war, obwohl sie sich verabredet hatten. Sie gab vor, ein Buch in Antonins Wohnung vergessen zu haben, das ihr Sohn dringend für die Berufsschule brauchte.

Hogart hörte, wie die Hausbesorgerin mit einem Schlüsselbund klimperte und die Wohnung mit dem Zentralschlüssel öffnete. Anschließend verschwanden die beiden Frauen in der Wohnung.

»Das läuft gar nicht gut«, murrte Ondrej.

»Sie schafft das.«

»Was soll sie in diesen paar Minuten schon rausfinden? Die Kripo hat die Wohnung bereits durchsucht.«

»Sie ist Privatdetektivin«, flüsterte Hogart. »Ihr wird schon was einfallen.«

Kurz darauf verließen die beiden Frauen die Wohnung. Hinter ihnen fiel die Tür ins Schloss. Ivona hielt tatsächlich ein Buch in den Händen. Während sie mit der Hausbesorgerin Bemerkungen über das miserable Wetter austauschte, gingen sie ins Erdgeschoss hinab. Hogart hörte eine Tür zuschlagen, vermutlich hatte Ivonas Begleiterin sich wieder in ihre vier Wände zurückgezogen. Wenig später kam Ivona leise die Treppe herauf. Hogart und Ondrej erwarteten sie vor Lomegs Wohnungstür.

»Haben Sie etwas herausgefunden?«, fragte Hogart.

»Nein«, gestand sie. »Ich hatte genug zu tun, um ein passendes Buch zu finden. Ihr könnt euch nicht vorstellen, wie schmutzig es in dieser Bude aussieht. Wenn man sich in diesem Verschlag irgendwo aufschürft, holt man sich garantiert eine Blutvergiftung.«

»Nichts, was Ihnen irgendwie verdächtig erschienen ist?«

»Nein! Aber …« Ivona zog einen Schlüssel aus ihrem Parka, den sie triumphierend vor Hogarts Gesicht baumeln ließ. »Ich habe Lomegs Ersatzschlüssel von der Ablage geklaut.«

»Kluges Kind! Hab ich es nicht gesagt?« Ondrej boxte Hogart spielerisch in die Seite.

Indessen sperrte Ivona die Wohnung auf. Sie schlüpften hinein und schlossen lautlos die Tür hinter sich.

Hogart knipste das Licht an. Der Schein einer nackten Glühlampe erhellte den Vorraum. Auf dem staubigen Parkettboden lagen Schuhe herum, am Kleiderständer hingen verschiedene Mäntel. Die Heizkörper schienen außer Betrieb zu sein, denn vor Hogarts Gesicht stieg kondensierter Atem auf. Er hob den Hörer des Wandtelefons ab und wollte bereits die Wiederwahltaste betätigen, doch aus der Muschel drang kein Freizeichen. »Die Leitung ist tot, sicherlich hat er die Telefonrechnung nicht bezahlt.«

»Ebenso wenig wie die Gasrechnung.« Ivona rieb sich die Handflächen.

Neben Hogart führte eine Tür in einen Raum, der als Wohn- und Schlafzimmer diente. Die zugezogenen Vorhänge dämpften das Stampfen des Presslufthammers, das von der Straße durch das Fenster hereindrang. Die Luft war abgestanden und roch nach kaltem Zigarettenrauch. Auf einem niedrigen Tisch standen zahlreiche überquellende Aschenbecher. Den Boden bedeckten leere Chipstüten, die einen ranzigen Geruch verströmten. Den meisten Raum nahm ein ausgeklapptes Schrankbett ein. Mit Kaffeeflecken bekleckerte Laken bildeten einen schmuddeligen Haufen auf den Dielen.

Ivona stellte das Buch an seinen Regalplatz zurück. »Beeilen wir uns. Möglich, dass Lomeg jeden Moment kommt.«

Ondrej öffnete die Schränke. »Hier war schon seit Wochen niemand mehr. Wonach suchen wir eigentlich?«

Hogart durchwühlte eine Schublade mit Wäschestücken. »Nach Zeitungsberichten über die Mordserie, Fotos von den Opfern, einem Skalpell, Schachmaterialien, einem Stadtplan von Prag mit den eingezeichneten Leichen-Fundorten … oder irgendetwas, das auf Micha Zajic hindeutet. Wenn wir beweisen könnten, dass sich die beiden …«

»Sonst noch was?« Ondrej wühlte sich durch einen Stapel muffiger Wäsche.

Hogart gab keine Antwort. Er wandte sich dem Wandregal zu, das mit Büchern gefüllt war, hauptsächlich zerfledderten Taschenbuchausgaben von Dostojewski, Voltaire oder Sartre, die Lomeg vermutlich in Tauschbörsen gekauft hatte. Im Fach darunter standen Dutzende Videokassetten. Hogart betrachtete die mit einer dicken Staubschicht bedeckten Hüllen. Hauptsächlich Erotikvideos und Spielfilme, die in seltsamem Kontrast zu Lomegs Literaturgeschmack standen. Auf den meisten Hüllen klebte noch das Videothekenlabel – entweder waren die Filme billig gekauft, gestohlen oder nie zurückgegeben worden. Immerhin hatte einer der Streifen etwas mit Schach zu tun: *Knight Moves* stand auf der

Hülle mit dem Schachmotiv. Sonst fand sich nichts, was darauf hinwies, dass hier der zweite Killer hauste.

Ivona klopfte sogar den Holzboden nach einem losen Parkettstück ab und blickte hinter die Bilderrahmen an den Wänden, doch ohne Erfolg. Allem Anschein nach lebte hier ein durchschnittlicher, etwas verlotterter junger Mann, der als Teilzeitkraft auf dem Prager Fischmarkt arbeitete und sich mit seinem geringen Einkommen nicht mehr als diese schäbige Wohnung in einem schäbigen Stadtviertel leisten konnte.

Als Ondrej die Toilettentür öffnete, verzog er das Gesicht. »Oh, Scheiße, hier drin stinkt es schlimmer als bei Jiri.«

Hogart hörte, wie Ondrej den Keramikdeckel des Spülkastens anhob. Er selbst ging am Klo vorbei zur Küche. Auch hier war der Vorhang zugezogen. Hogart hatte in seiner Zeit als Außendienstmitarbeiter schon viele Ferkel gesehen, doch Lomeg schlug sie alle. Ein Berg schmutzigen Geschirrs stapelte sich in der Spüle. Auf dem Backblech im Elektroherd lag eine Alufolie voller vertrockneter Pizzareste. Die Saftpackungen im Kühlschrank waren aufgebläht, in den Gurkengläsern schwamm zentimeterdicker Schimmel, und die Wurstscheiben rollten sich an den Rändern auf. Die Gefahr, dass Lomeg plötzlich auftauchte, war ziemlich gering, denn nach dem Zustand der Lebensmittel zu schließen, wurde die Wohnung schon seit Wochen nicht mehr benutzt.

Hogart durchsuchte sämtliche Küchenschränke, fand jedoch nur Gläser und unbenutztes Besteck. Zuletzt betrachtete er die Tiefkühltruhe, die unauffällig in der Ecke surrte. Die Kontrolllampe leuchtete rot. Hogart starrte auf den Deckel. Bei dem Gedanken, sie zu öffnen, rieselte ihm ein Schauder über den Nacken. Möglicherweise war Lomeg krank genug, die abgetrennten Körperteile seiner Opfer in dieser Truhe zu sammeln. Widerstrebend hob er den Deckel an und riskierte einen Blick hinein. Doch alles, was er sah, waren Tiefkühlpizzen.

»Hier ist nichts«, rief Ivona aus dem Badezimmer. »Ist euch aufgefallen, dass sich in der Wohnung kein einziger Spiegel befindet?«

Hogart starrte auf die einzige Vitrine in der Küche, aus der sogar die Glasscheibe entfernt worden war. Wollte Lomeg den Anblick seines eigenen Spiegelbilds vermeiden? Hatte er deshalb die Vorhänge vor die Fensterscheiben gezogen?

»Scheiße, hier ist auch nichts«, fluchte Ondrej aus der Abstellkammer. »He, Detektiv, du hast dich wohl geirrt!«

»Oder Lomeg ist schlauer, als wir dachten«, wandte Hogart ein.

»Sieht so die Wohnung von jemandem aus, der unheimlich schlau ist?« Ivona kam in die Küche. »Wir sollten von hier verschwinden, bevor uns jemand entdeckt.«

Sie gingen in den Vorraum. Bevor Hogart das Licht ausschaltete, hängte er den Schlüssel, den Ivona geklaut hatte, an das Bord. Daneben baumelte ein nahezu identischer Schlüssel am Haken, doch hatte er einen anders gezahnten Schlüsselbart und trug die Ziffer 1 auf dem Anhänger. Hogart nahm ihn von der Wand.

»Zeigen Sie mal her«, bat Ivona. »Die Hausverwalterin meinte zuvor, das Buch sei vielleicht gar nicht hier, sondern in der anderen Wohnung.«

»Welche andere Wohnung?«, fragte Ondrej.

»Weiß ich nicht, ich hatte mir nichts dabei gedacht.«

»Sehen wir uns die Wohnung mit der Türnummer eins an«, schlug Hogart vor. »Möglicherweise hat die Kripo dort nicht gesucht.«

Sie mussten bis in den Keller hinabsteigen. Außer einer nackten Wohnungstür waren hier unten nur eine mit grauen Kacheln geflieste Waschküche, in der eine Neonröhre flackerte, und ein mit Holzgittern versperrtes Abteil, das der Aufbewahrung von Kohlen, Brennholz, Werkzeugen, Blecheimern und Fahrrädern mit aufgeplatzten Reifen diente.

An der Wohnungstür befanden sich weder ein Namensschild noch eine Türnummer, doch es musste die gesuchte sein. Hogart probierte den Schlüssel aus; er passte. Langsam schob er die Tür auf und trat hindurch. Da die verschmierten Kellerfenster auf Höhe des grauen Straßenasphalts nur spärlich Licht einließen, war es hier unten noch dunkler als in den oberen Räumen. Die Wohnung bestand nur aus einem Gang und zwei Zimmern, in denen sich eine zerschlissene Couch und einige Kommoden befanden sowie eine Einbauküchenzeile mit Linoleumbeschichtung, die an den Fronten bereits abblätterte. Kein Bad, keine Toilette. Wie Hogart bereits vermutet hatte, waren sämtliche Schubladen und Schränke leer – und auch hier gab es keinen Spiegel.

»Hier wohnt niemand. Bis auf diese Kiste ist alles leer.« Ivona stieß mit dem Fuß gegen eine offene Pappschachtel, die neben einem Heizkörper an der Wand stand. Die Teile einiger technischer Geräte schlugen klimpernd aneinander.

Hogart warf einen Blick hinein. »Mit dem Headset und dem restlichen Equipment hätte Lomeg Sie in Ihrem Haus abhören können, während er unterwegs war.« Er starrte nachdenklich in die Schachtel. »Demnach wusste Lomeg, dass Sie an jenem Abend, als wir uns begegneten, weitere Informationen von Greco erhalten hatten, mit welchen Sie den Buchstabencode der Verbrecher knacken wollten.«

»Daraufhin hat er Micha den Auftrag gegeben, mein Haus

anzuzünden und mich zu töten«, verfolgte Ivona seinen Gedankengang weiter. Resigniert betrachtete sie die Geräte in der Schachtel. »Doch genügt diese Kiste als Beweis, um Lomeg festnehmen zu lassen?«

»Wohl kaum.«

Ondrej trat ein und ließ sich in die Couch fallen, sodass der Staub aufwirbelte. »Warum mietet dieser Verrückte eine leer stehende Wohnung?«

Ivona zuckte die Achseln. »Vielleicht hielt er hier seine Opfer gefangen.«

»Keine einzige Spur, Schwesterherz«, murrte Ondrej. »Die Zimmer sind sauber.«

»Sauber?«

»Du weißt, was ich meine.«

Hogart hörte nicht länger zu. Er verließ den Raum und stand am Ende des Korridors vor einer unscheinbaren Tapetentür, die mit einem an der Wand montierten Riegel und einem massiven Vorhängeschloss versperrt war. Allem Anschein nach war der Riegel erst vor kurzer Zeit angeschraubt worden. Er gewährte genug Spielraum, um die Tür einen Spalt breit aufzuziehen. Hinter der Tür herrschte absolute Finsternis.

»He, Detektiv!« Ondrej stand hinter Hogart. »Was hast du gefunden?«

Hogart rüttelte an der Tür. »Haben Sie in der Wohnung einen Schlüssel gefunden, der hierzu passen könnte?«

»Ne.«

»Können Sie so ein Schloss mit einem Draht knacken?«, fragte Hogart.

»Ich? He, ich stelle Automaten auf. Ich bin kein Einbrecher!«

Hogart erhob sich. »Schade.«

»Detektiv, bist du dir wirklich sicher, dass Lomeg einer der beiden Mörder ist?«

»Ziemlich sicher.«

»Nur *ziemlich* sicher oder *absolut* sicher?«

»Ziemlich sicher«, wiederholte Hogart.

Ondrej überlegte. »Scheiß drauf!«

Noch bevor Hogart etwas sagen konnte, schob Ondrej ihn zur Seite. Mit dem Stiefel trat er gegen die Tür. Zunächst knirschte das Holz. Beim zweiten Tritt verzog sich der Riegel, danach splitterte das Holz. Die Tür gab nach und krachte gegen die Innenwand.

Ivona stürzte in den Flur. »Seid ihr verrückt geworden?«

Hogart und Ondrej starrten durch die Türöffnung. Vor ihnen lag eine fensterlose Rumpelkammer. Hogart zog an der Kette, die von der Decke hing. Im nächsten Augenblick erhellte eine nackte Glühlampe den Verschlag. Er war nicht größer als sechs Quadratmeter, aber dafür bis zum letzten Winkel mit Ramsch angefüllt.

»Oh, Mann!«, entfuhr es Ondrej.

Hogart trat ein.

»Nichts anfassen!«, warnte Ivona.

»Keine Sorge.« Hogart zog einen Kugelschreiber aus der Sakkotasche. Die Wand war von Dutzenden, nein Hunderten Zeitungsartikeln beklebt, die eine Tapete aus Papierschnipseln bildeten. Hier lag alles vor ihrer Nase. Berichte, Interviews und Fotoreportagen über die Mordserie. Hätte Morak den Teilzeitarbeiter des Fischmarkts gründlicher überprüfen lassen, wäre er auf diesen Raum gestoßen. Hogart wurde speiübel. Da wurden ausgeklügelte Polizeiaktionen durchgeführt, die jedoch auf halber Strecke versackten.

Mindestens vier Menschen hätten seit dem Infoabend gerettet werden können, darunter Alexandra Schelling. Auf diesen wenigen Quadratmetern befanden sich genügend Beweise, die für eine Festnahme und einen Prozess reichten. Hogart hob die Blätter, die an Tesastreifen hingen, mit dem Kugelschreiber an. Darunter befanden sich ältere Berichte, die von März und April stammten.

Auf der gegenüberliegenden Wand hing eine mit Fotos übersäte Korktafel. Diesmal stammten die Bilder jedoch nicht aus der Presse, sondern von einer Polaroidkamera. Die Schwarz-Weiß-Aufnahmen zeigten die Köpfe der Toten, eine morbide Sammlung verzerrter Gesichter.

Ivona drängte sich ebenfalls in die Kammer. Nachdem sie sich umgesehen hatte, wies sie auf ein dunkles Bild. »Mir wird schlecht … Das ist Hana Zajicova.«

Hogart betrachtete das Foto. Die Augen der Frau waren geschlossen, eine glänzende Haarsträhne klebte auf ihrer Stirn, die restlichen Haare waren zurückgekämmt. Deutlich konnte man die in die Stirn geritzten Buchstaben lesen.

»*Odveta* – Rache! Könnte sich darauf beziehen, dass sie die Vergewaltigungen duldete. Nachdem Micha ihr das Wort in die Stirn geritzt hatte, blieb ihm gar nichts anderes übrig, als die Frau zu enthaupten, um den Kopf verschwinden zu lassen.«

»Demnach handelte es sich bei der Verstümmelung bloß um die Beseitigung eines Beweismittels«, sinnierte Ivona.

»Schauen Sie sich diese Bilder an. Interessant, dass Lomeg auch Fotos von Michas anderen Opfern besitzt.«

Ivona betrachtete die Wand mit angewidertem Gesicht. »Die beiden arbeiten wohl enger zusammen, als wir vermuteten.« Mit einem Stift aus ihrem Parka schob sie die

Gegenstände auf einem niedrigen Holztisch auseinander. »Chloroformdosen, damit wurden die Opfer betäubt.«

Unter den Dosen kam ein in Leder gebundenes Buch zum Vorschein. Ivona hob den Deckel mit dem Kugelschreiber an. Hogarts Blick fiel auf dicht gekritzelte Notizen in einer unleserlichen Handschrift.

Sie blätterte durch die Seiten. »Offenbar ein Tagebuch. Lomeg führt peinlich genaue Aufzeichnungen.«

»Aber nicht an jedem Tag – sehen Sie mal.« Hogart deutete auf ein Datum. Zwischen dem fünften und achten März fehlten die Eintragungen.

Ivona blätterte weiter. Immer wieder stieß sie auf Zeitlücken, ohne dass sich dahinter ein Muster erkennen ließ. Die letzte Eintragung stammte von Dienstag dieser Woche, jenem Tag, an dem Lomeg sie bei ihrem Besuch auf der Burg beobachtet hatte. Ein kalter Schauder überrieselte Hogart. Demnach war Lomeg vor Kurzem noch hier gewesen, um diese Eintragung zu machen.

Hogart deutete auf den Tisch. »Werfen wir einen Blick in die Schublade.«

Darauf bedacht, keine Fingerabdrücke zu hinterlassen, steckte Ivona den Kugelschreiber in den kleinen Metallring und zog die Schublade auf. Hogart nahm Ondrejs Eukalyptusgeruch wahr, als sich der Riese nach vorne beugte, um ihnen über die Schulter zu sehen.

In dem Holzfach lag ein Personalausweis. Ivona klappte ihn mit der Kugelschreiberspitze auf. »Lomegs Pass. Eine Fälschung, nicht einmal besonders gut«, stellte sie fest. »Demnach wurde Lomeg in Kladno geboren.«

»Genauso wie Micha.« Hogart stocherte in der Lade herum, schob einige Papiere zur Seite und fand einen Prager

Stadtplan, auf dem – ähnlich wie auf seinem eigenen Plan – ein Schachbrettmuster eingezeichnet war. Damit hatten sie Lomeg endgültig an den Eiern. Daneben befand sich ein Blatt Papier mit handschriftlich festgehaltenen Spielzügen.

»Ich werd verrückt!«, murmelte Ivona. »Roesch gegen Schlage, Hamburg 1910.«

Über jeder geschlagenen Figur stand der Name des zugehörigen Opfers. Es waren beliebige Menschen, willkürlich ausgewählt. Der schwarzen Dame war der Name Alexandra Schellings zugeordnet. Den Abschluss der Liste bildete der weiße Läufer. Darüber stand ein hastig mit Bleistift hingeworfener Name.

Hieronymus Vesely.

Hogarts Mund trocknete aus. Es wurde immer unheimlicher. Demnach musste Lomeg erst vor Kurzem, innerhalb der letzten vierundzwanzig Stunden, hier gewesen sein.

»Wir sollten verschwinden«, erklang Ivonas Stimme. Sie hatte einen rauen Ton angenommen; anscheinend dachte Ivona das Gleiche wie er.

»Moment noch.« Hogart wendete das Blatt, auf dessen Rückseite sich die Zeichnung einer mit wenigen Strichen stilisierten Königskrone befand. Obwohl kraftvoll durchgestrichen, ließ sich der darunterstehende Name noch lesen.

»Jaroslav Zajic!«, entfuhr es Hogart. »Er ist das letzte Ziel.«

»Jetzt ergibt alles einen Sinn«, murmelte Ivona. »Nachdem die letzte Figur geschlagen wurde, ist der König schachmatt und der Vater endgültig besiegt.«

»Vermutlich soll nicht nur Vesely heute Nacht sterben. Wir brauchen dringend Polizeischutz für Jaroslav Zajic«, sagte Hogart.

»Für Zajic, dieses Schwein?«, presste Ivona hervor.

»Stattdessen sollten wir herausfinden, wo Hieronymus gefangen gehalten wird.«

Sie durchsuchten jeden Winkel des Raums, fanden jedoch keinen Hinweis, wohin Lomeg seine Opfer gebracht haben könnte.

In diesem Augenblick verursachte der Dielenboden hinter ihnen ein verräterisches Knarren. Ondrej fuhr als Erster herum.

Vor ihnen stand die Frau in der Küchenschürze mit den Lockenwicklern. Aus großen Augen starrte die Hausbesorgerin sie an. Ihr Blick blieb vor allem an Ondrej haften. Kurz darauf begann sie, herumzuschreien und damit zu drohen, die Polizei zu alarmieren.

»Keine Sorge, das tun wir selbst«, beschwichtigte Ivona sie. Im nächsten Moment griff sie zum Handy und wählte Novaceks Nummer, doch dort war besetzt, worauf sie Svatek anrief.

»Antonin Lomeg ist der zweite Killer«, sagte sie auf Tschechisch. Sie lauschte kurz, dann erklärte sie: »Wir sind in seiner Wohnung. Beweise? Machst du Witze? Sein Kellerabteil ist voll davon. Er ist unser Mann!«

Sie beendete das Gespräch. »Morak fragt sich schon langsam, woher seine Leute die Tipps erhalten. Er ist misstrauisch wie eine alte Hyäne. Doch Svatek wird sich um die ganze Scheiße hier kümmern.« Ivona trat aus der Kammer. »Aber es wird eine Zeit dauern, denn im Moment können sie keine Einsatzkräfte bereitstellen.« Sie senkte die Stimme. »Übrigens hat Moraks Observationstruppe Micha an der U-Bahn-Station am Hauptbahnhof verloren.«

Mit einem Mal wurden Hogarts Kopfschmerzen wieder akut, sodass er glaubte, sein Schädel würde platzen.

»Morak hat eine Ringalarmfahndung eingeleitet«, erzählte Ivona. »Svatek hat uns gewarnt, ab jetzt keine Alleingänge mehr zu unternehmen.«

Hogart massierte seine Schläfen. »Glauben Sie, dass Grecos Leute uns Micha vor der Nase weggeschnappt haben und ihn bereits bearbeiten?«

»Greco weiß nicht, was wir über Micha herausgefunden haben«, gab sie zu bedenken.

»Vielleicht lässt er uns bespitzeln. Möglicherweise war uns Dimitri die ganze Zeit auf den Fersen.«

Ivona wurde blass.

Da griff Ondrej zum Handy. Nach einem kurzen Telefonat mit Jiri legte er auf. »He, kein Problem. Jiri hat alles unter Kontrolle. Er und seine Männer verfolgen Micha noch immer. Der Kerl ist gerade in Vinohrady, nicht einmal weit von uns entfernt. Ich habe ihm gesagt, falls er Micha aus den Augen verliert, nehme ich ihn so in die Mangel, dass er nie wieder in einem Theater spielen kann!«

»Gut gemacht, gehen wir.« Ivona marschierte zur Wohnungstür.

Hogart folgte ihr. Beim Durchqueren des Wohnzimmers fiel sein Blick auf die technischen Geräte in der Pappschachtel. Er hörte, wie Ondrej, Ivona und die Hausmeisterin die Wohnung verließen, doch er blieb stehen und starrte auf das Headset und die Transistoren.

»Was ist los? Kommen Sie!«, rief Ivona vom Gang her.

»Wartet!«, murmelte Hogart. »Diese Aufkleber sind von den Barrandov-Filmstudios.« Eigentlich müssten die Geräte Micha gehören. Was taten sie aber in Lomegs Wohnung? Micha musste sie hergebracht haben – ebenso wie die Fotos von seinen Opfern. Die beiden Mörder verband immer mehr.

Hogart ging zurück in die Abstellkammer. Er knipste das Licht an, zog die Schublade auf und öffnete den Pass. Mit einem mulmigen Gefühl betrachtete er das Geburtsdatum. Lomeg war am 31. Januar geboren worden.

»Die beiden haben am gleichen Tag Geburtstag!«, rief er.

Ivona kam zu ihm.

»Lomeg wurde – ebenso wie Micha – am Tag des ersten Mordes dreiunddreißig Jahre alt, und am darauffolgenden Tag wurde die Leiche von Michas Mutter aufgefunden«, sagte Hogart.

»Was soll das bedeuten? Dass Lomeg ein uneheliches Kind von Hana Zajicova ist?«, vermutete Ivona.

Michas Bruder! Hogarts Gedanken rotierten. Er erinnerte sich an die Legende vom Golem, der alle dreiunddreißig Jahre wiederkehrte, und daran, was Ivona gesagt hatte. *Vielleicht hält sich Micha für den wiedergeborenen Golem.* Vielleicht glaubte aber Lomeg, der wiedergeborene Golem zu sein. *Lomeg ist der Golem,* wiederholte Hogart in Gedanken, und plötzlich blitzte etwas in seinem Gehirn auf.

»Haben Sie ein Blatt Papier?«

Ivona musterte ihn skeptisch. »Nur ein Taschentuch.« Sie griff in die Innenseite der Jacke.

Hogart malte die Buchstabenfolge G-O-L-E-M auf das Stofftuch. Danach reihte er die Buchstaben um und formte das Wort L-O-M-E-G daraus.

»Es ist ein Anagramm.«

Ivona stand sprachlos neben ihm, während sich seine Gedanken weiter überschlugen. Das konnte kein Zufall sein, ebenso wenig wie das identische Geburtsdatum. »Was haben Lomeg und der Golem gemeinsam?«, flüsterte er mehr zu sich selbst als zu Ivona.

»Wir sollten gehen!«, drängte Ivona. »Das können wir draußen besprechen.«

»Nein, warten Sie noch einen Moment.« Hogart versuchte sich an Veselys Geschichte zu erinnern. Aus welchem Grund sollte sich Lomeg einen Namen aus den Buchstaben des Golems formen? Möglicherweise sah sich Lomeg wie der aus dem Schlamm der Moldau geformte Golem als blutleeres Geschöpf, als Produkt eines Schaffungsprozesses. Erschaffen, ebenso wie der künstliche Name – erschaffen, ebenso wie der gefälschte Personalausweis.

Bisher waren sie Lomeg erst zweimal begegnet – auf einem Foto des Infoabends und auf der Videoaufzeichnung eines Geldautomaten. Aber er kannte den Kerl auch noch woanders her, und er wollte verdammt sein, wenn er unrecht behielt. Hogart kramte den Ausdruck von dem Infoabend aus seiner Tasche und die Farbkopie, die Musil im Filmstudio gezogen hatte. Er verglich die beiden Aufnahmen miteinander. Lomeg trug eine Baseballkappe der Boston Red Sox und Micha eine Stahlrahmenbrille. Sie waren nicht nur gleich alt, sie sahen sich auch ziemlich ähnlich. Der eine arbeitete vormittags am Fischmarkt, der andere nachmittags im Filmstudio.

»Verdammte Scheiße!«, entfuhr es Hogart. Hastig verließ er die Abstellkammer und lief auf die Hausbesorgerin zu. »Humpelt Lomeg?«, fragte er sie auf Tschechisch.

Die Frau starrte ihn verwirrt an.

»Hat Antonin Lomeg einen Klumpfuß?«, herrschte er sie an.

Sie nickte.

Hogart reichte ihr das Foto, auf dem Micha Zajic mit seinem Bruder vor dem Filmstudio stand.

»Ist einer der beiden Antonin Lomeg?«

Die Hausbesorgerin überlegte. Schließlich deutete sie auf Micha. »Das könnte er sein. Nur trägt Lomeg keine Brille.«

Hogart ließ erleichtert die Schultern sinken. Endlich wusste er, woher er den Kerl kannte … aus Dr. Jaroslav Zajics Haus. Antonin Lomeg war niemand anders als Micha Zajic!

17. KAPITEL

Als es dämmerte, saßen Hogart und Ivona in der Kombüse von Jiris Boot. Ondrej lehnte mit einer offenen Bierdose in der Hand am Kühlschrank.

»Wenn die beiden Killer in Wahrheit ein und dieselbe Person sind, dann führt Micha seit Jahren ein Doppelleben.« Ivona verglich die beiden Fotos mittlerweile schon zum zehnten oder elften Mal miteinander.

»Der Mann besitzt zwei Identitäten, er hat zwei Wohnungen und arbeitet in zwei unterschiedlichen Jobs. Aus welchem Grund? Das ist doch verrückt!« Sie runzelte die Stirn, als wollte sie kein einziges Wort davon glauben. »Weshalb ist Morak nicht auf Lomegs Scheinidentität gestoßen, als er alle Anwesenden der Infoabende überprüfen ließ?«

»Svatek sagte uns, Lomeg sei sauber und die Kripo habe nichts über ihn gefunden«, erinnerte Hogart sie. »Und einer, der nicht existiert, hat auch kein Vorstrafenregister.«

»O Mann.« Ivona seufzte. »Micha muss sich diese zweite Existenz mit dem Geld seines Vaters aufgebaut haben.«

Ondrej zerdrückte die leere Bierdose in der Faust. »Bestimmt hat er sich Meldezettel und Führerschein von einem von Grecos Unterhändlern organisiert. Diese Fälschungen halten einer oberflächlichen Überprüfung stand.«

Ivonas Blick entfernte sich immer mehr, bis sie in tiefe Grübelei versank. »Micha hat den Golem-Film überarbeitet, und nun spielt er eine Schachpartie gegen sich selbst. Aber warum braucht er zwei Namen und zwei Wohnungen? Was ist der Sinn des Ganzen?«

Ondrej zuckte die Achseln. »Wer sagt denn, dass er beides *braucht*? Er hat es ganz einfach. Na und?«

Ivonas Blick hellte sich auf. »Vielleicht weiß er gar nicht, dass er ein Doppelleben führt.«

Hogart horchte auf. »Was meinen Sie mit *er weiß es nicht*?«

»Möglicherweise ist er krank … geisteskrank.« Ivona sprang von der Bank und lief durch die Kombüse. »Während er von seinem Vater vergewaltigt wurde, ist er in eine andere Identität geflüchtet, damit er den Missbrauch nicht selbst ertragen musste.«

»Das glaubst du doch nicht wirklich!«, murrte Ondrej.

»Und ob ich das glaube!«, fuhr Ivona ihn an. »Missbrauchte Kinder können solche Erlebnisse nicht verarbeiten. Und wenn ihnen niemand hilft, helfen sie sich in ihrer Verzweiflung selbst. Die Seele zersplittert, ein innerer Doppelgänger entsteht, der sich abspaltet.«

Hogart wurde hellhörig. Für eine Privatdetektivin wusste sie erstaunlich viel über dieses Thema.

Ivona atmete tief durch, ehe sie fortfuhr. »Während der Misshandlung ist Micha zu einem anderen geworden, der diese Gewalt an seiner Stelle erdulden musste und besser damit umgehen konnte. Diese zweite Identität baute einen Hass gegen ältere Männer auf. Denkt an die Opfer – ein Rentner, ein Landstreicher, ein obdachloser Trinker und erst zuletzt die Ursache des Übels: Dr. Jaroslav Zajic selbst! Antonin Lomeg hasst ihn, weil Zajic *ihn* missbraucht hat.«

»Und Micha?«, fragte Hogart.

»Bei ihm ist es umgekehrt. Seine Mutter ließ ihn als Kind im Stich. Sie hat während der Vergewaltigungen nicht nur weggesehen, sondern jedes Mal, wenn Michas Bruder etwas gegen seinen Vater unternehmen wollte, ihrem Mann ein Alibi verschafft. Micha hasst Frauen – seine heuchlerische Mutter am allermeisten.«

»Eine verrückte Idee«, brummte Ondrej.

»Finde ich nicht«, widersprach Hogart. »Reden Sie weiter!«

»Eine andere Sache spricht ebenfalls für diese Theorie: Micha ist stumm, er wurde von seinem Vater zu immerwährendem Schweigen gezwungen, doch als Lomeg *kann* er reden. Das wissen wir, Vesely hat es uns bestätigt. Micha hat mit Lomeg nicht nur ein zweites Ich erzeugt, um die Schrecken auf eine andere Person zu verdrängen, sondern auch, um als Antonin Lomeg ein Leben führen zu können, in dem er normal sprechen darf. Micha weiß vielleicht gar nichts von seiner multiplen Persönlichkeit. Erinnern Sie sich an Lomegs Wohnung!« Ivonas Stimme wurde leiser. »In keinem der Räume befand sich ein Spiegel.«

»He, in Michas Kopf sollen zwei unterschiedliche Personen existieren? Wie kann so etwas möglich sein?«, fuhr Ondrej sie an.

»Glaube mir, es ist möglich! Ich …« Ivona verstummte.

»Das ist doch verrückt«, murmelte Ondrej.

»Verrückt ist, was solchen Kindern angetan wurde!«, rief Ivona. Plötzlich begann sie schwer zu atmen. Sie presste die Augen zusammen. Ihr Körper verkrampfte sich. »Ich bekomme es nicht aus dem Kopf!«

Augenblicklich sprang Ondrej auf und schloss sie in die Arme. »Beruhige dich.«

»Nein.« Sie versuchte, seinen Arm wegzudrücken.

»Beruhige dich«, wiederholte Ondrej auf Tschechisch. »Goran ist tot.«

»Lass mich!« Sie befreite sich aus seinem Griff und stürzte durch die Tür ins Freie.

Peinliches Schweigen erfüllte die Kombüse. Hogart saß wie angewurzelt da, ohne zu begreifen, was Ivona so aus dem Lot gebracht hatte. Nachdem ihr Bruder nur tatenlos dastand, wollte Hogart ihr nach draußen folgen, doch da versperrte ihm der Riese den Weg. Ondrej legte ihm die Hand auf die Schulter. »He, glaub mir, sie kommt gleich wieder.«

Hogart setzte sich an den Tisch. Er hörte, wie Ivona draußen auf und ab lief. »War Goran Ihr Vater?«, fragte er.

Ondrej gab keine Antwort.

»Was ist zwischen Ivona und ihm vorgefallen?«

»Nichts«, antwortete Ondrej – vermutlich eine Spur zu schnell. »Scheiße!« Er fuhr sich mit der Hand über die Glatze. »Kannst du dir nicht denken, was damals passiert ist?«

»Er hat sie missbraucht«, vermutete Hogart.

»Ivona war erst elf und unser Vater ein Bär von einem Mann. Wäre ich damals älter und kräftiger gewesen, hätte ich dem Bastard eigenhändig den Hals umgedreht.«

Hogart schwieg. Er hätte nicht danach fragen, sondern die Vergangenheit ruhen lassen sollen. Was brachte es, in alten Wunden zu stochern? Doch Ondrej redete weiter.

»Wenn es einmal geschieht, hört es nicht mehr auf – das ist der Wahnsinn! Es endete erst, als der Mistkerl eines Tages nach einer durchzechten Nacht spurlos verschwand.«

Mehr gab Ondrej nicht preis, doch Hogart konnte sich denken, wie die Geschichte ausgegangen war. Entweder war Ivonas Vater in den Fluten der Moldau verschwunden oder im Kofferraum eines Wagens in ein Waldstück transportiert worden – Ivona wusste vielleicht nicht einmal etwas davon.

»Ist sie deshalb Privatdetektivin geworden?«, fragte Hogart.

»Um das Unrecht dieser Welt zu bekämpfen? Darauf kannst du wetten!«

Hogart zündete sich eine Zigarette an und rauchte sie zu Ende. Ondrej verharrte stumm an seinem Platz. Als Ivona nach einigen Minuten wiederkam, war sie leichenblass. Außerdem zitterte sie vor Kälte, da sie nur in ihrem Pullover nach draußen gegangen war. Wortlos öffnete sie den Getränkeschrank, nahm die Baileysflasche heraus und goss sich ein Glas randvoll. Langsam kehrte wieder Farbe in ihr Gesicht zurück.

Hogart räusperte sich. »Ob Micha nun von seiner zweiten Identität weiß oder nicht, ist im Moment nebensächlich«, sagte er, um die gereizte Stimmung zu lösen. »Wichtig ist, dass es sich bei Micha und Lomeg um ein und dieselbe Person handelt. Es gibt keinen Grund, ihn länger auf freiem Fuß zu lassen.« Er machte eine Pause, um Ivona Gelegenheit zu geben, wieder einen klaren Kopf zu bekommen. »Jiri sollte Kontakt zu Novacek aufnehmen und ihm sagen, wo sich Micha aufhält. Sobald er festgenommen ist, kann er Vesely nichts mehr anhaben.«

»Daran habe ich gar nicht gedacht!«, entfuhr es Ivona. Sie wandte sich um und starrte Hogart an. »Die Kripo braucht nur aus ihm herauszubekommen, wo er Vesely gefangen hält.«

Ondrej griff zum Handy und wählte Jiris Nummer. Bereits nach den ersten Sätzen wurde seine Stimme leise – gefährlich leise – und kalt vor Wut. Dennoch verstand Hogart genug, um mitzubekommen, dass Jiris Leute Micha vor etwa fünfzehn Minuten aus den Augen verloren hatten – im Mahlerovypark in der Nähe des Fernsehturms.

»Der Scheißkerl wusste, dass ihm jemand auf den Fersen

war«, knurrte Ondrej, nachdem er die Verbindung beendet hatte. Seine Pranke umschloss das Handy, als wollte er es zerquetschen.

»In wenigen Stunden wird Vesely sterben«, erinnerte Hogart die beiden. Er faltete seinen zerrissenen Stadtplan auseinander. Sie drängten sich um den Tisch und starrten auf die Karte.

Hogart setzte den Finger auf den Mahlerovypark. »Micha ist Jiri in derselben Gegend entwischt, in der Schellings Leiche gefunden wurde. Wohin könnte er abgehauen sein?« Bestimmt befand sich der Mistkerl bereits auf dem Weg zu dem Ort, wo er Vesely gefangen hielt, überlegte Hogart. Das nächste Opfer würde ebenfalls in diesem Quadranten auftauchen, das dem Schachfeld F3 entsprach.

»Wir könnten Micha zumindest dann erwischen, wenn er sich morgen gegen fünf Uhr früh in dieser Gegend blicken lässt, um Veselys Leiche abzuladen … aber dann ist es zu spät.« Hogart steckte sich eine weitere Zigarette an. Tief inhalierend ließ er das makabere Spiel dieser gespaltenen Person wie einen Film in seinem Kopf ablaufen. Micha konkurrierte mit seinem imaginären Ich. Hogart dachte an die zufällige Auswahl und Entführung der Opfer, die unterschiedlichen Todesarten und die raffiniert ausgewählten Leichenfundorte, die die Schachfelder symbolisierten. Entweder hatte Micha diesen Plan selbst oder in seiner Rolle als Lomeg ausgebrütet. Jedenfalls hatte er bei der Ausführung seiner Idee, die Stadt als Schachbrett zu benutzen, sicher nichts dem Zufall überlassen. Und da die zuletzt geschlagene Figur den Höhepunkt des Spiels darstellte, kam ihrem Fundort bestimmt eine wichtige Bedeutung zu.

»Möglicherweise ist der letzte Fundort mit jenem Platz

identisch, an dem Micha seine Opfer gefangen hält und ermordet.« Hogart dachte über seine eigenen Worte nach – ergaben sie überhaupt einen Sinn?

»Sozusagen als Abschluss eines Gesamtkunstwerks«, setzte Ivona seinen Gedankengang fort.

Hogart nickte. Er sah auf den Plan. Ihm ging nicht aus dem Kopf, dass Micha sich der Observation in derselben Gegend entzogen hatte, in der man die nächste Leiche finden würde. »Die Fibichova«, murmelte er. »Könnte man in dem Fernsehturm jemanden verstecken?«

Ivona schüttelte den Kopf. »Dort könnte sich Micha niemals Zutritt verschaffen.«

»Wir brauchen einen größeren Plan.«

»Irgendwo muss Jiri einen haben.« Ondrej durchwühlte die Schubladen, bis er unter einem Stapel von Kultur- und Theaterführern einen dicken zusammengefalteten Stadtplan fand. Er öffnete ihn so, dass sie den entsprechenden Quadranten vor Augen hatten. »Wonach suchen wir?«

Hogart beugte sich über den Plan. »Nach einem Gebäude, das groß genug ist, um einen Menschen gefangen zu halten und eine Kreissäge unterzubringen … eine Lagerhalle, Produktionshalle oder eine leer stehende Fabrik.«

Sie durchsuchten den Stadtteil nach einem passenden Gebäude, das sich in einer Straße befand, deren Name mit F begann.

In diesem Moment wurde die Kajütentür aufgestoßen, und Jiri stürzte herein. Das Hemd hing ihm aus der Hose, die Baskenmütze saß schief auf seinem Kopf, auf seiner Stirn standen Schweißtropfen. Sogleich brüllte Ondrej ihn an. Jiri riss die Arme hoch. Obwohl er wie eine Dampflok keuchte, brüllte er ebenso laut zurück.

Inmitten des Geschreis zeigte Hogart auf ein graues Rechteck im Plan, das sich am Beginn der Falkova befand. »Was ist das?«

Ivona zuckte die Achseln. »Keine Ahnung, wir müssten hinfahren, um es uns anzusehen – he, beruhigt euch wieder! Ihr seid wie Kinder! Weiß jemand, was das ist?«

Jiri kam zu ihnen an den Tisch, kehrte Ondrej aber demonstrativ den Rücken zu, als er sich über den Plan beugte. »Früher wurden da die Steigen für den Fischmarkt gelagert«, sagte er auf Tschechisch. »Heute hat der Fischmarkt aber andere, modernere Lagerhallen.«

Hogart sah den kleinen Mann erstaunt an. »Der Fischmarkt!«

»Na klar. Lomeg arbeitet dort. Bestimmt kennt er die Halle.« Ivona griff zum Handy. Sie wählte Novaceks Nummer. Das Gespräch dauerte eine knappe Minute, in der sie kaum zu Wort kam.

»Schlechte Nachrichten«, sagte sie anschließend. »Die Kripobeamten finden Dr. Zajic nicht, Micha ist immer noch verschwunden, und Novacek hat frühestens in einer Stunde ein Team frei, um Lomegs Kellerwohnung zu durchsuchen. Danach hat dieser Idiot einfach aufgelegt!«

»Warum haben Sie ihm nichts von der Halle erzählt?«

»Weil er nicht mit mir reden wollte! Ich würde sein Telefon blockieren, und er will bis morgen früh nichts mehr von mir hören.« Sie atmete tief durch. »Tja, und dann hat er mir noch klargemacht, dass wir keine Unterstützung von ihm oder der Kripo bekommen, weil im Moment eine Großfahndung nach Micha läuft und alle wegen des drohenden Mordes nervös sind.«

»Dann müssen wir allein zur Lagerhalle«, beschloss Hogart.

Er sah auf die Uhr. Es wurde höchste Zeit, dass sie etwas unternahmen. Draußen dunkelte es bereits.

»Einen Moment noch!« Ivona öffnete Jiris Kiste, in der sich die Leuchtfeuerpistolen befanden.

»Was willst du damit, Kinder erschrecken?«, fragte Ondrej.

Doch als sie die beiden Glock herausnahm, die sie von Dimitri erhalten hatte, bekam Ondrej große Augen.

Hogart lenkte den Wagen, Ondrej saß neben ihm und lotste ihn durch ein Gewirr aus kleinen unbefahrenen Seitengassen, auf denen sie schneller vorankamen. Ivona und Jiri hatten auf der Rückbank Platz gefunden. Die Autoscheinwerfer schnitten wie schimmernde Messerklingen durch die Dämmerung. Dicke Schneeflocken fielen vom Himmel. So etwas hatte Hogart noch nicht erlebt, zumindest nicht in der Nacht zum ersten Oktober. Das Außenthermometer zeigte null Grad an.

Hinter Hogart klatschte Jiri nervös mit einem Schlagstock auf seinen Oberschenkel. Das Geräusch wühlte Hogart noch mehr auf. Seit ihrer Abfahrt beobachtete er die grellen Scheinwerfer eines schwarzen Buicks im Rückspiegel. »Ein Wagen folgt uns«, informierte er schließlich die anderen.

Ivona und Jiri wandten sich um. Als der Wagen in einer Kurve deutlich zu sehen war, erstarrte der kleine Mann mit der Baskenmütze in der Bewegung.

»Dimitri!«, presste er hervor.

Ondrejs Ledermantel knirschte, als er im Beifahrersitz ein Stück nach unten rutschte, sodass er in den Außenspiegel sehen konnte. »Was will der hier?«

Über den Innenspiegel suchte Hogart Blickkontakt mit

Ivona. »Haben Sie Dimitri verraten, wohin wir unterwegs sind?«

»Wann hätte ich das tun sollen?«

»Dann beschattet er uns schon länger, und wir führen ihn direkt zu Micha«, folgerte Hogart.

»He, was soll das heißen?« Ondrej starrte die beiden abwechselnd an.

»Sagen Sie es ihm«, forderte Hogart.

»Grecos Aupairmädchen war Michas sechstes Opfer«, offenbarte Ivona.

»Im Ernst?«, fragte Ondrej. »Ich dachte, Nadine ist nach Paris zurückgeflogen.«

»Ist sie nicht«, sagte Ivona. »Um von Greco bestimmte Informationen zu erhalten, mussten wir einen Deal eingehen. Sobald wir den Mörder ermittelt hätten, würden er oder Dimitri den Namen erfahren.«

»Ach du Scheiße!«, entfuhr es Ondrej. »Jetzt haben wir Dimitri am Hals.«

»Wenn ich könnte, würde ich den Deal rückgängig machen«, beteuerte Ivona. »Aber möglicherweise können wir verhindern, dass Dimitri den Jungen in die Finger bekommt.«

»Wozu?« Ondrej ballte die Faust, dass die Gelenke knackten. »Der Mistkerl hat Frauen und Männern den Kopf abgeschnitten. Er verdient es zu sterben.«

»Aber du kennst Dimitri. Er wird ihn nicht bloß töten, sondern vorher richtig leiden lassen.«

»Wir könnten mit Greco reden«, schlug Hogart vor.

»Vergiss es, Detektiv! Jetzt, wo dieser Irre wie eine Klette an uns hängt, nützt uns Greco nichts mehr. Dimitri lässt sich von niemandem mehr zurückpfeifen. Hätte jemand meiner

Freundin den Kopf abgeschnitten, würde ich mir auch nichts mehr vorschreiben lassen.«

»… Freundin?«

»Dimitri und Nadine waren ein Paar«, brummte Ondrej. »Wusstet ihr das nicht?« Er machte ein finsteres Gesicht. »Um ihren Tod zu rächen, würde Dimitri alle beiseiteräumen, die sich ihm entgegenstellen.«

Schweigend fuhren sie weiter. Der Gedanke, dass sie einen durchgeknallten Schläger direkt zum Versteck eines Killers führten, schlug Hogart auf den Magen. Vermutlich hatte Greco dieses Geschäft nur mit ihnen gemacht, um Dimitri bei Laune zu halten.

Endlich deutete Ondrej aus dem Fenster. »Gleich sind wir da. Dort vorne ist die Halle.«

Die leer stehende Fabrik, die einst dem Fischmarkt als Lagerhalle gedient hatte, sah aus wie ein Relikt aus der Nachkriegszeit, das nie wieder richtig instand gesetzt worden war. Fünfstöckig, mit einer großen Glaskuppel, überragte das Gebäude alle angrenzenden Häuser. Die roten Backsteinziegel mit dem bröckelnden Verputz erinnerten Hogart an die Ruinen im Industrieviertel der Prager Vorstadt. Dazu passten auch die eingeschlagenen Fensterscheiben und die Regenrinnen, die in weitem Bogen vom Dachvorsprung hingen und im Wind gegen die Mauer schlugen. Hinter der Fabrik ragte ein Schornstein in den Himmel, aus dem bestimmt seit Jahrzehnten kein Qualm mehr aufgestiegen war.

Hogart brachte den Wagen direkt vor dem großen Blechtor zum Stehen. Nirgends in der Halle brannte Licht, auch nicht hinter den Kellerfenstern, die sich auf Höhe des Bürgersteigs befanden.

»Ich dachte, die Kripo hätte Michas Auto mit einem

Peilsender versehen«, murmelte Hogart. An der Straßenecke stand ein weinroter Kastenwagen. Die flackernde Straßenlaterne brachte den matten Lack zum Glänzen.

Ivona blickte zwischen den Vordersitzen hindurch. »Sieht nicht so aus, als wären hier irgendwelche Bullen. Diese Idioten haben wohl vergessen, das Auto zu spicken.«

»Bestimmt nicht«, versicherte Hogart. »Vielleicht gehört der Wagen dem Filminstitut, und Novacek wusste nichts davon.« Er sah in den Rückspiegel. Soeben parkte Dimitri den schwarzen Buick etwa hundert Meter hinter ihnen in einer dunklen Seitengasse. Die Scheinwerfer erloschen, aber die Fahrertür blieb geschlossen. Dimitri wartete.

»Bringen wir es hinter uns.« Hogart stieg aus.

Kein Lüftchen ging. Die Schneeflocken schwebten kerzengerade zu Boden, wo sie einen glänzenden Film auf dem Kopfsteinpflaster bildeten.

Während Hogart zwei Taschenlampen aus dem Kofferraum holte, drehte Jiri die vor das Blechtor gespannte Kette mit seinem Schlagstock ein, bis sie brach. Ondrej stemmte sich gegen den Griff und schob das Tor auf. Rost brach von den Rollen. Wie aus dem Bauch eines verendeten Wals drang ihnen ein unerträglicher Verwesungsgestank entgegen.

Hogart und Ivona knipsten die Lampen an. Vor ihnen breitete sich die große leere Fischhalle aus. Bloß Packpapier und zerbrochene Holzsteigen lagen herum, die sich beim Öffnen des Tors in der Schiene verkeilten.

»Hier war schon lange niemand mehr«, sagte Ivona gedämpft.

Hogart nickte. Außer dieser verrosteten Tür musste es noch einen anderen Weg in das Gebäude geben. Nachdem sie die Halle betreten hatten, schob Ondrej das Tor wieder zu. Nur die Lichtkegel der Taschenlampen schnitten durch die Dunkelheit. Dutzende Eisengestelle und Regale ragten wie Gerippe bis zur Decke. Ein schrottreifer Gabelstapler stand mitten in der Halle. Hogart merkte, wie angespannt Ivona neben ihm durch den Raum schritt. Er spürte beinahe körperlich ihren Drang, nach Vesely zu rufen.

Hogart senkte die Stimme ebenfalls zu einem Flüstern. »Falls Vesely hier ist, hat ihn Micha bestimmt geknebelt. Wir sollten uns aufteilen und das Gebäude durchsuchen. Aber leise!«

»Wir haben nur zwei Lampen.«

»Dort drüben ist ein Treppenhaus. Ich gehe mit Ondrej in den Keller«, schlug Hogart vor.

»In Ordnung, Jiri und ich sehen uns oben um. Schalten Sie Ihr Handy an.« Ivona nickte Jiri zu. Die beiden liefen ins Treppenhaus, das in die obere Etage führte. Dort befanden sich mehrere Büros, deren Fenster auf die Halle hinausgingen.

Kurz darauf sah Hogart Ivonas Lampenschein ein Stockwerk höher aus einem der Fenster blitzen.

»He, Detektiv, warum gehen wir ausgerechnet in den Keller?«, flüsterte Ondrej.

»Denken Sie an Lomegs Wohnung. Er hat eine Vorliebe für Keller. Ich schätze, dass er dort seine Opfer hinbringt.« Hogart setzte sich in Bewegung.

Neben dem Stiegenaufgang führte eine gemauerte Treppe in ein Untergeschoss. Es roch nach Fäulnis. Hogart zog die Glock aus dem Hosenbund. Während der Lampenstrahl Stufe um Stufe ertastete, schritten sie in die untere Etage. Dieser riesige Gebäudekomplex, ein Labyrinth aus Treppen, Stockwerken und Zimmerfluchten, machte eine Durchsuchung langwierig. Sie konnten nur hoffen, dass einer von ihnen rechtzeitig auf Vesely stoßen würde. Mit jeder Sekunde, die verstrich, fürchtete sich Hogart mehr vor dem plötzlichen Aufheulen einer Kreissäge, das ihre Suche beenden würde.

Von der untersten Stufe traten sie in einen Korridor, an dessen Decke nackte Leuchtstoffröhren zwischen blank verlaufenden Kabeln hingen. Etwa alle fünf Meter lag ein Abwasserrohr quer über dem Boden. Hogarts Atem schwebte als Dampfwolke vor seinem Gesicht. Leise auftretend, damit seine metallbeschlagenen Sohlen keinen Lärm verursachten, hielt Ondrej sich neben ihm. Der riesige Kerl musste gebückt gehen, um nicht mit dem Schädel gegen die gemauerten Rundbögen zu stoßen, die dann und wann auftauchten.

Der Gang schlug mehrere Haken. Auf der linken Seite reihten sich jeweils wuchtige Eisentüren – jedoch alle versperrt.

»Dort vorne …« Hogarts Stimme hallte merkwürdig hohl von den Wänden wider. Er deutete mit der Waffe auf eine grüne Blechtür am Ende des Korridors. Sie bedeutete die einzige Möglichkeit, weiter in den Keller vorzudringen, und sie war anscheinend nur angelehnt.

Hogart zog den Schlitten der Pistole zurück. Die erste Patrone wurde in die Kammer geladen. Nun war die Waffe scharf. Vorsichtig schob er die Tür mit dem Fuß auf. Die Angeln quietschten so laut, dass ihm das Geräusch wie eine Messerklinge durch den Kopf fuhr. Hogarts Lampenstrahl enthüllte einen großen Raum. Niemand schien sich darin zu befinden.

»Wir sind so unauffällig wie eine Horde Elefanten«, brummte Ondrej. »Falls der Scheißkerl hier war, ist er längst abgehauen.«

»Oder er lauert uns auf«, entgegnete Hogart.

Wassertropfen hingen an der von Rissen durchzogenen Betondecke. Die hohe Luftfeuchtigkeit erinnerte an eine Waschküche und machte den vorherrschenden Schlachthausgestank noch intensiver. Unweigerlich musste Hogart an das Summen von Aasfliegen denken, aber es war nichts zu hören. Was hier unten bereits seit Monaten verweste, hatte bisher noch kein Ungeziefer angezogen.

Während Hogart das Gewölbe betrat, ließ er den Lichtkegel der Lampe kreisen. Zuerst stieß er auf einen Berg aus Mänteln, Jacken, Schals, Geldbörsen, Ausweispapieren und Handtaschen. Dahinter lag ein roter Trolley auf dem Boden, daneben ein Stapel mit zusammengefalteten weißen und schwarzen Tüchern.

Hogart ging in die Hocke und berührte den Stoff. »Schwarzer Samt.« Er erhob sich, um den Hartschalenkoffer zu beleuchten. Ein Samsonite, mit verbogenem Griff und abgebrochener Rolle. Zweifelsohne befanden sich darin die persönlichen Gegenstände von Alexandra Schelling. Doch darum würde er sich später kümmern.

»He, schau mal dort!« Ondrej leuchtete in den hinteren Teil des Gewölbes.

Hogart erhob sich und ging auf einen kleinen Haufen zu, aus dem verkrümmte Finger ragten. Ihre Schatten bildeten eine gespenstische Form an der Wand, wie ein Spinnennest.

»Hände«, sagte Ondrej gepresst. »Abgeschnittene Hände.«

Hogart ließ den Lichtkegel weiterwandern und ließ ihn auf einem größeren Berg verharren, den jemand in der Ecke errichtet hatte.

»Heilige Scheiße!«, würgte Ondrej hervor.

Als Hogart die ersten verklebten Haarbüschel sah, riss er die Taschenlampe zur Seite. Augenblicklich sank das Gebilde in gnädige Dunkelheit zurück. Der Todesgeruch und die Feuchtigkeit in diesem Loch ergaben eine brechreizerregende Mischung. Ein Krampf erfasste Hogarts Magen. Rasch würgte er den galligen Geschmack hinunter, der aus seiner Speiseröhre aufstieg.

Plötzlich schrillte sein Handy. Beinahe wäre ihm die geladene Waffe aus der Hand gefallen. *Scheiße!* Er musste unbedingt die Nerven behalten. Hastig zog er das Telefon aus der Manteltasche.

»Wir haben Vesely gefunden!« Es war Ivonas Stimme. »Er lebt.«

»Wo seid ihr?«

Ivona beschrieb ihm den Weg.

»Wir kommen. Seid vorsichtig, möglicherweise ist Micha noch im Gebäude.« Er brach die Verbindung ab und ließ das Gerät wieder in die Manteltasche gleiten.

Ondrej stand vor ihm. Hogart leuchtete dem Riesen für einen Augenblick ins Gesicht, doch der reagierte kaum darauf. Ondrej war so weiß wie eine Gipswand, aus seinen Augen funkelte eine Mischung aus Abscheu und Hass.

»Vesely ist am Leben«, informierte Hogart ihn. »Kommen Sie!«

Sie eilten aus dem Raum, liefen im Korridor zurück und die Treppe hinauf zur Halle. Hogart versuchte sich an Ivonas Beschreibung zu erinnern. Nachdem sie und Jiri die Büros im oberen Stockwerk erfolglos durchsucht hatten, waren sie zur Halle zurückgekehrt, hatten sie durchquert und durch eine Tür den angrenzenden Raum betreten.

Rasch nahmen Hogart und Ondrej denselben Weg bis zu

dem offenen Tor. Dahinter weitete sich eine noch größere Lagerhalle. Ihre Rückwand, die man vor Jahren zur Hälfte getüncht, an der man dann aber die Malerarbeiten anscheinend aufgegeben hatte, war mit Brettern und einem Metallgestell eingerüstet. Sonst befand sich nichts darin. Eine Zwischendecke fehlte. Die Halle reichte bis zur Kuppel hinauf, wo sich das mächtige, von einer dünnen Schneeschicht bedeckte Glasdach in weitem Bogen von einer Wand zur anderen spannte. Teilweise waren die Scheiben gesplittert, durch die Löcher fiel Schnee in die Halle. Das durch die Kuppel schimmernde Mondlicht brachte die Flocken zum Glitzern und tauchte den gesamten Raum in eine leise, aber eiskalte dunkelblaue Atmosphäre. In jeder anderen Situation hätte Hogart den Anblick als idyllisch empfunden wie eine romantisch-düstere Traumkulisse – doch ein gequältes Stöhnen holte ihn in die Realität zurück.

Es stammte von Vesely. Der alte Mann befand sich – umflossen von gedämpftem Mondlicht – in der Mitte der Halle. Er lag wie ein lebendiges Stück Arbeitsmaterial rücklings auf einer Werkbank. Über seine Brust spannten sich massive Kettenglieder. Auch seine Hände und Füße waren angekettet. Nur sein Kopf besaß noch eine geringfügige Bewegungsfreiheit. Veselys Hemd war aufgerissen, der Stoff blutgetränkt. Als Hogart näher kam, sah er, dass seine magere Brust blutige Schnitte trug: *LA* – für den geschlagenen weißen Läufer. Mit ersterbender Kraft drehte Vesely den Kopf und sah Hogart entgegen. In seinem Mund steckte ein Lederknebel.

»So nehmt ihm doch den Knebel raus!«, herrschte Hogart Ivona an.

»Wir mussten zuerst sicherstellen, dass Micha nicht in der

Nähe ist.« Ivona trat seitlich an den alten Mann heran, um ihn von dem würgenden Knebel zu befreien. Der Stofflumpen, der tief in seinem Rachen steckte, war von Blut getränkt. Sogleich wandte Vesely den Kopf zur Seite und erbrach sich. Ein Wunder, dass er nicht erstickt war.

Es dauerte quälend lange, bis Vesely wieder zu Atem kam, und noch länger, bis er sich verständlich machen konnte.

»Wie geht es meiner Frau?«, röchelte er.

»Machen Sie sich keine Sorgen. Sie hält die Beamten des Reviers auf Trab.« Ivona prüfte die Ketten, die ihn festhielten. »Zunächst müssen wir Sie von hier fortschaffen.«

Hogart ließ den Strahl seiner Taschenlampe über die riesige automatische Werkbank gleiten. An deren Ende glänzte der braunfleckige Stahl eines großen runden, scharf gezackten Sägeblattes auf. Dahinter erfasste der Lichtkegel den Motor der Säge und einen versperrten Schaltschrank, in den Drähte und ein Starkstromkabel mündeten. Eine grüne Lampe zeigte die Bereitschaft der Kreissäge an. Verzweifelt suchte Hogart nach einem Ausschalter, konnte aber keinen finden. Darauf ging er in die Hocke und spähte unter die Arbeitsplatte, auf der Vesely lag. Die Ketten, die sich um Veselys Oberkörper und seine Hüften spannten, verschwanden in den Öffnungen des Rolltisches und verliefen quer darunter. Auf dem Betonboden klebte das eingetrocknete Blut der früheren Opfer. Sobald sich der elektronisch gesteuerte Rolltisch in Bewegung setzen würde, führte er unweigerlich in das Kreissägeblatt. Dessen Durchtrittsöffnung lag knapp unterhalb von Veselys Kinn. Der rotierende Stahl würde durch den Kehlkopf eindringen und den Hals durchtrennen. Falls es ihnen gelang, wenigstens eine der Ketten zu entfernen, konnte sich Vesely zumindest aufsetzen.

Hogart erhob sich. »Wir dürfen keine Zeit vergeuden. Ein oder zwei gut gezielte Schüsse auf die Kette sollten genügen.« Er sah Vesely ins angstvolle Gesicht. »Ivona macht das.«

Ivona nickte. »Zur Seite!«

Sie richtete den Lauf der Waffe auf eines der Eisenglieder, die unterhalb von Veselys Körper auf dem Stahl der Werkbank anlagen – und zog den Abzug durch. In der riesigen Halle klang der Schuss wie eine Explosion. Funken spritzten vom Metall ab, und Hogart hörte das kurze Kreischen des Querschlägers, der neben seinem rechten Fuß in den Betonboden fuhr. Benommen machte er einen Schritt zurück.

Indessen verhallte in der Kuppel das Echo des Schusses. Hogart sah auf – und erstarrte. In etwa fünfzehn Metern Entfernung erhob sich an der Rückwand der Halle das Malergerüst, wo hoch oben auf der letzten Ebene eine Gestalt stand. Sie trug einen zerschlissenen Mantel und eine Baseballkappe. Das Gesicht lag im Dunkel. Sogleich legte Hogart die Waffe an.

»Keine Bewegung!«, brüllte er auf Tschechisch. Sein Ausruf wurde dumpf von den Wänden zurückgeworfen.

Ondrej, Jiri und Ivona sahen ebenfalls auf. Die Gestalt bewegte sich nicht. Ihre rechte Hand hielt einen gelben Kasten von der Größe einer Schuhschachtel, der mit einem Kabel verbunden war. Eine Fernsteuerung, durchzuckte es Hogart.

Und sie ruhte in der *rechten* Hand.

»Antonin Lomeg, keine Bewegung!«

Das Echo seines Ausrufs war noch nicht verklungen, da holte er tief Luft und nahm Michas Oberarm ins Visier. In derselben Sekunde hob dieser die Fernbedienung hoch. Noch bevor Hogart zum Schuss kam, heulte neben ihm der Motor der Kreissäge auf. Der Keilriemen begann zu surren, die Schwungscheibe rotierte, die Sägewelle trat in Betrieb. Der Rolltisch, auf dem Vesely noch immer festgekettet lag, setzte sich in Bewegung.

Ivona schrie entsetzt auf.

Hogart sah für einen Sekundenbruchteil zur Seite und hatte die Gelegenheit auch schon verpasst, Micha mit seiner Glock auszuschalten. Der Junge war über das Gerüst davongehumpelt und verschwand soeben durch eine Öffnung in der Wand.

Ein Lärminferno erfüllte die Halle. Zu dem Kreischen der Säge kam jetzt das Detonieren der Schüsse, die Ivona in rascher Folge auf die Ketten abfeuerte. Zugleich begann Hogart, den Schaltschrank unter Beschuss zu nehmen. Die Projektile schlugen Dellen und Löcher ins Blech, Funken stoben davon. Währenddessen näherte sich der Rolltisch Zentimeter für Zentimeter dem gierigen Sägeblatt. Wie hypnotisiert starrte Vesely auf die wirbelnde unscharfe Scheibe.

Aus dem aufgeschossenen Schaltkasten drang der Geruch verschmorter Kabel. Hogart nahm den Keilriemen ins Visier und schoss ohne Pause weiter. Wie Blitze sprangen die Patronenhülsen aus dem Auswurf. Endlich riss der Riemen und flog als heißer Gummifetzen über die Antriebsscheibe davon. Aber es war zu spät – das Sägeblatt besaß noch genug Schwung, um sekundenlang weiterzurotieren. Veselys Kehle, nur noch einen Fingerbreit von den verwischenden Zähnen entfernt, würde zerfleischt werden.

Da hörte Hogart, wie die Kettenglieder zu Boden rasselten. Sogleich packte Ondrej Veselys Oberkörper und zog ihn hoch. Das Sägeblatt erfasste Veselys Hemdstoff und riss ihn von der Schulter. Einige Atemzüge später erlahmte der

Schwung des Sägeblattes, kurz darauf stand es still. Erschöpft sank Vesely mit dem Rücken gegen die Stahlscheibe.

Hogart ließ die Waffe sinken. Sein Magazin war leer, nur in der Patronenkammer befand sich noch ein letzter Schuss.

Er blickte Ivona an. »Wie viele Schüsse haben Sie noch übrig?«

»Drei – falls ich richtig mitgezählt habe. Aber wir sollten Vesely so schnell wie möglich von hier rausschaffen.« Ohne eine Antwort abzuwarten, schoss sie Veselys Hand- und Fußfesseln mit je einer Kugel entzwei.

Je ein Schuss in zwei Pistolen waren verdammt wenig, um es mit einem irren Killer aufzunehmen. Hogart steckte seine Waffe in den Hosenbund. Er und Ondrej halfen Vesely von der Werkbank herunter. »Können Sie stehen?«

Vesely nickte unmerklich. »Es tut mir leid«, sagte er schwach. »Ich habe es verpatzt ...«

»Gar nichts haben Sie ...«, beruhigte Ivona ihn. »Sie waren großartig.«

Hogart sah zu dem Gerüst empor. »Wir sollten Micha folgen.«

Jiri deutete zu einer angelehnten Tür am anderen Ende der Halle, die nach draußen in eine schmale Gasse führte. Durch den Spalt sahen sie, dass immer noch Schnee fiel. »Ich bringe Vesely in Sicherheit«, sagte er auf Tschechisch.

Hogart reichte ihm den Autoschlüssel für den Mietwagen. »Warten Sie mit Vesely im Auto. Verständigen Sie die Kripo und einen Krankenwagen.« Er wandte sich an Ivona. »Kommen Sie, wir müssen uns beeilen, bevor uns der Mistkerl entwischt.«

Jiri stützte Vesely, dessen Beine nachgaben. Arm in Arm

humpelten sie durch die Halle. Hogart und Ivona rannten zum Gerüst, doch Ondrej rührte sich nicht von der Stelle.

Ivona blickte sich um. »Worauf wartest du?«

Im gleichen Augenblick hörte Hogart in der angrenzenden Halle das Knirschen des Blechtors. Auch er blieb stehen.

»Wer ist das?«, flüsterte Ivona.

Ondrejs Körper versteifte sich. »Dimitri!«

»Micha entwischt uns!«, drängte Hogart.

Ondrej zog seinen schweren Ledermantel aus. Darunter trug er ein eng anliegendes Rippshirt. Trotz der Kälte war sein Oberkörper schweißgebadet.

»Was tust du?«, rief Ivona panisch.

Ondrej massierte seinen Nacken. »Kümmert euch um Micha, ich halte euch Dimitri vom Leib.«

»Er wird dich töten!«, zischte Ivona.

»Ich bin kein Anfänger.« Ondrej wandte sich ab und verschwand in die Nebenhalle.

Hogart und Ivona standen allein vor der schwankenden Leiter, die auf das Gerüst führte. Immer noch segelten Schneeflocken durch die beschädigte Glaskuppel. Sie sanken wie fallende Sterne im Zwielicht herab. Plötzlich erklang die Musik Dutzender Geigen in der Halle.

18. KAPITEL

Während Hogart die Leiter emporkletterte, wurde ihm klar, dass es Landsbergers Symphonie zu *Der Golem* war, die die Luft erfüllte. Er erreichte die letzte Metallsprosse. Als er sich auf den Bretterboden schwang, fuhr ihm der Schmerz durch die lädierte Schulter. Er biss die Zähne zusammen und sah nach unten. Das Gerüst wankte gefährlich. Ivona war ihm dicht gefolgt; er bückte sich und zog sie zu sich herauf.

Unmittelbar über ihren Köpfen wölbte sich die Glaskuppel. Hogart spürte die Kälte und den Luftzug, die mit dem Schnee durch die Löcher in der Verglasung hereindrangen. Der Wind verursachte ein schrilles Pfeifen, untermalt von den Streicherklängen aus den Lautsprechern an den Wänden. Hogart kam sich vor wie auf dem Schnürboden eines Theaters oberhalb der Bühne, nur dass sich anstelle von Seilen, Scheinwerfern und Flaschenzügen um ihn herum Eisenstangen, Holzbretter und Farbeimer befanden, die im Wind schaukelten.

»Wir laufen direkt in eine Falle!«, rief Ivona dicht hinter ihm.

»Haben Sie eine bessere Idee?« Hogart klammerte sich an das Gerüst und schritt über die Holzbretter. Das Gestänge knarrte. Rost blätterte von den Querverstrebungen und segelte in die Tiefe. Als er zu der Stelle gelangte, wo Micha durch die Mauer verschwunden war, sah er ein mit dem Vorschlaghammer in die Rückwand der Halle geschlagenes mannshohes Loch. Er leuchtete mit der Taschenlampe hinein. Der Durchbruch mündete in einen etwas tiefer gelegenen Korridor des Nebengebäudes, das unmittelbar an die Hinterseite der Halle anschloss. Anscheinend ein Weg, der noch tiefer in Michas beunruhigendes Reich führte. Der Wahnsinnige musste im Lauf der Jahre alles so hergerichtet und arrangiert haben, dass es seinem mörderischen Plan nützte.

»Halten Sie sich fest!« Hogart sprang durch die Maueröffnung. Als seine Sohlen festen Boden berührten, duckte er sich sofort, da er mit Michas Angriff rechnete, doch nichts passierte. In diesem Raum klang die Musik aus der Halle nur noch gedämpft und merkwürdig verzerrt, da das Echo die Töne verfremdete.

Hogart ließ den Lichtkegel der Taschenlampe kreisen. Er befand sich in einer Art Vorraum, von dem ein Durchgang in ein Treppenhaus abging und drei Türen mit gesplittertem Milchglas in weitere Räume führten. Der Boden war schachbrettartig mit weißen und schwarzen Fliesen gekachelt, die unter einer uralten Staubschicht lagen. Sie zeigte Spuren aus Schuhabdrücken, deren Unregelmäßigkeit unschwer erkennen ließ, wer sie hinterlassen hatte. An der Wand stand ein Kopiergerät, dessen Deckel ebenfalls von Staub überzogen war. Offensichtlich handelte es sich um einen ehemaligen Bürotrakt. Neben den Türrahmen hingen leere Tafeln, in denen ehemals Schilder gesteckt hatten.

Zwei der Türen waren geschlossen, eine stand offen. Durch den Türrahmen sah Hogart den Schatten einer Bewegung. Es war dieselbe Türöffnung, zu der die Spuren im Staub hinführten.

»Was sehen Sie?«, rief Ivona, die hinter ihm durch das Mauerloch spähte.

»Springen Sie!«

Ivona landete neben ihm auf den staubigen Fliesen, in einer Hand die Taschenlampe, in der anderen die Waffe. »Wo ist er?«, flüsterte sie.

Hogart erhob sich. Mit dem Pistolenlauf deutete er auf die Türöffnung. Er senkte den Lichtstrahl seiner Taschenlampe. Auf der Schwelle lag ein zerschlissener Mantel. Lomegs Mantel! Er hatte ihn bei Veselys Entführung getragen, das hatten die Bilder der Überwachungskamera gezeigt. Neben dem Mantel stand ein Schallplattenspieler auf dem Boden, von dem sich ein langes Kabel über die Fliesen schlängelte und in der Dunkelheit verlor. Hogart trat näher heran und tauchte das Gerät in den Schein der Lampe. Es war ein deutsches Grammofon mit Holztorso aus den frühen 60er-Jahren. Das Vinyl der verbogenen Schallplatte warf wechselnde Lichtreflexe, während sie ihre Runden drehte. Der Tonkopf hob und senkte sich wie von Wellen getragen, während der Saphir durch die Schallrillen glitt und die Musik mit einem lauten Knistern unterlegte. Ivona hob den Fuß, um die Anlage zum Schweigen zu bringen, doch Hogart war schneller. Er beugte sich nieder und nahm den Tonarm ab. Sogleich erstarb die Melodie. Nur das Heulen des Windes drang noch durch die Maueröffnung in den Raum.

Hogart hielt den Atem an. Auch Ivona gab keinen Laut von sich. Sie schlichen auf die offene Tür zu, hinter der raschelnde Geräusche und ein Flüstern erklangen. Mit vorgehaltener Waffe traten sie über die Schwelle. Schreibtische und Stühle waren zur Seite gerückt. Am gegenüberliegenden Ende des Raumes kauerte in Fötushaltung ein Mann. Er war in einen zerknitterten grauen Anzug gekleidet und wehrte sich gegen den Knebel in seinem Mund und die Fesseln um seinen Körper. Doch er brachte nur ein dumpfes Stöhnen und ein hilfloses Zucken der Beine zustande. Über ihm hockte eine schlanke Gestalt in Jeans, grauem Pullover und mit übergezogener Kapuze. Das musste Micha sein. In einer Hand hielt er eine Kleinkaliberwaffe, mit der anderen nestelte er an dem Knebel und den Handschellen des älteren Mannes herum. Hogart irritierte das monotone Wimmern des Jungen. Was zum Teufel taten die beiden?

Hogart legte die Lampe auf den Boden, sodass sie geradewegs in das Gesicht des Mannes strahlte. Er erkannte ihn sofort. Dr. Jaroslav Zajic! Seine Wangen waren von blauen Flecken übersät, das von Pomade verklebte schwarze Haar hing ihm schweißnass in die Stirn. Seine Hornbrille saß schief, ein Bügel war geknickt. Für einen Augenblick blinzelte er direkt in das Licht der Lampe. Hogart bemerkte die wässrigen Augen des Mannes, der wohl nicht begriff, weshalb ihn sein eigener Sohn hierher verschleppt hatte.

Langsam näherte sich Hogart, die Waffe beidhändig im Anschlag.

Ivona folgte ihm. Auch ihre Pistole war auf Micha gerichtet. »Antonin Lomeg! Waffe weg! Hände hinter den Kopf, Gesicht zu Boden«, befahl sie auf Tschechisch.

Jaroslav Zajics Wangen und Kiefer arbeiteten, aber durch den Lederknebel drang nur ein dumpfes Ächzen. Der Stofflappen unter dem Knebel steckte zu tief in seinem Rachen. Sein Kopf lief rot an, die Brillengläser beschlugen. Mit ziemlicher Sicherheit hatte er den Namen *Antonin Lomeg* noch nie gehört. Bestimmt hatte er nicht die geringste Ahnung vom Doppelleben seines Sohnes.

Ivona wiederholte die Aufforderung, diesmal lauter, doch der Angesprochene reagierte nicht. Verzweifelt fummelte er mit der freien Hand an den Fesseln, als verstünde er selbst nicht, weshalb sein Vater hier lag.

»Lomeg!«, brüllte Ivona.

»Das ist nicht Lomeg«, flüsterte Hogart. Er pirschte sich noch weiter vor. Sein Finger lag auf dem Abzug der Waffe. Bei der kleinsten verdächtigen Bewegung würde er abdrücken und Micha seine letzte Kugel in den Oberarm jagen. Doch der Junge war völlig mit seinem Vater beschäftigt. Hogart beugte sich tiefer, um einen Blick unter die Kapuze zu werfen. Er sah das Schimmern einer Stahlrahmenbrille. Dahinter erblickte er dasselbe Gesicht, das er schon auf der Kampa-Halbinsel und im Haus von Dr. Zajic gesehen hatte. »Micha?«, fragte Hogart.

Ivona trat neben ihn. »Micha«, sagte sie, diesmal mit einer sanfteren Stimme. »Legen Sie die Waffe weg! Hände hinter den Kopf, Gesicht zu Boden.«

Erst jetzt bemerkte Micha, dass er nicht allein mit seinem Vater war. Wie in Zeitlupe wandte er den Kopf, hob den Blick und starrte in den Lauf von Ivonas Waffe. Er öffnete mehrmals den Mund, versuchte etwas zu sagen, würgte aber nur gutturale Laute hervor. Durch die unsagbare Anstrengung stieg ihm das Blut in die Schläfen. Sein Kehlkopf hüpfte auf und ab, als wollte er jeden Moment einen Schwall von Wörtern erbrechen. Seine Hand mit der Waffe begann so stark zu zittern, dass der Lauf klappernd gegen die Bodenfliesen schlug.

Hogart bemerkte, dass Michas Kleinkaliberpistole entsichert war. Eine Patrone steckte in der Kammer. Michas Finger lag auf dem Abzug. Doch Hogart war keineswegs sicher, ob Micha überhaupt wusste, dass er eine Waffe in der Hand hielt.

Ohne Micha aus den Augen zu lassen, setzte Ivona den

Fuß auf Michas Pistolenhand. Augenblicklich stoppte das Klappern. Micha reagierte nicht. Er starrte immer noch auf Ivona, als wüsste er nicht, wie er an diesen Ort gekommen war und warum die beiden ihn mit ihren Waffen bedrohten. Unter dem Druck von Ivonas Sohle lösten sich seine Finger vom Pistolengriff, worauf Ivona den Fuß wegnahm und die Waffe zur Seite kickte, sodass sie über die Fliesen gegen die Fußbodenleiste schlitterte.

Hogart nickte Ivona zu, um ihr zu bedeuten, einen Schritt zur Seite zu gehen. Gleichzeitig richtete er seine Glock auf Michas Stirn. Mit einer raschen Bewegung riss er ihm die Kapuze vom Kopf. Darunter kam eine Baseballkappe zum Vorschein. Die Boston Red Sox! Vorsichtig zog Hogart Micha die Brille von der Nase. Für einen Moment sah er durch die dicken Gläser die verzerrten Fugen zwischen den Bodenfliesen. Er legte die Brille zur Seite.

»Ich möchte mit Antonin Lomeg sprechen«, sagte Hogart auf Tschechisch.

Micha reagierte nicht.

»Antonin Lomeg!«

Michas Blick irrte umher, seine Lider zuckten.

»Lomeg, wir wissen, dass Dr. Zajic an jedem ersten Montag im Monat Schach mit Ihnen spielte. Wir wissen auch, was danach geschah.«

Dr. Zajic stöhnte wutentbrannt auf, doch Hogart ignorierte ihn. »Wir wollen mit Ihnen reden, Ihnen helfen! Antonin Lomeg! Hören Sie mich?«

Michas Blick veränderte sich – wurde ruhiger, klarer, als erfasste er erst jetzt, was um ihn herum passierte. Der Vorhof seiner Pupillen verengte sich, als würden sich die Augen scharf stellen. Micha hob das Kinn, spannte die Nackenmuskeln. Seine Gesichtszüge strafften sich, wurden fester, die Körperhaltung aufrechter. Aus seinem Blick sprach ein gestiegenes Selbstbewusstsein, zugleich trat ein unendlicher Hass hinein. Langsam erhob er sich, die Finger gekrümmt, als hielte er noch immer die Waffe in der Hand.

»*Markovic*«, murmelte Lomeg voller Verachtung. Seine Stimme war bloß ein Krächzen brüchiger Stimmbänder. Einen Lidschlag lang starrte er direkt in den Lichtstrahl der Taschenlampe. In diesem Moment veränderte sich seine Augenfarbe. Der grüne Glanz trübte sich, bis er einem matten Rauchgrau wich. Es wirkte wie eine optische Täuschung, eine Lichtbrechung – doch es war keine. Hogarts Nackenhaare stellten sich auf. Ein derartiges Merkmal konnte sich nicht einfach ändern – nicht bei ein und demselben Individuum!

Erst als Lomeg den Pistolenlauf heben wollte, bemerkte er seine leere Hand. Suchend ließ er den Blick über den Boden wandern, bis er die Pistole neben dem Türstock fand. Er wollte darauf zugehen, doch Hogart hob seine Waffe, worauf Lomeg in der Bewegung erstarrte. Er blickte kurz zu Ivona, dann wieder zu Hogart.

»Es ist vorbei«, sagte Hogart auf Tschechisch.

Lomeg griff mit der Hand hinter den Rücken, wo er aus dem Hosenbund ein langes Küchenmesser hervorholte. Der Stahl blitzte im Licht der Lampe. Auf der Klinge, mit der er Vesely die Buchstaben in die Brust geritzt hatte, klebte noch das Blut des alten Mannes.

»Wie haben Sie uns gefunden?«, fragte Lomeg auf Tschechisch.

»Uns?«, wiederholte Hogart. Unwillkürlich wich er einen Schritt zurück.

»Micha und mich.«

»Wo ist Micha jetzt?«, fragte Hogart.

Lomeg sah sich um. »Wie haben Sie uns gefunden?«, wiederholte er, diesmal auf Deutsch.

Hogart stutzte einen Moment lang. Dann erinnerte er sich an Roman Kosices Worte, dass man als Sohn des Sozialreferenten der Botschaft unweigerlich Deutsch lernen müsse – und was Micha konnte, beherrschte Lomeg natürlich auch.

Als Hogart nicht sofort antwortete, verlor Lomeg die Fassung. »Wie haben Sie uns gefunden?«, schrie er ihn an.

Mit ruhiger Stimme fuhr Hogart fort: »Micha hat Ihnen eine Wanze besorgt, damit Sie Frau Markovics Haus abhören konnten – und danach haben Sie Micha hingeschickt, um es anzuzünden und auf uns zu schießen, nicht wahr?«

»Warum dieser Anschlag?«, mischte sich Ivona ein. »Warum ich?«

Lomeg betrachtete Ivona nur kurz aus den Augenwinkeln, blieb aber stumm. Seine Kiefer mahlten, während er die Lippen zu einem dünnen Strich zusammenpresste. Offenbar rang er mühsam um Selbstkontrolle. Abwechselnd schielte er auf das Messer und zu seiner Waffe.

»Es hat Sie maßlos gestört, dass Ivona mit Michas Vater in Kontakt stand«, stellte Hogart fest. »Sie mussten verhindern, dass sie Micha traf oder sich weiter in den Fall einmischte. Sie hätte Ihren ganzen Plan aufdecken und Micha überführen können, nicht wahr?«

»Lassen Sie Micha in Ruhe!«, explodierte Lomeg mit schriller Stimme. Er fuhr mit der Messerspitze in Hogarts Richtung. Die andere Hand ballte er zur Faust, bis die Knöchel weiß hervortraten.

»Weiß er überhaupt, dass Sie existieren?«, fragte Hogart.

»Ich bin der Einzige, mit dem er redet. Seine Stimme ist in meinem Kopf, hier drinnen – sogar jetzt.« Lomeg kniff die Augen zusammen und schlug sich mit der flachen Hand an die Schläfe. »Er ist so schwach. Er braucht mich. Ohne mich würde er immer noch unter seiner Mutter leiden, aber ich habe ihn erlöst.«

»Sie haben alles organisiert, nicht wahr?«, fragte Hogart. »Sie haben Michas Mutter entführt, in die Lagerhalle verschleppt und Micha dazu gezwungen, sie mit dem Beil zu töten.«

»Er wollte es so!«, schrie Lomeg ihnen entgegen.

Zajics Augen weiteten sich, als ihm klar wurde, wer seine Frau ermordet hatte. Doch solange Lomeg das Messer in der Hand hielt, fand Hogart keine Zeit, sich um Zajic zu kümmern. »Micha wollte es so?«, fragte er.

»Ja!«, schnappte Lomeg. »Es hat ihn befreit! Danach konnte er reden, nur ein paar Silben, einfache Wörter. Wir waren auf dem richtigen Weg. Er hat mich angefleht, es wieder zu tun. Wir *mussten* weitermachen!«

»Warum?«

Lomeg richtete die Klinge auf Jaroslav Zajic. Seine Stimme klang jetzt erstickt. »Dieser Mistkerl konnte seine Finger nicht von mir lassen … einfach nicht von mir lassen!« Seine Augen suchten wieder Hogart und Ivona, Tränen liefen ihm übers Gesicht. »Als Micha noch ein Junge war, hat er ihn sich vorgenommen, einmal im Monat, oft so stark, dass Micha tagelang nur dalag. Und seine Mutter tat nichts! Diese Hure hörte ihn wimmern und um Hilfe betteln. Sie hat nicht einmal versucht, einen Arzt zu holen oder an der Tür des Arbeitszimmers zu rütteln, wenn es wieder passierte. Im Gegenteil! Sie wollte nichts davon wissen und stahl sich feige aus dem Haus! Micha sah durchs Fenster, wie sie davonging. Sie kam immer erst wieder, nachdem alles vorbei war. Und wenn er sich ihr anvertrauen wollte, bekam er wegen seiner Frechheit eine geknallt! Damals war er erst fünf!« Lomegs anfangs stockender Wortschwall wurde immer flüssiger, bis sich die Silben förmlich überschlugen und Speichelfäden sich mit seinen Tränen mischten.

Abermals fuhr er mit dem Messer in Zajics Richtung. »Der Mistkerl verbot Micha, darüber zu reden, aber mir hat Micha alles erzählt! Ich höre seine Stimme im Inneren meines Kopfes. Ich kenne seine Gedanken, sie sind hier drinnen!« Wieder hieb er sich an die Schläfe.

Hogart bemerkte, dass die Pistole in Ivonas Händen zitterte. Ihre Lippen bebten. Sie sah schon lange nicht mehr auf Lomeg, sondern starrte Dr. Zajic an, der erfolglos versuchte, sich von dem Knebel zu befreien, um etwas zu sagen.

Hogart wandte sich wieder zu Lomeg. »Kannten Sie Micha damals schon?«

»Ich traf ihn erst später. Jedes Mal, wenn ich zu Besuch kam, holte der Doktor mich anstelle von Micha in sein Arbeitszimmer. Das Rollo war immer unten, die Tür stets abgeschlossen. Zuerst zwang er mich, dieses Spiel zu spielen – nackt, während er mich überall berührte. Sobald ich verlor, nahm er mich. Danach wiederholte sich das Spiel. Er ist der König! Man kann ihm nichts anhaben. Aber wenn er einmal mattgesetzt wird, hat er keine Macht mehr über Micha und mich. Dann ist Micha von seiner Last befreit und kann endlich wieder ein normales Leben führen – und ich auch.«

»Warum musste es ausgerechnet *diese* Schachpartie sein?«

»Schach …«, wiederholte Lomeg verstört. Bei der Erwähnung des Spiels begannen seine Augen zu flattern, als löste dieses Wort etwas in ihm aus, doch nach wenigen Sekunden hatte er sich wieder unter Kontrolle.

»Der Golem war stumm«, flüsterte er. »Er wurde erschaffen, aber der Kaiser wollte ihn vernichten. Er sollte wieder zu Lehm zerfallen. Doch der Golem besiegte den Kaiser. Genau so haben wir den König besiegt, Zug um Zug, Figur um Figur …«

»Warum haben Sie Vesely entführt?«, forschte Hogart weiter. »Weil er die Spielzüge herausgefunden und Ihr Muster geknackt hat?«

»Er war der perfekte weiße Läufer. Jetzt, wo die letzte Figur geschlagen wurde, ist das Spiel beendet, der König schachmatt – Michas Vater kann endlich sterben, und in meinem Kopf wird Ruhe einkehren.« Er senkte den Blick auf das Messer.

»Der König ist noch nicht matt«, widersprach Hogart. »Das Spiel ist noch nicht vorbei, denn wir haben Vesely befreit.«

»Lügner!«, fauchte Lomeg. »Vesely ist gefallen. Ich habe die Säge in Betrieb gesetzt.«

Hogart schüttelte langsam den Kopf. »Vesely lebt.«

»Nein! Nein!« Lomeg presste sich die Faust an die Schläfe.

Während Hogart einige Schritte zurückging, griff er nach dem Handy in seiner Manteltasche. Das Gespräch hatte schon zu lange gedauert. Er musste Lomeg irgendwie von Zajic weglocken, damit Ivona ihn von den Fesseln befreien konnte.

Hogart wählte Jiris Nummer. »Hallo, gib mir bitte Vesely!«, verlangte er knapp und machte einen weiteren Schritt zurück, sodass ihn mehrere Meter von Lomeg trennten. Mit der ausgestreckten Hand hielt er Lomeg das Telefon hin. »Vesely möchte mit Ihnen sprechen.«

Lomeg blieb, wo er war. Er starrte auf Hogarts Handy,

dann wieder auf Zajic. »Das ist eine Falle, Vesely ist tot. Micha bereitet im Keller alles vor. Veselys Kopf liegt schon dort unten, bei den anderen!«

Wieder schüttelte Hogart den Kopf. »Die Partie ist noch nicht zu Ende. Der weiße Läufer ist noch im Spiel. Er möchte Ihnen etwas sagen.« Hogart streckte Lomeg immer noch das Handy entgegen.

Lomegs Lider begannen wieder zu flattern. Ein Ruck schien seinen Körper zu durchfahren. Mit seinem Klumpfuß humpelte er auf Hogarts ausgestreckte Hand zu. Hogart lockte ihn immer weiter von Zajic weg. Schließlich reichte er ihm das Telefon, ohne die Waffe von ihm abzuwenden. Während Lomeg mit Vesely sprach, hätte Ivona den Gefangenen von seinem Knebel, den Hand- und Fußfesseln befreien können. Doch sie rührte sich keinen Millimeter. Die Mündung ihrer Glock zielte nicht länger auf Lomeg, sondern auf jemand anderen. *Auf Zajic.*

»Ivona!«, zischte Hogart. »Die Fesseln! Rasch!«

Da schmetterte Lomeg das Handy auf den Boden. Das Gehäuse splitterte, und das Display erlosch. Lomeg fuhr schreiend herum und stürzte sich mit erhobenem Messer auf Zajic. Bevor er den Gefesselten erreichte, packte Hogart ihn von hinten und bog ihm den Messerarm auf den Rücken. Mit einer unglaublichen Kraft, die Hogart dem Jungen niemals zugetraut hätte, versuchte Lomeg sich dem Griff zu entwinden, doch Hogart packte fester zu. Bei der Verrenkung fuhr Hogart der Schmerz durch die verletzte Schulter. Für einen Moment wäre ihm Lomeg fast entwischt, doch er bekam ihn wieder zu fassen.

»Dieses Schwein hat mich gefesselt und geknebelt!«, brüllte Lomeg. Er versuchte, den Arm mit dem Messer freizubekommen. »Die Schmerzen, die ruckartigen Bewegungen, das Stoßen und Stöhnen, die klebrigen, schweißnassen Hände überall auf mir ...« Lomegs Stimme überschlug sich. Er bäumte sich auf und widersetzte sich Hogart mit aller Kraft. »Er darf nicht davonkommen!«

Hogart keuchte vor Anstrengung. »Ivona, rasch!«

Er stolperte mit Lomeg im Haltegriff durch den Raum. Er bog ihm die Finger um und hörte, wie das Messer klirrend zu Boden fiel.

»Je lauter ich zu schreien versuchte, desto tiefer bohrte er seine Fingernägel in meinen Rücken!«, heulte Lomeg. »Sehen Sie hin! Sehen Sie sich meinen Rücken an!«

In diesem Augenblick krachte ein Schuss. Lomegs Körper erschlaffte in Hogarts Griff. Doch er sackte nicht zu Boden. Er stand wankend da und starrte ungläubig auf Zajic. Dieser krümmte sich in seinen Fesseln, bäumte sich kraftlos auf. Ein dunkler Fleck erblühte in Brusthöhe auf seinem Hemd. Über die Fliesen unter ihm breitete sich eine Blutlache aus, in die langsam eine ausgeworfene Patronenhülse rollte. Sie stammte aus Ivonas Waffe. Wie in Trance versuchte Ivona immer wieder den Abzug zu betätigen, doch es passierte nichts – das Magazin der Glock war leer.

»Was haben Sie getan?«, brüllte Hogart. Er ließ Lomeg stehen, stürzte zu Zajic hin und riss ihm das Hemd auf. Das Projektil war zwischen den Rippen in seinen Brustkorb gedrungen und steckte vermutlich in der Lunge.

Hogart legte seine eigene Waffe zur Seite und presste beide Hände auf die Wunde, um die Blutung zu stoppen. Zajic bäumte sich auf. Wenn Hogart nicht rasch etwas unternahm, starb Zajic ihm unter den Händen weg. Hogart zerrte ihm den Knebel über das Kinn und riss den Lappen zwischen seinen Zähnen hervor. Da schoss ein zäher Blutschwall aus Zajics Rachen. Der Verletzte hustete krampfhaft, ein Tröpfchenregen aus Blut nieselte auf Hogarts Hemdkragen. Zajic rang um Worte, doch im nächsten Moment erschlaffte sein Körper. Seine gebrochenen Augen waren auf seinen Sohn gerichtet.

»Ivona ...« Hogart keuchte. Er rang nach Luft. »Verdammt, warum haben Sie das getan?«

Ivona ließ den Schlitten der Waffe nach vorne schnappen, dann klimperte die Glock vor ihren Füßen zu Boden. Ihre Hände flatterten. Ihr Blick ruhte auf Zajics Leiche, erfüllt von einem Ausdruck des Hasses und Abscheus, der alle Fragen beantwortete.

Bevor Hogart sich erheben konnte, rutschte Lomeg auf Knien zu Zajic hin. Der Junge blinzelte, seine Hände tasteten über den Boden, wischten durch die Blutlache und bekamen seine Brille zu fassen. Durch die verschmierten, beschlagenen Gläser versuchte er die Situation zu begreifen. Im nächsten Moment berührten seine blutigen Hände den Stoff von Zajics Anzug und wanderten seinen Körper hinauf zu Hals und Gesicht.

Hogart sah verwirrt zu. »Micha?«

Micha hörte nicht. Sein Kehlkopf sprang auf und ab, Brust und Magen wölbten sich, verkrampften sich, als wollte sich sein gesamter Oberkörper umstülpen. Sein Gesicht war von Tränen genässt. Er wollte Worte formen, doch sein Mund blieb stumm.

Irritiert betrachtete Hogart die Szene. Im nächsten Moment zuckte er zusammen. Ivonas Handy hatte geläutet, schon zum dritten oder vierten Mal. Auch Ivona nahm das Klingeln erst jetzt wahr. Kraftlos nahm sie das Gespräch entgegen und lauschte einige Sekunden, ehe sie das Handy wieder sinken ließ, ohne selbst ein Wort gesagt zu haben.

Ihre Stimme war so matt wie ihre Bewegungen. »Es war Jiri. Er hat Ondrej bewusstlos in der Halle gefunden. Offenbar konnte er Dimitri nicht aufhalten. Der ist bestimmt schon auf dem Weg zu uns.« Ivona schloss einige Sekunden lang die Augen. Als sie genügend Kraft gesammelt hatte, machte sie einen Schritt auf Micha zu und wollte ihn hochzerren. »Helfen Sie mir, ihn von hier fortzuschaffen.«

Noch bevor Hogart sich erheben konnte, hörte er eine fremde Stimme hinter sich.

»Hier verschwindet niemand!« Dimitri stand im Türrahmen. Er sah ziemlich ramponiert aus und besaß keine Ähnlichkeit mehr mit dem Dandy, der Hogart im Garten hinter Grecos Haus verprügelt hatte. Diesmal passte das zernarbte Gesicht zu seiner Aufmachung. Das zerrissene Hemd hing ihm aus der Hose, seine Nase blutete. Das Blut hatte sein Hemd durchtränkt und auch die Hose besudelt. Sein rechter Arm hing schlaff herab. Vermutlich war er am Ellenbogen gebrochen. Seine Linke umfasste ein Eisenrohr. Trotz der Schmerzen, die in ihm wüten mussten, verzog er keine Miene, als er über die Schwelle in den Raum trat.

Bei Dimitris Anblick wurde Ivona blass. »Was hast du mit Ondrej gemacht?«, stieß sie hervor.

»Er wird es überstehen, aber seine Kunden in der Buchhandlung in Zukunft nur noch im Rollstuhl bedienen«, flüsterte Dimitri heiser. Er ließ den Blick durch den Raum schweifen, bis er auf Micha fiel. Er deutete mit dem Stahlrohr auf ihn. »Ist das die Missgeburt?«

Ohne eine Antwort zu geben, trat Ivona vor und stellte sich schützend vor Micha.

»Was soll das, Ivona? Er ist ein Fehlgriff der Natur. Widert er dich nicht an? Du solltest mir den kranken Scheißkerl doch ausliefern. So lautet dein Deal mit Greco.«

»Der Deal ist hinfällig. Jetzt ist es eine Sache zwischen uns beiden«, antwortete Ivona.

»Du stellst dich gegen mich?«

»Nur wenn du Micha anrührst.« Unwillkürlich ballte sie die Hand zur Faust.

Unbeeindruckt schritt Dimitri auf sie zu. Das Eisenrohr kratzte über die Fliesen. Auch mit gebrochenem Arm war er noch immer gefährlich. Doch Hogart ging etwas anderes durch den Kopf – er dachte an Ivonas kaltblütige Ermordung von Zajic. Es gab nur eine Möglichkeit, diesem Schlamassel heil zu entrinnen.

Dimitri kam immer näher, und plötzlich starrte der Schläger ihn an, als hätte er Hogarts Anwesenheit erst jetzt bemerkt.

»Und dir habe ich doch gesagt, du sollst die Finger von Ivona lassen!«

Das war der Moment! Hogart richtete seinen Blick auf Ivonas Waffe, die einige Meter entfernt auf dem Boden lag. Damit lenkte er Dimitris Blick in dieselbe Richtung. Die Mundwinkel des Schlägers zuckten, als er jene Waffe erkannte, die er in Grecos Auftrag für Ivona besorgt hatte. Hogart passte den Moment ab, in dem Dimitri das Stahlrohr fallen ließ und sich nach der Pistole bückte. Sofort tastete Hogart in der Blutlache nach seiner eigenen Glock. Die letzte Patrone steckte noch in der Kammer.

Plötzlich ertönten draußen Polizeisirenen. Kurz darauf flackerte Blaulicht durchs Fenster. Autotüren knallten dumpf. Befehle klangen durch die Nacht. Dimitri richtete die Glock auf Ivona. »Mir bleibt keine Zeit. Geh zur Seite!«

»Nein!«

Ohne zu zögern, drückte Dimitri ab. Der Schlagbolzen klickte. *»Nasrat!«* Er versuchte vergeblich durchzuladen.

Noch bevor er die nutzlose Waffe wegwerfen und sich auf Ivona stürzen konnte, riss Hogart seine eigene Pistole aus der Hocke hoch und feuerte Dimitri in die Brust. Grecos Handlanger wurde zurückgeworfen, stolperte über seine eigenen Füße und fiel rücklings zu Boden. Das linke Bein zuckte noch, erschlaffte aber im nächsten Augenblick.

Ivona sah Hogart überrascht an. »Warum haben Sie ihn erschossen? Ich wäre mit ihm fertiggeworden.«

»Das glaube ich Ihnen, aber darum geht es nicht.« Hogart ließ die Waffe fallen und erhob sich. »Es war notwendig, vertrauen Sie mir. Anders kommen wir aus dieser Situation nicht heraus.«

Vor der ehemaligen Fischhalle standen zwei Krankenwagen, ein Kleintransporter und zwei Polizeifahrzeuge mit stumm rotierenden Blaulichtern. Beide Straßenenden waren von gelben Bändern abgeriegelt. Mittlerweile fielen die Schneeflocken noch dichter aus der Nacht herab und bildeten einen blütenweißen Teppich auf dem Asphalt. Die Dächer der Autos wirkten wie mit Puderzucker überstäubt.

Als Ivona mit Micha auf die Straße trat, nahmen ihn augenblicklich zwei Polizisten in Empfang und legten ihm Handschellen an. Dann sperrten sie ihn in den vergitterten Fond eines Gefangenentransporters. Micha leistete nicht den geringsten Widerstand. Dass ihm ein Beamter seine Rechte verlas, hörte er wahrscheinlich nicht einmal.

In einem der beiden Krankenwagen kauerte Hieronymus Vesely in eine Decke gehüllt auf einer Liege. Neben ihm saß

Jiri. Als der kleine Mann Hogart und Ivona sah, sprang er sogleich aus dem Auto und lief auf sie zu.

»Wo ist Dimitri?«, rief er, noch bevor er sie erreicht hatte.

»Dimitri ist tot. Wo ist Ondrej?«, fragte Ivona.

»Dort beim Ambulanzwagen. Er ist mittlerweile bei Bewusstsein.«

Vor dem Heck des anderen Krankenwagens stand eine fahrbare Liege. Ondrej versuchte sich soeben aufzurichten, doch ein Krankenpfleger drückte ihn nieder.

Jiri zog den Reißverschluss seiner Jacke bis zum Hals. Er hauchte sich in die hohlen Hände. »Da trainiert er ein Leben lang, und dann passiert ihm so etwas. Dimitri, dieses Arschloch, hat ihm von hinten ein Eisenrohr über den Nacken gezogen und anschließend auf seine Beine eingedroschen. Ondrejs Knie sind übel zugerichtet.«

Während ihres Gesprächs stürmten einige Polizeibeamte an ihnen vorbei in die Halle. Kurz darauf fiel das Licht ihrer Stablampen durch die zerbrochenen Fensterscheiben. Rund um Hogart knackten die Funkgeräte der Männer, die noch im Freien standen und auf weitere Befehle warteten. Inmitten des Durcheinanders wollte Ivona zu ihrem Bruder laufen, doch plötzlich versperrte ihr Novacek den Weg.

»Nicht so eilig!« Der Beamte packte sie am Arm. »Was war hier los?«

Svatek, der soeben ein Funkgespräch beendete, trat an Novaceks Seite.

»Wir haben Vesely befreien können. Aber im Nebengebäude sind zwei Tote.« Ivona deutete zum Dachgeschoss der Halle. »Einer davon ist Dr. Jaroslav Zajic, der Sozialreferent der deutschen Botschaft. Ich habe ihn …«

»… nicht mehr retten können!«, fiel Hogart ihr ins Wort.

»Zajic ist tot? Ach du Scheiße!«, fluchte Novacek.

»Dimitri hat ihm in die Brust geschossen«, erklärte Hogart. »Er ist einer von Grecos Männern, der …«

»Ich kenne Dimitri!«, fauchte Novacek. »Wer ist der zweite Tote?«

»Dimitri. Den habe ich erschossen.«

»Sie?«

»Es war Notwehr«, sagte Hogart. »Nachdem Dimitri Ondrej zusammengeschlagen und Zajic erschossen hatte, wollte er auch Ivona, Micha und mich töten. Er war völlig außer Kontrolle.«

Novacek warf Svatek einen Blick zu. Dieser kratzte sich am Kinn. Hogart sah absichtlich nicht zu Ivona. Er hoffte inständig, dass sie den Mund halten und es bei seiner Version der Ereignisse belassen würde.

»Eigentlich sollten wir einen Abdruck von Dimitris Schusshand machen lassen«, meinte Svatek.

Novacek sah kurz zu Hogart, danach zu Ivona. Sie hielt seinem Blick wortlos stand. »War es so?«

Ivona nickte.

»Den Abdruck können wir uns sparen, wir haben zwei Zeugenaussagen. Schick nur die Spurensicherung und den Ballistiker rauf«, sagte Novacek. Danach wurde seine Stimme leiser. »Ihr beiden sagt kein Wort zur Presse, verstanden? Morak hat diesen Fall gelöst, den Samttuchmörder gefasst und Vesely befreit. Habt ihr ein Problem damit?«

Hogart und Ivona schüttelten jeder den Kopf.

»Und eines noch …« Novacek tippte Hogart mit dem Zeigefinger auf die Brust. »Ihr Reisepass bleibt vorerst bei uns in Verwahrung. Ich sehe Sie morgen früh um sieben auf dem Revier.« Er blickte kurz zu Ivona. »Und bis dahin überlegt ihr euch beide, was ihr zu Protokoll gebt. Wenn die Sache überstanden ist, möchte ich deinen Freund nie wieder in Prag sehen! Ist das klar?«

Hogart und Ivona nickten.

Novacek klopfte Svatek auf die Schulter. Sie gingen auf das Blechtor der Halle zu.

»Eine Sache noch!«, rief Hogart ihnen nach.

Novacek wandte sich um. »Was?« Er setzte eine sarkastische Miene auf. »Gibt es einen dritten Toten?«

»Im Keller des Gebäudes finden Sie die persönlichen Gegenstände der Ermordeten und die fehlenden Leichenteile«, sagte Hogart. »Unter den Sachen befindet sich auch Alexandra Schellings Trolley, ein roter Samsonite.«

Novacek fixierte ihn mit zusammengekniffenen Augen. Wahrscheinlich wusste er bereits, worauf Hogart hinauswollte, aber er schüttelte langsam den Kopf. »Alles aus dem Keller wird beschlagnahmt, erhält eine Nummer, kommt auf die Sicherstellungsliste und wird zum Gericht gebracht. Spurensicherung und Rechtsmedizin sind bestimmt wochenlang damit beschäftigt, sämtliche Beweismittel aufzunehmen. Sie bekommen nichts davon! Erst nach der Verhandlung werden den Hinterbliebenen die persönlichen Gegenstände ausgehändigt.«

»Der Trolley war Eigentum von Frau Schelling. Darf ich, da ich als ihr Vertreter hier bin, zumindest einen Blick in den Trolley werfen?«

»Wozu?«

»Ich brauche etwas aus ihren persönlichen Aufzeichnungen.«

Novacek kratzte sich am Nacken. Während Svatek auf ihn einredete, dass ihnen das nur neuen Ärger einbringen würde, hielt ein schwarzer Audi auf der gegenüberliegenden Straßenseite.

Svatek wandte sich ab. »Auch das noch.«

Der Limousine entstieg ein hochgewachsener Mann im schwarzen Anzug mit grauem Seitenscheitel und ernsten Gesichtszügen. An den rotgeäderten Augen sah Hogart, dass der Mann schon seit Tagen nicht mehr richtig geschlafen hatte. Es musste Morak sein, dessen Ermittlerteam die Mordserie untersuchte und der an den Infoabenden zur Bevölkerung gesprochen hatte. Nachdem Morak mit einigen Beamten geredet und einen Blick in den Ambulanzwagen geworfen hatte, in dem Hieronymus Vesely saß, sah er zu Ivona herüber. Ihre Blicke trafen sich für einen kurzen bedeutsamen Moment. Hogart glaubte an Moraks hartem Gesichtsausdruck zu erkennen, dass der Chefermittler genau wusste, was hier gespielt wurde und wer jeweils aus welchem Grund in die Sache verwickelt war. Der Mann war bestimmt kein Amateur. Aber trotzdem kam er nicht zu ihnen herüber. Im Gegenteil. Er wandte sich ab, um mit dem Beamten an seiner Seite zu sprechen, der ihn dann zur Halle begleitete.

Novacek sah Hogart weiter aus schmalen Augen an, dann wies er mit dem Daumen zu der alten Fabrik. »Svatek begleitet Sie. Beeilen Sie sich. Ich gebe Ihnen zwei Minuten, danach will ich Sie bis morgen früh nicht mehr sehen.«

Binnen Sekunden verwandelte sich der Schnee in einen Eisregen. Noch bevor der Niederschlag die Autoscheiben zufrieren ließ, war Hogart im Keller der Halle verschwunden.

EPILOG

Am Dienstagmorgen, zwei Tage nach den Ereignissen in der Fischhalle, joggte Hogart zum ersten Mal wieder seit längerer Zeit. Es tat gut, die steife Schulter endlich wie gewohnt zu bewegen, das Brennen in den Oberschenkeln zu spüren und die Lunge mit frischer Morgenluft zu füllen. Außerdem genoss er die Sonnenstrahlen, die über der Prager Burg aufblitzten, während er an der Uferpromenade entlanglief und versuchte, mit den Moldauschiffen Schritt zu halten. Nach dem schrecklichen Wetter der letzten Woche schien Anfang Oktober wieder die Sonne, als hätte es nie einen Zweifel daran gegeben, dass der Altweibersommer doch noch zurückkehren könnte.

Eine Dreiviertelstunde später hatte Hogart heiß geduscht und saß ein letztes Mal in der Kombüse von Jiris Hausboot mit Ivona beim Frühstück. Danach packte er seine Sachen; als Letztes stopfte er die Musikbänder in die Seitenfächer des Koffers. Nur die Kassette von John Lee Hooker wanderte in die Manteltasche: für seine Ankunft am Wiener Flughafen. Der groovige Blues würde ihn während seiner Heimfahrt begleiten.

Nachdem der Koffer gepackt war, sah Jiris Kabine – abgesehen von den Requisiten des *Black Light Theatre* – ziemlich leer aus. Auf der Kommode lagen bloß noch eine Dose mit Wattebällchen, für die Hogart nun keine Verwendung mehr fand, und eine Armschlinge, die er in den Mülleimer warf. Merkwürdigerweise hatte er sich letzte Nacht sogar an das Schaukeln des Bootes und die Knabbergeräusche der Fische gewöhnt. Doch falls er jemals wieder einen Wattepfropf zu Gesicht bekommen sollte, würde er ihn an die Fische und seine Zeit in Prag erinnern. Insgesamt war diese Woche um einiges turbulenter verlaufen als sein Tramperurlaub vor zwanzig Jahren – und wieder einmal hatte die österreichische Botschaft intervenieren müssen, damit er früher als geplant das Land verlassen durfte. Der Richter hatte auf eine Untersuchungshaft verzichtet und es bei einer Anzeige belassen. Jedoch hatte Dr. Kehrer, Hogarts Anwalt, für einen Nachmittag nach Prag reisen müssen, um eine Kaution für ihn zu hinterlegen. Da ein ausführlicher Bericht der Kripo vorlag, anhand dessen das Gericht einen Fall von Notwehr feststellen konnte, würde es wohl nicht einmal zu einer Verhandlung kommen. Im Beisein seines Anwalts unterzeichnete Hogart schließlich ein zwölfseitiges Protokoll, und da der Staatsanwalt keine Anklage erhob, war der Fall damit erledigt. Jedoch würde Hogart mit ziemlicher Sicherheit noch einmal nach Prag zurückkehren müssen, um bei Michas Verhandlung seine Zeugenaussage zu machen.

Was Ivona betraf – sie musste nicht mehr lange in Jiris Hausboot wohnen. Am Vortag hatte ihre Versicherung sie darüber informiert, dass der Brandschaden ihres Hauses voll ersetzt werden würde, wenn auch erst in drei Monaten. Doch diese Zusage genügte ihr, um sich sofort auf die Suche nach einer Eigentumswohnung zu machen.

Hogart betrachtete den Koffer auf dem Bett. Daneben lag etwas, das er noch nicht eingepackt hatte: Alexandra Schellings in Leder gebundener Kalender. Er nahm ihn zur Hand.

Wieder sah er in Gedanken Schellings Gesicht vor sich, die schulterlangen schwarzen Haare, den doppelten Windsorknoten ihrer roten Damenkrawatte, und wieder bildete er sich ein, den Geruch eines Martinis mit Olive wahrzunehmen. In den letzten beiden Tagen hatte er das Büchlein bestimmt drei Mal gelesen und sich jedes Mal gewundert, wie tough die junge Versicherungsangestellte gewesen war. Rasts Nichte hatte ein unglaubliches Gespür für Details besessen und den richtigen Riecher gehabt, um den Fall binnen weniger Tage zu lösen. Bestimmt war sie die beste Außendienstmitarbeiterin von Medeen & Lloyd gewesen. Doch leider hatte sie das Schicksal zur falschen Zeit an den falschen Ort geführt – in jene Bar, in der sie Micha begegnet war.

Hogart blätterte noch einmal durch den Kalender. Schellings Handschrift war genauso schwungvoll wie das offensichtliche Temperament dieser Frau. Sie hatte über jeden ihrer Schritte ausführlich Buch geführt. Mit solchen Unterlagen war es ein Leichtes für ihn gewesen, den Versicherungsbetrug aufzuklären. Während ihres Besuchs in dem chemischen Labor hatte Schelling herausgefunden, dass es die falschen Bilder gewesen waren, die in der Nationalgalerie verbrannt waren. Prikopa, der Portier mit dem Seehundsbart, hatte das Feuer gelegt, mit einem Kollegen die Originalgemälde über die Feuertreppe in den Hinterhof aus der Galerie geschafft, sie mit einem Kleinbus in die Bernardigasse transportiert und in seinem Keller versteckt. Sobald einmal Gras über die Sache gewachsen gewesen wäre, hätte er die Werke an Greco verkaufen wollen. Doch bis zum gestrigen Tag hatte Greco nichts von Prikopas eigenwilligem Plan gewusst. So wie Hogart den König von Prag mittlerweile einschätzte, hätte er Prikopa eher eigenhändig den Hals umgedreht, als sich in das dilettantische Unternehmen verwickeln zu lassen.

Hogart und Ivona hatten sich am Vortag mit Greco in dessen Villa getroffen. Als das Gespräch schließlich auf Dimitri kam, erlebte Hogart eine ziemliche Überraschung. Für den Unterweltboss schien bloß wichtig, dass der Mörder seines Dienstmädchens gefasst worden war. Dimitris Tod kommentierte er lediglich mit den Worten, dass sein Angestellter etwas auf eigene Faust unternehmen wollte, seine Chance gehabt hatte, dann jedoch gescheitert war. Anscheinend hatte er seinen Killerinstinkt verloren.

Da Dimitri ihnen in der Nacht zu Michas Versteck in der Fischhalle gefolgt war, musste Greco wohl annehmen, dass sie Dimitri – wie ursprünglich vereinbart – über ihre Recherchen informiert hatten. Ivona beließ es bei diesem Missverständnis, und so würde Greco nie erfahren, dass sie ihren Teil der Abmachung nicht eingehalten hatten – und das war auch gut so.

Nun knipste Hogart den ledernen Verschluss des Kalenders zu und warf ihn zu den anderen Sachen in den Koffer. Als er den Deckel zuklappte, trat Ivona in die Kabine.

»Ihr Flieger geht in zwei Stunden. Sind Sie bereit?«

»Ein kurzes Telefonat noch.« Das Gespräch war längst überfällig, doch Hogart hatte bisher noch nicht die Zeit dazu gefunden. Er setzte sich aufs Bett und wählte Kohlschmieds Nummer. Der Außendienstleiter von Medeen & Lloyd hob nach dem ersten Klingelton ab. Nachdem Hogart ihn über die Ereignisse der letzten Tage informiert hatte, herrschte eine lange Pause. Offenbar musste Kohlschmied die Neuigkeiten erst einmal verdauen. Schließlich würde die

Versicherung demnächst mehrere Millionen Euro zurückerhalten.

»Hier hat niemand damit gerechnet, dass Sie den Fall doch noch lösen«, murmelte Kohlschmied. »Morgen ist übrigens das Begräbnis von Kommerzialrat Rasts Nichte.«

»Ich werde dort sein«, antwortete Hogart.

»Wer wird uns die Gemälde beschaffen?« Mit einem Mal besaß Kohlschmieds Stimme nichts mehr von dem ungeduldigen aggressiven Ton, den er bei seinen früheren Gesprächen an den Tag gelegt hatte.

»Einige Freunde von mir werden sich darum kümmern: Jiri, Ivona Markovic und Vladimir Greco. Sie wissen, wo sich die Originalgemälde befinden, und sind zuversichtlich, dass sie die Bilder innerhalb der nächsten Tage bekommen.«

»Sagten Sie eben *Vladimir Greco*?«, wiederholte Kohlschmied.

»Ja, Vladimir Greco! Ich gebe Ihnen seine Telefonnummer. Einer Ihrer Außendienstmitarbeiter soll sich mit ihm in Verbindung setzen, um alles Weitere zu besprechen. Sie wissen ja, er ist ein Kunstliebhaber. Möglicherweise kommt die Oktavian-Ausstellung in der Nationalgalerie doch noch zustande.«

Während er Grecos Nummer heraussuchte, schwieg Kohlschmied.

»Wie ist Schelling eigentlich dahintergekommen?«, wollte Kohlschmied schließlich wissen.

»Ihren Aufzeichnungen zufolge besuchte sie die Galerie insgesamt vier Mal«, erläuterte Hogart. »Jedes Mal führte sie ein längeres Gespräch mit Prikopa und den anderen Portieren. Schließlich verglich sie seine Aussage ihr gegenüber mit dem, was er der Polizei zu Protokoll gegeben hatte. Dabei stieß sie auf eine Ungereimtheit. Prikopa hatte ihr erzählt, er besäße keinen Schlüssel zur Brandschutztür, die sich am Ende des Oktavian-Korridors befindet, doch auf dem Polizeirevier hatte er angegeben, dass er während des Brandes ebenjene Tür als Fluchtweg aufsperren wollte, doch wegen des Feuers nicht mehr in den Gang hätte gelangen können.«

»Weshalb hat Schelling den Fall nicht an die tschechische Polizei übergeben? Die hätten den Portier in die Mangel genommen.«

»Das ist eine gute Frage. Anscheinend reichten Schellings Beweise noch nicht aus. Darum fuhr sie am nächsten Tag mit dem Taxi zu Prikopas Wohnung und verschaffte sich während seiner Dienstzeit Zutritt zu seinem Kellerabteil.«

»Sie ist dort eingebrochen?«, entfuhr es Kohlschmied.

»Offensichtlich. Ich weiß zwar nicht, wie sie es angestellt hat, doch ein guter Detektiv findet immer einen Weg, um eine Tür zu öffnen. Jedenfalls entdeckte sie in Prikopas Keller die Originalgemälde. Da sie wegen der Art, wie sie an diese Beweise herangekommen war, aber unmöglich die Prager Kripo einschalten konnte, entschied sie, den Fall direkt an die Rechtsabteilung von Medeen & Lloyd zu übergeben.«

»Eine raffinierte Person.«

»Ja, das war sie.« Hogart sah auf die Uhr. »Ich muss Schluss machen, sonst verpasse ich meinen Flug. Wir sehen uns morgen.«

Bevor Hogart seinen Koffer von Jiris Boot schaffte, musste er noch eine letzte Sache erledigen. Er zog ein dickes Kuvert aus der Manteltasche und deponierte es auf dem Kopfkissen von Ivonas Kajüte. Danach sah er sich noch einmal unter Deck um und trat hinaus ins Sonnenlicht.

Vor der Passkontrolle im Prager Flughafen bildete sich eine Warteschlange. Hogart stand mit seinem Koffer abseits und ließ die Menschen an sich vorüberziehen. Er verabschiedete sich mit einem Handschlag von dem kleinen Jiri, der wie immer seine karierte Baskenmütze tief ins Gesicht gezogen und noch Theaterschminke unter den Augenbrauen hatte, und von Ondrej, der mit seinem Gipsbein und den Krücken nur noch halb so gefährlich aussah.

»He, Detektiv ...« Ondrej legte ihm die Pranke auf die Schulter. »Gib acht auf dich!«

Hieronymus Vesely trat neben die beiden. Unter dem Hemd trug er einen Brustverband, der bis zum Kragen reichte. Er reichte Hogart die Hand. »Um ehrlich zu sein, bin ich froh, dass Sie Prag verlassen. Ich hätte nicht gedacht, dass die Suche nach einer Schachpartie so gefährlich werden könnte.«

Ivona kniff Vesely scherzhaft in den Arm. »Sie tun gerade so, als ob Ihr Leben nie turbulent gewesen wäre.«

»Ach, meine Liebe, Sie haben ja recht. O je, turbulent ist gar kein Ausdruck. Eugenie hält mich ständig auf Trab.« Kopfschüttelnd schlug er die Hände zusammen.

Zum Abschied wollte Hogart ihm noch eine Frage stellen, die ihn seit Tagen beschäftigte. »Was haben Sie eigentlich zu Micha am Handy gesagt, als wir Sie aus der Fischhalle angerufen haben?«

Um Veselys Augen bildeten sich Dutzende kleine Lachfalten. »Der weiße Läufer ist am Leben.«

Hogart nickte. Ja, der weiße Läufer war immer noch am Leben. »Machen Sie es gut.«

»*Dobry den,* mein Freund.«

Hogart sah Ondrej, Jiri und Vesely nach, wie sie den Weg

durch die Halle zum Ausgang nahmen, wo Ondrejs Pick-up wartete.

Ivona blieb als Einzige bei ihm zurück. »Wie sagt Ondrej doch immer: *He, Detektiv, du hast den Fall gelöst*«, murrte sie mit tiefer Stimme.

Hogart grinste. »*Wir* haben den Fall gelöst. Aber nicht nur das.« Er klopfte sich mit der flachen Hand auf die Brusttasche. »Ich habe ein fast neunzig Jahre altes Originalschreiben von Gustav Meyrink an Paul Wegener ergattert. Das hätte ich in keinem Antiquariat gefunden.«

Ivona sah ihn mit großen Augen an. »Sie haben den Brief aus dem Filmarchiv mitgehen lassen?«

Hogart zuckte die Achseln. »Bezeichnen wir es als eine Leihgabe auf Lebenszeit für meine Autogrammsammlung … sozusagen als Erinnerung an diesen Fall.«

»Sie Gauner!«

Sie sahen einander wortlos an. Zu viele Dinge gingen Hogart durch den Kopf. »Was wird nun mit Micha passieren?«, fragte er schließlich.

»Er kommt in eine Strafanstalt für geistig abnorme Rechtsbrecher. Dort wird er wohl eine Psychotherapie über sich ergehen lassen müssen.« Ihre Stimme wurde leiser. »Das bedeutet, die alten Wunden aufreißen und den Missbrauch von seiner Kindheit an bis jetzt noch einmal erleben. Nur so kann er das gesamte Drama verarbeiten und sich die abgespaltenen Personen in seinem Kopf bewusst machen.« Einen Moment lang schien sie in Gedanken verloren. »Da Michas Eltern tot sind, gibt es nur noch seinen Bruder, der sich um ihn kümmert. Ich werde Kontakt mit ihm aufnehmen.«

Für Hogart war es immer noch unvorstellbar, was im Geist eines Menschen alles zu Bruch gehen konnte und wie schwierig es war, auch nur ein bisschen davon wieder zusammenzusetzen. Schweigend sah er Ivona eine Weile an. Er würde ihr nie verraten, dass er wusste, was zwischen ihr und ihrem Vater vorgefallen war – ebenso wenig würde Ondrej wohl je erfahren, wer Dr. Zajic tatsächlich erschossen hatte. Dieses Geheimnis würde für immer von Ivona und ihm geteilt werden.

»Danke«, sagte er schließlich.

»Wofür? Ich stehe in Ihrer Schuld. Sie haben nicht nur Vesely, sondern auch mir das Leben gerettet.«

»Ihnen?« Er sah sie fragend an.

»Wären Sie nicht nach Prag gekommen und zufällig in mein Leben getreten, wäre ich entweder in meinem Haus verbrannt oder Micha hätte mich auf dem Steg erschossen.«

Es war eine verrückte Welt. Obwohl Micha versucht hatte, sie zu töten, wollte sie ihm helfen. »Mir brauchen Sie nicht zu danken«, antwortete er. »Sie haben Ihr Schicksal selbst in die Hand genommen. Schließlich haben Sie mich zum Abendessen eingeladen.«

»Spaghetti mit einem Château la Montanage«, erinnerte sie sich, und plötzlich strahlte ihr Gesicht. »Falls ich einmal nach Wien komme, holen wir dieses Abendessen nach.«

»Und wir besuchen die chinesischen Pandabären im Zoo!« Er warf einen Blick auf die Anzeigetafel mit den Abflugzeiten. Sein Flug ging in fünfzig Minuten, und das Boarding würde bald beginnen.

»Eine Sache noch«, sagte Ivona, bevor er seinen Koffer nehmen konnte. »Sie haben in meiner Kajüte ein Kuvert hinterlassen. Was befindet sich darin?«

»Machen Sie es auf, wenn Sie zurückkommen.«

Sie sah ihn bittend an. »Ich hasse Überraschungen.«

»Darin befinden sich tschechische Kronen und Euronoten – der Rest meines Spesenkontos von Medeen & Lloyd.«

Sie kniff die Augenbrauen zusammen. »Sind Sie verrückt? Was soll ich damit?«

»Was Sie damit sollen? Verwenden Sie es als Anzahlung für Ihre neue Wohnung.«

Sie sah ihn skeptisch an. »Ihre Versicherung weiß nichts davon, habe ich recht?«

»Über die Spesen kann ich frei verfügen. Mein Auftraggeber braucht keine Belege, die schreiben sie sich selbst. Was zählt, ist, dass der Fall gelöst wurde.«

Ivona überlegte, schließlich nickte sie. »Danke.«

»Ach was, es war eine Freude, mit Ihnen zusammenzuarbeiten. Was werden Sie nun tun?«

»Ich fahre zu Matej.«

Er nickte. »Machen Sie es gut, genießen Sie die Zeit mit Ihrem Sohn.«

Plötzlich beugte sie sich nach vorne und küsste ihn auf die Wange. Danach wandte sie sich um und lief durch die Halle. Er sah ihr nach, bis sie durch den Ausgang verschwunden war, dann reihte er sich in die Warteschlange vor der Passkontrolle ein.

Unmittelbar vor seinem Flugsteig nahm er in einem Coffeeshop Platz. Er hatte noch etwa eine halbe Stunde Zeit und bestellte sich einen heißen Kaffee, schwarz, ohne Zucker. Während er durch die Scheibe auf den Parkplatz starrte, rührte er gedankenverloren mit dem Löffel in dem Getränk. Taxis fuhren vor, ließen Fahrgäste aus- und neue einsteigen, fuhren wieder davon. Irgendwann ertönte der Aufruf zum Boarding seiner Austrian-Airlines-Maschine – jener Flug, den Alexandra Schelling nie erreicht hatte.

Er blinzelte durch die Scheibe. Die Sonnenstrahlen bahnten sich einen Weg zwischen den Wolken hindurch. Mit etwas Glück war in Wien auch noch etwas von dieser Wärme zu spüren.

– Ende –

DANKSAGUNG

Dieses Buch konnte wie immer nur mithilfe zahlreicher Personen fertiggestellt werden, die mir ihre Zeit, ihr Wissen und ihre Geduld geopfert haben.

Zunächst geht mein Dank an Günter Suda, Heidemarie Gruber, Jürgen Pichler, Roman Himmler und Michael Adam für hilfreiche Anmerkungen zu Exposé und Manuskript. Ebenso danke ich Frank Festa für seinen Rat, die Handlung zu straffen, da ich mich sonst in die schlimmsten Irrwege verstrickt hätte. Weiter danke ich Gerhard Simon, der mir etwas über die Vorgehensweisen großer Versicherungen erzählt hat, Mathias Walter vom Berndorfer Cinexx Kino und Josef Navratil vom Österreichischen Filmarchiv für ihre Erklärungen und Filmvorführungen, Susanne Link für ihre medizinischen Erläuterungen, Boris Koch und Günter Suda, die mir trotz ihrer knappen Zeit mit hilfreichen Anmerkungen bei der Charakterisierung der Hauptfigur halfen, und meinen Nachbarn Johanna und Robert Froihofer für ihre Ideen zum Showdown. Es ist hilfreich, die Handlung bei einer Tasse Kaffee auf der Terrasse zu besprechen – schwarz, ohne Zucker.

Ebenso danke ich einem Wiener Kripobeamten, der namentlich nicht genannt werden möchte, mir aber nun schon zum zweiten Mal mit Erklärungen und Ratschlägen zur Seite stand und mir auch diesmal wieder geholfen hat, die Handlung in den Griff zu bekommen. Was die psychopathologischen Aspekte des Romans betrifft, möchte ich mich bei Michaela Huber bedanken, deren Bücher mir die Augen für die komplexen seelischen Zusammenhänge multipler Persönlichkeiten geöffnet haben. Doch all das wäre nicht genug ohne die Mühe Malte S. Sembtens, der das Manuskript in einen lesbaren Text verwandelt hat. Außerdem danke ich meiner Frau Heidemarie für die gemeinsame Reise nach Prag; ein schöneres Geschenk, um für einen Roman vor Ort zu recherchieren, kann man sich gar nicht wünschen.

Ebenso geht ein weiterer Dank an meine Lektorin Vera Thielenhaus, die das Manuskript mit mir überarbeitet hat, und an den Goldmann-Verlag, der es neu aufgelegt hat. Viele Fragen, die ich während meiner Lesungen erhalten habe, warum es *Die schwarze Dame* nur als E-Book gibt, kann ich nun beantworten mit: »Hier ist der Roman. Danke für die Geduld.«

Ich habe mir in diesem Buch einige künstlerische Freiheiten erlaubt, wie beispielsweise die Figur des Hieronymus Vesely an den tschechischen Schachgroßmeister Ludek Pachman anzulehnen oder die Barockgemälde Oktavians an die Böhler-Serie von Anthonis van Dyck. Die Schachpartie Roesch gegen Schlage, Hamburg 1910, hat tatsächlich stattgefunden, doch nicht Paul Wegener, sondern Stanley Kubrick hat sie für einen seiner Filme verwendet.

Einiges ist wirklich so passiert, wie es in diesem Roman geschrieben steht, vieles aber frei erfunden … doch wie sagt man so schön über Prag: *Im Nebel der Moldau verschwimmen die Grenzen zwischen Traum und Realität.*

Wenn Ihnen »Die schwarze Dame« gefallen hat,
lesen Sie auf den nächsten Seiten,
wie es mit Peter Hogart weitergeht!

Eine verfallene Mühle vor
den Toren Wiens birgt ein düsteres Rätsel –
und nur ein Mörder kennt die Auflösung …

Auch als E-Book erhältlich.

PROLOG

Für die meisten Wiener ist der Besuch des Flohmarkts an der Kettenbrückengasse nichts weiter als eine flüchtige Begegnung, ein kurzes Abtauchen in eine andere Welt, die von schmuddeligen Büchern, Postkarten oder anderem Trödel dominiert wird. Doch nicht für Peter Hogart. Für ihn war der Flohmarkt ein nostalgischer Ruhepol, wo er nahezu jeden Sonntag seinen eigenen Stand aufstellte, um der Routine seines Berufs zu entfliehen. An diesem Tag konnten ihn seine Auftraggeber kreuzweise. Er hatte die Nase voll von den vertrackten Betrugsfällen, mit denen ihn die Versicherungsriesen der Stadt betrauten, wenn ihre eigenen Spürnasen keine Fortschritte erzielten.

Andere Leute versuchten es mit Yoga, Spaziergängen oder Aquarellmalerei, doch Hogart entspannte sich am besten, wenn er mit Autogrammen und Filmplakaten aus den Fünfzigerjahren handelte oder Jazz-Singles mit speckigen Hüllen auf der Verkaufsfläche seines Standes platzierte. Seit einem halben Jahr versuchte er auch, die Edgar-Wallace-Videosammlung seines Bruders zu verkaufen, und reduzierte den Preis Woche für Woche um ein paar Cent. Doch niemand interessierte sich für die Kassetten. Letztendlich ging es ihm auch gar nicht darum, das große Geld zu verdienen, was mit diesen Raritäten – andere nannten sie Krempel – ohnehin nicht möglich war. Er suchte den Kontakt zu anderen Verrückten, die ihre Freizeit in den engen Reihen zwischen

Hunderten Ständen verbrachten – besonders an einem heißen Frühlingstag wie heute, wenn die Luft über dem Asphalt flimmerte.

Hogarts Sonnenbrille steckte in seinem langen, dunklen Haar, wobei der silberne Rahmen perfekt zu den mittlerweile grau melierten Schläfen passte. In den Sandalen, Jeans und dem ausgewaschenen *Jazzland*-T-Shirt wirkte er nicht wie ein freiberuflicher Versicherungsdetektiv, sondern wirklich wie jemand, der jede freie Minute in Antiquariaten und auf Tauschbörsen verbrachte, sich auf Kurzfilmfestivals herumtrieb und gelegentlich Artikel über die Kunstszene verfasste. Doch von echter Kunst verstand er nicht viel. Diese Abteilung befand sich eine Reihe weiter, wo sich Jugendstilvasen, barocke Bilderrahmen und handgeschnitzte Jesusstatuen aneinanderreihten. Dort wurden oft Preise bis zu eintausend Euro ausgehandelt, und dementsprechend sah auch das Publikum aus, das sich normalerweise in dieser Ecke herumtrieb. Ganz und gar nicht passte allerdings der Junge mit den strohblonden Haaren, den Sommersprossen und den geflickten Shorts dazu. Der zehnjährige Knirps konnte sich bestimmt keinen Biedermeiertisch leisten. Trotzdem zwängte er sich schon seit Minuten zwischen den Leuten hindurch, während sein Blick immer wieder von einem bestimmten Tresen zum Standbesitzer wanderte. Es war nur eine Frage der Zeit, bis er etwas klauen würde. Der Platz war optimal. Ein paar Meter weiter begann der Treppenabgang zur U-Bahn-Station. Von Weitem hörte man die Waggons heranscheppern, das Knirschen der Gleise und das Quietschen der Bremsen. Niemand würde den Jungen erwischen, falls er sich rechtzeitig unter die Fahrgäste mischte.

Hogart starrte zur Station. Soeben kamen zwei Männer,

die er nur zu gut kannte, die Treppe hoch. Sie marschierten in die Richtung seines Standes. Der schlanke, hochgewachsene im Anzug wirkte wie ein Lackaffe, der kleinere im ungebügelten Hemd wie jemand, den kürzlich seine Frau verlassen hatte. Beide waren etwa in Hogarts Alter, knapp über vierzig, und beide passten ebenso wenig in das Ambiente des Flohmarkts wie der Junge. Jeder, der auch nur ein wenig darin geübt war, Menschen zu beobachten, hätte bemerkt, dass sie sich weniger für die Waren auf den Tischen als für die Anwesenden interessierten. Ihre Blicke wanderten von einem Augenpaar zum nächsten, als suchten sie nach jemandem – und Hogart ahnte bereits, um wen es sich dabei handelte. Da zischte auch schon der Blondschopf des Jungen an seinem Stand vorüber, worauf sämtliche Videokassetten vom Tisch polterten. Beim Vorbeilaufen hatte sich diese Kröte doch tatsächlich einen der Edgar-Wallace-Filme gegriffen.

Während der Bengel davonlief, schob er sich das Video unter das T-Shirt. Wie ein Pfeil schoss er durch die Menge, die auseinanderstob, als liefe ein tollwütiger Terrier durch die Reihen. Für einen Augenblick überlegte Hogart, dem Jungen hinterherzulaufen. Vielleicht *sollte* er sogar den Stand verlassen, und wenn er dann wiederkäme, hätte der Komplize des Jungen womöglich seinen ganzen Tisch leer geräumt. Hogart atmete tief durch. *Pfeif drauf!* Er hätte den Film sowieso nie verkauft.

Hogart reckte den Hals, um dem Jungen nachzusehen, wie er im U-Bahn-Schacht verschwand, doch so weit kam er nicht. Das Bürschchen prallte gegen die beiden Männer, die ihm nicht wie alle anderen auswichen, und ehe er es sich versah, packte ihn der eine am Ohr. Brutal schoben die beiden den Jungen durch die Reihen auf Hogarts Stand zu.

Der Unrasierte hielt ihn nach wie vor am Ohr fest, während ihm der Lackaffe einen Klaps auf den Hinterkopf versetzte. Der Kleine brüllte wie am Spieß, woraufhin sich die ersten Leute aufregten. Normalerweise konnte man an einer Wiener Bushaltestelle einer Großmutter die Handtasche klauen, ohne dass einer der Herumstehenden auch nur einen Finger rührte, doch sobald ein Kind lauthals kreischte, traf man den Nerv der Wiener.

Als der Lackaffe den Jungen mit dem Rücken voran gegen Hogarts Stand stieß, erreichte das Gebrüll den Höhepunkt. Es verstummte erst, als der Mann seine Dienstmarke aus der Anzugtasche hervorholte und dem Jungen vor die Nase hielt. Hogart musste nicht hinsehen. *Inspektor Wolfgang Eichinger* stand unter der Plakette.

»Hallo, Hog, wie geht's?« Der Mann steckte den Kripo-Ausweis wieder ein.

»Bis jetzt ganz gut«, antwortete Hogart.

Eichinger lächelte, smart wie immer – zumindest hatte ihn Hogart noch nie anders gesehen. Egal ob im Dienst oder privat, er trug stets einen eleganten Anzug und die silberne Rolex am Handgelenk, ein Geschenk seiner Frau, die wie er für das Innenministerium arbeitete. Wenn es für Eichinger einmal nicht mehr so gut bei der Kripo lief – und manchmal sah es ganz danach aus –, konnte er es immer noch als Model für Herrenunterwäsche versuchen. Die gebräunten Gesichtszüge waren genauso schneidig wie sein Anzug, und mit dem perfekt sitzenden, eingegelten schwarzen Haar stellte er den Traumkandidaten für jede Schwiegermutter dar. Nur hatten die keine Ahnung, was im Kopf dieses Mannes vorging.

Eichinger sah seinen Partner kurz an. Garek kam aus einem anderen Milieu, dementsprechend waren sein Aussehen und sein Auftreten: kaltschnäuzig, verbittert, unrasiert, das ungebändigte braune Haar mit einer nassen Bürste nach hinten gekämmt. Sobald man einmal wusste, dass die beiden bei der Kripo arbeiteten, konnte man glauben, zwei Prachtexemplare von *Guter-Bulle-böser-Bulle* vor sich zu haben. Doch der erste Eindruck täuschte. Wie so oft war es in Wahrheit genau umgekehrt.

»Diebstahl, tätlicher Angriff und Widerstand gegen die Staatsgewalt … beachtlich für dein Alter.« Eichinger sah auf die Uhr, doch den Blick hätte er sich sparen können. Aus der Innenstadt drang das Läuten der Mittagsglocken. »Müsstest du nicht in der Schule sein?«

»Es ist Sonntag«, sagte Hogart, während der Junge wortlos zu Boden starrte.

Garek zerrte am Kragen seines schmuddeligen Hemds. Bestimmt machte ihm die Hitze zu schaffen. »Wir werden deine Mutter verständigen. Sie bekommt eine Anzeige wegen Verletzung der Aufsichtspflicht, eine Gerichtsvorladung und eine Geldstrafe. Der Bericht geht an die Jugendwohlfahrt, und die machen einen Hausbesuch. Dein alter Herr hat bestimmt ein paar Vorstrafen, was?«

Hogart stöhnte auf. Er wusste, dass die beiden den Jungen nur kräftig verarschten. Erstens arbeiteten sie beim Morddezernat, und zweitens war ihnen bei diesen Temperaturen bestimmt nicht danach zumute, den Jungen aufs Revier zu schleppen, um dort seine Personalien herauszufinden – denn so, wie der Junge aussah, trug er bestimmt keinen Ausweis bei sich.

Hogart ging um den Stand herum und legte dem Burschen die Hand auf die Schulter. »Ronnie, wenn du den Film nicht mehr möchtest, nehme ich ihn zurück, und du überlegst dir, ob du deinem Vater etwas anderes kaufst. Einverstanden?«

Noch bevor der Junge aufsah, hatte ihm Hogart die Videokassette unter dem T-Shirt hervorgezogen und zu den anderen auf den Tisch gelegt. *Der Zinker* war sowieso noch nichts für einen Zehnjährigen. Hogart nahm einen Fünfeuroschein aus der Geldbörse und reichte ihn dem Jungen. Dieser nahm ihn verdutzt.

»Komm nächsten Sonntag wieder.«

Das ließ sich der Bub nicht zweimal sagen. Eilig zwängte er sich zwischen den Kripobeamten hindurch.

Eichinger sah dem Jungen hinterher. »Dein Stand muss ja mächtig viel Kohle abwerfen, wenn du den Leuten, die dich beklauen, die Euros hinterherwirfst.«

Hogart begann, die Videokassetten aufzustellen. »Naja, immerhin läuft's bei mir so weit. Was für euch wohl nicht zutrifft, wenn man euch auf minderjährige Diebe ansetzt.«

»Du …«

»Nicht jetzt!«, fiel Garek seinem Kollegen ins Wort und warf dabei einen leicht mitleidigen Blick auf Hogarts unberührtes Warenangebot. »Was macht denn das Leben als Privatdetektiv so?«

»Ich kann nicht klagen. Morgen habe ich einen Termin bei Helmut Rast.« Kommerzialrat Rast, der Vorstandsdirektor und Geschäftsführer von Medeen & Lloyd, war ein guter Freund von Hogarts Vater gewesen. Ab und zu arbeitete Hogart für das Versicherungshaus.

»Der Brand in der Gebietskrankenkasse?«

Hogart nickte. »Ich soll den Fall übernehmen. Die hoffen, es war Brandstiftung.«

»Blödsinn.« Garek wischte sich den Schweiß von der Stirn.

»Wer sollte die Krankenkasse anzünden? Jemand, dem die Rezeptgebühren zu hoch sind? Unsere Jungs vom Branddezernat haben sich das schon angesehen. Eine lecke Gasleitung im Keller – und *Bumm*!« Er zuckte die Achseln.

»Ich weiß. Aber eben *weil* die Kripo nichts gefunden hat, soll ich mir das ansehen.«

»Und ein Experte wie du ist sicher schlauer als die Jungs vom Brand.« Eichingers Stimme klang zynisch.

Hogart sagte nichts darauf. Es war nicht notwendig. Eichinger wusste genauso gut wie er, dass er schon öfter Fälle aufgeklärt hatte, die die Kripo ungelöst zu den Akten gelegt hatte.

»Warum seid ihr eigentlich hier?«

»Dienstschluss, eigentlich sind wir auf dem Heimweg.« Garek sah sich um. »Kannst du mir einen Gefallen tun?«

»Was soll ich diesmal verkaufen? Den Lampenschirm deiner Großmutter?«

Garek zog ein dickes Bündel alter Postkarten aus der Gesäßtasche: Schwarz-Weiß-Aufnahmen von Wien aus den Dreißigerjahren. »Sind die was wert?«

Hogart schüttelte den Kopf, ohne durch den Stoß zu blättern. »Höchstens zehn, fünfzehn Euro – falls überhaupt.«

»Jede Einzelne?«

»Alle zusammen«, antwortete Hogart. Bestimmt hatte Garek die Karten von einem Tatort mitgehen lassen, zum Beispiel aus einer wackeligen Kommodenschublade in der Altbauwohnung einer Rentnerin, die von ihrem Sohn erstochen worden war – oder so etwas in der Art. Gewiss hatten sie den Fall gelöst, und die Karten würde niemand vermissen.

Na ja, ihm war's egal. Hogart legte die Postkarten zu den

anderen. »Wollt ihr eine komplette Edgar-Wallace-Sammlung auf Video? Klaus Kinski, Blacky, Eddi Arent?«

Eichinger, der abseits stand, als gehöre er nicht dazu, blickte erst jetzt wieder herüber. »Nein danke, das alte Zeug würde ich mir nicht einmal im Fernsehen ansehen, wenn ich einen vierwöchigen Liegegips hätte.«

»Du hast keine Ahnung.« Hogart strich über die Videohüllen. »Das sind noch richtige Filme – wenn das Bild flimmert und der Ton kratzt. Auf diesen kristallklaren Blu-rays siehst du jedes einzelne Pixel. Das sind keine Filme mehr, sondern Computerprogramme.«

»Wie du meinst.« Eichinger fuhr mit einer wegwerfenden Bewegung über den Tisch. »An deiner Stelle würde ich den ganzen Mist ohnehin über eBay verkaufen: Sofort-Kaufen und *zack*! Nach einer Woche ist alles weg.«

»eBay«, schnaubte Hogart verächtlich. Bis auf sein Handy, das er stets bei sich trug, konnte er gern auf den digitalen Wahnsinn verzichten.

Eichinger ließ den Blick über Hogarts Stand schweifen. »Geht natürlich nur, wenn man einen Computer besitzt.« Da läutete sein Handy. Rasch fischte er es aus der Anzugtasche. Bestimmt der letzte Schrei von Nokia, mit Infrarotschnittstelle und mindestens fünf Gigabyte Speicherplatz. Damit konnte er sich tonnenweise Mist downloaden – und es passte perfekt zu seinem geschniegelten Outfit.

Gareks Miene verfinsterte sich, als er das Gespräch mitverfolgte. Schließlich legte Eichinger auf.

»Der Chef«, sagte er knapp. »Wir haben einen Fünfundsiebziger. Ein Rentner. Die Haushälterin hat ihn vor einer Stunde gefunden.«

»Scheiße – wir haben Dienstschluss!«, murrte Garek.

»Sag's dem Chef!« Eichinger setzte sich in Bewegung. Garek folgte ihm.

»Weißt du, wie wir in die Waldorfgasse kommen?«

Im nächsten Moment waren sie außer Hörweite.

Hogart wusste, was ein *Fünfundsiebziger* bedeutete – und wieder einmal hatte es einen Rentner erwischt. Bald würde Garek wieder hier auftauchen, mit einer Tüte Briefmarken oder alten Bildbänden, die auch wieder niemand vermissen würde. Im Prinzip war es Hehlerei, was er da betrieb: Garek brauchte Geld, Eichinger sah weg, und er selbst verkaufte das Zeug auf dem Flohmarkt. Er konnte es sich nicht leisten, Nein zu sagen. Eine Hand wäscht die andere – wie es so schön hieß –, und ohne Gareks Informationen aus dem Morddezernat ließen sich manche Fälle, die er als freiberuflicher Versicherungsdetektiv übernahm, nicht lösen. Wer so lange bei der Kripo war wie Garek, der kam an alle Informationen heran – es war nur eine Frage des Preises. Mit Ehre oder Loyalität hatte Gareks Job schon lange nichts mehr zu tun. Seine Motivation lag auf der Hand: Er besaß einen sicheren Arbeitsplatz. Sofern er sich keine groben Vergehen erlaubte, war er für den Rest seiner Laufbahn unkündbar.

Soviel Hogart wusste, sah die Sache bei Eichinger etwas anders aus. Bevor er zur Kripo wechselte, war er vier Jahre mit dem Funkwagen auf Streife gewesen. In dieser Zeit bekam er von seinem Abteilungskommandanten mehrere inoffizielle Rügen, weil er doppelt so viele Falschparker aufgeschrieben hatte wie die Kollegen auf dem Revier – und dadurch ziemlich schnell deutlich wurde, dass alle anderen zu wenig arbeiteten. Aber nicht nur deswegen hatte Eichinger bei den Kollegen keinen guten Stand gehabt. Er hatte sich auch geweigert, aus seinen Strafzetteln und Anzeigen wegen Überziehung der Ladenschlusszeiten jene auszusortieren, die regelmäßig etwas für die Kaffeekasse des Reviers springen ließen. Ihm war schnell klar gewesen, dass der Fisch vom Kopf her stank. Dahingegen hielt sich Garek getreu an das Motto: Wer viel arbeitete, machte viele Fehler, und wer Fehler beging, wurde nicht befördert. Dass Garek aber trotz seines Alters ebenso wie Eichinger immer noch nur Abteilungsinspektor war, hatte einen anderen Grund, den Hogart nur zu gut verstand. Immerhin kannte er die beiden seit über fünfzehn Jahren.

Das erste Mal hatte er sie im Felsenkeller in Brunn am Gebirge getroffen, einem privaten Schießstand, als er seinen Waffenschein machte. Damals wurde bei der Kripo noch die alte Walther PP, Kaliber 7.65 mm als Dienstpistole verwendet, mittlerweile trugen die Beamten die Glock 17 im Schnellziehholster. Seit damals war viel passiert, aber Hogart traf die beiden immer noch regelmäßig im Felsenkeller – Garek öfter, Eichinger ab und zu –, wenn es ihm mittlerweile auch weniger darum ging, fit an der Waffe zu bleiben, sondern eher um seine Kontakte zur Kriposzene zu pflegen. Bei seinem Job brauchte er die Waffe nicht wirklich, und bisher hatte er noch nie auf einen Menschen geschossen … bis auf letztes Jahr, als er wegen eines Versicherungsfalls in Prag gewesen war. Seit dem Vorfall lag seine Waffe zwar immer im Handschuhfach seines Wagens, aber er ließ die Finger von der Pistole. Er hatte die Lust verloren zu schießen, selbst wenn es nur auf Pappfiguren war.

Als die Sonne hinter den Häuserdächern versank, begann sich der Platz um Hogart zu lichten. Die Stände wurden der Reihe nach abgebaut, und auch Hogart fing an, seine

Schallplatten und Autogramme in Schachteln zu verpacken. Irgendwo unter einem Berg von Klarsichtfolien begann sein Handy zu läuten. *Kurt.*

Wie jeden Sonntagabend, so musste ihn sein Bruder auch diesmal nerven. Hogart nahm das Gespräch entgegen. »Nein, ich habe deine Filme noch immer nicht verkauft, außer einen, aber den hat der Kunde wieder zurückge…«

»Darum geht es nicht!«, unterbrach Kurt ihn.

Seine Stimme klang nicht so entspannt wie sonst. Als Chiropraktiker nahm Kurt am Sonntag keine Patienten an, da er sich den Tag stets für die Familie frei hielt. Zwar lief es mit Kurts Frau Sabina im Moment nicht gerade rosig, doch normalerweise trübte das Kurts Laune kein bisschen.

»Was gibt's?«

»Kannst du mir einen Gefallen tun?«, fragte Kurt.

Stöhnend ließ sich Hogart auf einer Kiste nieder. Wie es schien, war er Weltmeister im *Gefallen-Erweisen*. »Schieß los!«, murrte er.

Kurt erzählte ihm, dass Doktor Abel Ostrovsky ihm am Freitag eine Nachricht auf dem Anrufbeantworter hinterlassen hatte. Der Neurochirurg war Kurts Dozent an der Uni und ehemaliger Primar im Krankenhaus gewesen, wo Kurt nach dem Studium als Turnusarzt gearbeitet hatte.

»Wo warst du am Freitagabend eigentlich?«, unterbrach Hogart ihn. »Ich habe versucht, dich zu erreichen.«

»Sabina war mit Tatjana bei unserer Mutter. Ich war bei einer Patientin. Aber jetzt hör doch mal zu!«, zischte Kurt. »Seit Ostrovskys Anruf versuche ich ihn zu erreichen. Aber er geht weder an sein Handy noch an seinen Festnetzanschluss. Gestern Abend bin ich zu seiner Villa gefahren, doch er war nicht zu Hause.«

»Kann also nicht so wichtig gewesen sein«, schlussfolgerte Hogart.

»Die Meldung auf dem Anrufbeantworter klang aber danach. Er sagte, er traue niemandem und schon gar nicht der Polizei oder den Behörden. Er wolle mit jemand Neutralem sprechen, der auf keinen Fall in eine Verschwörung verwickelt sein könne.«

Hogart wurde ernst. »Und warum ruft er ausgerechnet dich an?«

»Witzbold! Ich habe ihm gegenüber einmal erwähnt, dass du als Versicherungsdetektiv arbeitest.« Kurt wurde unruhig. »Ostrovsky sagte, er habe ein Videoband in seinem Haus versteckt und ich müsse es unbedingt finden.«

»Warum hat er dir das Video nicht in einem Paket geschickt?«

»Ich weiß es nicht. Seine Stimme klang ziemlich gehetzt.«

»Und was soll *ich* jetzt tun?«, fragte Hogart. »Soll ich dir den Mann ans Telefon zaubern?«

»Du könntest zu ihm fahren, um nach dem Rechten zu sehen«, schlug Kurt vor.

»Du warst doch schon dort!«

»Ja, gestern.«

Hogart sah auf die Uhr, dann betrachtete er die halb eingeräumten Pappkartons. »In einer Stunde. Wo wohnt er?«

»Draußen in Döbling, in der Waldorfgasse.«

Hogart stand auf. In Döbling lag eine Villa neben der anderen. »Du sagtest, er war dein Mentor an der Uni. Ist er mittlerweile pensioniert und hat eine Haushälterin?«

»Bestimmt sogar. Wie kommst du darauf?«

Hogart dachte an den *Fünfundsiebziger.* »Seine Haushälterin hat gegen elf Uhr vormittags seine Leiche entdeckt.«

»Hast du das etwa aus den Nachrichten? So alt und krank war er noch gar nicht.«

»Er wurde ermordet!«, korrigierte Hogart ihn.

Vom anderen Ende der Telefonverbindung war kein Ton zu hören. »Oh«, sagte Kurt schließlich. »Dann hat sich die Sache mit dem Video erledigt.«

»Warum?«

»Weil es bestimmt nicht mehr im Haus ist.«

»Kommt darauf an, wo er es versteckt hat«, sagte Hogart.

»Heißt das, du willst trotzdem hinfahren?«

Hogart dachte nach. »Im Moment wimmelt es dort von Kripobeamten sowie von den Leuten der Spurensicherung, und der Rechtsmediziner ist sicher auch da … besser, wir fahren morgen früh gemeinsam hin.«

»Wir?« Kurt klang nicht gerade begeistert. »Was bringt das?«

»Ich kenne die ermittelnden Beamten.«

»Dann ist die Sache ja geritzt.«

Hogart dachte an Eichinger. »Sei dir da mal nicht so sicher.«

1. KAPITEL

Gegen neun Uhr morgens beruhigte sich der Stoßverkehr in Wien allmählich. Hogart fuhr mit seinem Skoda in die Innenstadt, wo er seinen Bruder vor dessen Praxis abholte. Das Eckhaus mit dem Innenhof lag direkt am Rudolfspark. Kurt wartete bereits vor der breiten Glasfront seiner Praxis. Er trug Sandalen, Bermudashorts und ein aufgeknöpftes weißes Hemd. Die behaarte Brust wurde von einer Kette mit einem Yin-Yang-Symbol verziert. Im Gegensatz zu anderen Ärzten schwamm Kurt als Ganzheitsmediziner und Chiropraktiker mit eigener Praxis voll und ganz auf der Esoterikwelle. Aroma- und Klangschalentherapie waren fester Bestandteil seines Angebots. Sowohl seine Behandlungsräume als auch die zweistöckige Wohnung in den beiden unteren Etagen des Eckhauses wirkten innen wie Teile eines buddhistischen Tempels. Hogart hingegen gingen Heilsteine und Feng Shui am Arsch vorbei.

Als Kurt in Hogarts Wagen einstieg, roch es plötzlich nach Massageöl und Räucherstäbchen.

»Hast du dich für unsere Freunde bei der Kripo fein gemacht?«, fragte Hogart, der selbst Jeans, ein Sakko und darunter ein schwarzes Poloshirt trug.

»Ich hatte gerade mal Zeit genug, meine nächsten beiden Termine abzusagen«, schnaubte Kurt. »Kannst du die Klimaanlage runterdrehen?«

Hogart drosselte sie ein wenig. Dann legte er seinem

Bruder die Morgenausgabe der Zeitung in den Schoß. Der Brand in der Gebietskrankenkasse war vom Mord an Primar Abel Ostrovsky in den Innenteil verdrängt worden. Das Foto auf der Titelseite zeigte einen älteren Herrn mit grauem Haarkranz, buschigen Augenbrauen und einem dichten Oberlippenbart. Die Stirnfalten, das Schmunzeln und die wachen, listigen Augen ließen Abel Ostrovsky wie einen netten Großvater erscheinen. In breiten Lettern stand darüber, dass der pensionierte Arzt am Freitagabend in seinem Haus brutal verstümmelt und anschließend ermordet worden war. Wie immer war unklar, woher die Presse diese Informationen bezog, doch Hogart wusste, dass Garek nicht der Einzige bei der Kripo war, der sich ein paar Extra-Euros dazuverdiente.

Während Hogart nach Döbling an den westlichen Stadtrand Wiens fuhr, erzählte ihm Kurt alles, was er über seinen ehemaligen Dozenten wusste – doch das war kaum mehr, als in der Zeitung stand. Bis zu seiner Pensionierung vor acht Jahren war Ostrovsky als Neurochirurg und Rückenmarkspezialist Primar im Kaiserin-Elisabeth-Spital gewesen. Nach dem Krebstod seiner Frau hatte er sich in seine Villa zurückgezogen und nach und nach die Kontakte zur Außenwelt abgebrochen. Kurt erinnerte sich, dass Ostrovsky lediglich eine Funktion in der Österreichisch-Israelischen Gesellschaft übernommen hatte, die ihm hin und wieder einen kurzen Auftritt in den lokalen Medien verschaffte. Das war's. Der Mann hatte unauffällig gelebt und keiner Fliege etwas zuleide getan.

Eine Dreiviertelstunde später erreichten sie Döbling. Die Waldorfgasse, ein enger, von Nussbäumen gesäumter Weg, führte leicht bergauf, was die Stadtgrenze und den Beginn des Wienerwaldes erahnen ließ. Je weiter sie hinauffuhren, desto länger erstreckten sich die Grundstücke und desto größer wurden die Villen. Hinter den Hausdächern zeichneten sich die Baumwipfel des Kahlenbergs ab. In einer Kurve hatten sie einen großartigen Ausblick auf Wien. Wer hier wohnte, wusste, wie man lebte – und bestimmt war Primar Ostrovsky kein armer, unbedeutender Mann gewesen.

Vor dem letzten Grundstück in der Waldorfgasse flatterte das gelbe Band einer Polizeiabsperrung im Wind. Kein Blaulicht, keine Polizeiautos; nur ein paar zivile Fahrzeuge parkten vor dem Gartentor. Die niedrigen Hecken hinter dem Holzzaun waren ebenso ungepflegt wie der Rasen und die Blumenbeete. Ein Gärtner hätte alle Hände voll zu tun gehabt, um die Anlage auf Vordermann zu bringen – und das Gleiche galt für Ostrovskys Villa. Soviel Hogart erkannte, bedurfte das zweistöckige Haus mit seinen zahlreichen Erkern, Dachgiebeln und Gaubenfenstern dringend einer Renovierung. An der Längsseite des Gebäudes standen hohe Tannen, deren Äste bis zu den Fensterläden und den durchhängenden Regenrinnen reichten. Unmittelbar hinter dem Grundstück begann der Wald. Das Zwitschern der Amseln war so nah, der Verkehrslärm so fern.

»Romantisch.« Hogart öffnete das Gartentor und stieg über die Polizeiabsperrung. Sie gingen den Kiesweg entlang auf den Eingang zu.

»Bist du sicher, dass wir das Richtige tun?«, flüsterte Kurt.

»Nein.«

»Was?«

»Sei still!«

Unsere Leseempfehlung

416 Seiten
Auch als E-Book erhältlich

512 Seiten
Auch als E-Book erhältlich

512 Seiten
Auch als E-Book erhältlich

Anwältin Evelyn Meyers aus Wien und Kommissar Pulaski aus Leipzig – ein eher ungewöhnliches Team, das doch der Zufall immer wieder zusammenführt. Gemeinsam ermitteln sie in drei ungewöhnlichen Fällen und folgen den Spuren perfider Serienmörder quer durch Europa …

GOLDMANN

goldmann-verlag.de

Autor

Andreas Gruber, 1968 in Wien geboren, lebt als freier Autor mit seiner Familie in Grillenberg in Niederösterreich. Mit seinen bereits mehrfach preisgekrönten Romanen steht er regelmäßig auf der Bestellerliste. Mehr zum Autor und seinen Büchern finden Sie unter www.agruber.com sowie unter www.facebook.com/Gruberthriller.

Bücher von Andreas Gruber im Goldmann Verlag:

Die Reihe um Maarten S. Sneijder
Todesfrist. Thriller
Todesurteil. Thriller
Todesmärchen. Thriller
Todesreigen. Thriller
Todesmal. Thriller
Todesschmerz. Thriller
Todesrache. Thriller

Die Reihe um Walter Pulaski
Rachesommer. Thriller
Racheherbst. Thriller
Rachewinter. Thriller
Rachefrühling. Thriller

Die Reihe um Peter Hogart
Die Schwarze Dame. Thriller
Die Engelsmühle. Thriller
Die Knochennadel. Thriller

Außerdem lieferbar:
Herzgrab. Thriller

Alle Bücher sind auch als E-Book erhältlich.